フォード・マドックス・フォード

Ford Madox Ford

パレーズ・エンド◉第2巻

No More Parades

ノー・モア・パレーズ

Parade's End

高津昌宏［訳］

論創社

No More Parades (1925)
(Parade's End, Part 2)
by Ford Madox Ford

パレーズ・エンド2　ノー・モア・パレーズ　＊目　次

ノー・モア・パレーズ

二つのもののためにわが心は憂う
貧しさに苦しむいくさびと
軽べつさるるさとき人

『アポクリファ　旧約聖書外典』
「ベン＝シラの知恵」第26章28節

主要人物一覧

クリストファー・ティージェンス

ルーアンの基地で大尉を務める。元は帝国統計局に勤めていたが、第一次大戦が始まると、英仏の単一指揮を支持し、上層部と対立、局を辞職し軍人となった。浮気者の妻シルヴィアとも別れ、故国にいる恋人ヴァレンタイン・ワノップに思いを馳せる。

シルヴィア・ティージェンス

クリストファーの妻であるが、何かにつけて夫を苦しめる。クリストファーがヴァレンタインをルーアンで囲っているのではないかと邪推し、かつての浮気相手ペローン少佐を利用しフランスにいる夫のもとに押しかけていく。

エドワード・キャンピオン

ルーアンの基地の最高司令官を務める職業軍人で、位は少将。亡くなったクリストファーの父の親友で、クリストファーの名付け親。

カウリー特務曹長

クリストファーの右腕となって働く中年の軍曹。ロンドン西部のアイルズワースに妻と娘がいる。軽い発作を起こして意識を失うことがあり、将校になることを希望。少尉への任官を果たす。

09モーガン

ティージェンスの部下の兵卒で走り使いをしているが、補給廠からの帰りに榴散弾に当たり、小屋にたどり着くや、クリストファーの腕のなかで、血だらけの姿で、息絶える。その姿は以降、ティージェンスの脳裏に強迫観念となって蘇る。

マッケクニー（マッケンジー）大尉

空襲の騒音に耐えられず発狂する、キャンピオン将軍がティージェンスに面倒を見るように押しつけてきた人物。クリストファーの親友であったヴィンセント・マクマスターの姉の子であることが後に分かる。

ペローン少佐

シルヴィアのかつての浮気相手。フランスに派遣されていたが、国王への書簡を携えて英国に戻ったところをシルヴィアに利用され、彼女のルーアン行きを手伝う。シルヴィアにホテルの部屋の鍵を開けておくように懇願し、夜中に忍んでいくことで大騒動のきっかけをつくる。

レヴィン大佐
キャンピオン将軍に仕える参謀将校。フランス貴族の娘ミス・ベイリーと婚約中で、フランス語が堪能なクリストファーに彼女との仲介役を頼んでいる。

オハラ将軍
ルーアンの基地での憲兵司令官。自治領カナダの兵の取り扱いなどでクリストファーと対立。シルヴィアを巡る騒動でクリストファーを職務停止処分に付する。

ホチキス少尉
新聞社主のバイチャンの肝入りで軍馬を鍛えるためにルーアンの基地に送られてきた獣医師。

第一次大戦当時の英国陸軍の階級と登場人物（初出頁）

士官（Officers）
元帥（Field Marshal）
大将（General）
中将（Lieutenant-General）
少将（Major-General）　エドワード・キャンピオン（9）、オハラ（136）
大佐（Colonel）　ジョンソン（47）、レヴィン（52）、ギラム（133）
中佐（Lieutenant-Colonel）
少佐（Major）　コーンワリス（40）、ジェラルド・ドレイク（89）、ペローン（89）、ロレンス（130）、ハルケット（130）、サーストン（163）
大尉（Captain）　マッケクニー（マッケンジー）（5）、クリストファー・ティージェンス（8）、プレンティス（33）
中尉（Lieutenant）　ジョンス（33）
少尉（Second Lieutenant, Subaltern）　ホチキス（ヒッチコック、イッチコック）（35）、ピトキンズ（107）

その他の階級（Other Ranks）
一等准尉（Warrant Officer Class 1）

二等准尉（Warrant Officer Class 2）
特務曹長（Sergeant Major）　カウリー（9）、ルドゥー（35）（両者とも後に少尉に昇進）
軍曹（Sergeant）　モーガン軍旗軍曹（37）、デイヴィス（135）、ケース調理担当軍曹（344）
伍長（Corporal）
兵長（Lance Corporal）　トレンチ（37）、ガーティン（*72*[*]・123）、カルディコット（127）、ベリー（220）
兵卒（private）　０９モーガン（6）、１７トマス（32）、ローガン（46）、トマス・ジョンソン（51）

＊斜体は文中ではじめて言及されている個所

第一部

I章

なかに入ると、その空間は散漫で、直方形で、冬の夜の滴りの後で暖かく、茶色がかったオレンジの光の塵で充たされていた。形は子供が描く家のようだった。二人ずつ三組に分かれた男たちの真鍮色の斑点ができた褐色の手足は、白熱光を発するコークスが詰められ、円錐形の薄鉄板に覆われた、穴の開いたバケツから漏れる光にぼんやりと照らされていた。低い階層に属するらしい二人の男は、火鉢の脇の床の上にしゃがみこんでいた。小屋の両端に二人ずついる四人はまったく無関心な態度でテーブルにうつ伏していた。真っ暗な平行四辺形の戸口の上の軒からは、溜まった湿気が、いくらかの間隔を置いてではあるが、しつこくも止むことなく、ガラス製の楽器のような音を立てて滴り落ちていた。火鉢の上に身をかがめた二人の男たち——坑夫たちだった——が歌うような方言を使い、ほとんど聞き取れない声で話し始めた。それはいつまでも活気なく単調に続いた。一方が他方に長い、長い物語を語り、聞き手は動物的なうなり声をあげながら、理解と同情を示しているように見えた。

地平線の黒い円を満たしていた威厳ある茶盆の音が、地面に向かって轟いた。何枚もの薄鉄板がガチャガチャ、ガチャガチャガチャと音を立てた。少し経つと、小屋の粘土の床が揺れ、鼓膜が内に圧せられ、硬い音が宙に降り注ぎ、巨大なこだまが男たちを押しひしいだ――右へ、左へ、あるいはテーブルの方に突っ伏させた。そして、巨大な下生えを舐める炎のカチカチいう音が、その夜の定められた状況になった。床の上の二人の男たちの一人の唇は、頭が火鉢に被さるにつれ、信じがたいほどに赤く膨らみ、話しに話し続けた。

床の上の二人の男はウェールズ人の坑夫だった。そのうちの一人はロンザ渓谷(1)出身で、独身だった。ポンターデュレー(2)出身のもう一人の男は、洗濯屋をやっている妻がいて、開戦の直前に地下に潜るのを止めていた。戸口から右にあるテーブルに就いている二人の男は、特務曹長だった。一人はサフォーク(3)の出身で、もう一方より連隊の軍曹を務めた経験が十六年長く、経験豊かな男だった。もう一方の男は、英国系カナダ人だった。小屋の反対側にいる二人の将校は大尉で、一方はスコットランドで生まれオクスフォード大学で教育を受けた若い正規将校だった。ほとんど中年で太っているもう一方の将校は、ヨークシャーの出身で、民兵大隊に所属していた。床の上の兵卒の一人は激しい怒りに駆られていた。というのも、なぜ洗濯屋を売った妻が購入者からまだ代金を受け取っていないのか帰宅して調べる許可を年長の将校に拒否されたからだった。もう一方の兵卒は牝牛のことを考えていた。ケアフィリ(4)近郊の山の農場で働く恋人が、奇妙な牝牛について手紙に書いてよこしたからだった。白黒斑のホルスタイン――確かに奇妙な牛だ。イングランド人の特務曹長は遅延を強いられた派兵について、涙を流さんばかりに心配していた。彼らを行軍させ終えるには夜中の十二時になってしまうだろう。兵士たちはぐずぐずと待たされるのを好まない。彼らは不満を募らせる。彼らはそれを好まない。彼にはなぜ兵站部の補給係将校がフード付きランプのロウソクの在庫を揃えておくことができないのか訳がわからなかった。兵士たちにぐずぐずと待機せよと命ずるわけにはいかない。やがて夜食をとらせる必要がある。補給係将校はそれを好まないだろう。不平が口をついて出てくるのも当然だった。夕食の発注が必要だった。勘定書を振り出すのが当然だった。一人前一ペニー半の夜食、二千九百三十四人分。それでも真夜中まで兵士たちをブラブラさせておくのは適切ではない。それは彼らを不満にする。可哀想に、初めて前線に出ていくというのに。

カナダ人の特務曹長は豚革の手帳のことを心配していた。彼は町の軍需品補給所でそれを買ったのだ。それを演習の際に取り出して、何らかの報告書を副官に読み上げるところを想像していた。直立し背を伸ばせば、演習でとても格好良く見えるだろう。しかし、彼はそれを雑嚢のなかに入れたかどうか思い出せなかった。身に付けてはいなかった。胸の右ポケット、左ポケット、裾の右ポケット、左ポケット、椅子から手の届く釘に掛けてある外套のすべてのポケットを探ってみた。従卒として働いている男が手帳を雑嚢のなかに詰め込んだと断言したにもかかわらず、彼は本当にそうだったか確信がもてなかった。ひどく困ったことだった。オンタリオ[5]で買った今の札入れは膨れ上がり裂けていた。帝国将校が報告について何か訊ねたとき、それを取り出すのは体裁が悪かった。カナダ軍について誤った印象を与えてしまうだろう。ひどく困ったことだった。彼は競売人だった。このペースだと分遣隊を駅まで送り、列車に乗せたら午前一時半になってしまうということに関しては彼も同意見だった。それでも、あの手帳が雑嚢に詰め込まれたのかどうか不確かなのはひどく困ったことだった。彼は自分が演習で直立し背を伸ばし、何かの報告について副官が数字を訊ねたとき、手帳を取り出し、良い印象を与えるところを想像した。今はフランスにいるのだから、副官たちが帝国将校であることを彼は理解していた。ひどく困ったことだった。

途轍もないドカンという爆発音が、それぞれの男に、さらに男たち一団に、耐え難いほど親密な事どもを語りかけた。この断末魔の嘔吐の後では、他のすべての音が沈黙の奔流と化したみたいで、血の流れさえ聞こえる耳に苦痛をもたらした。若い方の将校が荒々しく立ち上がり、釘にかかった捻じれたベルトを摑んだ。年長の将校はテーブルを回って歩いて行き、手で下を指した。彼は先任の若い将校が気も狂わんばかりになっていることに気づいていた。若い将校はひどく疲れ、相手に向かって、きつい、傷つけるような、聞き取れない言葉を発した。年長の将校もまた、きつい短い言葉を発したが、こちらもまた聞き取れなかった。年長の将校はテーブルの上に手を伸ばし、下を指さした。年上の特務曹長は年下の特務曹長に向かって、マッケンジー大尉がまた狂気の発作を起こしたと言ったが、こちらも聞き取れないほどの声で、自分でもそのことを承知していた。年上の特務曹長は、二千九百三十四人の乳飲み子に同情する母親的な心のなかに、将校に対しても母親的な役割を演じる気持ちが湧き上がるのを感じていた。彼はカナダ人の特務曹長に、一時的に気がおかしくなっているマッケンジー大尉は英国陸軍のなかで最高の将校だと訴えた。自分自身を蔑んでいるのですよ。英国陸軍最高の将校なのに。これ以上の将校などいないのに。注意深く、スマートで、英雄のように勇敢なのに。前線の部下を気遣っている。信じられないくらいに…年長の特務曹長は、将校に母親みたいに接するのは疲れることだとぼんやりと思った。気が触れた兵長や若い軍曹に対してなら、ゼーゼー息を切らしながら意見することもできる。だが、将校ともなれば、気を遣ってものを言わなければならない。難しいところだ。幸いなことに、もう一方の将校は信頼のおける冷静な人物だった。年をとっていて善良な、と諺に言われているような。

　あたりが完全に静まり返った。

「くそ、逃がしやがったな」ロンザ出身の伝令兵が驚くほどの声を上げた。強烈な閃光が小屋から見える破風の上で明滅した。

「訳がわからん」ポンターデュレー出身の相棒が生まれつきの歌うような声で哀れっぽく言った。「なんであのくそいまいましい探照灯は俺たちを照らし出すんだ。ドイツ機によく見えるようにするためか。ああ、またマンブルズの丘[6]の上にある俺の小屋を見たいものだ。生きて帰れたならな」

「そう悪態をつくな、０９モーガン」と特務曹長が言った。

「なあ、ダイ・モーガン、聞いてくれ」０９モーガンの相棒が話を続けた。「とにかく奇妙な牛だったに違いない。白黒斑のホルスタインだっていうんだからな」

　若い方の将校は会話を聞くのをやめてしまっていたみたいだった。テーブルを覆っている毛布に両手をついて叫んだ。

「俺に命令するとは何様のつもりだ。俺は上官だぞ。いったい、ああ、くそっ、いったい全体…誰にであれ、命令などされてたまるものか…」その声は胸の奥で弱々しく崩れ去った。鼻孔が異常なほどに膨らみ、中に入る空気の冷たさを覚えた。自分に対する陰謀があたりに渦巻いているように感じた。そこで大声をあげた。「おまえと売春宿のあるじの将軍だな…」もっている鋭利な刃物で、ある種の人たちの喉を切り裂きたいと切望した。そうすれば胸のつかえが取れるだろう。テーブルの向かいで重そうに動いている大きな男の「座るんだ」という言葉が彼の四肢を麻痺させた。彼は信じがたいほどの憎しみを覚えた。もし手を動かして短剣を摑めたなら……

　Ｏ９モーガンが言った。

「俺の洗濯屋を買ったいまいましい男の名はウィリアムズって言うんだ……もしカステル・コッホ[7]のエヴァンズ・ウィリアムズだったなら、俺はここから脱走するぞ」

「子牛を忌み嫌ったんだ」ロンザ出身の男が言った。「いいか、まず、俺の話を聞いてくれ……」

二人とも将校たちの会話は聞いていなかった。将校たちの話はまったく彼らの関心の埒外だった。子牛を忌み嫌うとはいったい何が母牛にとりついたんだ。ケアフィリの裏手の山々の上で。秋の朝には丘の中腹全体が蜘蛛の巣で覆われる。陽を浴びてガラス製の糸みたいに煌めく。牝牛は邪眼に睨まれたのに違いなかった。

　テーブルに突っ伏した若い大尉は相対的な序列順位について長い議論を始めた。非常な早口で甲乙両側からの議論を展開した。自分はゲールヴェルトの戦い[8]の後で官報に昇任を公示された。相手は、その一年後だった。確かに後者は連隊本部の常任指揮官で、自分は配給と訓練だけの部署に属していた。だからといって「座るんだ」といった命令を受けるいわれはなかった。彼はますます早口になって、円について話した。原子の崩壊によって円周が完全になるとき、世界は終わりを迎えるだろう。至福千年には命令を出すことも受けることもなくなるだろう。もちろん、それまでは自分も命令に従わなければならなかった。

　年長の将校は、役立たずの准大尉[9]たちが常に入れ替わる寄せ集めの司令部、皆働きたがらない下士官たち、ほとんど皆が植民地出身か物資なしに働くのに慣れていない兵卒たち、物資はすべて常設の英国部隊のものであるとして彼の利用を好まない旧弊な兵站部などのせいで、すでに日常の業務に手一杯であったばかりか、私的生活での困難も抱えていた。彼は最近病院から出たばかりで、休暇でイングランドに戻った兵站部の軍医から粗布づくりの小屋を借りて住んでいた。そこは石油ストーブを点けると窒息しそうなくらいに熱くなり、点けないと耐えられないくらいに寒くて湿っぽかった。軍医が小屋の管理のために残していった従卒は、知的障害があるように見えた。今のようなドイツ軍の空襲は近頃立て続けになってきていた。基地はイワシの大群よりももっとひどく混みあっていた。下の街の通りは、身動きできないほどだった。分遣隊の派兵部はできるだけ兵を人目に晒さないようにと命じられていた。派兵は夜間だけに限られた。しかし、空襲のため十分ごとに二時間の停電がある夜間にどうやって派兵できるというのだ。どの兵も将校に署名されなければならない九組の書類と認識票を持っていた。哀れな連中は正しく文書で証明されることがまさに必要だった。だが、どうやってそれができるだろう。彼には二千九百九十四名の兵がおり、それに九を掛ければ二万六千九百四十六になる。兵站部のやつらは彼に自前の孔開け機を持たせようとしなかったし持たせる余裕もなかった。だが、兵站部の兵器工が、通常の仕事に加えて、五千九百八十八個の金属札に穴を開けるなど期待できるはずもなかった。

もう一方の大尉が彼の前でしゃべり続けていた。ティージェンスは、この男の、円と至福千年の話を好まなかった。分別をもってそれを聞けば、仰天する。決定的な、危険な精神異常の証拠かもしれなかった…だが、彼はこの男のことを何も知らなかった。立派な正規の陸軍将校に見えるには、色が黒くハンサムすぎ、おそらく情熱的すぎた。それでも、立派な将校であるには違いなかった。留め金付きの殊勲章と戦功十字勲章、そして何か別の外国の勲章を下げていた。将軍がさらに妙な情報として、この男は大学副学長からラテン語賞を授けられた人物だと言っていた。キャンピオン将軍ははたしてラテン語賞が何か知っているのだろうかとティージェンスは疑問に思った。おそらく知ってはいまい。その言葉は残忍な部族の長が使う野蛮な装飾品として、将軍のノートに書き留められたのだろう。将軍エドワード・キャンピオン卿は自分が文化人であることを示したかったのだ。虚栄心がどこに現れるかは知れたものでない。

そして、この男は立派な軍人にしては、色が黒すぎハンサムすぎた。それでも彼は立派な軍人だった。それで説明がついた。熱情の抑圧が彼らを狂気に駆り立てるのだ。この男は一九一四年以来ずっと、酒を断ち、厳しい訓練を受け、我慢し、完全に抑圧され続けてきた――地獄の炎、騒動、泥、古いブリキ缶を背景にして。…そして実際、年長の将校は、等身大の肖像の下絵に描かれたかのようなこの男の幻を見た。なぜか、男は脚を大きく開き、炎で赤く染まり、血でさらに赤く染まっている。…年長の将校は小さくため息を吐いた。これは数百万の兵士たち全員の生き様だった…

年長の将校の頭には分遣隊のことが思い浮かんだようだった。彼は二九九四名の兵を二ヶ月間にわたって指揮してきた――こんな生活を送るには確かに長い期間だ――彼と特務曹長のカウリーとは、大きな優しさをもって、兵士たちを世話し、彼らの士気と風紀と足と消化と苛立ちと女への欲望を管理してきた。彼は兵士たちが頭を低く屈めてゆっくりと長い距離をうねって進んでいくのを、何というか、動物園で蛇が水槽のなかにゆっくりと戻っていくのを見るかのように見ていた。…地の底から天の頂きまで伸びる通行不能の障害にぶつかって、遠く離れた場所に落ち着くのを…

強烈な落胆、果てしない混乱、果てしない愚かさ、果てしない悪事。こうした兵士たちは皆、世界の中心に傷を付ける陰謀をめぐらす、長い廊下を闊歩する、皮肉にも苦労を知らない陰謀家たちの手に握られていた。これらの兵士たちは皆、玩具、これらの苦悶は皆、感情も知性さえももたない政治家たちが演説に入れるための絵のように美しい文言を得るための機会であるにすぎなかった。むさ苦しく巨大な真冬の褐色のなかを転げまわる何十万もの兵士たち。ああ、神よ、カササギによって故意に拾われ、肩越しに投げ捨てられる木の実とまったく同じではないか……だが、彼らとて人間なのだ。単なる個体ではない。他人の心配を掻き立てる人間なのだ。どの兵士にも、背骨、膝、半ズボン、ズボン吊り、銃、故郷、感情、不義、酒宴、友人、宇宙の仕組み、うおの目、遺伝病、八百屋の仕事、牛乳配達人の受け持ち地域、新聞の売店、子供、身持ちの悪い妻がある。男たち、兵士たち！　そして哀れな…低い位の将校たち！　神よ、彼らを救いたまえ。副学長のラテン語賞を受けた男たちをもまた…

この殊に哀れな――ラテン語賞受賞者は、騒音が嫌でたまらないように見えた。皆が彼のために静かにしていなければならなかった。

神かけて、彼はまったく正しかった。この場所は肉屋に出す肉を静かに秩序正しく用意する場所だ。分遣隊を！　基地は瞑想の場所、祈りの場所なのだ。英兵たちが静かに、故郷への最後の手紙を書いたり、銃がどんなに恐ろしいうなりをあげているかを記したりする場所であるべきなのだ。

だが、この小さな町のなかや周りを百五十万の兵で一杯にすることは、腐った肉の大きな塊をネズミ捕りの罠につけるようなものだ。ドイツ軍機が百マイル先からその匂いを嗅ぎつけることができた。ロンドンを爆撃してその四分の一を粉々にする以上の被害を与えることができた。この防空は笑い種、まったくのお笑い種だった。あらゆる火砲から何千発もの実弾が発射された。学童たちが泳いでいるネズミに石を投げつけるかのように。もっとも良く訓練された防空兵たちは、明らかに、首都の周辺に配備されているのだろう。だが、被害者たちにとっては、これは笑い事ではなかった。

重い憂鬱がより強く彼の心を圧した。軍の大半がこれまで感じてきた祖国の内閣への不信は、肉体的な痛みのようになっていた。こうした大きな犠牲や大海のような精神的苦痛の経験は、風景や軍隊の大きさのなかにあって小人のように見える男たち一人ひとりのむなしさを増大させた。彼を不安にさせたものは、褐色の泥のなかでずぶ濡れになった何百万の兵士たちの不安だった。自分たちは死ぬかもしれない、二十五万人単位でめちゃくちゃに惨殺されるかもしれない。格好の良さも自信もなく、眉を顰め、見栄を張ることもなく…

彼は目の前の将校について実際何も知らなかった。男は何か質問に答えようと話を止めたように見えた。どんな質問に、か？　ティージェンスにはわからなかった。ちゃんと聞いていなかった。重苦しい沈黙が小屋に垂れ込めた。二人ともただ待っていた。男は憎しみのこもった口調で言った。

「いったいどういうことだ。俺はそれが知りたい」

ティージェンスは思案し続けた…狂気にはいろいろな種類がある。これはどんな種類の狂気なのだろう。この男は酔っ払っているわけではなかった。酔っ払いのような話し方だったが、酔っ払ってはいなかった。この男に「座りたまえ」と命じることで、一か八かの勝負に出た。束の間意識下にあった自我が軍務上の命令に魔法をかけられたかのように反応する狂人もいるのだ。ティージェンスは故国のある駐留地で、気の狂った小男に「回れ…右」と怒鳴ったことを覚えていた。すると、追っ手が五十ヤード後ろを追いかけてくるなかで、裸身の銃剣を振り回しながら自分のテントの前を駆け抜けていった男が、軍靴を踏み鳴らして回れ右したのだ。より良い方法を思いつかなかったので、ティージェンスはこれを狂人に試してみた。それは間欠的に機能するようだった。彼は危険を冒して言った。

「何がどうしたと言うのだ」

男が皮肉っぽく答えた。

「俺には話を聞いてもらう価値もないようだな。俺は『あの忌々しい叔父はどうなんだ』って聞いたんだ。あんたの親友の、ね」

ティージェンスが言った。

「将軍が君の叔父だって？　キャンピオン将軍が？　将軍が君に何をしたと言うんだ」

将軍はこの男のことを、大変優れた男で賞賛すべき将校だから、ティージェンスの部隊で目をかけてくれるようにというメモを付けて、彼のもとへ送ってきていた。その短いメモは将軍の直筆で書かれ、マッケンジー大尉の学問的能力についての追加的情報をも含むものだった。…たまたま知った歩兵隊の指揮官に対し、将軍がこれほどの面倒を見るのは妙なことだと、ティージェンスは思っていた。どのようにしてこの男はうまいこと将軍の目に留まったのか、と。もちろん、キャンピオン将軍は他の男同様、気立てが良かった。半ば気が狂ってはいても、大変優れた男であることを示す経歴をもつ男がキャンピオンの目に留まったとすれば、キャンピオンはその男のためにできるだけのことをしてやるだろう。それにティージェンスは将軍が自分のことを重厚で学問好きな男、彼の被保護者の世話を安心して任せられる男だとみなしていることを知っていた。…おそらく将軍はこの部隊には何もやることがないと思ったのだろう。ここが精神病棟代わりになるのではないか、と。だが、マッケンジーが将軍の甥だとすれば、すべての説明がついた。

精神錯乱者が大声をあげた。

「キャンピオンが俺の叔父だと！　とんでもない、おまえの叔父ではないか！」

ティージェンスが言った。

「いや、違う」将軍は彼の親族でさえなかったが、たまたま彼の名付け親で、父親のもっとも古くからの友人だった。

男が答えた。

「そいつはべらぼうにおかしなことだ。べらぼうに疑わしい。もし爺さんがあんたの叔父でないならば、どうしてあんたにこれほどの関心をもつ！　あんたは軍人じゃない。…あんたは軍人という柄じゃない…小麦粉の袋だ、小麦粉の袋みたいに見える…」彼はいったん言葉を切り、それからまたひどく早口に話を続けた。「司令部ではな、あんたの嫁さんがあの忌々しい将軍を牛耳ってるっていうもっぱらの噂だ。俺はそれが本当だとは信じなかった。あんたがそんな男だとは信じなかった。あんたのことはいろいろ聞いていたんで、な！」

ティージェンスはこの狂気に大笑いした。その後、褐色の暗闇のなかで、耐え難い苦痛が彼の重い体を貫いた。――必死に任務に励む男たちに故郷から届く知らせの耐え難い苦痛、遠くの暗闇のなかで起きている災難を原因とする苦痛が。そうした苦痛を軽減するためにできることは何もない。…別れてきた途方もなく美しい妻が——確かに彼女は途方もなく美しかった——水入らずの集まりとも言える将軍の司令部にまで届くような醜聞を引き起こすことは十分にあり得ることだった。幸いなことに、これまでは何の醜聞もなかった。シルヴィア・ティージェンスは夫にひどく不実で、一番痛みを与えられそうな方法で不貞を働いた。可愛がっている子供が自分の子供なのか、彼ティージェンスには確信がもてなかった。…途方もなく美しく、そして残酷な女の場合、そういったことは珍しいことでなかった。しかし、シルヴィアは気位が高い分、用心深かった。

それにもかかわらず、三ヶ月前に、二人は別れていた。…少なくとも彼は別れたと思っていた。ほとんど完全な空白が彼の家庭生活を覆っていた。褐色の暗闇のなかで、彼女が目の前に明るくはっきりと姿を現わしたので、彼は身震いした。彼女は非常に背が高く、色が白く、極めて健康で、清らかですらあった。サラブレッドだ！　金色の薄絹のガウンのなかですべてが煌き、これも薄絹のようなボリュームある髪は、両耳の上に編んで巻かれていた。目鼻立ちははっきりして、どちらかといえば細面だった。歯は白く小さく、胸も小さく、腕は細く長く、体の両脇に気をつけの姿勢で伸ばされていた。…ティージェンスの目は疲れているとき、彼が考えていることを、ときには心の底にある映像を、極度にくっきりと虹彩に再現するという悪戯をした。ああ、この夜、彼の目は本当に疲れていた。シルヴィアは唇の角を、少し敵意を込めて引きつらせ、まっすぐに目の前を見据えていた。思ったことを口に出さない夫をひどく傷つける方法を考えているところだった。…半ばはっきりと映し出された姿は、小さなゴシック様式のアーチのように輝く青となって、彼の視界の右側に消えていった。

シルヴィアの居場所について彼は何も知らなかった。写真入り新聞を見るのは止めてしまっていた。彼女はバーケンヘッドの修道院に入ると言っていた――だが、彼は二度彼女の写真を見ていた。最初の写真は、アルスウォーター伯爵夫妻の娘レディ・フィオーナ・グラントと、次の国際金融大臣と噂される実業界出身の貴族院議員スウィンドン卿と一緒に写った写真だった。三人皆がスウィンドン卿の城の中庭でカメラに向かって真っ直ぐに歩いてくるところだった…三人とも笑みを浮かべていた。…さらに記事は、ティージェンス夫人には、前線に出ている夫がいると報じていた。

しかし、心に刺さる棘は二番目の写真にあった。――新聞が提供するその写真の説明のなかに。それは公園のベンチの前に立つシルヴィアを写した写真だった。ベンチには、山高帽を目深にかぶった若者が、頭を仰け反らし、顎を突き出して座り、その笑っている横顔が大きく写されていた。説明文には、前線の病院に夫がいるティージェンス夫人がブライアム卿の息子であり跡取りである若者に笑い話を聞かせているところだと書かれていた。ブライアム卿もまた、有害で邪な新聞社を所有する金融界出身の貴族院議員だった。

退院後、軍隊の荒廃した食堂の待合室でその写真を見ている間、ティージェンスは、説明文を併せて考えれば、新聞はシルヴィアに敵意を示しているのだと、一瞬、激しい痛みを覚えた。…しかし、写真入り新聞が社交界の名花に敵意を示すことはあり得ない。写真家にとっては貴重な存在だからだ。…だとすれば、シルヴィアがその情報を提供したに違いなかった。浮かれ騒ぐ連れ合いたちとは違った一言を言わずにはいられなくなって、夫は前線の病院にいると言ったのだ。彼女はむきになっていたのだという考えがティージェンスの頭には浮かんだが、その考えを頭から振り払った。…にもかかわらず、妻は完璧な率直さと完璧な大胆さと完全な無謀さと、さらに寛大さや親切さえも、そしてひどい残酷さもが入り混じった混合物だったが、はっきりと軽蔑を示すことほど彼女にお似合いのことはなかった。――いや、軽蔑ではなく皮肉な憎悪だ――夫に対する、戦争に対する、一般大衆の意見に対する、自分たちの子供の利益に対する皮肉な軽蔑を。…だが、彼は気づいた。いま見た写真に写る彼女は、体温計の細い水銀の脇の数字を読み上げる間、直立不動の姿勢をとり、口元をわずかに動かしている彼女の姿だった。…子供が麻疹にかかり、当時でさえ考えたくもなかった高熱を出した。あれは――ヨークシャーにある姉の家でのことで、土地の医者は責任を負いかねると言った。――彼は今でも小さなミイラのような体の温かさを感じることができた。フランネルの布で子供の頭と顔を覆った。見るに耐えなかったのだ。それから、温かく、恐ろしく、かよわい体を、砕いた氷が浮かぶ水のなかに下ろした。…シルヴィアは直立不動の姿勢で立ち、口角がわずかに震えていた。皆が注視するなか、体温計の値は下がっていった。…したがって、彼女は父親を傷つけたいと思うほどひどく子供を傷つけたいと思ってはいなかったのかもしれない。母親が姦婦だと知れることほど、子供にとってひどいことはありえないのだから。

特務曹長のカウリーがテーブルの脇に立っていた。カウリーが言った――

「大尉殿、兵站部の軍曹である料理人のもとに伝令兵を遣って、分遣隊の夕食を注文するというのが良くはありませんか。兵籍番号一二八番のもう一人の兵士は補給係将校のもとに送ることができるでしょう。今のところ、彼らに用はありませんから」

もう一方の大尉は常時しゃべりまくっていた。シルヴィアのことではなく、途方もない叔父についての話だった。彼が何を言いたいのか、ティージェンスには理解しがたかった。ティージェンスの方は、彼の事務室で使用するためのフード付きランプに立てる軍用ロウソクが伝令兵の帰還によっても手に入らないとするならば、第十六大隊の指揮官ティージェンス大尉は、彼の待機中の大隊への物資供給に係るすべての件を基地の司令部の前に持ち出すという主旨の伝言を添えて、第二の伝令兵を兵站部の補給係将校のところに行かせたかったのだった。三人がいっぺんに話していた。補給係将校の頑固さを思うと、重苦しい諦めにも似た気持ちがティージェンスを襲った。彼の兵舎の裏の大きな部隊がうんざりするほどに頑固な障害となっていた。連中がティージェンスの兵を前線に送りたがっていると考えてもおかしくはなかった。兵が緊急に必要なことは言うまでもなく、ティージェンスの兵が前線に出ていけば行くほど、連中はより多く背後に残ることができるのだから。それでも連中はティージェンスに対して、肉、食料雑貨、ズボン吊り、認識票、兵士手帳の配給を止めようとしていた。…想像しうるあらゆる妨害があったばかりか、自分の利益を第一に考えるという常識さえなかった。ティージェンスは、あたりが静まったようだから、分遣隊を整列させることができるかカナダ人の特務曹長に見に行ってもらった方がいいと、特務曹長のカウリーに伝えることもできた。もしあと十分間、辺りが平穏ならば、「空襲警報解除」になりそうだった。…ティージェンスはカウリー特務曹長が兵卒を小屋から追い出したがっていることを知っていた。一方の大尉があんな状態では、年長の下士官が望むようにして悪い理由はないとティージェンスは思った。

優しく男らしい執事が退いたかのように思えた。カウリーの鼠色のセイウチのような口髭と真っ赤な唇が火鉢のそばに一瞬現れ、カウリーは二人の伝令兵の肩にそれぞれ左右の手を優しく載せて囁いた。伝令兵たちは出て行った。カナダ人の特務曹長も出て行った。特務曹長カウリーは、戸口を塞ぐようにして、星々をじっと見つめた。今自分が見る黒いカーボン用紙を貫く光のひと射しひと射しが、ロンドンより上流を流れるテムズ河の河畔にあるアイズルワース[10]の郊外住宅と長年連れ添ってきた妻を見下ろしていると実感するのは難しいと思った。彼はそれが事実であるとはわかっていたが、それでもそれを実感することは難しかった。大通りを往来する市街電車、網袋に入れた夕食をずんぐりした膝の上に載せて電車のなかに座っている妻を想像した。市街電車は灯りが点き、輝いていた。夕食は燻製ニシンだろう。十中八九ニシンだ。妻の好物だから。娘は陸軍婦人補助部隊にいた。それまではブレントフォード[11]の大きな肉屋のレジ係をしていた。ガラスケースのなかの娘は可愛らしく見えたものだ。古代エジプト王やら何やらをガラスケースに収めている大英博物館のようだった。…一晩中、脱穀機が唸りをあげていた。…彼はいつも脱穀機のようだと言った。くそっ！　脱穀機なら良いものを！…だが、味方の飛行機かもしれなかった。彼は午後のお茶の時間に美味しいウェルシュレアビット[12]を食べていた。

小屋のなかでは、火鉢の明かりが照らす手足の数が減り、一種の親密さが生じ、ティージェンスは自分に気の触れた友人を取り扱う能力が増したかのような気がした。マッケンジー大尉――ティージェンスはその男の名がマッケンジーなのか確信が持てなかった。将軍の手書きではそのように読めた。――そのマッケンジー大尉がとんでもない叔父について話し続けていた。重大事に際して、叔父が甥である自分と知り合いであることを認めてくれなかったということらしかった。そこから甥の不幸が始まったのだと。…突然、ティージェンスが言った。

「おい、しっかりしろ。気でも狂ったか！　本当にいかれちまったのか、それともただ芝居をしているだけか」

男は椅子代わりに使われている牛肉の缶詰の箱の上に座り込んだ。そして吃りながら、いったい何が言いたい、と詰問した。

「気を楽にすれば、ちょっとは見栄えも良くなるってものだ」

「精神科医でもあるまいし」もう一方が言った。「俺に説教しようったって無駄だぜ。おまえのことはみんな知っているんだからな。俺に不正を働いた叔父が――これまでに行われた不正のなかでもっとも汚い不正を働いた叔父がいるのだからな。もしあいつがいなければ、俺はここに来ずに済んだんだ」

「まるで奴隷に売られたかのような話しぶりだな」ティージェンスが言った。

「あいつはあんたの一番の親友だ」マッケンジーはティージェンスへ仕返しをしたいがためにこんなことを言っているようだった。「あいつは将軍の友人でもある。あんたの奥さんの友人でも。あいつは誰とでも親しいんだ」

数回の散発的な愉快げなパンパンパンという音が、はるか上空左手から聞こえた。

「またドイツ軍機を見つけたようだな」ティージェンスが言った。「大丈夫だ。叔父のことに注意を集中するがいい。ただ、その重要性を世間に吹聴しないことだ。君が将軍をわたしの友人と言うのなら、それは間違っている。わたしはこの世に一人の友達もいない」それに続けて、「音が気になるのか。もし音が神経に障るなら、もっとひどくならない今のうちに威厳ある態度で待避壕まで歩いていくんだ」ティージェンスは特務曹長のカウリーに、もし兵士たちが出てきているならば、行ってカナダ人の特務曹長にそいつらを避難所に戻すように命じるんだ、と大声で言った。「警報解除」が出るまでは。

マッケンジー大尉は憂鬱そうにテーブルに就いて座った。

「くそっ、何を言う」マッケンジーが言った。「ちゃちな榴散弾など恐いものか。俺はまるまる十四ヶ月と九ヶ月の二回、前線にいたんだ。参謀の仲間入りをすることだってできただろうに。…くそっ、まったく不愉快な言い争いだ。…不愉快な尼っ子みたいに金切り声を張り上げる特権を得たいもんだぜ。誓って、近いうちにあいつらに仕返しをしてやる…」

「なぜ金切り声をあげない？」ティージェンスが訊ねた。「わたしに対してならできるだろう。ここには君の勇気を疑う者は誰もいないのだから」

大きな雨だれが小屋のまわりにパラパラと落ちた。一ヤード（約九十一・四センチメートル）かそこら離れた地面に聞き慣れたドシンという音、上空には鋭く引き裂くような音、二人の間のテーブルを叩くさらに鋭い音が聞こえた。マッケンジーは落ちてきた榴散弾を拾って、指でクルクルと回した。

「不意を突いてやれ、と思ったんだな」マッケンジーは言った。「賢明なことだ」

二階下で、誰かが二百ポンド（約九キログラム）の重量のダンベルをたくさん応接間のカーペットの上に落としていた。家のすべての窓がそれに応じて急いで閉じられた。榴散弾の「パンパンパン」という音が流れてきた。轟音に耐えるために緊張した後では、再び突然の沈黙が訪れるのは苦痛だった。ロンザ出身の伝令兵が二本の太いロウソクを持って、軽い足取りで入ってきた。ティージェンスからフード付きランプを受け取ると、内側の板にロウソクを押しつけた。そして鼻息荒くこう言った。

「もう少しでロウソク立てにやられるところでした。落ちてきて足に触れたんです。本当に走りましたよ。一生懸命にです、大尉殿」

榴散弾の殻の内部には、平たく幅の広い突端がついた鉄の棒が入っていた。弾が爆発すると、この鉄の物体が地上に落ちる。それも非常に高いところから落ちてくるので、その落下は危険だった。兵士たちはこれをロウソク立てと呼んでいた。ロウソク立てに似ていたからだった。

毛布に覆われたテーブルの暗褐色の上に、今、小さな光の輪が存在した。映し出されたティージェンスは白髪頭で、肌の艶がよく、大きな図体をしていた。陰のなかのマッケンジーは、突き出た顎とその上方の復讐心に燃えた目が際立つ、痩せた、三十がらみの男だった。

「良ければ、植民地軍と一緒に地下壕に入っていいぞ」とティージェンスは伝令兵に言った。伝令兵は頭の回転が非常に鈍かったので、一呼吸置いて、とにかく相棒の０９モーガンを待っていることにすると答えた。

「連中はわたしの大隊事務室にヘルメットを置いてくれるべきだ」ティージェンスがマッケンジーに言った。「わたしに付いて軍務を行っているこいつらのヘルメットの用意ができないなどと連中に言わせてなるものか。自分の司令部にヘルメットが欲しければ、支給を認めてもらうために、オルダーショット[13]のカナダ軍司令部か、どこかそういったところに手紙を書くべきだなどと連中に言わせてなるものか」

「我々の司令部はドイツ野郎どものための仕事をするドイツ野郎で溢れかえっているからな」とマッケンジーが憎々しげに言った。「俺も近いうちに仲間入りしたいものだ」

ティージェンスは、黒い肌の上にレンブラント風の陰が差した若い男の顔をいくらか注意して眺めた。そして言った。

「そんな馬鹿げたことを信じているのか」

若者が言った。

「いや…信じているか自分でもわからん…どう考えたらいいのかわからないのだ。…世のなか腐っている…」

「ああ、その通り、世のなか、腐りきっている」とティージェンスは答えた。千人の兵士に数日おきに給料を支給すること、さまざまに訓練を受けてきた各兵科の兵士が異常に入り混じった隊の行進の状態を整えておくこと、カナダ兵全員に食ってかかる駐屯地憲兵隊から自分の兵を守るために憲兵副隊長と争うこと、そういった無数の具体的な事実に気を遣わなければならないことによって生じる気疲れのため、ティージェンスにはもう何の好奇心も残されていなかった。…それでも彼は、心の奥で、自分にはこの下層中流階級の若者を癒すべき理由があるとぼんやりと感じていた。

ティージェンスは繰り返した。

「ああ、確かに世のなか、腐りきっている。だが、我々の腐敗はそういった類のものとは違う。…我々の状況が混乱しているのは…我々の大隊事務室にドイツ野郎がいるからではなく、イギリス人がいるからだ。それが混乱の元だ。おそらくドイツ軍機は戻ってくるだろう。五、六機は…」

若者は、半ば無意味な譫言を胸から吐き出して気が楽になり、冷淡かつ無関心に、ドイツ軍機の再来について考えた。実際には、彼にとってこの問題は、騒音に耐えられるかどうかという問題だった。ここはどう見ても空き地だということは頭に入れておかなければならなかった。石の破片が飛び散る心配はなかった。鉄や鋼や鉛や真鍮の砲弾の欠片に当たる心配はあったが、家の正面の壁から叩き落された石の破片が当たる心配はなかった。そんな考えが彼の頭に浮かんだのは、下劣な騒動が起きていたクソ忌々しいロンドンでの特別休暇の間だった。…離婚のための特別休暇だった…グラモーガンシャー州第九連隊所属の副隊長、マッケンジー大尉は、十一月十四日から十一月二十九日まで、離婚するための特別休暇を与えられる。…その記憶が巨大な見かけ倒しの音とともに彼の体内で爆発したかのようだった。——大砲が見かけ倒しのズドンという音をあげるたびに、その記憶は蘇った。内部の騒音と外部の騒音が二つ一緒に襲ってきた。煙突の先端にある通風管が頭の上にガラガラと落ちてくるように感じられた。自分自身を守るために忌々しい白痴どもに向かって叫ばざるをえなかった。叫び声で騒音を圧倒できれば安全だった。分別ある行為ではなかったが、そうすると気分が落ち着いた。…

「諜報の点では、奴らは我々の足元にも及ばない」ティージェンスは注意深く話を続け、結論づけた。「我々は敵の統治者たちが朝食のベーコンエッグの皿の脇の封印された封筒の中に何を読むかを知ることができるのだからね」

低い社会階層に属するこの隊員の精神的安定を気遣うことは軍務であるという考えがティージェンスの頭に浮かんでいた。そこで、彼は話した。…どんな下らぬ話でも、相手の注意を引きつけ続けるために、うんざりしながらも話した。マッケンジー大尉は国王の士官だった。肉体も魂も国王陛下と陸軍省のものだった。何であれ国王の所有物の劣化を防ぐことが自分の義務であるのと同様に、この男を保護することも自分の義務だった。これは忠誠の誓いに書かれている事柄だった。ティージェンスは話し続けた。

「組織としての軍隊のひどい点は、ゲームのほうがプレーヤーより大切だという我々のばかげた国家的信念だ。これは国家的な我々の精神の堕落だな。クリケットの試合のほうが思考の明晰さより大切だと我々は教えられる。そこで隣りの兵站部の軍需品店の指揮をとる忌々しい補給係将校は、もし兵員にヘルメットの配給を拒めば、アウトを一つ取ったと考えるんだ。これはゲームだと！　もしそれでわたしの、つまりティージェンスの部下たちの誰かが死んだとしても、補給係将校はニヤッと笑ってゲームはプレーヤーより大切だと言うんだ。…もちろん、もしそれで防御率が格段に低く抑えられれば、彼は昇進する。英仏海峡からペロンヌ[14]にかけて、あるいは我々の前線の終わるところまでで実戦に従事した兵士の誰よりも多くの殊勲賞や戦闘員メダルをもっている補給係将校が西の地方の大聖堂のある市[15]にいた。彼の業績は西部軍のほとんどすべての哀れな兵士たちから数週間の赴任手当を奪ったことだった。…もちろん、納税者のために。哀れな英兵たちの子供は、ちゃんとした食事も服もなしで過ごさなければならず、当の英兵たち自身は憤懣やるかたない状況だった。この世の中に、戦う機械でしかないこと以上に、規律や軍隊にとって良くないことは他に何もないのだが。それにもかかわらず、その補給係将校は事務室に座り、黄褐色の大判紙が白熱ガス灯の明かりに照らし出される頃まで、彼の配下の兵士たちの兵役証明書に関して現実離れしたゲームを続けるんだ。そして」とティージェンスは結論づけた。「哀れな戦闘員をアウトにして得た二十五万ポンドで、彼は四番目の殊勲賞のリボンの新しい留め金を得る。…要するに、ゲームのほうがプレーヤーより大切だってわけだ」

「ああ、何てことだ！」マッケンジー大尉が言った。「だから我々はこんな状態にあるというのいるんだ」

か」

「その通り」とティージェンスが言った。「それで我々は苦境にあり、そこから抜け出せないで
マッケンジーは意気消沈して、自分の指を見下ろしていた。

「あんたは間違っているかもしれないし、正しいのかもしれない」と彼が言った。「俺が聞いたのとは正反対だ。でも、あんたの言っていることはわかる」

「戦争が始まった頃」とティージェンスが言った。「陸軍省にちょっと立ち寄る必要があり、とある部屋である男を見つけた…その男が何をしていたと思う？…いったい何をしていたと？…その男は義勇軍の解散の式典を考えていた。少なくとも一つのことでは我々は準備怠りないってことだ。…それで、式典の最後はこうだ。副官が大隊に休めの姿勢をとらせる。楽団が『希望と栄光の国』(16)を演奏し、それから副官が『これでパレードは終了』と言うんだ。何と象徴的な終わり方だと思わないか？　楽団が『希望と栄光の国』を演奏し、それから副官が『これでパレードは終了』と言うだなんて。…だって、なくなるんだぞ。存在しなくなる。存在などするものか…希望も栄光も。君にとってもわたしにとっても、もうパレードはない。国にとっても…世界にとっても。あえて言おう…何もない…消えてしまい…もはやない、これでおしまい…ノー…モア…パレードだ！」

「たぶん、あんたの言うことは正しいのだろう」もう一方の男が言った。「だが、それにしても、俺はその式典で何をすることになる？　俺は兵隊ごっこは嫌いだ。この忌まわしい仕事全体が嫌いなんだ…」

「それなら、どうして派手なお飾りの参謀にならなかった？」とティージェンスは訊いた。「お飾りの将校団は君を仲間に入れようとしていたようじゃないか。神かけて、君は歩兵部隊ではなく諜報部向きだ」

もう一方の男がうんざりしたように言った。

「わからない。俺は大隊にいた。大隊に留まりたかった。もともと俺は外務省に勤めるはずだった。ところが、ひどい事に叔父のさしがねで俺はそこから蹴り出された。俺は大隊にいた。司令官は大した奴じゃなかった。誰かが大隊に留まらなければならなかった。それに関しては、軟弱な仕事に就くような卑劣な真似をする積もりはなかった…」

「君は七ヶ国語をしゃべれるんだろう？」とティージェンスが訊ねた。

「五ヶ国語だ」ともう一方の男が我慢強く言った。「それにもう二ヶ国語が読める。それにもちろん、ラテン語とギリシャ語も、だ」

褐色の、硬直した男が、行進の歩調で、無遠慮に明かりのなかに飛び込んできた。そして、高い一本調子の声で言った。

「また怪我人です」影のなかで、男の顔半分と胸の右側がちりめん織りで覆われているかのように見えた。男は高い声でカラカラと笑った。ぎこちなくお辞儀するかのように、生気なく膝を曲げた。体を傾けたまま、火鉢を覆っている鉄のシートの上に倒れ込み、そこから転がり落ち、火鉢の脇にしゃがんでいたもう一人の伝令兵の両脚と交差する形で仰向けに横たわった。明るい光のなかで、バケツ一杯の緋色のペンキが男の顔の左側と胸にはねかかったかのようだった。それは火明かりのなかで煌めき——まさに新鮮なペンキのように流動した。膝に乗った死体に押さえつけられたロンザ出身の伝令兵は、口をポカンと開けて、目の前に横たわる少女の髪を梳るもう一人の少女のようだった。赤い血がボコボコと吹き出して床を横切っていた。こんなふうに新鮮な水が砂のなかから噴き出すのを見たことがあった。人間の体にこんなに豊富に血が含まれていることにティージェンスは驚嘆した。叔父を彼ティージェンスの友人と思うなんて、この男は何と奇抜な妄想を抱いているんだ、とティージェンスは思った。彼には商売上の友人、平素から、試用してみて気に入らなければ返品できるという条件で、長靴を一足もって来てくれるような叔父はいなかった。…ひどい怪我をした馬の手当てをしたときのような気分だった。胸の切り傷から血がストッキングのように左前脚全体を覆って流れ落ちている馬を思い出した。包帯をするのに一人の娘がペチコートを貸してくれた。それにもかかわらず、彼の脚はゆっくりと重たげに床を横切った。

火鉢からの熱が、うつむいた顔に容赦なく当たった。彼は血の海に両手をつきたくはなかった。というのも、血はとてもべとつくからだ。血は手の指と指を無益にくっつけ合わせる。だが、彼が手をつこうとしている男の背中の下の暗がりには血はないのではないかと思えた。ところが、血はあった。そこはとても湿っていた。

カウリー特務曹長の声が外から聞こえた。

「ラッパ手、二人の衛生兵長と四人の兵を呼ぶんだ。二人の衛生兵長と四人の兵だ」途切れ途切れの、長く響く嘆きの音がその夜を満たした。悲しげな、諦め切った、長く響く音だった。

ありがたい、誰かが来て、自分に代わってその仕事をやってくれる、とティージェンスは思った。火が顔を焦がすような状態で、死体を支えなければならないのは、息が詰まる。彼はもう一人の伝令兵に言った。

「そいつの下から出てくるんだ、この馬鹿者が！　怪我でもしているのか」マッケンジーは火鉢のせいで、向こう側から死体に手を伸ばすことができなかった。伝令兵はソファーの下から脚を引き抜くように、座ったまま足を引きずって死体の下からもがき出た。彼は言っていた。

「可哀想な０９モーガン！　本当に誰だか見分けがつかなかった。本当に見分けがつかなかった」

　ティージェンスはゆっくりと死体の胴体を床に下ろした。生きている人間を下ろすときよりももっと優しく。あちこちで轟音が炸裂し、あたり一面が地獄だった。ティージェンスには、さまざまな思いが地震の衝撃の合間に自分に向かって叫んでいるように思えた。マッケンジーの奴が彼の叔父のことを自分ティージェンスが知っていると想像するのは、馬鹿げていると思った。ティージェンスはまた、平和主義者である娘の顔をありありと思い浮かべた。もし彼女が彼のいまやっている仕事のことを聞いたならば、どんな表情をみせるだろう。それがわからないことが、彼を悩ませた。嫌悪だろうか？…彼は、軍服の袖口に油じみたべたつく両手がつかないようにして立っていた。…おそらく嫌悪だろう！…この喧騒のなかでは考えることができなかった。…彼のとても厚い靴の底が膠づけされているかのように動き、地面に貼りついた後にようやく上がった…彼は、明日、彼の配下の者たちの何人が駐屯部隊の雑務のために必要とされるかを知るために、歩兵兵站基地本部事務室に伝令兵を送っていないことを思い出し、ひどく苛立った。派遣する士官たちに注意を与える際限のない仕事が待っていた。あいつらはもう町の売春宿にいるだろう。…彼は娘がどんな表情をするかわからなかった。もう二度と会えないだろう、だから、いったいどうだっていうんだ。…おそらく、嫌悪だろう！…ティージェンスはマッケンジーが喧騒のなかでどんなふうになるのか、よく観察したことがないのを思い出した。彼はマッケンジーを見たくなかった。マッケンジーはうんざりさせる奴だった。…彼女の顔はどんなふうに嫌悪を表すだろうか。彼は彼女が嫌悪を表すのを見たことがなかった。彼女はまったく目立たない顔をしていた。まずまずの顔だったが…おお、神よ、どんなにか突然に胸が張り裂ける思いがしたことか。…娘のことを考えて…彼の下に横たわる顔が天井に向かってニヤッと笑った。…半分残った顔が！　そこには鼻があり、火明かりで歯が浮き出た口の半分があった。めちゃくちゃになった顔のなかで、とがった鼻と鋸状の歯の輪郭がはっきりしているのは、驚くべきことだった。目は小屋の帆布を張った天井の頂きをさっそうと見つめていた。…にやりと笑って去りぬ、か。この男が言葉を発したとは異常だった！　死んだ後で。言葉を発したときには死んでいたに違いなかった。肺から自然に出ていく最後の空気がそうさせたのだ。たぶん、死者の反射行動なのだろう。…もし自分がこいつの欲しがった休暇を与えていれば、今もこいつは生きていただろう！…いや、自分がこの哀れな男に休暇を与えなかったのは、完全に正しいことだった。いずれにせよ、こいつはここにいたほうが良かったのだ。そして彼ティージェンスも。ティージェンスは、今回出征して以来、故国から一通の手紙も受け取っていなかった。一通たりとも。噂話さえ。請求書すらも。骨董品商の広告は何通か来た。彼らは自分のことを疎かにしない。故国では感傷的な段階は通り越しているのだ。明らかに、そうだ。…彼はもしあの娘のことを考えたら、また臓腑を抉られる思いをするだろうかと訝った。彼はそうなったらいいと思った。自分が強い感情を持っていることが示されるのだから。彼はわざと彼女のことを考えた。熱心に。だが、何も起こらなかった。考えると一瞬心臓が止まる、彼女のまずまずの、目立たない、色つやのよい顔のことを考えた。心臓が一瞬止まった。従順な心臓だ。早咲きのサクラソウのよう。どんなサクラソウでも良いわけではない。早咲きのサクラソウ。猟犬が下生えを踏み倒して通る土手の下に咲くサクラソウだ！ Du bist wie eine Blume.（君は花のようだ）と言うのは、感傷的だ。…いまいましいドイツ語め！ だが、あの詩人はユダヤ人だった。(17) …自分の若い恋人を花のようだなんて言うもんじゃない。心のなかでさえ。それは感傷的だ。特定の花だったら言っても良いかもしれない。男にはその権利がある。それは男の仕事だ。キスすると、彼女はサクラソウの匂いがした。だが、クソッ、自分は彼女にキスしたことがない。彼女の匂いがどんなだか、どうして知っていようか。彼女は小さな穏やかな金色の光だった。自分はとてつもない宦官であるに違いない。性格的に。あそこに死んで横たわっている男は肉体的にそうだったに違いなかった。死んだ男をインポだったと考えるのは不謹慎だが。でも、おそらくそうだったのだ。そこで男の妻はカステル・コッホのプロボクサー、レッド・エヴァンズ・ウィリアムズと懇ろの仲になったのだ。もし自分がこいつに休暇を与えていたら、プロボクサーが彼をずたずたに打ちのめしただろう。ポンターデュレーの警察は、男を故郷に戻さないように彼ティージェンスに頼んできた。——プロボクサーの存在ゆえに。だから、この男は死んだほうが良かったのだ。いや、ひょっとするとそうでないのかもしれない。死は、妻が売春婦であることがわかり、妻の男に打ちのめされるのよりましなのか。Gwell angau na gwillth という言葉が、彼らの連隊の徽章には刻まれている。「死は不名誉に優る」…いや、死ではない、angau は苦痛を意味する。いや、苦悶だ。苦悶は不名誉に優る。やっかいな問題だ。だが、この男はその両方を得ただろう。苦悶と不名誉を。妻からは不名誉を、プロボクサーが殴るときには苦悶を。…明らかに、それ故に、彼の顔の半分は天井に向かってニヤッと笑ったのだ。血まみれの側は褐色に変わっていた。もうすでに！　見つめているようでもあり、いないようでもある、ファラオのミイラのように。…この男は死傷者になるために生まれてきたのだ。砲火によってであれ、プロボクサーの拳によってであれ。…ポンターデュレー！　ウェールズ中部地方のどこかだ。かつて職務のために車で通ったことがあった。長く続く退屈な村だった。誰も好んで帰りたくなるようなところではない。…

優しい執事の声が耳元で囁いた。「これは大尉殿の仕事ではありません。こんなことまでしていただき恐縮です。…大尉殿でなくて幸いでした…これでやられちまったのでしょう」

傍らに立っていたのは、特務曹長のカウリーで、カウリーは手にロウソク立てに似た重い金属片を握っていた。ティージェンスは、その一瞬前、マッケンジーの奴が火鉢の上に屈んで、薄鉄板を元の位置に戻そうとしているのが見えたのに気づいた。注意深い士官だ、マッケンジーは。ドイツ軍機に火鉢の明かりを見られてはならない。薄鉄板の端は死人の軍服の上に落ち、少し肩に食い込んでいた。死人の顔は暗がりに消えた。戸口に何人かの兵士の顔があった。

ティージェンスが言った。「いや、それでやられたわけではないと思う。もっと大きなやつだ…プロボクサーの拳のような…」

カウリー特務曹長が言った。

「いや、どんなプロボクサーでもあんなふうにはやれませんよ、大尉殿…」そして付け加えた。

「ああ、おっしゃる意味はわかります、大尉殿…０９モーガンの妻のことですね…」

ティージェンスは、血糊で動かしにくくなっている足で、特務曹長のテーブルのほうへ移動した。もう一人の伝令兵が置いた金盥がテーブルの上にあった。今はその脇にフード付きのロウソクが一本、灯されて立っていた。水は無邪気に輝き、盥の白い底の上に透明な半月が揺らめいていた。ポンターデュレー出身の伝令兵[18]が言った。

「まず、手を洗ってください、大尉殿」

さらに言った。

「ちょっと退いていただけますか、大尉殿」彼は黒い手に雑巾を握っていた。ティージェンスはテーブルの下に細く流れ込んだ血をよけた。男は両膝をつき、両手を使って雑巾でティージェンスの靴の底と甲との継ぎ目革をきつく擦った。ティージェンスは綺麗な水のなかに両手を浸し、青白い半月の上に紫っぽい緋色の淡い靄が広がっていくのを見つめた。足元の男は鼻をすりながら、苦しそうに息をした。ティージェンスが言った。

「トマス、０９モーガンは君の相棒だったのか」

皺の寄った、色の黒い、猿のような顔の男が、顔を上げた。

「いい奴でした、可哀想に」とトマスは言った。「まったく、大尉殿、こんな血だらけの靴で食堂に行きたくはないでしょう」

「もしわたしが休暇をとらせていたら」とティージェンスは言った。「彼は今死なずに済んだだろうか」

「ええ、その通りです」１７トマスが答えた。「でも、同じことです。カステル・コッホのエヴァンズがきっと彼を殺してしまったでしょうから」

「では、君も彼の妻のことを知っていたのだね！」ティージェンスが言った。

「そんなことだと思っていました」と17トマスが答えた。「でなければ、大尉殿は彼に休暇を与えていたでしょう。優しい大尉殿のことですから」

私生活も公に知れ渡るものだという感覚が突然ティージェンスを襲った。

「君はそれを知っていたんだね」とティージェンスは言った。「いったいこいつらに知らないことがあるんだろうか！」と心のなかでは思った。「もし自分に何か問題が起これば、二日で部隊全体に知れ渡るだろう。シルヴィアがここまで来られないのは、何ともありがたいことだ！」伝令兵は立ち上がった。赤い縁のついた真っ白なタオルを特務曹長のところへ行って持ってきた。

「知っています」と伝令兵は言った。「あなたは本当にいい大尉殿だ。マッケクニー大尉もとてもいい大尉殿だし、プレンティス大尉も、マーサー[19]のジョンス中尉も…」

ティージェンスが言った。

「もうそのへんでいいだろう。相棒と一緒に病院へ行くのに通行証を出してくれと特務曹長に言いたまえ。床は誰かに拭かせなさい」

二人の兵が、胴体を防水シートで包んだ０９モーガンの亡骸を運んでいくところだった。二人は死体を両脇から抱え、椅子に座るような恰好にして、小屋から運び出した。死人は担い手の肩越しに腕を振るかのようなおどけた別れの挨拶をした。外では自転車の車輪がついた救急用担架が用意されているものとみえた。

Ⅱ章

その後すぐに、空襲警報が解除された。その唐突さは驚くべきもので、天変地異の騒音が静まったばかりの夜に、サイレンの陰気にして陽気な長い調べは、無念そうに徐々に消えて行った。月が昇ることを思い立った。それは歯肉膿瘍のような、滑稽で奇怪な月で、小屋に蔽われた幾つもの丘のなかの一つの肩の後ろから昇って、ティージェンスの小屋が並んでいるところに感傷的な光線を降り注ぎ、その場所をまどろむような牧歌的な居留地へと変えた。静けさに寄与しない音はなく、小さなぼんやりした明かりがあちこちで、セルロイドの窓を通して輝いた。少しの間コークスの煙を肺から取り除いていたティージェンスは、月によって認識票の数字を金色に染められてA中隊の宿営地に立つカウリー特務曹長に対し、月光と今や骨身に沁みる寒さに敬意を表するような抑えた声で訊ねた。

「分遣隊はいったいどこにいるんだ」

特務曹長は、黒っぽい下り坂に敷かれた白塗りの石の列を、まるで詩人のように見下ろした。その隣の丘の肩には、隠れた大火災の煙が上っていた。

「あそこでドイツ軍機が燃えています。第二十七演習場です。分遣隊はあのあたりにいるのでしよう、大尉殿」とカウリーは言った。

ティージェンスが言った。

「なんてことだ」と辛辣だが寛容な声で。さらに加えて「我々が預かってからの七週間、こいつらに規律を叩き込んだと思っていた。我々がこいつらを初めて行進させたとき、兵長代理が隊列を離れ、カモメに向かって石を投げつけたことを君は覚えているだろうな…そして、君のことを01ハンキーと呼んだのを！…良俗と秩序を乱す行為ではないかね。カナダ人の特務曹長はどこだ。分遣隊担当の将校はどこにいる？」

特務曹長のカウリーが言った。

「ルドゥー特務曹長は、牛の集団暴走のようだと言っていました…出身地のどこかの川でのような。大尉殿にも彼らを止めることはできませんよ。彼らにとっては、初めてのドイツ軍機だったのですから。…それに彼らは今夜前線に出ていくのです、大尉殿」

「今夜だって」とティージェンスは大声を出して言った。「次のクリスマスの間違いだろう」

特務曹長が言った。

「哀れな奴らだ」そして遠くを見つめ続けた。「もう一つ傑作なのを聞きましたよ、大尉殿」とカウリーは言った。「国王が一兵卒に敬礼するが、兵卒は気にも留めない。その答えは、もう死んでいるっていうんです。…でも、もし大尉殿が出入口から中隊を演習場に行進させ、もう一度そこから出したいけれど、操典のなかの方向転換の号令を知らなかったとしたら、どうされます?…中隊を外に出さなければならないが、回れ右も右向け右も左向け左も使ってはいけないんです。…敬礼についても傑作な話がありますよ。…分遣隊の指揮官はホチキス少尉です。…陸軍輜重《しちょう》隊の将校で、六十を過ぎています。一般市民としては獣医をしている方です。大尉殿に他の手駒はないのかと、輜重隊の少佐がわたしにとても丁重に訊ねてきました。少佐は、もしヒッチコック少尉が…いや、ホチキス少尉が派遣されたら…駅まで歩けるか、ましてや兵を行進させられるか疑っていました。たとえ号令を知っているにしても、騎兵隊の号令しか知らないのだからと言って。陸軍に入って二週間にしかならないのです…」

ティージェンスは牧歌的な風景から目を背けて言った。

「カナダ人の特務曹長とホチキス少尉は兵たちを連れ戻すのにできるだけのことをやっているだろう」

ティージェンスは再び小屋のなかに入った。

途方もなく明るい強風用ほや付きランプに照らされたマッケンジー大尉は、目の前の机の上に広がる巻紙の寄せ波を浴びて、落胆した様子だった。

「まったくうんざりする書類だ」マッケンジーが言った。「世界中の司令部から届きやがる」

ティージェンスが快活に言った。「いったい何の書類だね」

相手が答えた。「守備隊司令部命令、師団命令、兵站線命令、六通は入営証明書だ。守備隊司令部から転送されてきた第一軍の激しい非難は、一昨日、分遣隊がアーズブルック[1]に到着しなかったということだ」

ティージェンスが言った。「丁重に返事を出してくれ。我々は四百人のカナダ人鉄道隊員——毛皮のフードを被った奴らだ——の補充がなければ、分遣隊は送らないよう命令を受けているという趣旨で。あいつらは今日の午後五時にエタープルからここに着いたばかりだ。毛布も結婚証明書ももたずに。ついでに言えば、他の書類も何ももってやしない」

　マッケンジーは、ますますふさぎこんで、小さな淡黄色のメモ用紙をじっと見つめていた。

「これはあんたへの私信のようだ」とマッケンジーが言った。「でなければ皆目理解できない。『親展』とは書いてないが」

　彼は淡黄色のメモ用紙をテーブル越しに投げてよこした。

　ティージェンスは牛肉の缶詰の箱の上にどっかと腰を下ろした。彼はまずその用紙の上に署名のイニシャルを見た。「将軍E・C」それから「後生だ、おまえの妻をわたしに近づけないでくれ。わたしの司令部に女を入れるわけにはいかない。おまえはわたしの旗下部隊全部を併せたよりも、さらに、わたしにとって面倒な存在だ」というメモを読んだ。

　ティージェンスはうめき声をあげ、牛肉缶詰の箱の上により深く身を沈めた。目に見えない、思いもよらない野獣が、頭上にかかる枝から彼の首に飛びかかってきたかのように。脇にいた特務曹長は、この上なく賞賛すべき執事の作法で言った。

「モーガン軍旗軍曹とトレンチ兵長が分遣隊の書類の手伝いに連隊本部事務室から来てくれています。大尉殿ともう一人の大尉殿はちょっと夕食でも食べて来られたらいかがですか。大佐と軍隊付き牧師がたった今食堂に入ったところです。給仕係に大尉殿の食事を温めておくように命じておきました。…二人とも証明書類に関しては有能な男たちです、モーガンとトレンチは。署名できるように、我々が軍隊手帳を大尉殿のテーブルの上に運びます…」

　特務曹長の女性的な気づかいが、ティージェンスをひどく苛立たせるとともに暗澹たる気分にさせた。ティージェンスは特務曹長に、とっとと出て行け、自分は分遣隊を送り出すまでは小屋を離れるつもりはないと言った。マッケンジー大尉には、好きなようにするがいい、と言った。特務曹長はマッケンジー大尉に、ティージェンス大尉はチェルシーで近衛連隊の派兵をしている副官でもあるかのように速いリズムで派兵を行おうと苦労していると言った。マッケンジー大尉は、それだから自分たちはこの宿営地のどの歩兵部隊よりも四日も早く分遣隊を送ることができるんだと言った。それだけは言える、としぶしぶと付け加えると、マッケンジー大尉は再び書類の上に視線を落とした。ティージェンスの目の前で、小屋がゆっくりと上下に揺れた。まるで胃を蹴り上げられたかのようだった。ショックはこんなふうに彼を襲った。彼は頭のなかで言った。「くそ、自分をコントロールしなければ」彼は淡黄色の紙をだるい感じの両手で鷲掴みにし、その上に太い湿った文字を縦に並べて書いた。

a b b a　a b b a　等々

ティージェンスはマッケンジーを侮辱するかのように言った。

「君はソネットが何だか知っているか。ソネットの脚韻を教えてくれ。それで行こう」

マッケンジーがブツブツと言った。

「もちろん、ソネットが何だかは知っているさ。だが、何のゲームを始めようっていうんだ」

ティージェンスが言った。

「ソネットの十四の脚韻を考えてくれたら、わたしがその詩行を書く。二分三十秒以内にだ」

マッケンジーが侮辱するかのように言った。

「もしあんたがそれをやるなら、俺は三分でそれをラテン語の六歩格の詩にしてみせる。三分以内にだ」

二人は互いにひどい侮辱の言葉を浴びせ合っているみたいだった。ティージェンスには巨大な猫が何かに惹きつけられ、命の危険を冒して、小屋のまわりをうろつきまわっているように思えた。妻と別れたときの自分を想像した。何ヶ月も前の、永遠と思えるほど前の朝四時、反対側の家々のジョージ朝風の屋根の棟木の上の煙突の先端にある通風管にちょうど朝陽が射し始めた頃、妻は家を出て行き、それ以来、たよりはなかった。夜明けの完全な静寂のなかで、彼は妻が運転手にはっきりと「パディントン」と言い、その後、グレイ法曹院のすべてのスズメたちが目を覚まして合唱するのを聞いた。突然、「パディントン」と言ったのは妻ではなく、彼女の女中だったのではないかという考えが浮かび、啞然とした。…彼は行動規範に則って生きたい男だった。彼には「衝撃を受けたとき、衝撃を与えたものについて考えるな」という鉄則があった。衝撃を受けた精神はあまりにも感じやすくなっているからだ。衝撃を与えたものについては、あらゆる方面から考える必要がある。ところが、あまりにも感じやすくなっているときに考えると、あまりにも過激な結論が導き出されるのだ。そこでティージェンスはマッケンジーにいら立って叫んだ。

「まだ脚韻を考えつかないのか。畜生め！」

マッケンジーが不快そうにブツブツと言った。

「まだ、できてない。ソネットを書くより脚韻を見つけるほうが難しいんだ。死亡（death）、あくせく働く（moil）、ぐるぐると巻く（coil）、呼吸（breath）…」マッケンジーはひと呼吸入れた。

「野草《やそう》（heath）、汚く（soil）、骨折って働く（toil）、ためらう（staggereth）」ティージェンスが軽蔑するかのように言った。「そいつは君と同じくオックスフォードにいた若い娘の脚韻だ……続けてくれ…うむ、いったい何用だ?」

極度に年老いてやつれた顔をした、軍人らしからぬ将校が、毛布で覆われたテーブルの脇にいた。ティージェンスは猛然と話しかけたことを後悔した。この男はグロテスクなほどに薄く白い顎鬚を生やしていた。肯定的に言えば、白いほお鬚を。彼はこのほお鬚を生やし続けてきたのと同様に何とか軍隊の生活を切り抜けてきたに違いなかった。というのも、どんな上官も――陸軍元帥でさえも――その鬚を剃るように彼に命じる勇気はなかっただろう。それが彼の哀れさ具合だった。この哀れな人物は分遣隊を手元に置いておけなかったことを詫びた。彼は上官に、この植民地軍は規律の才に欠けていると認めるよう求めていた。まったく規律の才に欠けていると。この男の右腕の普通は予防接種の跡が残っている部分には、青い十字架が彫られていた。ティージェンスはカナダ兵たちがこの英雄と話しているところを想像した。…英雄は王立陸軍輜重隊のコーンワリス少佐について話し始めた。

ティージェンスがだしぬけに言った。

「陸軍輜重隊にコーンワリスという人がいるんですか。これは驚いた!」

英雄は弱々しく抗議した。

「王立陸軍輜重隊です」

ティージェンスは優しく言った。

「そう、そう。王立陸軍輜重隊ですね」

このときまで、ティージェンスの頭は、妻の「パディントン」という言葉が、彼の人生と彼女の人生とを明らかに分け隔てたとみなしていた。彼は妻を、背は高いが、おぼろで青白い黄泉の国に沈みゆくエウリュディケ(2)のようだと想像した。…「エウリュディケなしにどうしたらよいのだ」…と彼は鼻歌で歌った。バカバカしい。それに、これを言ったのはもちろん女中だったのかもしれなかった。…女中もとても澄んだ声をしていた。ならば、「パディントン」という謎の言葉はまったく象徴ではなく、ティージェンス夫人シルヴィアも気がくじけ顔青ざめていたわけではなく、ホワイトホールからアラスカに至る最高司令官たちの半分をめちゃくちゃにしてやろうとしていたのかもしれなかった。

マッケンジーは――いまいましい事務員のように――明らかにやっと見つけた脚韻を別の用紙に書き写していた。おそらく、彼は丸みを帯びた、習字の手本となるような字を書く人だった。口のなかの発音が文字を追いかけた。これが今日の近衛将校のやり方だった。驚いたことに。とても聡明で色の黒い男だ。若い時分には腹を空かせ、寄宿学校が与えうるあらゆる奨学金を受けたタイプだ。目も大きくて黒い。マレー人の…被支配民族の打ちひしがれた一員のようだ。

陸軍輜重隊の男は馬について自信たっぷりに話していた。前線の馬たちの命を奪っているはやり目の種類を研究するために協力を申し出たのだと。彼はどこかの獣医大学の教授――正真正銘の教授だった。それならば、A・V・C――英国陸軍獣医団――に入るべきだとティージェンスは言った。老人はわからないと言った。王立陸軍輜重隊は、隊の馬のために自分の奉仕を望んでいるものと彼は想像していた。

ティージェンスは言った。

「何をすべきかあなたに教えましょう、ヒッチコック少尉。…まったく、あなたは勇敢な人だ…」

この哀れな老人は、どこか地方の大学の隠遁の地からこの歳で飛び出してきたのだ…彼は、確かに、馬術競技者のようには見えなかった…

老少尉が言った。

「ホチキスです…」

ティージェンスは大声をあげた。

「もちろん、ホチキスでしたね…ピッグ馬用塗布剤の推薦書にあなたの署名があるのを見たことがあります。…それで、もしあなたがこの分遣隊を前線へ連れて行きたくないとしても…わたしはそうするよう忠告しますが…これはアーズブルックへの駆け足観光旅行にすぎません。いや、バイユール[3]への。…それに特務曹長が代わりに兵を進軍させるでしょう。…それでも、あなたは第一軍の前線にいたことになり、友人たちに本物の前線で従軍任務に就いたと言うことができるでしょう…」

この言葉を言っている間、ティージェンスの頭にあったのは、次の思いだった。

「では、まったくもって、もしシルヴィアが俺の経歴に精力的に注意を払っているとしたら、俺は全部隊の笑い者になるだろう。俺は十分前にそれを考えていた。…そのことをどうしたらいいのだ。いったいどうしたらいい」黒い縮み紗のベールが垂れ下がって彼の視線を遮ったかのように思えた。…肝臓が…

ホチキス少尉が威厳をもって言った。

「わたしは前線に参ります。本物の前線に参ります。わたしは今朝、Ａ１（甲種一類）で合格しました。戦火のもとにいる軍馬の血液反応を研究するつもりです」

「ああ、あなたは実に立派だ」とティージェンスが言った。どうしようもなかった。シルヴィアがやれる驚くべき活動は、哄笑する軍隊のなかに、炎のように荒れ狂う笑いを送るものとなるだろう。ありがたいことに、彼女はフランスには入れない。だが、すべての英兵が読む新聞に醜聞を撒き散らすことはできる。この種の行為は、彼女の仲間たちの間では「冷水を浴びせること」と呼ばれていた。仕方ない。どうすることもできない。忌まわしい強風用ほや付きランプは噴煙を上げていた。


マッケンジーが脚韻を書いた紙を彼の目の前に放り投げた。「死亡（death）、あくせく働く（moil）、ぐるぐると巻く（coil）、呼吸（breath）…のたもう（saith）――『のたまふ』が崩れた口語体だ、油を塗っていく（oil）、染みがつく（soil）、生霊（wraith）…」

「断じて」マッケンジーは意地悪くにやっと笑って言った。「あんたが自分で提案した脚韻など差し出すものか」


少尉が言った。

「お忙しいなら、もちろん迷惑をかけるつもりはありません」

「迷惑とは言いません」とティージェンスが言った。「我々はそのためにいるのですから。だが、部隊を指揮する将校には、ときに『殿』をつけることを勧めますね。兵たちの前で聞こえがいいですから。第十六歩兵基地兵站部の食堂の待合室に行ってご覧なさい。壊れたバガテル[4]用のテーブルのあるところです…」


カウリー特務曹長が外で、大きな声を出して冷静に命令を伝えていた。

「さあ、整列するんだ。結婚証明書と識別票三つをもっている者は左に、もってないものは右に。毛布を引き出すことができていない者は軍旗軍曹のモーガンに申し出ること。忘れずに。君たちが行くところでは絶対手に入らないからな。軍隊手帳にもどこにも遺言を書いておらず、これから書きたいと思っている者はティージェンス大尉のところへ行きなさい。金をおろしたい者は、マッケンジー大尉に訊ねること。書類に署名した後で告解をしたいローマカトリック教徒は、この大通りの左から四番目の小屋の神父のところへ行きなさい。ちっちゃな焚き火を目にしただけで逃げ出す燻製ニシンのような赤ら顔の君たちみたいな連中のために神父様が骨を折って下さるとは何ともご親切なことだ。一週間も経たないうちに君たちは逆走していくだろう。君たちを求める者は何のために君たちがそこにいるのかわからなくなってしまうだろう。まるでメソジスト派の日曜学校から来た幼児の集まりのように見えるぞ。君たちはまさにそう見える。ありがたいことに、我々には海軍がある」

特務曹長の声に紛れて、ティージェンスは書いていた。

「今、我らは死に神のニヤっとした笑いを浴びてぶった切られて死亡」そしてホチキス少尉に向かっては「兵站部食堂の控えの間ではグラモーガンシャー州軍のかなり多くの汚らしい兵士たちが、『ラ・ヴィ・パリジェンヌ』を読みながら、ぐでんぐでんに酔っ払っているのが見られるでしょう。誰でも好きな奴に聞いてみてください」と言った。そして書いた。

そして我らは我らの死骸と市場《いちば》や都市の混乱との間で、あくせく働く、

骨折って働く、あくせく働く、ぐるぐると巻く…

「難しいかね」ティージェンスはマッケンジーに言った。「君は脚韻だけで葬儀屋の死者に捧げる頌歌を書いたんだ」続いてホチキスに言った。「恒久基地将校の誰かをつかまえて聞いてみてください。あなたに恒久基地将校が何かわかりますか。恒久基地将校ですよ。低級クソったれ将校ではなく。不適切だったかな！…あいつらをバイユールに連れて行くなら」

小屋は、まっすぐ並べない、緩慢で不器用な、黄褐色の服を着た男たちで一杯になり始めていた。彼らは足を引きずってのっそりと歩いた。冴えないズダ袋を背負ってのっしのっしと床を渡っていき、文学好きではなさそうな両手に開いた小さな本をもっていたが、その本をときどき床に落とした。外からは、絶え間なく盛り上がり下降する、歌うような声が聞こえた。それはときに皆が一緒に笑っているようでもあり、一つの脅威のようでもあり、その後、複数の主題が大きな石がころがる渚に打ち寄せる波のようにフーガ風に交じり合った。人はこの世でいかに自分に閉じこもることができるものかということに、ティージェンスは突然、驚きを覚えた。…ティージェンスは走り書きをしながら座っていた。…「年老いた亡霊の冷たい身を守る呼吸。…空の空、と説教師はのたもう…もうパレードはない。もう何もない。油引く…」ティージェンスは控え室にいるグラモーガンシャー州軍の兵士たちに近寄るのを明らかにためらっているホチキスに言っていた。「竜涎香を塗られることもない裸の四肢汚く…」どの常任基地将校もそれに反対しないだろう。彼らは一等車で目が回るまで酒宴に耽り、飲酒休暇をとり、おそらくその支払いも要求するだろうと。…「葬儀の花を撒き散らされることもない我らが生き霊…」もし誰かが反対したら、わたしにその男の名を告げなさい。そうしたら、わたしがそいつに追加命令を出しましょう…

兵たちの褐色の最初の高波が、すでにティージェンスの足元に打ち寄せていた。世の中で最も単純な人生さえもが異常に複雑化する場面…一人の男が彼の傍らにいた。…ローガン上等兵は、カナダ兵としてはまったく妙なことながら、かつては第六イニスキリング竜騎兵連隊(5)の騎兵だった男で、これもまたまったく妙なことながら、オーストラリアのシドニーの郊外に牛乳配達受け持ち区域だか酪農場だかを所有していた。感傷的で複雑な感情、第六イニスキリング竜騎兵連隊員の格好の良さ、シドニーの住人を飾るコックニー訛り、法律家たちへの完全な不信、といったものを備えていた。それでいてティージェンスのことは完全に信頼していた。髪は金髪で、姿勢は正しく、認識票の数字を金のように輝かせ——肩越しに、ずんぐりとした、カフェオレ色の、鷲鼻の横顔を覗かせていた。イロコイ連邦(6)の六部族国家のなかの一つの混血住民で、ケベックでは医師の雑用係をしていた。…いろいろと問題を抱えた男で、彼のことを理解するのは難しかった。この男の後ろには、顔は血色のよさで浅黒く、目は好戦的な、アイルランド訛りを話す男がいた。彼はマギル大学(7)の卒業生で、東京の語学学校で教師を勤めたことがあり、日本政府に対して何らかの損害賠償を請求していた…そして小屋を取り巻く二人ずつ並んだ顔、顔、顔…埃のように、埃の雲のように近づいてきて、風景を飲み込んでしまう。誰もが途方もない悩みや不安を抱えている。自分自身が個人的に彼らに圧倒されてしまうことはないにしてもだ…褐色の埃に…

ティージェンスはソネットの六行連を急ぎ書き足している間、第六イニスキリング竜騎兵連隊の騎兵だった男を待たせておいた。ソネットは全体の意味をもう少し明確にする必要があった。もちろん、全体的な趣旨は、もし人が前線やその近くに入ったならば、高価な葬式を挙げることがその典型の、見栄を張る余地はないということだった。こう言っても良いかもしれなかった。

供花はご辞退申し上げます…パレードはありません、と…。ティージェンスはソネットを書きながら、六十代の英雄的な獣医に、人捜しにグラモーガンシャー州軍の食堂に入っていくことを恥ずかしがる必要はないと説明しなければならなかった。グラモーガンシャー軍はもし他の仕事が入っていなければ、必ず彼ティージェンスに恒久基地将校を貸してくれるのだと。「食堂でディナーをとって上機嫌なジョンソン大佐に話すことができるでしょう。愉快で思いやりのある老紳士で、不必要に前線に赴きたくはないというあなたの望みを理解してくれますよ。大佐の軍馬を一目見てみたいと申し出たらどうです。マルヌ(8)で捕えたドイツの馬で、ショーンブルクと呼ばれています。食欲をなくしていますが」…さらにティージェンスは付け加えた。「でも、ショーンブルクに専門的な処置は施さないでくださいよ。わたしが乗るんですから」

ティージェンスは書いたソネットをマッケンジーに投げわたした。マッケンジーは黄褐色の四肢と不安げな兵士たちの顔の集まりを背景に、自分自身不安げにフランスの紙幣や疑わしく見える代用硬貨を数え上げていた。いったい何で兵士たちは金をおろしたがるんだ――ときに極めて多額な金を。…カナダ兵はドルでの支払いを受け、それを現地の通貨に換金する…一時間かそこらで前線に赴くというのに。しかし、彼らはいつも金をおろし、通帳はいつも信じがたいほどの混乱状態にあった。マッケンジーの不安げな表情も当然だった。ティージェンス自身も表に出せない支払いのために今夜最後に五ポンドかそれ以上を引き出すかもしれなかった。もし給料だけで贅沢な妻を養わなければならないとしたら、心配になって当然だろう。だが、それは彼の責任だった。彼はホチキス少尉に食堂の隣りの彼の小屋に来て話さないかと誘った。馬について。わたし自身も馬の病気については少し知識があるのです。もちろん、経験上でのことですが。

マッケンジーは腕時計を見ていた。

「あんたは二分十一秒かかった」とマッケンジーは言った。「確かにソネットだと認めよう。……読んじゃいない。ここでラテン語に訳すわけにはいかん…あんたみたいに十一のことをいっぺんにこなすコツは身に付けてないからな」

心配そうな顔をした一人の男が、書類の束や軍隊手帳に遮られながら、マッケンジーのすぐそばで数字をしげしげと見つめていた。彼はアメリカ人特有の高い声でマッケンジーの仕事を邪魔し、オルダーショットのスラズナ兵舎で十四ドル七十五セント引き出した覚えはないと言った。

マッケンジーはティージェンスに言った。

「わかっているな。俺はあんたのソネットを読んでいない。食堂でラテン語に訳すことにする。規定時間内に。俺がもうそれを読んでいて、考える時間をとっているなんて思うなよ」

マッケンジーの傍らの男が言った。

「ロンドンのストランド街にあるカナダ軍の代行業者のところに行ったときには、店が閉まっていました…」

怒りで蒼白になったマッケンジーが言った。

「おまえはどれだけ軍務をやってきているんだ！　将校がしゃべっているときに口を噤むくらいの分別も持っていないのか。おまえの数字については、くそいまいましい植民地軍の主計官と掛け合うんだな。十六ドル三十セントここにある。そのまま無条件で受け取るかやめるか、どちらかだ」

ティージェンスが言った。

「この男のケースはわたしにはよくわかる。わたしに任せてくれないか。そう複雑なことじゃない。主計官の小切手を受け取ったんだが、換金の仕方がわからなかったんだよ。別のものをもらえるはずはなし…」

　鈍い、幅広の、褐色の顔かたちをした男は、風のなかを覗き込んで光で目がくらんだかのように、鋭い黒目でじろじろと見つめながら、一方の将校から他方の将校へと目をやり、また視線をもとの将校に戻した。彼は福耳のビルに宝くじで失った五十ドルを借りた長い話を語り始めた。おそらく彼は中国人とフィンランド人の混血だった。金について大きな不安を抱えた状態で話し続けた。ティージェンスはシドニー出身の第六イニスキリング竜騎兵連隊の騎兵だった男と日本の文部省に苦しめられたマギル大学の卒業生のケースにも手を広げた。それは完全に複雑な効果をもたらした。「こう言うこともできるだろう」とティージェンスは自分自身に言った。「全部合わせれば、自分の精神を塞ぐのに充分なはずだ、と」

　直立した騎兵は、とても込み入った恋愛経験を積んできていた。仲間たちの前で彼に忠告するのは憚られた。しかし、騎兵はまったく物怖じしなかった。彼は彼の後を追ってシドニーからブリティッシュコロンビアまでやって来たロージーという名の娘のこと、アベリストウィス[9]で拾ったグウェンという名の娘のこと、ソールズベリー平原の近くのバーウィック・セント・ジェームズ[10]で外泊許可を得て夫婦として暮らしたホージアー夫人と呼ばれる女性のことを論じた。混血の中国人の声が絶え間なく続くなかで、彼は大きな包容力を示しながら女性たちのことを話した。もし向こうで死ぬことになったら、彼女たち皆に形見として少しずつ分け与えて遺したいと説明した。ティージェンスは彼に、彼のために書いた遺書の下書きを渡し、注意して読み、自分自身で軍隊手帳に書き写すように言った。そうしたら、自分が証人として署名すると。すると騎兵が言った。

「これでシドニー時代の古女房と別れられると思いますか。そうはいかんと思いますよ。あいつはくっついたら離れない奴ですからね。まるでイガですよ。まったくもって」マギル大学の卒業生は、日本政府との厄介な問題に加えて、さらに別の厄介な問題を持ち込み始めていた。彼は学者としての仕事とは別に、神戸の近くの鉱泉にわずかな額の金を投資していたようだった。その水は壜詰めされて、サンフランシスコに輸出された。どうやらその会社が日本の法律に違反する行為をはたらいていたようだった。だが、ティージェンスは、純フランス系のカナダ人がクロンダイク方面のどこかの伝道団体から洗礼証明書をもらうのに苦心した話をし出してマギル大学の卒業生の話を遮るのを、遮るがままにしておいた。おまけに、厄介な問題は抱えてはいないが、分遣隊の移動前に故郷に最後の手紙を書けるように、書類に署名してもらいたい何人かの者たちが、ティージェンスのテーブル越しにあふれていた。

部屋の反対側にいる下士官たちのパイプから上るタバコの煙が、それぞれのテーブルの上に下がったまばゆい強風用ほや付きランプのほやの下を乳白色に漂った。どんなカーキ色の四肢も、鼻塵のガスのなかに入ったかのように茶色く変わる空中で、ボタンや認識票の数字が煌めいた。鼻声、喉声、まだるい声は溶け合ってカサカサいう音となり、ウェールズ出身の下士官の高い、歌うような冒瀆の言葉――「どうしておまえは一二四を付けていない。一体なぜおまえは一二四を付けていない。おまえはあの忌々しい一二四を付けるべきだってことを知らないのか」という言葉――が、静寂のなかで悲嘆に暮れて泣き叫んでいるかのように聞こえた。…夜はますます更けていった。ティージェンスは一度時計を見て、まだ二十一時十九分であることに驚いた。彼は十時間も自分自身の問題について眠たげに考えていたように思った。…というのも、結局、これらは彼自身の問題だった。…金、女、遺言の悩み。大西洋を越え、世界を一周りするこうした厄介な問題のひとつひとつが彼自身の問題だった——おびただしい苦役。夜中に軍を移動させる。押し出すかのように。なんとしても。限界を越えて。世界の果てに。

ティージェンスはたまたま傍らにいた男の検査票を見て、C1（丙種一類）合格と記されているのに気づいた。明らかに、医務局か用務係の誰かの書き損ないだった。「A」の代わりに「C」と書かれたのだ。この男は一九七三九四番の二等兵トマス・ジョンソンで、にこやかな顔をした肉の塊、シルヴィアのいとこ伯父に当たる尊大なルージリー公爵がブリティッシュコロンビアにもつ広大な敷地で農作業の臨時雇いをしていた男だった。それは二重の厄介を意味した。ティージェンスはシルヴィアのいとこ伯父を思い出したくなかった。妻のことを思い出したくなかったからだ。キャンバス地の壁が霜でひび割れ、月が照る間、灯油の匂いがする小屋のなかで、寝袋に入って暖まりながらこの問題について思う存分考える時間をとることに決めた。…月光のもとで、シルヴィアのことを考えよう。だが、今は止めておく。一九七三九四番の二等兵トマス・ジョンソンはそれでなくとも厄介者で、この男の検査票をちらっと見てしまったことで、ティージェンスは自分を呪った。もしC3（丙種三類）だったならば、この途方もない田舎者は分遣隊に加われないだろう。C1（丙種一類）だとしても。おなじことだ。これは兵力を整えるために別の者を見つけなければならないことを意味し、カウリー特務曹長を発狂させるだろう。ティージェンスはトマス・ジョンソンの無邪気に輝く液体のような濃青色の出目を見上げた。…男は病になどかかっていなかった。煮込んで冷やした脂っぽい豚肉の食べ過ぎ以外、どこも悪いところはなさそうだった。食べ過ぎには馬用の青い丸薬と水薬が与えられるが、九割方それは腹痛の原因を取り除いてくれそうになかった。

ティージェンスの視線は、目立つ緋色のバンドの付いた帽子をかぶり、たくさんの金メッキが施され両肩に小さな鋼鉄の鎖帷子が載った軍服を着た、色の黒い紳士的な痩せた男のなげやりな視線にぶつかった。…レヴィン…将軍エドワード・キャンピオン卿付きの参謀本部第二部将校[11]とかなんとかいう肩書のレヴィン大佐だった。…いったいどうしてこんな奴らに部隊の指揮官やその兵たちとの親密な関係が築けるというのか。…忌まわしいスパイめ！…兵たちは気を付けの姿勢を取るように要求され、水揚げされた魚のように喘ぎながら立っていた。いつも用心怠りないカウリー特務曹長が彼ティージェンスのもとへ吹き流されるかのようにやってきた。幼い娘を羊毛で隙間風から護ったときのように、派手で俗っぽい参謀将校からおまえの指揮官を守ってくれ。色の黒い、明るい陽気な参謀将校が少し舌をもつれさせながら言った。

「忙しいようだな」彼は一世紀もの間そこに立ち、大隊本部の時間を一世紀分無駄にしても構わなそうな様子だった。「これはどこの分遣隊だ」

上官が彼の部隊や彼の名前を知らない場合に備えていつも準備しているカウリー特務曹長が言った。

「第十六兵站部カナダ第一師団、分遣隊待機番号四番であります、大佐殿」

レヴィン大佐は舌をもつれさせながら、歯の間から空気を吐き出した。

「第十六兵站部の分遣隊はまだ出発していないのか。…いやはや、いやはや。我らは第一軍の大叱責に晒されて地獄行きになるだろう…」彼は地獄行きという言葉をオーデコロンの付いた綿の詰め物に包んだかのようにして使った。

ティージェンスは立ち上がった。この男のことはとても良く知っていた。王立協会に所属する大変下手くそな水彩画家だったが、母方は大変由緒ある家の出だった。そこで彼も肩の上に騎兵の装具を付けていたのだった。レヴィンに向かって怒りを爆発させるのはいかがなものか…良い趣味だと言えるだろうか。ティージェンスはカウリー特務曹長に対応を任せた。特務曹長のカウリーは重みのある下士官の一人だった。というのも、参謀将校より仕事について十倍もよく知っていたからだ。特務曹長は分遣隊をもっと早く送るのは不可能だったと説明した。大佐が言った。

「だが、しかし…特務曹長…」

特務曹長は婦人用品店の恭しい売り場主任のように、四百人のカナダ人鉄道業務員がエタープルから到着するまでは分遣隊を送らないようにと自分たちは緊急命令を受けたのだと指摘した。

「その者たちはこの夕方五時三十分に到着したばかりです…ルーアンの駅に。彼らを行進させるのに四十五分かかりました」

大佐が言った。

「だが、しかし…特務曹長…」

老練なカウリーは、赤い帽子バンドに向かって、「大佐殿」と言わずに「奥様」と言ったとしても不思議ではなかった。「四百名の者が着たきりすずめの状態でやって来ました。部隊はすべてを軍需品店から入手しなければなりませんでした。軍靴、毛布、歯ブラシ、ズボン吊り、ライフル、非常食糧、認識票などを。それで、二十一時二十分になってしまいました。…」カウリーはこの時点でやっと部隊長のティージェンスに口を挟ませた。

「我々が非常に困難な状況で働いていることを理解していただかなければなりません、大佐殿」

上品な大佐は、申し分なく優美な自分の膝をぼんやりと見つめ、物思いに耽った。

「もちろん、わたしにもわかる…」と大佐は舌をもつれさせながら言った。「とても困難なことだと…」それから急に快活な声で付け加えた。「確かに君たちが不運だったことは認めなければならない…認めなければ…」だが、再び重圧が彼にのしかかった。

ティージェンスが言った。

「供給品の二重規制を受けている他の部隊と同程度の不運であるにすぎません…」

大佐が言った。

「何だ、二重なんとかとは。…ああ、そこにいたのか、マッケクニー…気分はどうだ。元気にやっているか」

小屋全体が鳴りを潜めた。時間の浪費に憤って、ティージェンスが言った。

「おわかりでしょう、大佐殿、我々は分遣隊に装備品を支給するのを主要目的とする部隊です…」大佐は彼らの行動を著しく遅らせていた。ハンカチで膝をこすっていた。

ティージェンスが言った。「今日の午後、わたしの腕のなかで一人の兵士が亡くなりました。オルダーショットのカナダ軍本部から来た指令により、わたしの大隊事務室用にダブリンからヘルメットを支給してもらわなければならないからです。…ここで亡くなったのです。今あなたが立っているところから、わたしたちはちょうどモップで血を拭きとったところです…」

騎兵隊大佐が大きな声をあげた。

「ほう、それは驚いた…」そして少し飛び退くと、美しく輝く、膝まであるフライトブーツを調べた。「死んだ…ここでか…査問会議を開くことになろう…君は本当に不運だ、ティージェンス大尉…いつもこうした不可思議な…どうしてその男は防空壕に入っていなかったんだ…まったく不運だ…我々は植民地軍から死傷者を出すわけにはいかんのだ。…つまり、自治領からきた軍勢に…」

ティージェンスが険しい顔をして言った。

「その男はポンターデュレー出身でした…わたしの大隊事務室に配属された。…違反したら軍法会議にかけると言われ、我々は自治領の遠征軍の者以外は防空壕に入れることを禁じられています。…カナダ軍の者たちは皆防空壕にいました。…これは十一月十一日の地域限定の陸軍評議会命令によるものです…」

参謀将校が言った。

「それなら、もちろん、話が違う…単にグラモーガンシャー州の兵士か…つまり…まあ、いい…だが、こうした不可思議な…」

彼は怒鳴った余勢を駆って、苦心せず大声をあげた。

「いいかね…十分か…二十分…時間を割いてもらうわけにはいかないか…軍務というわけではない…まったく個人的な…」

ティージェンスが大声をあげた。

「我々の状況をおわかりでしょう、大佐殿…」そして芝地に草の種を蒔く者のように、書類越しに兵士たちの方に向けて両手を伸ばした。…彼は怒りで息を詰まらせていた。大佐には、ルーアンの埠頭でチョコレート店を経営する英国の貴族未亡人が付き添い役を務めるなかで、極めて真面目に婚約したフランス女性がいた。この上なくうぶな態度で。ところが、途轍もなく嫉妬心の強いその若い女性は、あまりにもハンサムな大佐の粗野なフランス語を彼女への侮辱だと受け取った。それは牧歌的物語だったが、大佐を半狂乱にさせた。そうしたとき、レヴィンはティージェンスに相談したものだった。ティージェンスは頭の良い男で、この難しい言語で本当に巧みなお世辞を編み出すことのできるフランス語学者として通っていた。参謀本部第二部将校であれ何であれ大佐が就いている軍務をこなす人間はV・A・D(12)の女たちや各兵科の女性組織編成者たちと一緒にいるところを頻繁に見られるものだということについて説明を編み出すことにかけても。それは紳士に相談をもちかけるべくもない愚かしい問題だった。…それでも、ここに陽に焼けた雪花石膏のような額に女への苦悶を滲ませてしわを寄せたレヴィンがいた。…時事風刺劇から抜け出してきた淫らな兵士役であるかのように。この愚か者は今にも身振りを交えてしゃがれ声のテナーで歌い出しそうだった。

カウリー特務軍曹が当然のことその場を救った。閲兵式で兵士がかなり上の位の上官に「クソったれ」と言いそうになるように、ティージェンスがちょうど「クソったれ」と言いそうになったとき、今やとても偉い弁護士から最高に厚い信頼を受ける事務員となった特務曹長が、大佐に囁き始めていた…

「大尉殿は誰かに仕事を交代してもらった方が良いのではないでしょうか…カナダの鉄道隊を除いては全員準備完了しております。カナダの鉄道隊の一団には毛布の支給に三十分はかかるでしょう…いや小一時間。場合によりますが。補給部の兵長がどこで夕食を食べているかをうちの伝令兵が発見し、毛布を支給してもらえるかにかかっています…」特務曹長は最後の言葉を巧みに挿入した。連隊勤務の時代をぼんやりと思い出した参謀将校が大声をあげた。

「畜生！…兵站部の毛布店に押し入って、欲しいものを取ってくれれば良いではないか…」

サイモン・ピュア(13)になった特務軍曹が大声をあげた。

「いや、それはダメです、大佐殿。わたしたちにはそんなことはできません、大佐殿」

「だが、前線では、その忌々しい男たちが至急必要なのだ」とレヴィン大佐が言った。「クソッ…前線は不安定な状況だ。我々は急いでいるのだ…」彼は自分がけばけばしい将校であり、特務曹長とティージェンスがグルになって互いの利益を図り、自分を罠にはめたという事実を再認識した。

「祈るのみです、大佐殿」特務曹長が言った。「あのドイツ野郎どもの補給係将校も兵站部も支給部門も我々と同じであってくれることを」彼はしゃがれた囁きへと声を落とした。「それに、大佐殿、噂があるのです…連隊本部事務室の電話のまわりで…司令部に陸軍省の命令が届いていて…これやあれやの分遣を取り消していると…」

レヴィン大佐が「何ということだ！」と言った。驚愕が大佐とティージェンスを襲った。戸外で、夜、凍る水路。悶え苦しみながら待機する兵たち。額の上の重し同様に心にかかる重し。塹壕を見上げるか見下ろすかによって、右からか左からか近づいてくる思考を拒絶する切迫感。そのとき、身を守ってくれるはずの固い盛り土は穴の開いた靄に変わる。…そして、そこからは何の救援もやって来ない。…向こうにいる兵士たちは救援がやって来ると無邪気に信じている。だが、実際はやって来ない。なぜやって来ないのか。クソッ、いったいなぜ。

マッケンジーが言った。

「哀れなバードよ…彼の軍勢は先週の水曜日で十一週になった。…それだけよくもち堪えたものだ」

「もっともち堪えてもらわねば」とレヴィン大佐は言った。「ああいう野性味のある奴らを何人か手元に置きたいものだ」当時、戦場の軍隊は政治家や一般市民の道具だというのが王立遠征軍の確固たる信念だった。日常の決まった仕事の時には、そうした疑念は容易に雲散霧消した。不吉な報せが届くと、それは黒い気体の雲のように再び重く垂れこめた。誰もが無力に頭を垂れた。

「ですから」と特務曹長が陽気に言った。「大尉殿は食事をとるのに三十分割くことができましょう。あるいは、その他のことをするのに…」特務曹長は、ティージェンスが不規則な食事で消化不良にならないようにという日頃の希望は別として、自分のところの大尉が参謀将校と親密に個人的な話をする仲であることは部隊にとって良いことだという職業的信念を抱いていた。「思うのですが、大尉殿」と特務曹長は別々の行動に移る前に言った。「わたしはこのまま仕事にとりかかったほうが良いでしょう。この分遣隊を出すのとその代わりとして今日の午後やって来た九百人の兵士を一つのテントに二十人ずつ入れるのに…テントを解体せずにおいたのは幸運でした…」

ティージェンスと大佐とは、通り道から兵たちを押しのけて、戸口のほうへ進んで行った。戸口の側柱のすぐ脇に、第六イニスキリング騎兵隊のカナダ人が非難するかのように褐色の手帳を広げ、少々押し付けがましく立っていた。そして、ティージェンスの「何だ」という言葉を、待ってました、と言わんばかりに捉えて言った。

「大尉殿の下書きには女たちの名前が間違えて書かれていました。アベリストウィスでわたしの子を産んだのはグエン・ルイスで、わたしは彼女に田舎家を借りてやって、週に十シリングを与えたいと思っているのです。バーウィック・セント・ジェームズで一緒に暮らしたホージアー夫人には形見に五ギニー遺すだけです。勝手ながら、名前を元に戻しました…」

ティージェンスは彼から手帳をひったくるようにして摑んで、特務曹長のテーブルの上に屈み込み、青っぽい頁の上に署名を殴り書きした。そして手帳を突き返しながら言った。「さあ…隊列を離れてよし」男の顔が輝いた。そして大声をあげた。

「ありがとうございます、大尉殿。ご親切に、大尉殿。わたしは隊を離れて告解をしに行きたかったのです。悪い行いをしてきたので…」傲慢な黒髭を生やしたマギル大学の卒業生が軍用短外套を羽織ろうとしているティージェンスを邪魔した。

「忘れないでくださいよ、大尉殿…」と卒業生が始めた。

ティージェンスが言った。

「クソッたれ、忘れないと言っただろう。決して忘れない。君は安佐木[14]で無知な日本人を教えていたが、文部省は東京だ。そして悪名高い鉱泉水の会社は神戸の近くの丹泉[14]に本社を置いていた…そうじゃなかったかね。できるだけ君の力になろう」

二人は大隊事務室のドアのあたりをぶらつき、月光を浴びて煌めいている兵たちの群の間を黙って歩いた。宿営地の本線をなす広い田舎道で、レヴィン大佐は歯の間からぼそぼそと言葉を吐いた。

「獣のような連中に手を焼いているのだろう…まったくの厄介者だ…しかし…」

「しかし、わたしたちに何の問題があるというのです」ティージェンスが言った。「この管轄区域において、われわれは他のどの部隊よりも三十六時間短い時間で分遣隊を準備しています」

「それはわかっている」もう一人がしぶしぶと認めた。「だが、不可思議な騒動ばかり起こる。今度は…」

ティージェンスが急いで言った。

「われわれはまだ軍務中ってことですか？　そうわたしが尋ねたら気に障りますか。これはわたしが部隊を指揮するやり方に関してのキャンピオン将軍の叱責ですか」

相手は、前と同様に素早く、しかしはるかに困ったように、しぶしぶと認めた。

「とんでもない」そしてさらに素早く付け加えた。「ねえ、君」と。そしてティージェンスの肘の下に手を突っ込もうとした。しかし、ティージェンスはこの男に面と向かい続けた。彼は本当に腹を立てていた。

「それでは、教えてください」とティージェンスは言った。「この天候であなたはいったいどうやって外套なしに過ごすことができるというんです」不可思議な騒動の話題からレヴィンの関心をそらせば、心地良い薪の囲炉裏に当たりながらナネット・ド・ベイリー嬢といちゃついて座っていられただろうこの男をこの身を切るような寒さの夜に、ここまで外出させることになった問題に話を移すことができるかもしれなかった。ティージェンスは軍用短外套の羊皮の襟のなかに深く首を埋めた。もう一方の痩せた男は勲章やリボンや鎖かたびらをたくさん付け、それらはティージェンスの歯を陶器のようにカチカチと鳴らしめる寒さのなかで暗く光っていた。レヴィンは一瞬活気づいた。

「君もわたしと同じようにすべきだ。…規則正しい生活をする…たくさん運動をして…馬に乗る…わたしは部屋の開けた窓の前で毎朝フィジカルトレーニングを行って…体を鍛えているんだ…」

「あなたの部屋に面した部屋の女性たちにとってはとても満足なことに違いないですね」とティージェンスがむっつりと言った。「それが今ナネット嬢の抱えている問題なのですか。…わたしにはちゃんとした運動のための時間がありません…」

「信じ難い」と大佐が言った。彼は今やティージェンスの腕の下にしっかりと手を入れ、道路の左側の、宿営地から外れる方向にティージェンスを誘導した。ティージェンスは右方向にしっかりと歩を進めたので、二人は互いのほうに体を傾けることになった。「実は、ねえ、君」と大佐が言った。「キャンピー将軍は実戦部隊を指揮することにご執心だからな――ここで不可欠な人間だというのに――我々はいつ荷造りすることになっても不思議じゃない。それがナネットに決断させたんだ」

「それでその企てのなかでわたしは何を演じたら良いのです」とティージェンスが訊ねた。しかし、レヴィンはこの上なく幸せそうに続けた。

「実際、わたしは実質的に、確かに彼女に約束させたんだ…来週…遅くとも再来週には…こん畜生…彼女が結婚に同意するってことを」

　ティージェンスが言った。

「幸運を祈ります！…何て見事にヴィクトリア朝風なんでしょう！」

「畜生、それは」と大佐が雄々しく叫んだ。「わたし自身そう思う。…まさにヴィクトリア朝風だ。…まさにその通り…初夜権…そして公証人…そして伯爵の権利の主張…それに侯爵夫人…そして二人の大伯母…だが…大騒動となる…」彼は月光のなかで、手袋をはめた右手の親指を素早くくるくると回転させた。…「来週か…遅くとも再来週…」彼の声が突然小さくなった。

「少なくとも」大佐は震える声で言った。「昼食のときまではそうだった。…ところがそれから…あることが起きたんだ。…」

「V・A・Dの女とベッドのなかにいるのを見つかったんですね」とティージェンスが訊ねた。

大佐はもぐもぐと言った。

「いや…ベッドのなかではない…V・A・Dの女でもない…ああ、畜生、鉄道の駅だ…女が関わってはいるが…将軍がその女を迎えるようにとわたしを遣わした…そして、もちろんナニーはお祖母さんの公爵夫人を見送っているところだった。彼女はわたしに目もくれようとしなかった。…」

ティージェンスは腹を立て、よそよそしい態度を示した。

「では、あなたがわたしをここに連れ出したのは、ド・ベイリー嬢とのまったく愚かしい喧嘩のせいだったのですか」と彼は大声をあげた。「歩兵基地兵站司令部のほうへわたしと一緒に来てくれませんか。あなたへの最終命令がそこに届いているかもしれませんから。工兵たちはわたしに電話を使わせてくれません。ですから、最後の手段としてそこに立ち寄らなければならないのです…」ティージェンスはコークスストーブで暖められ、電灯が灯され、淡黄色と青色の報告書で一杯の、松材でできた書類整理棚を背に、兵長勤務の者たちが軍隊書式Bの上に身を屈めている、小屋のなかの部屋部屋へ戻りたいという強い願望を覚えた。そこには静寂と専心を見出すことができた。奇妙なことだった。彼、グロービーのクリストファー・ティージェンスが、ぼうっとして満足に浸れる唯一の場所が、大隊事務室のようなところであったとは。世の中で唯一の場所だったとは。…いったい何故？…確かに、妙なことだった。

だが、実のところ妙なことではなかった。よく考えてみれば、それは避けることのできない選択だった。大隊事務室の兵長代理は、筆記や初等算術の能力、無数の数字や伝言を扱うのに信頼のおける人物であること、頼りになる人物であるがゆえに選ばれていた。このことにより兵長代理は、髪の毛の幅一本分、兵卒とはランクが違っていた。兵長代理にとって、一本の毛幅は、生と死の違いだった。というのも、もし信頼できる人物でなければ、彼は戻され――原隊復帰になった。信頼されている限り、兵長代理は洗面道具や牛肉缶詰の箱のなかの洗濯物を枕元に置いて、暖かい部屋のテーブルの下で眠れた。いつも燃えているストーブの上には、お茶が一杯に注がれたブリキのコップがいつも彼のために用意されていた。…楽園だ…いや、楽園ではない。兵卒にとっての楽園ということだ！…午前一時に起こされるかもしれない。何マイルも離れたところで、敵が機銃掃射を始めるかもしれない。電話がけたたましく鳴るなか、慌てふためく下士官たちや将校たちの脚の間で、テーブルの下の毛布のなかから転がり出ることになるだろう。…淡黄色の短冊にタイプライターで無数の短い命令の写しをつくることになるだろう。午前一時に起こされるのはうんざりだが、胸が高まらないこともなかった。敵はドラヌートル村の前でものすごい弾幕を張っている。支援のため第十九師団をバイユール＝ニエップ道へ移動させよ。万一…

ティージェンスは就寝中の軍隊についてとくと考えた。白い月下の地方の村では、四面粗い布地が張られセルロイドの窓が付いた小屋一つに四十人の兵士が宿営する。…微睡むアルカディアはその何分の一か、どのくらいだろうか。百五十万分の三万七千五百だ。しかし、おそらく百五十万以上の兵士がその基地にはいる…なるほど、微睡むアルカディアのまわりには乙女のようにかすかに光るテントの縁取りがあった。…一つのテントに十四人。…百万人ならば七万一千四百二十一のテントが百五十の歩兵連隊補給部、騎兵連隊補給部、工兵連隊補給部の周りにあった。…歩兵、騎兵、工兵、砲手、航空兵、高射砲兵、電話手、獣医、足治療医、王立陸軍輜重隊、伝書鳩兵、衛生兵、陸軍婦人補助部隊の女たち、V・A・Dの女たち――V・A・Dは何の略だったか?――酒保係、トイレ用テント係、兵舎の修繕管理人、牧師、司祭、ラビ[15]、モルモン教の監督、ブラーマン[16]、ラマ僧、イマーム[17]、そして明らかにアフリカの部隊のためのファンティ族[18]。しかし、彼ら皆の現世での精神的な救済は大隊事務室の兵長代理にかかっている…というのも、もし書き間違いによって兵長がカトリックの司祭をアルスター連隊に送ったならば、アルスター兵はその司祭にリンチを加えて[19]、皆が地獄落ちになってしまうだろう。あるいは、電話での言い間違いによって、またはタイプの打ち間違いによって、兵長が午前一時にドラヌートルの代わりにウェストゥートルに師団を送ったならば、六、七千人の哀れな兵がドラヌートルの手前で虐殺され、英国海軍以外何ものも我々を救えなくなるだろう。…

しかし、最後には、この紛糾は満足のいく形で解決される。分遣隊が、蛇のようなとぐろを解き、抜け出し難い束のなかから抜け出て、滑るように進み、泥の上を脊椎動物のように這って鉢のなかに入り込む。――ラビが瀕死のユダヤ人を見つけて然るべき職務を司る。獣医が飛節内腫にかかった騾馬を見つけて然るべき業務を司る。V・A・Dの女たちが現場救護所で顎と肩のない兵たちを見つけて然るべき職務を司る。駐屯地の料理人たちが凍った牛肉を見つけて然るべき職務を司る。足治療医が内反《ないはん》趾爪《しそう》を見つけて然るべき職務を司る。歯科医が虫歯になった臼歯を見つけて然るべき職務を司る。海軍の榴弾砲が、絵のように美しい樹木に覆われた小渓谷の偽装砲台に然るべき業務を司る。…砲弾は何とかそこに到達する。十ダース単位で苺ジャムの壜が置かれているところへ！

　もしそれが一ダースのジャムの壜の書き間違えなら、髪の毛一本によって命が繋がっている兵長代理は、元の兵卒に戻って任務に就かなければならない。…凍結したライフル、液状の泥の上に掛けられた防水布、泥にはまって抜けなくなった足、壊れた教会の塔がシルエットになった景色、軍用機の絶え間ないブーンという音、ぬかるんだ巨大な平原に敷かれた迷路のような踏み板、絶えることのないロンドン方言のだじゃれ、「小さなウィリー君へ愛を込めて[20]」とラベルを貼られた大きな砲弾のところへ。…燃える剣をもつ天使[21]のもとへ。彼の性に合う仕事ではない。…それ故、そんな失敗を起こすことなく状況は概して満足のいく形で進む。…

　ティージェンスは小屋に挟まれた道を通って、横柄にレヴィンを食堂のほうへと向かわせた。二人の足は凍りつつある砂利の上をバリバリと踏み付けていった。大佐のほうが少し遅れ気味だったが、単に体重が軽いのと、上品な長靴の底に鋲が打たれていなかったために、しっかりと地面に足を踏ん張っていられなかったからだった。彼は目立って無口だった。口に出したいことを口にするのを渋っていた。しかし、こう切り出した。

「どうして元の任務に戻る申請をしないんだ…歩兵大隊の任務に…わたしなら喜んでそうするがね」

　ティージェンスが言った。

「どうしてです。わたしのせいで兵が一人死んだからですか。今夜死んだ人間は一ダースはいるに違いありません」

「ああ、おそらくそれ以上だろう」とレヴィンは答えた。「墜落したのは我々のほうの飛行機だった。…だが、そういうことじゃないんだ。…ああ、畜生…別の方向に進んでくれないか。…わたしは大いに尊敬している…ああ、何というか…個人的にあなたのことを。…あなたは頭の良い男だ…」

ティージェンスは軍隊でのエチケットの微妙な点について考えていた。

この舌足らずで無能な男は——とても注意深い男なのだろう。さもなければキャンピオンは彼を今の地位につけようとはしなかっただろう——彼には将軍をまさに自らの規範とする傾向があった。肉体面で、身なりでもできる限り、声においても——彼の舌足らずは生来のものではなく将軍のわずかな吃りの応用だった——そして、とりわけ不完全な言い方とものの見方においても。…

さて、今ティージェンスが「いいですか、大佐…」とか「いいですか、レヴィン大佐…」とか、「あのなあ、スタンリー君…」と言ったとしたら。というのも、将校は上官に、どんなに親しい間柄であったとしても、「いいですか、レヴィン…」とだけは言ってはならないものだからだ。

それでは、もし「あのなあ、スタンリー、君は大馬鹿者だ。キャンピオンが僕におまえは頭がいいから不健全だと言うのは大いに結構なことだ。将軍は僕の名づけ親だし、僕が十二歳で、将軍がきれいに散髪した頭のなかにもっていた以上の脳みそを左踵にもっていた頃からずっとそう言っていた。だが、君がそう言うとき、君はまるでオウムだ。自分で考え出したんじゃない。そんなことは考えてもいないんだ。君は、僕が太っていて、息が続かず、自己主張が強いことを知っている。…だが、君は僕が君と同じくらい細部に目を配る能力に秀でていることを申し分なく知っている。いや、君よりもっと秀でていることを。君は僕が報告書でつまずくのを見つけたことがないだろう。報告書担当の君の軍曹はあるかもしれないが。だが、君はない…」

　この言葉をティージェンスがこのめかし屋に言ったのが、閲兵中でなく内輪の会話のなかだったとしても、この言葉は、分遣隊担当の将校が上位の参謀メンバーに向かって発するには分を弁えない出過ぎた言葉だっただろうか。軍務時間外の内輪の会話だったならば、すべての英国陸軍将校は平等なはずだ…国王の委任を受けた紳士として。より高い地位などありえない。だが、それもまた、戯言だ！…軍務外で、フランクフルト出身の古着商の男の末裔がグロービー邸のティージェンスと平等などということがありえようか。彼は、社会的立場は言うまでもなく、どんな点でもティージェンスと対等ではなかった。もしティージェンスが殴ったならば、彼はばったり倒れて死ぬだろう。もしティージェンスが彼に向けて冷笑的な発言をするならば、レヴィンは動揺して、注意深く整えていた非ユダヤ人の顔つきは崩れ、口角泡と飛ばしてしゃべるユダヤ人の顔が浮き上がってくるだろう。彼は狩猟も乗馬もオークションブリッジもティージェンスほどうまくできなかった。ああ、畜生、自分のほうがもっとうまく水彩画を描くことができると、ティージェンスは信じて疑わなかった。報告書に関しても、だ…ティージェンスは、新たな矛盾した陸軍評議会命令から真相を引き出す企てを請け負って――レヴィンが最初の命令の日付と通し番号を舌足らずに発音する前に――それに基づいた一ダースもの正しい司令部命令を書いたものだった。…ティージェンスはそれをレヴィンが守備隊司令室に使うフランス青踏派のサロンのように設えられた部屋で何度か行ったことがあった。レヴィンがド・ベイリー嬢とのお茶に遅れると言って、やきもきしてムカッ腹を立て、柔らかな口髭をカールしている間に、ティージェンスはレヴィンの神聖な司令部命令を書き上げた。…サックス令夫人に付き添われたド・ベイリー嬢は、壁に青灰色のタペストリーがかかり、化粧ダンスが置かれた十八世紀風の八角形の部屋で、薪をくべた綺麗な暖炉のそばに座り、取っ手のない高価な磁器の茶碗で紅茶を飲んでいた。かすかにシナモンの香りがする淡い色の紅茶だった。

ド・ベイリー嬢は、背が高く、浅黒い、血色の良い肌をしたプロヴァンス人だった。大柄でがっしりしているわけではないが、まさに背が高く、理解が遅く、無慈悲だった。深い肘掛け椅子に座って体を丸め、レヴィンに向かって傷つけるような愚鈍な言葉を浴びせるド・ベイリー嬢は、ゆったりと寛ぎ、つかの間爪を出して四足を目いっぱい広げる白いペルシャ猫に似ていた。目は、目尻が著しく上がっていて、鼻は肉の薄い鉤鼻だった。…日本人と言ってもいい位だ。親戚の随員が、フランス式に膨れ上がっていた。兄の一人はフランス陸軍元帥のお抱え運転手だった…貴族の義務を回避するうまい方法だと言えるだろう！

こうした状況で、明らかに軍務時間外ならば、人は誰でも参謀の大佐と対等であり得るが、しかし、自分のほうが参謀の大佐より優っていることを示すのは厳に慎まなければならない。とくに知性面では。もし参謀将校に君は大馬鹿者だということを示そうと思えば——立証するのでもない限り、それは何度でもできるだろうが——すぐに処罰されることは確実だ。それも極めて適正に！　知的に機敏であることは英国的でない。それどころか、明らかに非英国的だ。そこで左官級の将校の義務は混乱をできるだけ英国的に保つことなのだ。…それによって参謀将校は連隊の下位の者に仕返しをする。まったく見事な方法で。参謀将校が司令部の准尉に連隊の報告書をどんなにハチャメチャに書き換えさせるかは想像もつかない。そこで連隊の下位の者は心配し、苦しめられ、ついには放出されるか異動を乞うことになる…全軍のなかのどこか他の部隊に…

そして、それは忌々しいことだった。結果ではなく経過が、だ。全体として、ティージェンスにとっては、イングランドと、夜間に英仏海峡を越えてたゆたう感傷的で耐え難いイングランドへの思いから離れていられさえすれば、自分がどこにいて何をしていようが構わなかった。…それでも彼はキャンピオンが好きで、どこの部隊より彼の部隊にいたかった。将軍には参謀にとてもまともな連中が付いていた。ティージェンス自身が付き合えそうなまともな連中が。…もしそうした連中と付き合わなければならないとしたならば、だが。…そこでティージェンスは言った。

「いいかい、スタンリー。君は大馬鹿者だ」そして、その主張の真理を証明することなく、そのままに放っておいた。

大佐が言った。

「なぜだね。いったいどうしろっていうんだ…願わくば、別の方向に向かって歩いてほしいんだが」

ティージェンスが言った。

「宿営地の外へ出るわけにはいきません。…明日、あなたの素晴らしい婚約の席に立ち会わなければなりませんからね。…週に二度も宿営地を離れるわけにはいきません」

「見張りの衛兵がいるところまで来てくれ」とレヴィンは言った。「女性を寒いなか待たせておきたくはない。…将軍の車のなかにいるにしてもだ…」

ティージェンスが大声をあげた。

「まさかあなたは…ああ、尋常とは言えませんよ…ド・ベイリー嬢をこんなところに連れて来るなんて」

レヴィン大佐がもぐもぐと言った。あまりにも小さな声だったので、独り言を言っているのではないかとティージェンスは思い込みそうになった。

「ド・ベイリー嬢ではない」それから大佐は相当大きな声で言った。「畜生、ティージェンス、まだわからないのか…」

一瞬ティージェンスは頭が錯乱し、宿営地の守衛室の脇の坂を下りた門のところに止まる将軍の車のなかにいるのは、ミス・ワノップに違いないと思った。しかし、そうした思いが彼の頭に浮かんだとき、彼はそんな馬鹿なことはあり得ないと知っていた。それにもかかわらず、彼は向きを変え、二人は小屋の間の広い道をとてもゆっくりと引き返した。レヴィンは確かに急いでいなかった。広い道は仮兵舎群の外れまで続き、二エーカーほどの斜面が彼らの目の前を陰気に下り、一種の沿岸警備用の小道を示す白石が、月の下、霜で黒っぽくなって、かすかに光りながら消えていく。そして、その小道の外れの暗い森のなかで、確かにレヴィンがひどく恐れる何かが、素晴らしいロールス・ロイスに乗って待っていた。

一瞬、ティージェンスの態度が硬化した。…彼はド・ベイリー嬢とレヴィンの愛人だった既婚女性との間に割って入るつもりはなかった。…なぜか彼は車のなかにいるのは既婚女性だと確信していた。…そうとしか考えられなかった。もし既婚女性でなければ、ミス・ワノップかもしれなかった。既婚女性ならば、ミス・ワノップではあり得なかった。…穏やかで感傷的な大きな幸福感が彼の上に舞い降りた。単にミス・ワノップのことを想像したせいだった。ティージェンスは、毛皮のふちなし帽を被った、小ぶりで色白な、いくぶんしし鼻をした顔を思い描いた。なぜだかわからなかった。将軍の照明のついた車の座席で、身を前に乗り出し、よくある覗きカラクリを覗くみたいに、ガラス窓から外を窺っているだろう。ガラスの内側の反射のために、近視眼ででもあるかのように外を覗き込みながら…

ティージェンスはレヴィンに言っていた。

「いいかい、スタンリー…わたしがなぜあなたのことを大馬鹿者呼ばわりするかといえば、ド・ベイリー嬢には一つの最高の贅沢があるからです。嫉妬をあからさまに示すという贅沢が。嫉妬を感じるというのではなく、嫉妬をあからさまに示すのです」

レヴィンが皮肉っぽく訊ねた。「わたしの前でわたしの婚約者のことを論じようっていうのかね？　英国紳士として。グロービーのティージェンスともあろう者が…」

「ええ、もちろんですとも」とティージェンスが言った。彼は幸せな気分であり続けた。「新郎の介添え役として、あなたを導くのがわたしの務めです。母親は結婚前の娘にいろいろなことを教える。新郎の介添え役は無知な新郎にそれと同じ役割を果たすものです。…それに、あなたはこの若い女性について、いつもわたしに相談しているではありませんか」

「今はそうじゃない」とレヴィンが呻くように言った。

「それではいったいあなたは何をやっているんです。棄てた愛人が乗っているのではありませんか、下の、キャンピオンの親爺さんの車には…」二人はティージェンスの大隊事務室に通じる小道の脇にいた。少し離れたところには、おぼろでとりとめのない人の群が未だに半ば溢れていた。

「それは違う」レヴィンはほとんど涙声で叫んだ。「わたしには愛人などいない」

「へえ、それに結婚していないと?」ティージェンスが訊ねた。彼はからかいの調子を弱めるために、わざと「へえ」という学童の驚きの叫びを使った。「申し訳ありませんが」とティージェンスが言った。「部隊の面倒を見に戻らなければなりません。あなたへの命令書が届いているか確かめるためにも」

　相変わらずぼやけた靄と軍服の匂いが立ち込めた小屋のなかに、命令書は届いていなかった。が、その代わりに、直立した、金髪の、カナダ生まれで先祖代々植民地暮らしの兵長がいて、特務軍曹のカウリーがこの男についての感動的な話を聞かせてくれた。

「この男はカナダの鉄道隊員で、エタープルから母親がちょうど街にやって来ているのです。トロントでベッドに寝たきりだったのですが、そこからはるばるやって来たのです」

　ティージェンスが言った。

「だから何だと言うんだ。さっさと用件に移りなさい」

　その男は、宿営地をちょっと出て町の家々が立ち並び始める市街電車の路線の終点のところにある品の悪くないパブで待っている母親のところに行く許しが欲しかったのだった。

　ティージェンスが言った。「それは不可能だ。絶対に不可能だ。わかっているだろう」

　男はまっすぐに無表情に立っていた。自分に腹を立てているティージェンスにとって、男の青い目は途方もなく正直に見えた。ティージェンスは男に言った。

「それが不可能なことは自分でもわかっているだろうが」

　男はゆっくりと言った。

「こうした場合の規則を知らないとは言いません、大尉殿。しかし、自分の母の立場はとても特殊なんです。…もうすでに二人の息子を亡くしました」

ティージェンスが言った。

「非常に多くの人が、だ。…もし君が許可証なしに離隊すれば、わたしは将校の地位を失うかもしれない…その可能性は充分にある。わたしには君たちを前線に送る責任があるのだから」

男は俯いて自分の足元を見た。ティージェンスはこんなことを自分に言わせるのはヴァレンタイン・ワノップだと心のなかで思った。彼は男の要求をすぐさま撥ねつけなければならなかった。ティージェンスは彼女がそこに存在している感じに満たされた。それは愚かしい感じだった。しかし、真実だった。彼は男に言った。

「君はトロントで母親にお別れを言ってきたのではないのかね、出発前に」

男が言った。

「いいえ、大尉殿」彼は七年間母親に会っていなかった。戦争が始まったときにはチルクート[22]にいて、その間戦争が始まったことを十ヶ月間知らずにいた。戦争が始まったことを知るとすぐにブリティッシュコロンビアで入隊し、そのまま、カナダ軍が宿営地を造成中のオルダーショットに鉄道敷設のために送られた。そこに着くまで、彼は兄たちが死んだことを知らず、その訃報がもとで寝たきりになった母親は彼の隊が通過するときトロントまで出向くことができなかった。母親はトロントからおよそ六十マイルのところに住んでいた。今、奇跡のように立ち上がることができた母親は、はるばるここまでやって来たのだ。六十二歳の未亡人で、ひどく体が弱っていた。

　ヴァレンタイン・ワノップを思い描くなんて自分は何と馬鹿なんだ、という一日に十回も心によぎる思いを、ティージェンスはこのときも抱いた。彼は彼女がどこにいるのかまったく知らなかった。どんな境遇にあるのか、どんな家に住んでいるのかも。彼女とその母親がベッドフォード・パークの犬小屋みたいな家に住み続けているとは思えなかった。けっこう快適な暮らしをしているかもしれない。ティージェンスの父親が遺産を遺したのだから。「途方もないことだ」とティージェンスは心のなかで思った。「どこにいるのかもわからない人のことを思い描き続けるとは」

　ティージェンスは男に言った。

「宿営地の門の守衛室の傍で母親に会うというのではどうなんだ」

「たいした暇乞いはできません、大尉殿」と男は言った。母は宿営地に入れず、わたしは宿営地から出られません。おそらく歩哨の鼻先で話すことになるでしょう」

　ティージェンスは心のなかで思った。

「一分かそこらそんなふうに会って話すなんて、何と恐ろしく馬鹿げたことか！　会って話す…」そして翌日の同じ時間には。何もない。…会って話すこともない。…それでも一分間ヴァレンタイン・ワノップに会って話すという途方もない考えだけは…彼女は宿営地のなかに入れず、彼は外に出られない。おそらく歩哨の鼻先で話すことになる。…こうした思いが彼にサクラソウの香りを嗅がせた。サクラソウ、ミス・ワノップのような。ティージェンスは特務曹長に言った。

「これはどういう男だ」

カウリーは不安げに口をあんぐりと開け、魚のように喘いだ。ティージェンスは言った。

「君の母親は寒さのなかで立っているにはかなり体が弱っているのだね」

「とても礼儀正しい男です、大尉殿」と特務曹長が口に出した。「最良の者の一人です。何の問題もありません。素行表にもまったく汚点は付いていません。大変立派な教育を受けています。平時は鉄道技師をやっています。…もちろん、義勇兵です、大尉殿」

「奇妙なことだが」とティージェンスは男に言った。「義勇兵であっても、職務離脱者の率は、ダービー計画で徴用された者[23]や強制的に入隊させられた者と同じくらい高い。…もし分遣隊に戻らなかったならどうなるか、わかっているんだろうな」

　男は冷静に返答した。「はい、大尉殿。良くわかっています」

「銃殺刑に処されるということがわかっているんだな。君がいまここに立っているのと同様に確実に。おまけに、逃亡の機会もないのだぞ」

　ティージェンスは、熱烈な平和主義者であるヴァレンタインが、もしこの言葉を聞いたならば、自分のことをどう思うだろうかと訝った。それでも、そのように話すが彼の義務だった。単に軍人としての義務ではなく、人間としての務めだった。チフス菌に汚染された水を飲むとチフスにかかると警告するのが医者の義務であるのと同じ様に。だが、人間とは不条理なものだ。ヴァレンタインもまた不条理だ。銃殺隊に撃たれる可能性についてこの男に話すのを彼女なら野蛮だと考えるだろうか。ヴァレンタイン・ワノップがこの男のことをどう考えるか考えないか思い悩むことには何の意味もないと考え、ティージェンスはうめき声をあげた。何の意味もない。何の意味もない。何の意味も…

　幸いなことに、この男はティージェンスに分遣隊から離隊する者への処罰についてはとてもよくわかっていると請け合った。ティージェンスのうめきを聞き取った特務曹長は実にみごとな小言を男に向かって言った。「おい、おい。将校が話しているのを聞かんか。将校の話を遮ってはならん」

「君は銃殺刑に処されるのだぞ」とティージェンスが言った。「夜明けに……文字通り夜明けにだ」どうして銃殺刑は夜明けに行われるのだろう。処刑される者たちの頭にもう二度と日の出は見られないということをすり込むためだ。だが、処刑される者たちは、もし太陽を見てもそれが太陽だとわからないように麻酔をされる。皆、椅子にロープで縛られる。……銃殺隊にとっては、実際、それだけ一層具合が悪い。

ティージェンスは男に言い足した。

「君を侮辱しているとは思わないでくれ。君はとてもまともな男のようだ。だが、とてもまともな男たちがこれまでも離隊してきた。……」

ティージェンスは特務曹長に言った。

「この男に二時間の外出許可を与えなさい……パブの名前は何だった……分遣隊はあと二時間は動かないんだな?」それから男に言い足した。「分遣隊がパブの前を通るのを見たら、駆け出して隊に合流するんだ。必死でだ。わかったか。またの機会は絶対にないからな」

単純なメロドラマに聞き入っていたぎゅうぎゅう詰めの聴衆からは、仲間の幸運に対する賞賛や羨みのようなつぶやきが聞こえた。……聴衆は皆大きく目を見開き、軍服はとても色褪せていた。……つぶやきはまさに拍手喝采になりなんとしていたが、ヴァレンタイン・ワノップが拍手喝采するかどうか心配するのは無意味だった。……男は離隊しないとも限らなかった。母などいないかもしれなかった。いるのは女である可能性も高かった。男は脱走する可能性もあった。…男は真っ直ぐに目を見た。だが、脱走や女のような強い感情は目の筋肉を支配できるものかもしれない。強い感情の前では、そんなことはたやすいことなのだ。そんな場合、審判の日に神の顔を見据え嘘をつくことだってあるだろう。

だがいったい、自分はヴァレンタイン・ワノップに何を求めているのだ。なぜ彼女への思いを断ち切ることができないのだ。妻への思いは断ち切れるのに。…妻ならざる女と言ったほうが当たっているかもしれないが。一方、ヴァレンタイン・ワノップはのたくるように頭のなかに入ってくる。昼も夜も、いつでも。強迫観念となって。狂気なのか。…あの馬鹿者たちが「コンプレックス」と呼ぶものだ。きっと乳母の仕業か、あるいは両親が言った言葉のせいだ。生まれたときの…強い感情…あるいは、きっと強さが充分でないのだ。さもなければ、自分もまた逃げ出しているだろう。少なくとも、シルヴィアからは…まだそれもしていない。それもしていない。本当にしていないのか？　断言はできない。…

明らかに、小屋の間の路地のほうが寒かった。一人の男が「フー…フー…フー」と言っていた。そんな音を立て、腕をパタパタ動かし、ピョンピョンと跳ねた。…「手と足よ、しばらく待機せよ…」誰かがこの哀れな男たちを整列させ、血液の循環を保つために運動をさせなければならない。だが、彼らは命令を知らないのかもしれなかった。…これは衛兵たちの悪だくみかもしれなかった。…「いったいなぜ君らはここでブラブラと待っていなければならないんだ」とティージェンスは問うた。

「わかりません」という答えが一つか二つ返ってきた。大多数はしわがれ声で「仲間を待っているんです、大尉殿」と言った。

「屋根の下で待つことができるもんだと思っていたが」とティージェンスは辛辣に言った。「だが、気にするな。それが好みなら、君らの葬式にするがいい…」こうしたことが重なって…強い感情を引き起こす。五十ヤードも離れていないところに、待機する分遣隊のための待合場所となっている小屋がある。…それにもかかわらず、彼らは三十秒のおしゃべりの時間を逸したくなくて、歯をガチガチさせ「フー、フー、フー」とつぶやきながら立っている。英国人の特務曹長が言ったことについて、将校が言ったことについて、何ドル彼らが支払ってくれたかについて。…そして、それに対し、自分たちが何と口答えしたかについて。…このカナダの軍隊は、ロンドンっ子やリンカンシャー州の阿呆どもの高慢さがない、がっしりした誠実な男たちだ。戦争のルールを知りたいようだ。大隊事務室で受け取った情報を熱心に議論し、福音書について説明してくれるのではないかとこちらの顔をじっと見る。

　だが、畜生、自分自身が今このとき運命と協定を結ぶだろう。三十ヶ月、地獄の凍てついた圏のなかで過ごす協定を。自分がどう口答えしたかをヴァレンタイン・ワノップに伝える三十秒の機会を得るために。…運命に対して。首まで氷漬けにされ、外が見えるように瞼から氷柱を取り除いて欲しいとダンテに乞うた「地獄編」に出てくる男[24]は誰だったか。だが、ダンテは彼がギベリン党員だったために彼の顔を蹴り上げた。…ダンテは、いつも、少しばかりペテン師だ。…かなり似ている…誰に似ているか?…ああ、シルヴィア・ティージェンスに、だ。…立派な憎悪者!…彼は、シルヴィアの閉じこもる修道院から、憎しみが自分に向かってやってくるところを想像した。…静修を行うために閉じこもった修道院。…彼はシルヴィアが静修のために出て行ったときのことを想像した。彼女は行くと言っていた。戦争が続く間ずっと…戦争か命か、どちらかが続く限り。どちらが長く続くにせよ。ティージェンスは修道院のベッドの上でシルヴィアが体を丸めているところを想像した。…憎しみを放ちながら。…確かに見事な髪に体を包んで…憎しみを放ちながら…ゆっくりと冷たく…じっと辺りをうかがう蛇の頭のように。…目は動かず、口は固く閉じ。…遠くに視線を逸らし、憎しみを放ちながら。…彼女はおそらくバーケンヘッドにいるのだろう。…憎しみを送るには長い距離だ。…一つの国と凍るような夜の海を越えて！…そのすべての暗黒の陸と海を越えて…空襲やＵボートに備えて灯りが消されているなかを。…今のところシルヴィアのことは考えなくていい。…彼女は充分に離れたところにいる。…

夜が迫るにつれ、確かに暖かさが増すことはなかった。あの愚か者のレヴィンでさえ、坂と消えゆく白い石の小道を見下ろす最後の仮兵舎のほの暗い月影のなかをすばやく歩き回っていた。…外套は着ないと豪語したにもかかわらず。餌の時間の豹のように身につけている綺麗な将校の装具で女性たちの目を奪うために。

ティージェンスが言った。

「お待たせして済みませんでした、大佐殿…というか、大佐殿の連れの女性を…兵たちの面倒を見なければならなかったもので。…しかし、わかってもらえるでしょう…兵たちへの慰めと、何と言うか、『配慮』とでも言うのか、そういったものが、実戦での急務以外では、最優先なのですから…近頃は、わたしの記憶力がダメになってきています。…それなのに、あなたはわたしにこの丘を滑るように降り、またゼーゼー息を切らして上って行くことを望むのですね。…女に会うために！…」

レヴィンが金切り声をあげた。

「何を言う、この馬鹿者が！　この下で待っているのは、あなたの奥さんですよ」

Ⅲ章

やがて、強いラムパンチ一杯と、戦争の大義に関し自分の部隊に特別講義をすることの望ましさについて十一時までに報告書を起草するために取り出した鉛筆付きの将校手帳と、さらには安物のフランス小説一冊を、脇の折りたたみ椅子の上に載せ、六枚の軍用毛布を体に纏い、寝袋のなかに座ったティージェンスの頭にはっきりと浮かんだただ一つのことは――参謀将校の襟章と同様にはっきりと頭に浮かんだことは――あのレヴィンの馬鹿者は哀れな奴だということだった。鋲の打たれていない軍靴に凍った坂の上で動きをひどく妨げられ、一歩か二歩足を引き摺って歩くと、今度はまったく動けなくなって息を切らし困惑した言葉を発しながらティージェンスの肘にギュッと捕まるということを彼は繰り返した。

そこで驚くべき鮮やかな色調の芝居がかった奇異な寄せ集めの台詞が、レヴィンから発せられた。最初、ティージェンスと一緒に足を引き摺って坂を下り、それからまたティージェンスの腕にしがみつきながら足を引き摺って坂を上がったレヴィンは、何の脈絡もなく、実際ティージェンスへの深い愛情以外何の明らかな目的もなく、シルヴィアの極悪非道な行動についての報せを口にしたのだった。…軍務に没頭する埃っぽい色の世界の外の、自分の周りの漠たる領域では、あらゆる種類の奇妙なことが起きているようにティージェンスには思えた。ああ、文民やバターの不足したお茶の会をなかに抱える、漠たる領域では……

そして、寝床に尻をついて座り、膝を立て、寝袋の柔らかい羊毛を顎の下まで引っぱり上げ、嗅ぎ慣れない奇妙な悪臭を放つ石油ストーブに悪態をついたとき、ティージェンスには、今の事態は二ヶ月ぶりに戻ってきて大隊命令の要領を摑もうとしているのに似ていると思えた。……馴染みの、ちょっと古くなった食堂の控えの間に戻ってくる。食堂の当番兵にこの二ヶ月間の命令書をもってくるように言いつける。命令書のなかにあることとないことを知らないのは、命にかかわる危険なことだからだ。……陸軍評議会が前線にヘルメットを被って戻るように命令を出しているかもしれない。卵型手榴弾(1)を左胸ポケットに常に入れておくようにという大隊命令が出ているかもしれない。ガスマスクを被るようにという細目が付いているかもしれない。……当番兵が薄くタイプされた乱雑な書類の山を手渡す。指でパラパラとめくるが判読不可能。十一月十六日の命令書が十二月一日の命令書の真ん中にくっついて剝がれない。十日、十五日、二十九日の命令書は完全になくなっている。推測できるのは、司令部がA中隊についてひどく侮蔑的なことを言ったらしいということ。ハートトップとかいう見知らぬ男が任を解かれたということ。C中隊での支払い不足を確かめるために開かれた審問では、可哀想に、ウェルズ大尉がさっそく二十七ポンド十一シリング四ペンスを副官に支払うよう求められたということ。それだけだった。

そこで、あの黒い丘の斜面を往来したとき、ティージェンスに明らかになったことは、レヴィンが、もし宿営地の門のところで待っているのはあなたの奥さんですよとティージェンスに言ったならば、ティージェンスは彼を殴り倒す極めて乱暴な男だと、将軍から教え込まれていたということだった。それに、レヴィンは自分自身のことを古いクエーカー教徒の末裔だと考えていた。…ティージェンスはそれに対し「とんでもない話だ」と言った。そしてまた、レヴィンが恐れ慄きながら絶えず言及した奇妙な「騒動」は、シルヴィアが将軍に一連の手紙を送り、将軍が困り果てていたということだった。…そしてまた、ティージェンスが彼女のいちばん良いシーツ二組を盗んだという非難だった。…さらにもっとたくさんのことがあった。しかし、ティージェンスは最悪の状況と思える事態に直面して、妻との別離のあらゆる側面を冷静に考え直し始めていた。彼は、これまで二人の間の軋轢の原因だと自分で勝手に想像してきた社会的側面ばかりでなく、あらゆる側面に本気で立ち向かうつもりでいた。というのも、彼の見るところ、立派な地位にある英国人は、あらゆる結婚や離婚の土台に「醜態を晒さないこと。もちろん、召使いのために。――召使いとは一般大衆と同じである」という格言があると考えている。したがって、一般大衆に醜態を晒してはならない。そして、当然、彼にとって、私生活保護の本能は――彼の人間関係についての、彼の感情についての、彼のもっとも取るに足らない動機についてのものであってさえも――生存の本能それ自体と同じくらい強いものだった。私生活を保護できないくらいなら、文字通り、死んだほうがましなのだ。

そして、この午後まで、ティージェンスは、彼の妻もまた情事が下の階層の者たちに噂されるよりは死んだほうがましだと考えているものと想像していた。しかし、その想定は検討し直さなければならなかった。修正されなければ。もちろん、彼女は気が違ったのだと言うこともできただろう。しかし、たとえ彼女の気が違ったのだとしても、彼は二人の関係を大いに修正しなければならなかった。したがって、結論はどっちみち同じだった。…

小屋の向こう端から、軍医の従卒が言った。

「可哀想に——O9モーガン！…」歌うような、からかうような声だった。…

数時間前、ティージェンスは、軍医が貸してくれたギシギシいう寝台に贅沢にも横たわることによるこの肉体的安楽の瞬間を、妻との関係を冷静に考えるために使おうと決めていたが、それはあまり容易なことではないということがわかってきた。その小屋は途方もなく暑かった。彼はマッケンジーを招き入れ、——その本当の名前はマッケクニー、ジェイムズ・グラント・マッケクニーであるということがわかった——小屋の反対側を使わせていた。その反対側は、帆布の間仕切りと縞模様のインド布のカーテンによって彼の側から仕切られていた。そしてマッケクニーは軍医の従卒と長い——いつ果てるとも知れない——会話を続けることを選んだのだった。

軍医の従卒も眠ることができなかった。彼もまたマッケクニー同様に少なからず気が触れていた。ほとんど英語を離せないウェールズ人で、どこの辺鄙な渓谷の出身かは誰一人知らなかった。髪の毛はカリブ海の野蛮人のように長くぼさぼさ、両眼は黒っぽく、怒ったような外斜視だった。坑夫だったので、椅子に座るより、かかとの上に腰を下ろしてしゃがむほうが心地よく、ほとんど理解不能な声は狼の遠吠えを低くしたような調子で続き、たまに人を驚かすような含蓄のある文句がところどころで飛び出すのだった。

これは厄介なことではあったが、よくあることだった。従卒は、もう一年以上前に、ドイツ軍の高性能爆薬か何かによって、文字通り正気のほとんどを吹き飛ばされ、グラモーガンシャー連隊の第六大隊を追われる羽目になったのだった。しかし、それ以前は、その大隊のなかのマッケクニーの中隊にいたようだった。将校が自分自身の小隊や中隊にいた兵卒と噂話をすることは、特にどちらか一方の負傷によって長いこと離れ離れになった後で初めて会ったときに噂話を交わすことは、絶対にするに値することだった。おまけにマッケクニーは、名はジョンスだかエヴァンスだかいう、このろくでなしに、その夜十一時——今から二時間半前に——再会したばかりだったのだ。そこで、丈夫な瓶のなかに立てたロウソクの明かりのもとで、彼らは穏やかに話していた。従卒は将校の頭の傍で、かかとの上に腰を下ろしてしゃがんでいた。将校はパジャマ姿で、枕越しに半ばベッドから体を乗り出し、両腕を大きく広げ、ときには欠伸をし、ときには「中隊の特務曹長ホイトはどうなった」と訊いていた。……二人は三時半までしゃべっていたかもしれなかった。

しかし、それは、妻との関係がいったいどんなものか再び捉え直そうとしている紳士にとっては厄介なことだった。

軍医の従卒が驚かすかのように０９モーガンの話を持ち出して邪魔する前に、ティージェンスの思考は、妻との関係の要約の結果がどういうことになるのかという地点にまで達していた。その貴婦人であるティージェンス夫人は、確かに、疑いなく娼婦であり、彼自身は、同程度確実に、その貴婦人との結婚の絆に対して無条件に忠誠を尽くし、身の潔白を保っていた。法的には、彼のほうが絶対的に正しい側にいた。しかし、その事実は蜘蛛の巣ほどの重さももたなかった。というのも、彼女の貞淑からの最後の高飛車な逸脱があった後でさえ、彼はその貴婦人に彼の家と名の保護を与えたからだった。彼女は何年もの間、明らかに憎悪と誤った理解を抱きながら、彼の傍で暮らしていた。しかし、確かに貞節は保っていた。その後、彼女は、ティージェンスが二度目にフランスへ出征する前の、不安で憂鬱な真夜中すぎの時間に、ティージェンス自身に対して狂ったような復讐の激情を抱いている証拠を顕わにした。少なくとも、肉体的な激情を。

まあ、それは束の間の狂った感情だった。しかし、相手がどんなに落ち着いているときでさえ、男は自分のある種の権利を主張することなしに、女を家の女主人として、跡取りの母として、一緒に住まわせたいとは思わないものだ。二人は一緒に寝ていなかった。だが、お互いの考えを絶えず共に測ることは、手脚《てあし》の長さを一緒に測るのと同様に所有権を主張するにふさわしい行為ではないか。それは絶対に言えることだ。ああ、それなら…

神から見ると、何がその結び付きを裂いたのだろう。…確かに彼はこの日の午後まで想像していた…二人の結び付きは腱を切る拷問具でアキレス腱が切られるようにして切られたのだと。夜明けに家の外でタクシーの運転手に「パディントンまで」と言っているシルヴィアの澄んだ声によって。彼は極度の注意を払って、二人がほとんど真っ暗な応接室で最後に会ったときのあらゆる詳細を辿った。部屋の反対側の彼女は単に白い燐光のように見えていた…

二人はその日、永久に別れたのだ。彼はフランスに出征することになっていた。彼女はバーケンヘッドの修道院で静修を行うことになっていた。――バーケンヘッドにはパディントンから行くことになる。ああ、それなら、それは一つの別れだった。確かに、それによって彼は、ワノップの娘のところへ行けるように解放されたのだ。

ティージェンスは傍らの折りたたみ椅子に載ったコップからラム酒のお湯割りを一口啜った。それは生ぬるく、そのためひどい味だった。彼は従卒に熱く、強く、甘いのをもってくるようにと命じていた。というのも、彼は引き始めの風邪にかかっていると確信していたからだった。彼がそれを飲むのを控えていたのは、シルヴィアのことを感情を交えずに考えなければならないということが頭にあったからで、長時間にわたって思案をしようとするときには、アルコールに触れないことを習慣にしていたからだった。それは常にティージェンスの持論だったが、戦争の経験によって、何度も実証され強化されていた。その夏、ソンムで、午前四時に警戒態勢が発令されたときには、誰もが悲観的な考えを身に纏って待避壕から出て、くすんだ色のあまりにも薄ぎる胸墻《きょうしょう》越しにぼんやりとした灰色の不快な風景を見渡した。鉄条網を支える杭、あまりにも壊れやすくもつれ合った有刺鉄線、壊れた車輪、廃棄物、反抗するドイツ軍のいる方角から立ち上る靄の渦が見える。灰色の静寂と灰色の恐怖が前方と文民たちのいる後方にある。あらゆる思考にはっきりとした固い輪郭が生じた。…そこで、若い従卒が少しだけ――ほんの少しだけ――ラム酒が入った紅茶を一杯もって来る。三、四分で、眼下の全世界が一変する。針金が張られた鉄条網が、自分の技術でつくり上げた極めて効果的な遮蔽物に見え、神に感謝する。壊れた車輪は格好の標的となって、夜の空襲を中間地帯に向けさせるように思える。胸墻がとうとう壊されて再建されたとき、自分の中隊がかなりいい仕事をしたと告白せねばならなくなる。また、ドイツ軍に関してでさえ、自分は奴らを殺すためにここにいるのだが、連中のことを考えても前もって気分が悪くはならなくなる…実際、人が変わるのだ。頭のなかの比重が変化して。実際、夜明けが靄をバラ色に染めたのはラム酒の影響によるものでないと言うことさえできなかった。

　そこでティージェンスはラム酒のお湯割りに手を触れないつもりでいた。しかし、喉がすっかり渇ききってしまい、無意識のうちに飲み物に手を伸ばした。しかし、自分がしていることに気づき、思い止まった。だが、なぜ喉がカラカラなのだろう。酒は飲んでいなかった。夕食さえ食べていなかった。なぜこんな異常な状態になってしまったのか。…というのも彼は異常な状態にあった。それは、妻と別れることで自分はワノップの娘のところへ行けるように解放されたのだという考えが、突然彼の頭に浮かんだからだった。…そうした考えが彼の頭に浮かぶことは、それまでなかったことだった。

彼は頭のなかで言った。「我々は筋道立ててこうした問題を考えなければいけない。筋道立てて自分の地上での最後の日の生き様を考えなければいけない…」

フランスに出征したとき彼はそう誓ったので、今回、自分は地上から解き放たれたものと想像していた。そして、この地で暮らした何ヶ月かの間、自分は世俗的な事どもとは何の関係ももたなかったように思った。シルヴィアのことは、彼女が修道院に入ったことで、けりが付いたものと想像していた。ミス・ワノップのことは想像すらできなかった。しかし、ミス・ワノップとの関係も終わったように思えていた。

あの夜のことを思い出すのは難しかった。気分が乗らないのに、頭に意図的で連続的な回想を強いることはできない。気分が乗っていれば、自分が求めようが求めまいが、頭は思い出し続けてくれるだろうが。あのとき、三ヶ月かそのくらい前、彼は妻と大変痛ましい朝を迎えていた。妻が彼を気遣う態度を無理やりとっているという確信が、突然、彼の心に生じたことによってその痛みは生まれたものだった。妻の態度はおそらく見せかけだった。というのも、結局、彼女は貴婦人であり、よりによって貴婦人が気遣うのにもっとも値しない人物を、実際に気遣おうとするはずがないからだ。…しかし、彼女はそうした態度を自らに強いることが完璧にできた。それが夫に大きな不都合を生じさせることになると考えた場合には…

だが、違う。そうではなかった。彼の高ぶった心が自分に向かって言ったことは。彼の気分が高ぶったのは、ミス・ワノップもまた二人の別れを永遠のものにしようとしたわけでなかったからかもしれなかった。それは大きな眺望を切り開いた。それにもかかわらず、大きな眺望についてとくと考えることは、妻との関係の冷静な分析を始めるための方法ではなかった。物語の事実が道徳より先に述べられねばならなかった。駐屯軍司令部が利用するための報告書を作成するかのように、正確な言語で、自分と妻との関係史を書かなければならないと、彼は自分に向かって言った。…もちろん、自分とミス・ワノップとの関係史もまた。「それは文書にしたほうがいい」とティージェンスは言った。

ああ、それでは。ティージェンスは手帳をぐいと摑むと、鉛筆で大きな文字を書いた。

「わたしがサタースウェイト嬢と結婚したとき」――彼は駐屯地司令部への報告書を正確に真似るように試みていた――「わたしにはわからなかったが、彼女はドレイクという男に孕まされたと想像していた。実際はそうでなかったと思う。その問題には議論の余地がある。わたしは自分の跡取りであり、かなり高い地位にある一家の跡取りであるその子を心の底から愛している。妻は、その後何回か、正確に何回かはわからないが、わたしを裏切った。ペローンという男と駆落ちした。妻は、わたしの名付け親である将軍エドワード・キャンピオン卿の家で、将軍の参謀であるこの男としょっちゅう会っていた。それは戦争になるずっと前のことだった。もちろん、二人の親密な関係を将軍が疑うことはなかった。ペローンは、昔の部下に愛着を抱く質《たち》の将軍の参謀に再びなっている。だが、ペローンは将校としては役立たずで、どちらかと言えばお飾りの仕事を割り当てられている。さもなければ、古くからの常備軍のメンバーとして、年功による序列により、将軍になっていていて少しもおかしくないが、実際は少佐であるにすぎない。わたしがペローンについてこのような余談を挟んだのは、この駐屯地における彼の存在がわたしにとって当然の個人的困惑を引き起こしているからなのだ」

「妻はペローンとともに数ヶ月姿をくらました後、わたしに手紙をよこし、わたしの家に連れ戻して欲しいと言ってきた。わたしはこれを許した。わたしは主義として女と離婚はしない。とくに子供をもつ母親である女とは。わたしはティージェンス夫人の向う見ずな行為を公にする手段をとらなかったので、わたしの知る限り誰も妻の不在を意識しなかった。ティージェンス夫人はカトリック教徒なので、わたしと離婚することはできないのだ」

「ティージェンス夫人がペローンという男とともに姿をくらましている間に、わたしはミス・ワノップという一人の若い娘と知り合いになった。彼女は、わたしの父のもっとも古くからの友人であり、かつキャンピオン将軍の旧友でもある男の娘だった。わたしたちの社交界での立場は、当然、閉ざされた交際の輪を形成する。わたしは直ちに、自分がミス・ワノップに対して思いやり深い、激しくはない愛情を抱いたのを意識し、その感情は報いられるだろうとかなりの程度確信した。ミス・ワノップもわたしも、自分の感情をあからさまに話すような人間ではなく、わたしたちは何の打ち明け話もしなかった。…ある種の地位にある英国人の不利な点だ」

「こうして、その状態は数年間続いた。六年か七年。ペローンとの小旅行から戻った後、ティージェンス夫人は完全に貞淑であり続けたとわたしは信じている。わたしは、ある時期には頻繁に、ミス・ワノップに彼女の母親の家や社交の場で出会い、またある時期には長い期間会わないこともあった。わたしたちのどちらからも親愛の情が相手に伝えられることはなかった。一度たりとも。まったく」

「わたしが二度目にフランスに出征する前日に、わたしは妻ととても痛ましい醜態を演じた。その間、わたしたちは初めて、誰が子供の父親かという問題やその他の事柄に立ち入ることになった。午後に、わたしは予めの約束によって、陸軍省の外でミス・ワノップに会った。約束したのは、わたしではなく、わたしの妻だった。わたしはそれについては何も知らなかった。妻はわたし以上にわたしのミス・ワノップに対する気持ちを知っていたに違いない」

「セント・ジェームズ・パークで、わたしは、今夜僕の愛人になってくれませんかと、ミス・ワノップを誘った。彼女は同意し、密会の約束をした。それは彼女のわたしへの愛情の証拠だと考えて良いだろう。わたしたちはこれまでまったく愛情表現を交わしたことがない。たぶん、愛情を感じなければ、若い女性が既婚男性と寝ることを承諾することはないだろう。だが、なんの根拠もあるわけではない。もちろん、それはわたしがフランスに出征するほんの数時間前のことだった。若い女性たちにとっては感情的になりがちな瞬間だ。確かに、承諾しやすくなるには違いあるまい」

「だが、わたしたちは為さなかった。わたしたちは午前一時三十分に一緒になり、彼女の郊外の家の庭木戸に寄りかかった。だが、何も起きなかった。わたしたちは為さざる部類の人間だということで意見が一致した。二人がどう合意したのかはわからない。私たちは文を完成させなかった。だが、それは熱愛の場面だった。そこでわたしは帽子のつばに手を当て、『それじゃあ』と言った。…あるいは『それじゃあ』とさえ言わなかったかもしれない。…彼女もまた言わなかったかもしれない。…覚えていない。わたしはあのとき自分が考えた数々のこと、彼女が考えたことでわたしが立派だと思った数々のことを覚えている。だが、多分、彼女はそんなことは考えていなかったのかもしれない。わからない。そんなことは詮索しても始まらない…二人は永久に分かれると彼女が考えたことを、わたしが立派だと思ったことを除いては。本当はそうでなかったのかもしれない。ひょっとしたら、わたしが手紙を書いてくれるだろう。そして生きていてくれるだろうと考えていたのかも…」

ティージェンスは大きな声をあげた。

「ああ、何という汗だ！…」

確かに、左右のこめかみから汗が滴り落ちていた。自分の考えを悪態のほうへと向かわせ、行き着くところまで行かしめたいというある種の感情で一杯になった。それでも、彼はその考えにしがみついた。それを表現することを決心した。それで彼は書き続けた。

「わたしは午前二時近くに家に戻り、暗い食堂に入って行った。わたしに灯りは必要なかった。座って長いこと考え事をした。その後、シルヴィアが部屋の反対側から話しかけてきた。こうして、忌まわしい状況が訪れた。いまだかつて、あれほどの憎悪をもって話しかけられたことは他にない。たぶん、彼女は気が違ったのだ。シルヴィアは、もしわたしがミス・ワノップと肉体関係をもったならば、あの娘への思いを満たし…再び彼女シルヴィアへ肉体的欲望を感じるだろうと明らかに考えていたのだ。…しかし、彼女はわたしが話すまでもなく、わたしがあの娘と肉体関係をもたなかったことを知った。彼女はわたしを破滅させると脅した。軍隊でわたしを破滅させると。わたしの名に泥を塗ると。…わたしは話さなかった。話さないでいることは、わたしのすこぶる得意とするところだ。妻はわたしの顔を殴った。そして出て行った。後に彼女は半ば開いた戸口から、胸に付けていた、ローマン・カトリック教の戦闘中の兵士たちの守護神、聖ミカエルの金のメダルを部屋のなかに投げて寄越した。それは別れの最後の行為を意味するものだとわたしは受け取った。もうそれを身に付けないことによって、彼女はわたしの無事を祈るのを止めたのかもしれなかった。わたし自身が身を守るためにそれを身に付けることを彼女が望んだということも同様にあり得た。わたしは妻が女中と一緒に階段を下りていく音を聞いた。反対側の煙突と煙突の間から夜明けの光がちょうど射し込んできていた。わたしは妻が『パディントン』と言うのを聞いた。はっきりとした音節の、高い声だった。そして車は走り去った」

「わたしは荷物をまとめ、ウォータールーへ行った。シルヴィアの母のサタースウェイト夫人がわたしを見送りに来ていた。夫人は娘が一緒に来ていないことにひどく心を痛めた。これは二人が永久に別れることを意味するものだというのが義母の考えだった。シルヴィアがミス・ワノップのことを母親に話しているのを知り、わたしは大変驚いた。というのもシルヴィアはいつも極度に無口で、母親に対してさえそうだったからだ。…ひどく心を痛めたサタースウェイト夫人は――わたしは彼女のお気に入りなのだ――シルヴィアがしでかさないとも限らないことについてもっとも悲観的な予感を表明した。シルヴィアの聴罪司祭であるコンセット神父という人が何年も前にシルヴィアについてどんなことを言ったかということに関して長い逸話を夫人はわたしに語り聞かせた。もしわたしが他の女性を好きになることがあったなら、シルヴィアはわたしを取り戻すために世界をズタズタに引き裂くだろうと神父は言ったそうだ。…つまり、わたしの心の平安を掻き乱すだろうと！…サタースウェイト夫人の話を理解するのは難しかった。出発間際の将校用列車の脇は、ひそひそ話をするには良い場所ではなかった。そこで話し合いはどちらかと言えばまとまりなく終わりを告げた。

この時点で、ティージェンスは聞こえるほどにうめき声をあげたので、小屋の向こう側からマッケクニーが何か言ったかと訊ねてきた。ティージェンスはこう言って自らを救った。

「あのロウソクはここから見ると、小屋の側面に寄りすぎているようだ。おそらく、そうではないのかもしれないが。こうした建物はとても燃えやすいからな」

書き続けても無駄だった。彼は作家ではなかったし、この書き物は心理を指し示すものですらなかった。彼自身、大した心理学者ではなかったが、他の何についても言えるように、人は心理学においても有能であるべきだ。…さて、それでは…彼の故国での最終日と最後の夜に、彼自身とシルヴィアの両者に際立っていた狂気と残酷のすべての根底には何があったのか。…というのも、言っておくが、あの娘が彼に会うことになった約束を、彼が知らないところで取り決めたのは、シルヴィアだった。シルヴィアが彼とミス・ワノップを互いの腕のなかへ押しやりたかったのだ。まったく間違いなく。シルヴィアがそう言っていた。だが、それは後でのことだった。ゲームが予定通りいかなかったときのことだった。前もって手を見せるには、あまりに恋の手管を知りすぎていた。…

ならば、どうして彼女はそんなことをしたのだろうか。一つには、明らかに彼に対する哀れみからだ。彼女は彼に嫌でたまらない時間を過ごさせてきた。いっときは、疑いなく、あの娘の腕に抱かれる慰めを彼に与えたかったのだ。…ああ、畜生、他の誰でもなく、あのシルヴィアが、あの娘に対し愛人になってくれないかという誘いを彼から引き出したとは。あの朝の二人の話し合いの非道な残酷さ以外の何ものも、愛情の言葉さえかけたことのない若い女性に対して密通の提案をするほどの性的興奮の高みに彼を引き上げることはできなかっただろう。これはサド的な種類の効果だった。それが科学的に観るための唯一の方法だった。そして、疑いなく、シルヴィアは自分で自分のしていることがわかっていた。その朝いっぱい、もっとも痛みを感じる場所に鞭を当てる人間のように、間隔をおいて、彼女は話し続けた。彼女はヴァレンタイン・ワノップを愛人にしたといって彼を責めた。ヴァレンタイン・ワノップを愛人にしたといって彼を責めた。ヴァレンタイン・ワノップを愛人にしたといって彼を責めた。…そうした気を狂わせるような言葉を繰り返した。夫妻は地所の一つを処分した。いくつかの事務上の手続きを済ませた。跡取りは、母親の宗教であるカトリックの信徒として育てられることになった。彼らは苦しみ悶えるようにして自分たちの関係と過去に話を移していった。子供の父親のことにも。だが、彼の頭がナイフで切りつけられる痛みに身悶えする酔った蛸のようになる瞬間には、いつも、シルヴィアがあの非難をふいに口にした。彼がヴァレンタインを愛人にしたという非難を。…

ティージェンスは生ける神に誓った。(2) …あの朝まで自分はあの娘に熱情を抱いているとは認識していなかった。自分が海のように深い無限の愛を、全世界の地震のような震えを、癒えることのない渇きを、臓腑をえぐるような思いを抱いているということは。…だが、彼は自分の感情を精査するような人間ではなかった。…ああ、くそっ、この忌まわしい駐屯地の、レンブラントの影が色濃く映える小屋のなかで、あの娘のことを考える瞬間でさえも、彼は彼女のことをミス・ワノップと呼んでいた。…

若い女を激しく恋していると認識する男はそんなふうには考えない。彼は認識していなかった。以前からずっと認識していなかった。あの朝に至るまで。

あの朝…それが彼を解放した。…明らかに、彼を解放したのだ。女は、初めてやって来た娘に夫を、正式な夫を投げ与えたうえで、さらに自分に夫に対する請求権があると考えることはできない。とくに、その日、夫と別れ、夫がフランスに出征するのだとしたら！　それが彼を解放したのだろうか？　明らかに解放したのだ。

ティージェンスはラム酒のお湯割りのコップをあわてて摑んだため、中身が少し親指の上にこぼれた。ラム酒のお湯割りをすべて飲み干すと、たちまち体が火照った。…

いったい自分は何をしているんだ。こんな内省に耽って。…くそっ、自分は自分のやったことを弁明しているわけじゃない。…シルヴィアに関する限り、彼は完全に正しい行動をした。たぶん、ミス・ワノップに対してはそうでなかった。ああ、もしグロービーのクリストファー・ティージェンスが自らの弁明をする必要があるとすれば、グロービーのクリストファー・ティージェンスであることにいったい何の意味があろう？　自己を弁明するだなんて、思いもよらない考えだった。

明らかに、彼は七つの大罪から免れていなかった。一人の男としては。隣人に不利な偽証をしない限り、嘘をつくことはあるかもしれなかった。見合う怒りや自己の利益があれば、殺人を犯すこともあるかもしれなかった。ヨークシャー男の義務として不実なスコットランド人から牛を奪うような盗みを思い付くこともあるかもしれなかった。明らかに不健全な騒ぎを引き起こさない程度にならば姦淫を犯すこともあるかもしれなかった。これは下層民に対する領主の権利だ。個人的には、彼はこうした罪を犯してはこなかった。為して責任をとる権利は留保した。

だが、シルヴィアはいったいどうしてしまったのだろう。彼女は自分に不利な行動を取ろうとしていたが、彼女がそんなことをするなんて彼には思いもよらなかった。もし彼女が望んだとしても、彼のここでの私生活に押し入り、しかも甚だしい卑俗さをもってそうすることほど、彼をミス・ワノップへの忠誠へと押し戻すことを確実にする方法は他にあり得なかった。というのも、彼女がしたことは使用人たちの前で醜聞を晒すことだったたからだ。彼がフランスにいる間ずっと、彼女はそれを企んできたのだ。今、彼女はそれを実行した。彼の部隊の兵士たちの前で。だが、彼女はこの種の誤ちは犯さない女だった。これはゲームだった。だが、どんなゲームなのか。彼は臆測しようとさえしなかった。こんなことをしても彼が将来、彼の屋根の庇護を彼女に差し伸べることは期待できないだろうに。…では、これは何のゲームなのだ？　彼女が目的もなしに無作法たり得るとは、ティージェンスには信じられなかった。

彼女はサラブレッドだった。彼はいつも彼女にそういう評価を与えていた。それなのに彼女は今、牝馬がもち得るあらゆる卑劣な悪を有しているかのようにふるまっていた。少なくともそう見えた。それは彼女が彼の廏にいたからだろうか。だが、それ以外にどうやって彼は自分たちの生活を律することができただろう。結婚の前後、彼女は不実以外の何ものでもなかった。彼自身まったく気に入らなくても、彼が咎めることができないような高飛車なやり方で。彼女がペローンという男と駆け落ちした後、ティージェンスは彼女を家に連れ戻した。それ以上の何を彼女は求めることができただろう。…彼には答えが見つからなかった。彼の知ったことではなかった。

だが、たとえ彼がこの哀れな獣のような女の動機については思い悩まなかったにせよ、彼女は跡継ぎの母親だった。その女が世間に自分の悪行を吹聴して回っていた。男の子にどんな影響を与えるだろう。使用人たちの前で醜聞を晒す母親は。どんな男の子の生涯をも台無しにするのに充分だった。…

シルヴィアが為してきたことから逃れることはできなかった。彼女はこれまでの二ヶ月間かそこらにわたって、あふれんばかりの手紙を将軍に送りつけていた。最初はティージェンスの居所、健康状態、危険の状態などについて訊ねるだけで満足していた。老将軍は、しばらくの間、とても礼儀正しく、この件についてティージェンスに何も知らせなかった。おそらく将軍はこれらの手紙を、夫が前線にいる妻が当然ながら心配して送ってきた問い合わせだと思ったのだろう。ティージェンスが彼女に送った手紙が伝達力不足だったか、彼が怪我をしたとか絶望的に危険な任務に就いたとかいうことを隠しているように見えたに違いないと将軍は考えた。どちらにせよ、こういったことはあまり愉快なことではなかった。女性は上官の将校に部下の動静について気を揉ませるようなことをすべきではない。それはしてはならないことだった。それでも彼女はキャンピオンと彼の家族と昵懇の仲だった。ティージェンス以上に。将軍はティージェンスの名付け親だったが。しかし、非常に明白に、手紙はますます手に負えないものとなっていた。

シルヴィアが何を言ったのかを正確に理解することは、ティージェンスには難しいことだった。彼の情報経路はレヴィンであり、レヴィンはとても紳士的だったから直接的なことを口にすることはなかった。あまりにも紳士的で、ティージェンスの高潔を暗黙のうちに信頼しすぎ…あまりにもシルヴィアの魅力に狼狽《うろた》えていた。というのも、彼女はこの哀れな参謀将校を狼狽えさせるのに明らかに骨を折っていたからだ。…だが、彼女は手紙においても当地に来てからの会話においてもちょっとやり過ぎていた。まったく彼女らしいことに、旅券もどんな種類の書類ももたずにやって来て、この世のあらゆる人間のなかで、こともあろうにペローンと会話を交わしながら、埠頭の先端部にある木造の番小屋や何やらのなかにいる紳士たちの前を歩いて通り過ぎていったのだった。ペローンは国王陛下の公式文書だか何か、参謀にとっては名誉になるものを携えて休暇から戻るところだった。おそらくは特別列車で。いかにもシルヴィアらしかった。

キャンピオンは死すべき人間が受けるべきもっともひどい叱責をペローンに与えるだろうとレヴィンは言った。前任者の一人に起こった出来事の後で、女性を自分の司令部に入れないことにすっかり躍起になっている哀れな将軍にとって、これは、まったくのこと、耐え難い事態だった。実際、レヴィンにしても、もし結婚式の後の最初の船でミス・ド・ベイリーをフランスから出国させない限り、将軍は彼のミス・ベイリーとの結婚を絶対認めないというのが、確かに、彼の悩み多き人生での十字架の一つだった。もちろん、レヴィンも彼女と一緒に行くことになるだろうが、戦争が続く限り、この若い女性がフランスに戻れることはないだろう。そのことで、彼女の親族の貴族たちは、ものすごい騒ぎを起こすだろう。結婚の取り決めのため、レヴィンにはもう十五万フランがかかるだろう。とにかく、未婚女性を締め出すことはできないにせよ、将校の妻をフランスに入れないことはできるのだ。…

いずれにせよキャンピオンは、まず早朝に、ティージェンスがいやしくもフランスにいることに従兄伯父の陰気な公爵ルージリーが反対しているという旨のシルヴィアの手紙を受け取り、その後、午後四時近くに、ル・アーヴルからシルヴィアが発送した、昼の列車で彼女自身が到着するという電報を受け取った後で、怒り狂った伝言をティージェンスに急送した。将軍はシルヴィアがやって来るという考えそのものとほとんど同様に、自分の車を駅に送って彼女を迎えなければという考えに狼狽したのだった。しかし、フランスの文民である鉄道員のストライキがシルヴィアの到着を遅らせていた。ティージェンスはシルヴィアが来ることをすべて知っていると確信するキャンピオンは、五分以内に荒い鼻息の伝言をティージェンスに発送し、同時に、自らの車をレヴィンに運転させ、ルーアンの駅に急送させたのだった。

実際、将軍はかなり混乱していた。ティージェンスは知識人としてシルヴィアに不当な扱いをしている、彼女のもっとも高価なシーツを二組盗むほどまでに不当な扱いをしていると、将軍は確信していた。また、ティージェンスはシルヴィアと結託しているとも確信していた。ティージェンスは知識人として、兵を前線に送る卑しい仕事に就いているのが不満で、自身の取り巻きの途方もなく楽な仕事を望んでいると、将軍は確信していた。…それでキャンピオンは心を煩わし、ティージェンスを実際もっと高い地位に就けなければならないと考えていたが、それはかえって状況を悪化させるだけだというのがレヴィンの意見だった。それに対して、将軍はレヴィンに言った。

「かまわん、あいつはおまえの代わりにわたしの情報部を統括すべきだ。だが、あいつは厄介者だ。まさにあいつはそれ、厄介者だ。あまりに聡明すぎるのだ。スウィードルパンプキンの後ろ足が利かなくなるまでのべつ幕なしにしゃべっている」スウィードルパンプキンというのは将軍のお気に入りの軍馬だった。将軍は話すことを恐れた。彼は仕事の話以外では誰と話してもほとんどいつも――ティージェンスとの場合には必ずやいつも――自分の言っていることの誤りを証明され、自説の信憑性を覆されずにはいられなかった。

そこで、つまるところ、彼はかなりいきり立った。そして困惑した。将軍は彼の管轄下の大部隊でのあらゆる揉め事の根底にティージェンスがいるとほとんど信じるようになっていた。

しかし、それだけのことが推測されても、フランスでの妻の用向きが何なのかについてのティージェンスの理解はあまり進展することがなかった。

「奥さんはこぼしていましたよ」滑りやすい沿岸警備隊用の道路を歩いているとき、レヴィンが沈痛な面持ちで言った。「あなたが彼女のシーツをとったことについて。そしてミス…ミス・ワノストロフトでしたっけ、その女の人について。…将軍がシーツに重きをおくことはないでしょうけれどね。…」

　キャンピオンが司令部の親しいメンバーたちと一緒に生活している、大きなつづれ織りがかけられた大広間では、ティージェンスの件について会議のようなものが行われていて、その会議はさしあたり、さまざまな不正を将軍とレヴィンに暴き立てるシルヴィアに取り仕切られていた。ペローン少佐は意見を述べる立場にないという理由で席をはずしていた。「ティージェンス夫人との関係」を世間の噂の種とするような危険を冒したといって将軍が非難したので、実際のところペローンはすねていたと、レヴィンは言った。将軍はちょっとひどすぎるとレヴィンは思ったのだ。これまで将軍の参謀メンバーの誰もが貴婦人の付き添いくらいどこかでしたことがあるはずだ。中等学校の第六学年生でもあるまいし。…

「しかし、あなたは…あなたは…あなたは…」レヴィンはどもり、かつ身を震わせた。「手紙を書かなかったことで、確かに怠慢だったのではないですか。こう言っては何ですが、あの可哀想な女性は、実際、心配で頭がおかしくなっていたようです。…」そうしたわけで、シルヴィアは坂の下で将軍の車に乗って待っていたのだった。ティージェンスが生きている姿を一目見ようとして。というのも、司令部ではティージェンスが生きているのか、ましてやこの街にいるのか、彼女を納得させることがまったくできなかったからだった。

シルヴィアは実際あまり長く待つことすらなかった。衛兵詰所の外側にいた歩哨たちとのやり取りによってティージェンスが確かに生きているとどうやら納得すると、運転兵にオテル・ド・ラ・ポストまで引き返すよう命じ、哀れなレヴィンは置き去りにされ、路面電車だか何だか、取り得るもっともましな手段を使って、街まで戻ることを強いられることになった。残された者たちは、室内に派手な明りを灯した車のライトが眼下で方向を変えて、はるかかなたの道を通って木々の間に消えていくのを見た。歩哨はかなりそっけなくぶっきらぼうに――英兵が下心をもっているときはちゃんとわかるものだ！――軍曹が衛兵を外に出したので、兵たちは皆一緒になってご婦人に大尉が生きていて元気であると請け合うことができたと彼らに伝えた。愛想のいい軍曹は、ご婦人が大尉から便りがないことをひどく心配しておられたので、たいていは将官の訪問のときと一日一回の部隊長の巡回のときにだけ使う巧妙な策を弄したのだと言った。「個室のない衛兵詰所は、ちょうど、服を破ることに執着し、全裸になった二人の酔っ払いを抱えていました。そこで、手違いがないようにと思ったのです。宿営地の外で捕まえた酔っ払いは憲兵隊が副憲兵司令官の衛兵詰所に連れていくのが正しい手順ですが、この二人の裸の状態と乱暴なふるまいを見て、わたしは憲兵たちの手間を省いてやるのが適切だと考えました。軍歌『ハーレックの男たち』[3]を歌う声で、酔っ払いの状態の確認はとれました。もし大尉の奥様でなければ、衛兵を外には出しませんでしたよ」そう軍曹は付け加えた。

「やけに頭の切れるやつだ、あの軍曹は」とレヴィン大佐が言った。「ティージェンス夫人を納得させるのに、あれ以上の方法は見つからなかっただろう」

ティージェンスも言った。「確かに、やけに頭の切れるやつだ」――言っている最中でさえ、言わなければ良かったと途方もなく後悔した。その苦く皮肉な口調により、シルヴィアに対する彼ティージェンスの態度を諌める機会をレヴィンに与えてしまったからだった。だが、レヴィンの言葉は彼の行為を諌めるものではまったくなかった。——というのも、ティージェンスは高潔そのものだという主張にレヴィンは誠実にこだわっていたからだった。レヴィンの発言は、シルヴィアに親切にしてくれた軍曹のことを話すティージェンスの口調と、ティージェンスが妻に手紙を書かなかったことがこうした事態を引き起こしたことを、ただ単に諌めるものだった。それに対してティージェンスは、別れたときの条件を考えると、もし彼女に手紙を送ったならば、それがどんな手紙であれ、彼女を苦しめることになっただろうと言おうと考えていた。だが、彼は何も言わず、十五分のうちに、この件は、滑りやすい丘の斜面でレヴィンによって発せられる、結婚の問題に関する独白へと至ったのだった。当然のこと、それはこのときレヴィンの頭の大部分を占めていた問題だった。夫は妻が自分に来た手紙をすべて開けても構わない結婚生活を営むべきだとレヴィンは考えていた。それは彼の素朴な考えだった。ティージェンスが皮肉を込めて、自分は妻に読ませられないような手紙など一通たりとも書いたことも受け取ったこともないと発言したとき、レヴィンは靄のなかで体勢を崩すほどの熱意を込めて叫んだ。

「そう思っていましたよ、あなた。でも、あなたがそう言うのを聞くとすごく励まされます」レヴィンは自分の生き方やふるまいをできる限りこの友人ティージェンスのそれに近づけたいものと願っていると付け加えて言った。というのも、レヴィンは自分の運命をミス・ド・ベイリーの運命と結び付けようとしていたので、当然、ここが自分の人生の転換点だと考えることができたからだった。

Ⅳ章

二人は坂を上り戻った。レヴィンは将軍のお抱え運転手が迎えに戻って来るだけの思慮を働かさない場合に備え、自分自身の車を求めて司令部に電話をかけた。ティージェンスはそれ以上続けてそのときのことを回想することができなかった。彼は寝台に座り、膝の上に開いた方眼ノートのページに鉛筆を押し付け、自分自身の事柄に関する報告の結論の言葉に何度も何度も視線を走らせ、「話し合いはどちらかと言えばまとまりなく終わりを告げた」という言葉をただぼんやりと書き込んだ。その言葉の上を、今や空襲が終わり、眼前の空に町の明かりが高らかに広がる暗い丘の斜面のイメージがよぎった。

しかし、そのとき、軍医の従卒がこっけいな嗄れ声で、皮肉でも言うかのようにその名を発した。

「可哀想な血塗れの０９モーガン！」と。…ティージェンスは自分の鼻の高さの白っぽい紙の上に、赤紫の薄い膜が揺らめくのを見、その後、緋色の顔料のネバネバした表面を知覚した。動いている！　それもまた網膜に作用する、ティージェンスにはすっかり馴染みの疲労の影響だった。それでも、自分の弱さに憤懣やるかたない気持ちになった。彼はひとりごとを言った。「惨めな

０９モーガンの名前が近くで言われただけで、網膜にあいつの血の鮮明なイメージが映し出されずにはいられないというのか」彼はその幻がさらにぼんやりしたものとなり、紙の右上端へと移動し、かすかな蛍光色の緑に変わるのを見守った。辛辣な皮肉を込めて見守った。

　彼は自身に向けて言った。仲間の死を自分の責任だとみなすべきだろうか。自分の深層心理がそうした主張を自分に突き付けるのだろうか。馬鹿げている。この世も終わりだ。馬鹿げた話だ。…それでも、今夕、取るに足らない愚か者のレヴィンが、彼グロービーのティージェンスとその妻との関係を詮索する権利を主張した。バカバカしいことこの上ない！　考えられないことだ。将校は兵士の死に責任があるという理論と同様に考え難い。…だが、その考えが確かに彼の頭に浮かんだのだ。その死に対して自分にどんな責任があるというのだろう。実際には――文字通り――彼に責任があった。まさに、この男の生死は彼を家に帰すか否かの判断にかかっていた。この男の生死は自分の手に握られていた。彼は完全に正しい行動をとった。男の故郷の町の警察に手紙を書き、警察は男を戻さないようにと強く要請してきた。警察にしては珍しく道義をわきまえた対応だった。プロボクサーが男のベッドと洗濯屋を乗っ取ってしまったので、男を家に戻さないようにと乞うてきた。こうした常識的な対応がなされるのはとても珍しい。…たぶん、警察もレッド・キャッスルのレッド・エヴァンズと殴り合いの喧嘩をしたくはなかったのだろう。…

　少しの間、ティージェンスは見たように思った…実際に見た…０９モーガンの目が不思議そうに自分を見つめるのを。休暇を与えられなかったときの…驚いたような表情。恨みがましくはないが、信じられないといったような。神が不可解な審判を下すときに、とても小さな、三メートルかそこら下にいる人間が神を見上げるように。…主は帰郷の許可を与え、主はこれを拒まれた。[1]

神ティージェンスの名は褒め讃えるべきものならざれば、いかがわしきものなり！

男が生きていて、今は死んでしまったことを思うと、ティージェンスはすっかり暗澹たる気持ちになった。彼はひとりごちた。「ひどく疲れた…」だが、恥じてはいなかった。それは死んだ者のことを思うときに襲ってくる暗澹たる気持ちだった。…それはどんなときでも襲いかかってきた。明るい日光を浴びていても、灰色の夜明けのなかでも、会食中でも、観兵式の間も。一人の男の死を思っても、大隊の半分の死を思っても。大の字になって、シートに覆われ、鼻に吹き出物ができた死者たちを見たときのことを思い出しても、大の字になってはおらず、うつ伏せになって、半ば埋まっている死者たちを見たときのことを思い出しても。あるいは、死んでいるところをまったく見たことのない死者たちのことを思っても。…突然、明かりが消える。…今回は明らかに卑劣で、あまり協力的でさえなく、少なくとも親愛の情は抱けない、確かに脱走を考えていた一人の男のせいだった。しかし、死者たちを…自分にとっての…自分とかかわりある死者たちのことを思うと。黒い紐で自分自身と結ばれているかのような死者たちを思うと…

外の暗がりのなかを、かなりたくさんの男たちが、素早くリズミカルなテンポで駆け抜け、まるで幽霊のように通り過ぎていった。人類の圧倒的な意志が規則的な動きとなって、四人ひと組のかなりの数の男たちが否応なく前へと運ばれていった。小屋の両側はとても狭く、おびただしい人だかりができていた。ティージェンスの頭に突き刺さるかのように、腑抜けた声がほくそ笑むような音を立てた。

「お願いだ、特務曹長、こいつらを止めてくれ。俺はすっかり酔っぱらっちまって止めることができん…」

その声はしばらくの間、ティージェンスの意識に何の印象も与えなかった。兵士たちは通り過ぎていこうとしていた。宿営地でいくつもの大きな声があがった。命令ではなかった。兵士たちは未だに行進していた。いくつもの大声だった。

「不謹慎なピトキンズの唇が――彼の精神はまだ死者とともにあった――言った。

「不謹慎なピトキンズの奴…この件であいつを免職にしてやる。…」

彼は不謹慎な副官だった。小柄で、片方の瞼が垂れ下がっていた。

ティージェンスはそこでハッと気付いた。ピトキンズは、分遣隊を駅まで行進させ、大酒飲みの名ばかりの左官級の将校の指揮下においてバイユールまで赴かせるため、自分が選んだ副官だった。

マッケクニーがもう一つのベッドから言った。

「分遣隊が戻ってきたんだ」

ティージェンスが言った。

「何てことだ！…」

マッケクニーが従卒に言った。

「頼む、見てきてくれ。すぐに戻ってくるんだぞ。…」

月明かりの下で腹を空かした灰色の隊列が、褐色のまばらな群衆を残忍に肘で押しのける耐え難い光景が、小屋のなかから洩れる青銅色の明かりを横切りながらジグザグに進んでいった。何百万という人間が、我々の礼節の精神の上に建つ丸屋根や尖塔の下の何マイルにもわたる回廊で忙しく動きまわるおもちゃの蟻にすぎず、脳や四肢に耐え難い負担を強いられているという、近年、我々の感じるとてつもない憂鬱が、肘をついて寝そべる二人の男たちの上に再びのしかかった。聞き耳を立てているうちに、二人の口はあんぐりと開いた。聞き耳を立てたことの報いは、休めの姿勢をとって間隔を開けた兵の列から、長い、多声部からなるざわめきが押し寄せてきたことだけだった。

ティージェンスは言った。「あの男は戻ってこないだろう。…使いにいったまま戻ってこないだろう…」彼は寝袋の天辺から厄介そうに片脚を突き出した。そして言った。

「くそっ、ドイツ軍が一週間もすればどっとここに押し寄せてくるだろう！」

それからひとり言を言った。

「ホワイトホールの連中が我々を裏切るなら、あのレヴィンという男に俺の結婚の問題を詮索する権利はない。集団的存在の必要のために個人的感情を犠牲にするのは正しいことだ。だが、その集団が上から裏切られることになるならば、話は違う。集団に一千万分の一のチャンスもないとすれば…」ティージェンスはレヴィンの最近のプライバシー侵害を将軍によって企てられた審問だとみなしていた。…彼にとっては信じられない苦痛だった。身体検査を受けるために裸になるような。しかし、それは正しいことだった。キャンピオン老将軍は下士官や兵が将校の不貞を見て道徳心を低下させることがないように取り計らったのだ。しかし、もしこの見せ物全体がすでに士気を大きくくじくものだとすれば、そうした取り調べを甘受しなければならない法はなかった。

ティージェンスの突き出した脚を見て、マッケクニーが言った。

「あんたが外に出ても仕方がない。カウリーが兵を整列させるだろう。心構えができているからな」さらに付け加えて言った。「政府の連中は老将パフルズを破滅させることに決めたなら、なぜ彼を召喚しないんだ」

ある政府の高官がある軍隊を指揮する将軍を毛嫌いしているという噂が、昔から人々の間で語り継がれていた。――その将軍のあだ名がパフルズだった。そこで、政府はこの将軍の指揮下の兵を飢えさせ、惨事が部隊に及ぶようにしたというのだ。

「将軍だろうが他の誰だろうが、召喚するくらい簡単だろうに」とマッケクニーは言葉を継いだ。

こんな下層中流階級の人間が政治問題への意見をもつことへの激しい嫌悪がティージェンスを襲った。「ああ、そんなことは皆たわごとだ」と彼は激しい口調で言った。

彼自身は今ではもうさまざまな問題との接触を一切絶っていた。しかし、混乱した軍隊のなかのもう一つの噂は、政府の主脳たち――文民の主脳たち――が政治的思惑で、大英帝国は西部戦線からすっかり撤退するという脅しを同盟国に突き付けるために大軍勢を飢えさせるつもりだというものだった。政府の主脳は中東で大規模な軍事作戦を行おうとしていると信じられていた。実際それを意図しているのかもしれないし、同盟国に何か政治的陰謀を無理にやらせるためなのかもしれなかった。この極悪な噂が暗黒の天空の下にいる何百万人もの者たちの耳にあちこちでこだました。前線にいる同僚の皆が、去っていく軍勢の後衛として犠牲にされようとしていた。その土地全体が虚栄心の犠牲として滅ぼされようとしていた。今回は分遣隊が呼び戻された。政府が前線を飢えさせようとしている証拠であるように見えた。マッケクニーが呻いた。

「哀れなバード将軍！…将軍は手一杯だ。前線に行ってもう十一ヶ月。…十一ヶ月だぞ。俺は九ヶ月だった、この期間。将軍と一緒だったのは」

マッケクニーが言葉を継いだ。

「ベッドに戻れよ、おまえさん。…もし必要なら、俺が行って兵士たちの面倒を見てこよう…」

ティージェンスが言った。

「どこに列があるのかさえわからないではないか…」そして耳をそばだてた。彼の耳には長い唸り声だけしか入ってこなかった。彼は言った。

「畜生！　兵たちをあんな寒いところに立たせたままにしておくわけにはいかない…」絶望の下に激しい怒りがこみ上げた。目は涙で一杯になった。「くそっ」ティージェンスはひとり言を言った。「レヴィンの奴はおこがましくも俺の私事に干渉した。…くそっ」と彼は再び言った。「崩壊していく世界のなかでわずかな生意気を働くようなものだ…」

世界は崩壊しつつあった。

「わたしが行く」とティージェンスは言った。「だが、あの忌々しいピトキンズを逮捕するようなことはしたくない。あいつは戦争神経症のせいで飲んだくれているだけだ。さもなければ、充分な度胸がないのだ。けがらわしい非国教徒めが…」

マッケクニーが言った。

「ちょっと待て…俺も長老派だぜ…」

ティージェンスが答えた。

「そうだったな！」そして言った。「すまなかった…まったく面目もない…英国陸軍の名誉は永久に失われてしまった。…」

マッケクニーは言った。

「いいんだ、おまえさん」

ティージェンスが突然激しく叫んだ。

「いったいおまえは将校の宿舎で何をやっている。軍法会議に付すべき犯罪だということがわからんのか」

ティージェンスは連隊の補給係軍曹の幅広の青白い顔を真っ直ぐに見た。英兵の銀メッキされたバッジを身に付けるとともに、規則に反して将校のふちなし帽をかぶる輩だ。彼はカウリー特務曹長の仕事を奪おうとしていた。外の唸り声のせいで誰にも気づかれずになかに入って来たのだ。補給係軍曹が言った。

「すみません、大尉殿。勝手ながらノックはいたしました。…特務曹長が癲癇の発作を起こしております。…分遣隊を他の兵たちとともにテントに入れる前に指示を仰ぎたいと思いまして…」ためらいながらそう言うと、危険を冒して用心深くこう言い足した。「特務曹長は、突然起こされると、発作を起こすのです、大尉殿。…ピトキンズ少尉がひどく突然に特務曹長を起こしたもので…」

ティージェンスが言った。

「それでおまえは二人に対して汚らわしいたれ込み屋の役目を果たしたというわけか。…覚えておこう」それから心のなかで言った。

「いつかこいつを捕まえて…」彼は、中央をあけて正方形に配した歩兵隊の隊形のなかで、この男の袖章とバッジを剝ぎ取るハサミの音を楽しげに聞いているかのようだった。

マッケクニーが大きな声をあげた。

「おいおい、おまえさん、パジャマだけで外に出るわけにはいかんだろう。軍用短外套の下にズボンをはかなければ…」

ティージェンスが言った。

「カナダ人の特務曹長を急いでここに寄越してくれ」と補給係軍曹に向かって。「ズボンはプレスするために仕立屋に出してあるんだ」私事に干渉したレヴィンの婚約式にはいていくためにズボンはプレスされているところだった。彼は補給係軍曹の幅広の青白い顔と虚ろな目に向かって話を続けた。「わたしに報告するのはカナダ人の特務曹長の役目であることは、おまえにもわかっているだろう。…今回は大目に見てやるが、もしまた将校の宿舎でスパイしているのを見つけたら、地区軍法会議にかけてやるからな…」

ティージェンスは粗い、赤十字のマークが付いた、灰色の羊毛のマフラーを軍用短外套の立てた襟の下に巻いた。

「あの下種野郎は」彼はマッケクニーに言った。「ピトキンズのような不謹慎な奴が酔っ払っているのを見つけ、士官に任官させてもらおうと将校の宿舎を見張っているんだ…。必要とされる七百本ものズボン吊りが不足している。モーガンはそんなに足りないのをわたしが知っていることを知らない。だが、奴はそれらがどこへ行ってしまったかは知っているに違いない…」

マッケクニーが言った。

「そんな格好で外に出ない方がいい。…ココアを入れてやろう…」

ティージェンスが言った。

「服装を整えている間、兵を待たせておくわけにはいかない。…わたしは馬のように強靭だ…」

彼は厳しい寒さと靄と三千丁のライフルの銃身を照らす月光と人声のなかに出て行った。…ドイツ軍が手薄な戦線を突破して侵入してくる姿を想像し、心は鉛のように重かった。一人の背の高い上品な男がティージェンスのそばに軽やかに近づいてきて、アメリカ人のような鼻にかかった声で言った。

「フランス人のストライキ参加者のせいで鉄道事故が起きました。分遣隊は明後日の午後三時までは送り出せません、大尉殿」

ティージェンスが大声をあげた。「撤退させられたわけではないだろうね」と息せき切って。

カナダ人の特務曹長が言った。

「いいえ、大尉殿。…鉄道事故です…フランス人による妨害工作だと言われています。グラモーガンシャーの四人の軍曹が——皆、一九一四年に兵役に就いた者たちですが——休暇で故郷に帰る途中、殺されました。しかし、分遣隊の派遣命令は取り消されていません」

ティージェンスが言った。

「ありがたい」

教養ある声のほっそりしたカナダ兵が言った。

「大尉殿はわたしたちに大きな損害が及ぶのを喜ぶのですか。我々の分遣隊は今朝までサロニカに送られることになっていました。登録簿にサロニカの名が線を引かれ削除されているのを、分遣隊の送還を担当した軍曹が見せてくれました。カウリー特務曹長は誤った話を摑まされていたのです。今では前線に行くことになっています。さもなければ、わたしたちはまるまる二ヶ月生き延びられたでしょうが」

男のかなりゆっくりした声は、長い時間続くかに思えた。それが続いている間、ティージェンスは日光が彼のほとんど覆われていない四肢に宿り、血管に若さの潮《うしお》が戻るのを感じた。それはシャンパンのようだった。ティージェンスは言った。

「君たち軍曹はあまりにたくさんの情報を手に入れすぎる。分遣隊担当の軍曹には君に登録簿を見せる権限はない。もちろん、見てしまったことは君の過失ではないが。だが、君も知性ある人間だ。この報せがある人たちにとってどんなに有用かわかるだろう。君自身とは違う利害関係をもつ人たちがこうしたことを知ってしまうのだぞ。…」それから自身に向かって言った。「歴史上画期的な出来事だ…」それから「なぜ俺の頭は今になってこんな表現を見出したんだ」

彼らは靄のなか、大きな通りを歩いて行った。生垣の一つは天辺がのこぎり状になり、あちらこちらに不規則に銃が備えられている。ティージェンスは特務曹長に言った。「皆に伝えるんだ。身なりには構わず、就寝せよ。点呼は明日九時だと」

さらに心のなかで言った。

「もしこれが単独指揮を意味するならば…きっと単独指揮を意味するに違いない、これは転換点だ…何で俺はこんなに嬉しいのだろう。これが俺にとって何だというのだ」

彼は朗々とした声で叫んでいた。

「さあ、おまえたち、一つのテントにあと六人入るんだ。一度に六人ずつ隊列を離れ、テントに入れ。これは訓練教本には書いていないが、自分たちでできるか試してみたまえ。君たちは賢い兵士だ。頭を使うんだ。早く寝床に入れば入るほど、早く暖まることができる。わたしも早く暖まりたいものだ。すでにテントのなかにいる者たちの邪魔をしないように。可哀想に、雑役のために、明日の午前五時に起きなければならないのだからな。君たちはその後三時間は静かに寝ていられよう。分遣隊は…四列になって左に進め…」

中隊を担当する軍曹たちの声がさまざまな早口の命令を遠くに向かって発している間に、ティージェンスは心のなかで言った。

「途轍もなく嬉しい…強烈な感情だ…こいつらは何とよく動くことか！…砲弾の餌食、砲弾の餌食…彼らの靴音はそう聞こえる」だぶだぶの外套の下でパジャマ姿の四肢を蝕む寒さのせいで、全身が震えた。彼は兵たちのもとを去ることができず、特務曹長とともに彼らの脇を小走りに進み、月のひどくぼやけた光を浴びてひっそりと静まる簡素なテントたる幽霊の列のなかに、二個中隊の最初の中隊を旋回させて入れるのに間に合うよう、開けた場所にある縦列の先頭のところまで行った。…それは彼には魔法の光景のように見えた。彼は特務曹長に向かって「二番目の中隊はB列のテントまで動かすんだ」等々と指示し、足を踏み鳴らしながら、動く壁のように旋回する兵士たちの傍らに立っていた。彼は二番目と三番目の縦列の間に杖を半ば振り下ろした。「さて、四人と次の四人の半分は右側に。四人の残り半分とその次の四人は左側に。隊を離れ、最初の右と左のテントへ入るんだ…」さらに続けて言った。「最初の四人とこの四人の半分は右に…畜生、おまえは左側だ！　左側を行進しなかったなら、自分がどちらの四人に属しているか、どうしてわかるというんだ。…自分が兵士であることを忘れるな。君たちは新入りの製材業者ではないのだぞ」

驚くほど澄んだ空気の下で、驚くほど素晴らしい兵士たちと寒さに震えながら一緒にいるのは、爽快だった。兵士たちは到着すると、近衛兵の足踏みで待機した。彼は涙声で言った。

「畜生、俺はあいつらを少しだけ余分にさまになるようにしてやった。畜生、俺は何事かを為し遂げた。…」牛の群れを食肉処理場に行ける状態にしてやったのだ。あいつらはカムデンタウンを通ってスミスフィールド市場に駆けていく去勢牛のように意気盛んだ。…あいつらの七割は戻っては来るまい。だが、図体のでかい無骨者として死ぬより、肌をピカピカにし自分の四肢を自由に操れる人間として天国に行くほうがいい。…神の大隊事務室はきっと君たちをさらに歓迎するだろう。…ティージェンスは単調に大声をあげ続けた。…「残る四人のうちの二人と次の四人は左に…列を離れる際に無駄口はたたくな。命令を出す自分の声さえわたしには聞こえないではないか…」そうした状態が長く続いた。そして彼らは皆、テントのなかに飲み込まれていった。

ティージェンスは寒さで両膝が強張ってよろめいた。台地の縁に沿って他の宿営区域へと吹き抜ける風をもはや人垣が防いでくれることがなくなったので、寒さはさらに強烈になった。彼は、他の隊列担当の軍曹のうちの最も優秀な者の一・七五倍の速さで、自分の担当する兵をテントに入れたことに気づいて満足した。それにもかかわらず、彼は軍曹たちに痛烈に悪態をついた。彼らの担当した兵たちが、亡霊のようなピラミッド型テントの並ぶ路地の入り口に三々五々固まっていたからだ。…その後、兵たちの姿は消え、彼は名残りおしそうに台地を横切り、英国風の小屋が立ち並ぶ通りの方向へと戻って行った。小屋の一つに、粗末な常緑のバラが茂っていた。彼は一枚の葉をちぎり、唇に当て、風に放った。…「これはヴァレンタインに」彼はじっと考え込むようにして言った。「どうしてこんなことをしたのだろう。…たぶんイングランドのためだ…」彼は言った。「くそっ、これは愛国心だ…これは愛国心」それは人が通常、愛国心とみなすものではなかった。それに関しては、もっと誇り、見せつけるべきものと思われていた。しかし、ここにいるのは、無一文で、息を切らし、寒さに凍えたヨークシャー男一人だけだった。その男は、同胞のヨークシャー男やそれより北部から来た男を除いては、すべてのイングランド人を軽蔑し、自分が何をしているかもわからずに午前二時にバラの木から一枚の葉をもぎ取り感傷に浸っている。それから、これは半ば、サクラソウのような匂いがすると自分では想うが正確にそうであるかはわからない獅子鼻の女の子のためだと気づく。そして…半分は…イングランドのためだと！…温度計が氷点下十度を指す午前二時に…くそっ、何て寒いんだ！

それに、どうしてこんなに激しく感情が迸るのだろう。…イングランドはもっと早い時期に、仲間に対して不当な仕打ちをしない決断をすべきだったのだ！…彼はひとりごちた。我々が、この栄光に満ちた、しかし残忍極まる仕事を我慢できるのは、恐らく俺みたいな十万人もの感傷主義者たちが、潜在意識のなかで同じような乱暴狼藉を働いているせいなのだ。俺のなかにそんな気持ちがあるとは知らなかった」強烈な感情！…若い女と祖国への！…それにもかかわらず、彼の女はドイツ贔屓だった。…それは奇妙な混乱だった！…もちろんドイツ贔屓ではなく、スミスフィールドの食肉処理場へ出す艶やかで健康的な皮膚をもつ去勢牛のように兵たちを養成することへの嫌悪だ。イギリス海外派遣軍の兵士たちを飢えさせてきた下種野郎とおそらくは同意見なのでは…何とも奇妙な混乱だった。

翌日の一時半に、柔らかな冬の日差しのなか、ティージェンスは、棺型の頭の、鮮やかな栗毛の馬、ショーンブルクに乗っていた。この馬はグラモーガンシャー州連隊の第二大隊がマルヌ(2)でドイツ軍から奪い取ったものだった。乗ってから二分も経たないうちに、この馬の状態を調べるのを忘れていたことを思い出した。馬の蹄、蹴爪、膝、鼻腔を見るのを忘れ、鞍に跨る前に腹帯をグイッと引っ張ってみるのを忘れたのは、人生で初めてのことだった。しかし、彼は一時十五分前に馬の用意を命じ、冷めた昼飯を人食い人種のように大急ぎで掻き込んだにしても、そこに着いたのは四十五分後のことで、おまけに頭はまだ悩ましい問題で一杯だった。仮兵舎が立ち並ぶ丘陵地を馬でゆっくりと長く駆けていくことによって頭をすっきりとさせ、迂回路から街に入っていく積もりだった。

だが、乗馬は彼の頭をすっきりさせなかった。むしろ、夜眠れなかったことが、朝の雑役のあとで初めて堪え出した。朝、雑役をしている間は、シルヴィアに対する思いを遠ざけることに成功していた。シルヴィアが望むものが何かを知るには、会うのを待たなければならなかった。それに、朝になると、おそらく彼女は人に冷や水を浴びせること——それは頭に浮かんだ最初の突飛な行動を必ずやり遂げることを意味する——そして、その結果に大満足すること以外何も望んでいないという常識的な考えが彼の頭には浮かんだのだった。

彼は前夜まったく眠ることができなかった。宿営地から戻ってくると、マッケクニー大尉がココアを——これはティージェンスがまだ味わったことのない飲み物だったが——熱くして入れてくれて、四時半まで彼を引き留め、男の怒りを露わにして本当に痛ましい実話を物語った。マッケクニーは休暇をとって家に戻り、彼がフランス出征中に、政府機関で働くエジプト学者と暮らし始めた妻と離婚することになっていたようだった。だが、今の比較的若い人たちが大切にしている良心の呵責に基づいて行動するこの男は、妻と離婚するのを控えた。その結果、キャンピオンが彼を解雇すると言って脅すことになった。哀れな男は——実際、妻とエジプト学者の家計を援助することに同意さえしていたのだ――狂ったように喚き散らし、上品な老紳士であるキャンピオンに向かって立て続けに途方もない暴言を吐いた。…実際、キャンピオンは上品な老紳士だった。面談は慎重な扱いを要するものだったので、将軍の寝室で行われた。従卒も下級将校も居合わせないなかで、将軍はマッケクニーの感情の爆発に公的な注意を払う必要を感じなかった。マッケクニーは卓越した軍歴をもつ男だった。実際、これ以上に優れた軍歴のある連隊将校はほとんど見つからないだろう。そこで、キャンピオンはこの男を一時的な精神錯乱を患っているものとして扱うことに決定し、休息と保養のためにティージェンスの部隊に送ったのだった。これは異例なことだったが、将軍は軍務に役立つと考えればどんなに異例なことでもあえてやってのけることができる立場にあった。

実際、マッケクニーは、ティージェンスのとても古くからの親友、統計局のサー・ヴィンセント・マクマスターの甥であることがわかった。スコットランドのリース港で小さな乾物屋を営んでいた父親の店の店員と結婚した姉の子供だった。…実際、そういうわけでキャンピオンは彼に関心を寄せることになったのだった。将軍は当然ながら彼の名づけ子にも軍務上の厚意を示そうとしていたので、ティージェンスを喜ばせそうな思いやりのある行為をする用意が完全にできていた。ティージェンスは、将来考慮するためにこうした情報を頭にしまい込み、マッケクニーの気持ちが落ち着くのを待つと、時間は四時半を過ぎていたので、街での任務を命じられた雑役作業員の朝食を視察する機会をもった。作業員たちは五時十五分前から七時の間の異なった時間に派遣される。朝食に注意を払い、炊事場を視察したことでティージェンスは満足感を味わった。というのも、そうした機会はそうしょっちゅうつくれるものではなかったし、彼は決して当直将校を信用していなかったからだった。

兵站部の食堂での朝食時、ティージェンスは兵站部を統率する大佐と英国国教会の軍隊付き牧師とマッケクニーに引き留められた。とても年をとり虚弱なために、震えたり咳をしたりすると骨に一本一本振動が伝わっていくのではないかと思われる大佐は、それでもギリシャ正教会は英国国教会と受聖餐者を交流させるべきだという熱烈な信念を抱いていた。軍隊付き牧師は頑健で好戦的な聖職者で、ギリシャ正教の神学理論にいかんともし難い軽蔑を抱いていた。マッケクニーは時折、長老教会派の儀式に則って聖餐を定義しようと企てた。ティージェンスがキリスト教のさまざまな分派の歴史的概要を詳述している間は、皆、ティージェンスの話に耳を傾け、実体変化説においては、聖餐のパンとブドウ酒が実際に聖体に変化するが、両体共存説においては、パンとブドウ酒という物体が奇跡的に多孔性をもち、スポンジが水で満たされるように、聖体で満たされるといった趣旨の大まかな定義を受け入れた。…彼らは皆、貯蔵所から供給される朝食のベーコンは食えたものでないという点で意見が一致し、もっと良質の品がテーブルに載るように、一人頭、週半クラウンの金額を上乗せすることで合意したのだった。

ティージェンスは日光を浴びながら宿営地を歩いた。常緑の蔓バラが絡まる小屋の前を、日光を浴びながら通り過ぎ、その間、上機嫌に自分の公的宗教について考えた。全能の神は、イングランドの大規模地主であり、自らの書斎から決して出ず、人目に触れることはないが、地所については、農場の農夫の最後の一人まで、樫の木の最後の一本まで知っている、慈悲深くも恐ろしい大物の公爵である。地主の息子で、慈悲深すぎると言っていい土地管理人たるキリストは、地所に関して、門番小屋の子供の最後の一人まで知っており、どちらかというと損失を生じさせがちな小作人たちにうまく言いくるめられてしまう傾向がある。三位一体の第三位格である地所の聖霊は、ゲームのプレーヤーとは違って、ゲームそのものだ。地所の雰囲気は、ヘンデルの賛美歌が歌い終えられた後のウィンチェスター大聖堂の内部のようでもあり、若者たちがミニクリケットを楽しむ永遠の日曜日のようでもある。土曜日の午後のヨークシャーのようだとも言える。この時間、広い土地全体を見下ろすと、どこの村の共有緑地でもクリケット選手の白いフランネルのユニフォームがはためいている。だからこそヨークシャーは打率や防御率でいつも首位を占めるのだ。おそらく天国に召される頃までには、人は地上での仕事に疲れ、極度の安堵感に包まれながら、永遠に英国の日曜日を受け入れるであろう。

　良質な英文学はすべて十七世紀に終わったと信じるティージェンスの天国に関する想像力は、バニヤン[3]のそれのように唯物主義的だったに違いない。彼は来世に対する自分自身の主観の投影をさも愉快げに嘲笑った。おそらく、それについてはもう片が付いてしまっていた。クリケットとともに。その種の盛観はもう見られないだろう。おそらく皆が、もっとひどく甲高い声をあげる試合が行われるだろうと思われた。…野球だとかサッカーのような。…それでは天国は？…ああ、そこはウェールズの丘の中腹での信仰復興集会になるだろう。あるいは、シャトーカ夏期文化教育集会[4]に。シャトーカがどこにあるにしても、だ。…それでは神は？　マルクス主義的見解をもった不動産業者に、だ。彼は戦争が終結する前にそこから抜け出したいと願った。そうすれば、古い天国行きの最終列車にちょうど間に合うように乗ることができるかもしれなかった。…

　ティージェンスの大隊事務室である小屋には、非常にたくさんの書類があった。その一番上には「至急」「親展」と非常に大きなゴム印が押された封筒が置かれていた。レヴィンからだった。

レヴィンもまたかなり遅くまで起きていたに違いなかった。それはティージェンス夫人に関するものでもミス・ド・ベイリーに関するものでもなかった。ティージェンスが分遣隊をあと一週間か十日間手元に置くことになり、あと二千の余分な兵を受け入れることになるだろうという私的な警告だった。手に入るテントはすべて、できるだけ早く補給部の倉庫から支給してもらうようにと望んでいた。…ティージェンスはペン先で歯を突《つつ》いているニキビ面《づら》の副官に呼びかけた。「おい、おまえ…カナダ人の二個中隊を補給部に連れて行き、二百五十張りまで手に入るすべてのテントを支給してもらいたまえ…わたしのD兵舎の列に沿ってそれを張るんだ。…テントの張り方は知っているな…ああ、それなら、トムソンに…いや、ピトキンズに手伝ってもらいなさい。…」副官はふてくされて出て行った。レヴィンはこう言っていた。フランス人のスト中の鉄道労働者たちが何らかの政治的な理由のために一マイルの線区で破壊行為を行い、前夜の事故が全線で鉄道の運行を止めてしまった。それなのにフランスの文民は自分たちの緊急派遣隊にそれを修復させようともしない。その雑役にはドイツ人捕虜が派遣されたが、おそらくティージェンスのところのカナダ人鉄道部隊が求められるだろう。カナダ人鉄道部隊の準備を整えておいたほうがいい。ストライキは我々にやりたくないことをやらせるための――つまり、もっと多くの戦線を受けもたせるための――策略かもしれないと言われている。その場合、フランスの文民は自分で自分の首を絞めることになるだろう。というのも、兵士を送るための鉄道なしに、どうやって我々がもっと多くの戦線を受けもつことができるというのか、また、どうやってもっと多くの兵士たちを前線に送ることができるというのか。我々は六個の軍団すべてに出発の準備を整えさせてある。今や、彼らはすし詰め状態だ。幸いなことに、前線の天候がとても悪く、ドイツ軍は身動きが取れずにいる。そしてレヴィンの文書はこう締め括られていた。「では朝の四時に、君。ア・タント！（また後で）」最後の句はマドモアゼル・ド・ベイリーから学んだものだった。もしこんなに山積みの仕事を押し付けられ続けるなら、自分は婚約の調印式になど行くものかとティージェンスが不平を言った。

ティージェンスは自分のもとにカナダ人の特務曹長を呼び寄せた。

「いいか」と彼は言った。「鉄道業務部隊を、駐屯地内で、何であれ装備させておくんだ。そう、工具をだ。彼らの工具は皆揃っているか。それに彼らの点呼名簿は？」

「ガーティンがまだ戻っておりません、大尉殿」ほっそりとした、色の黒い特務曹長が言った。ガーティンは前夜ティージェンスが母親と過ごせるように二時間の外出許可を与えたまっとうな男だった。

ティージェンスは苦虫をかみつぶしたような笑みを浮かべて「もともとそのつもりだったのだろう」と言った。このことは本当にまっとうな人間についての彼の見識を深めた。哀れを誘う感動的な話で心を揺さぶり、汚いことをやってのける。彼は特務曹長に言った。

「あと一週間か十日ここにいることになるだろう。テントをきちんと張って、皆が心地よくいられるようにしてくれ給え。大隊事務室での仕事を片づけたら視察にいく。全員出動せよ。マッケクニー大尉が二時に装備の検分におもむく」

体を硬直させているが品位ある態度の特務曹長は、胸に一物もっていた。それを口に出した。

「わたしは今日の午後二時半に出動命令を受けております。兵站部将校への任官の通知は、大尉殿のテーブルの上に置いておきました。三時の列車で将校訓練所へ参ります」

ティージェンスは言った。

「君が将校に任官するとは…」途轍もない厄介事だった。

カナダ人の特務曹長が言った。

「カウリー特務曹長とわたしは三ヶ月前に任官を志願しました。それを承諾する通信文も大尉殿のテーブルの上に一緒に置いてあります。…」

ティージェンスが言った。

「カウリー特務曹長だって…何ということだ！　誰が君たちを推薦したんだ」

忌々しくも彼の大隊の組織全体がバラバラになってしまった。三ヶ月前に――それはティージェンスがこの部隊の指揮権を与えられた時期より前のことだったが――経験豊富な一等曹長を将校に任官させ、将校訓練所の教官として勤務させる旨の回覧板がまわったようだった。カウリー特務曹長は兵站部の大佐に、ルドゥー特務曹長は直属の大佐に推薦状を書いてもらったのだ。ティージェンスは裏切られたように感じた――だが、もちろんそうではなかった。それは単に軍隊の習わしだった、いつの世であれ。小隊であれ大隊であれ、さらに言えば、防空壕であれテントであれ、超人的な労働によって素晴らしい状態にしたとしよう。一日か二日はその状態が何事もなく続くかもしれないが、その後すべてが崩壊してしまう。まったく思いも寄らない司令部の出す理不尽とも思える命令書によって人員はあちこちに吹き飛ばされ、家屋はどこか別のところに落ちても良かった不意の爆弾によってこなごなに壊されてしまう。…運命のいたずらとでも言おうか！…

だが、それがさらにたくさんの忌々しい仕事を彼に課すことになる。彼は部隊の書類の整理が片づいた隣の小屋にカウリー特務曹長がいるのを見つけて言った。

「君は将校に任官するより連隊の特務曹長でいるほうがよほど良いのだと思っていたよ。わたしもその仕事をしたいくらいだ」カウリーが答えた――彼は青ざめ震えていた――ショックを受けたときに襲ってくる持病があるので、将校訓練所のような楽な仕事のできるところに行くほうが良いのです、と。彼はいつも短い発作に襲われた。一分か、早ければほんの数秒で終わるものだった。ところが、ティージェンスに大きなダメージを与えたノワールクール(5)の後、高性能爆弾があまりに近くに落ちたことで激しい発作が起きるようになった。「それに世間体だって考えなけりゃなりませんから」とカウリーは話を結んだ。ティージェンスは言った。

「ええっ、世間体だって！　そんなものは蚤のジャンプにも価しない。…この戦争の後には体面などなくなるだろう。今だってありはしない。将校の宿舎で君の仲間がどんな人間になるかよく見てみるんだな。誇りある軍曹食堂にいるほうがはるかに良い付き合いができるというものだ」

カウリーは答えた。軍隊が堕落しているのはわかっています。でも、妻は軍隊を気に入っているのです。娘のウィニーのことも考えなければなりません。娘はこれまでもいつもちょっとやんちゃでしたが、ますます手に負えなくなってきていると妻が手紙に書いてきました。もし将校の娘ということになれば、悪ガキどもがあの子と遊びまわるとき少しは注意を払うだろうとわたしは思うのです。…おそらく将校であるということには何かがあるのでしょう！

ティージェンスとともにこっそりと外に出ると、カウリーは低いかすれ声で言った。「補給係軍曹のモーガンを連隊特務曹長として使ってください、大尉殿」

ティージェンスは怒りを爆発させて言った。

「とんでもない」その後で「なぜだね」と訊ねた。古参の下士官の叡智は分別ある将校なら無視できないものだからだ。

「彼ならきっとできます、大尉殿」とカウリーは言った。「彼は将校への任官を求めていますから、全力を尽くすでしょう。…」カウリーはかすれ声をさらに謎めいたヒソヒソ声へと落とした。

「大尉殿は二百ポンド以上の――いや、三百ポンド以上の頭金を大隊の必需品に払っています。その金をむざむざ失いたくはないでしょう」

ティージェンスは言った。

「失ってたまるか。…だが、わからない。…いや、わかった。もしわたしがモーガンを特務曹長にすれば、必需品はすべて完全に引き渡されると言うのだな。…今日、彼にそれができるか」

「明後日までにモーガンはやり終えるでしょう」とカウリーが言った。「それまでには手筈を整えられるでしょうから、それまでは自分が事態を見守りますと。

「だが、行く前にちょっと遊んできたいのではないかね」とティージェンスが言った。「わたしのために留まることはない」

カウリーは留まって仕事を見届けたいと言った。「街に行って、女遊びをすることも考えました。ですが、街の女たちは品のない連中で、自分の病気にも良くありません。留まってモーガンに対して何ができるか考えましょう。もちろんモーガンがしらを切り通す決心をする可能性はあります。大尉殿の必需品を、即金で支払う別の大隊や文民の契約者に売り払うことで得られる金に執着することだってあるかもしれません。そして軍法会議を受けて立つことも。ですが、その可能性は低いでしょう。彼は故郷のウェールズでは長老教会の執事だか信徒席案内人であって、教役者でさえあります。…」さらに、デンビーの近くの出身ですと、彼は付け加えた。また、モーガンの穴を埋めるには、オックスフォード大学教授で、今は兵站部の兵長をしている、とても優秀な第一級の男がいます、とカウリーは言った。大佐が彼をティージェンスに貸して、無給の補給係軍曹として役に立つか評価させたがっています、と。…カウリーはすべての手筈を整えていた。…カルディコット兵長は第一級の男です。行進で右手と左手の区別がつかないことを除いては。文字通り区別がつかないのです。…

そこで、大隊の騒動は沈静化した。…カウリーとともに、大佐の連隊事務室で、右手と左手の区別がつかない教授の――実際は単にオックスフォード大学の特別研究員であるにすぎなかった――異動の手配をしている間、ティージェンスは英国国教会と東方教会の儀式の統一についての激烈な議論の余波に巻き込まれた。大佐は――彼は正規の大佐だった――ブリキの仮小屋のなかの明るく派手な一角を成すうっとりするほどに美しい個人用事務室に坐っていた。緋色の壁紙が張られ、紫がかった厚く柔らかなテーブル掛けの上に、淡いピンク色の薔薇の花を挿した背の高いガラスの花瓶が置かれていた。これは街の救急看護奉仕隊のなかの若い女性ファンからの贈り物だった。というのも大佐は彼女たちの人気者で、上品な七十代の容貌の下に、金箔をふんだんにあしらった革装の聖書百科辞典が開かれているような人物だからだった。彼は英国国教会とギリシャ正教会の統一が文明を救うことのできる唯一の途であるという意見を立証しているところだった。この戦争全体がそれを中心に行われていると。同盟国はローマカトリック教を表し、連合国はプロテスタンティズムと正統教義を表す。英国国教会とギリシャ正教会を統一せよ。教皇制度は文明の大義への裏切りだ。なぜバチカンはベルギーのカトリック教徒に加えられた忌まわしい行為にはっきりと抗議をしなかったのか。…

ティージェンスは物憂げに、その説には異論があると指摘した。我が国のバチカン大使がローマに到着してベルギーで起きたカトリックの平教徒の大虐殺について抗議するや最初にわかったことは、ロシア軍がオーストリア領のポーランドに入って一日も経たないうちに十二人のローマカトリックの司教をそれぞれの司教公邸の前で絞首刑に処したということだったと。

カウリーは別のテーブルで副官と話し中だった。大佐は彼の神学的・政治的長広舌をこう締めくくった。

「君を失うのはとても残念だよ、ティージェンス。君なしでどうやっていったらいいか、わしらにはわからない。わたしは、君が来るまで、あの部隊には一瞬も気が休まらなかった」

ティージェンスが言った。

「いや、大佐殿、わたしの知る限り、大佐殿がわたしを失うことにはならないでしょう」

将軍が言った。

「ところが、なるんだ。君は来週、前線に赴くことになる。…」さらに加えて、「だが、わたしのことを怒らんでくれよ。…キャンピオンの爺さんには——キャンピオン将軍のことだ——君なしではやっていけないと強く抗議しておいた」と言った。そして、甲にもじゃもじゃと毛が生えた、華奢な薄い白い手をこすって洗うような仕草をした。

ティージェンスの足元の地面が揺らいだ。喘ぎながら重い足取りで泥の坂道をよじ登るような気分だった。彼は言った。

「畜生！…わたしはふさわしい体ではありません。…検査結果はＣ３（丙種三類）です。…街のホテルに滞在するよう命じられました。…ここで食事をするのは、大隊のそばにいるためです」

大佐はいくぶん熱を込めて言った。

「それでは守備隊に文句を言うのだな。…わたしは君がそうするように望む。…君はそんなことはしない部類の男だとわたしは思うが」

ティージェンスが言った。

「ええ、大佐殿…もちろん、わたしは抗議などしません。…おそらくどこかの書記官の書き間違いでしょうけれど。…前線では一週間ももちこたえられないでしょう」前線に垂れ込める不安の深い惨めさよりも、正確に言えば、首まで泥に浸かるときのぞっとするような下肢への過重な負担のほうが、ズッシリと心にのしかかった。…その上、病院にいる間に彼の旅行かばんのなかからシルヴィアの二組のシーツを含む実質的にすべての彼の荷物が消え、彼にはそれ以上のものを得る金がなかった。彼はトレンチブーツさえもっていなかった。途方もない金の問題が彼の心を悩ませた。

大佐は紫色のベーズで覆われた別のテーブルについて座る副官に言った。

「ティージェンスに彼の異動命令を見せ給え。…ホワイトホールからではなかったかね。…このごろは、こうしたものがどこから来るかわかったものじゃない。わたしはそいつを夜飛んで来る矢と呼んでいる」

副官は近衛歩兵連隊の記章を付け、驚くほど心配そうな顔つきをした、とても小柄な紳士だったが、書類の山から四折り判の紙を取り出し、それをテーブル越しにティージェンスのほうに押しやった。小さな両手は、手首のところからいまにも取れて落ちそうだった。こめかみは神経痛でヒクついていた。副官が言った。
「どうか頼むよ。できれば守備隊に抗議してくれ。今以上の仕事を押し付けられても、わたしたちは対処できない。ロレンス少佐とハルケット少佐があなたの隊の仕事をすべてわたしたちに任せたのだ。……」

天辺に王室の紋章が浮き彫りにされた豪華な紙は、来週の水曜日に第十九師団の輸送将校の任務に就くのに備え、第六大隊に出頭するようにと、ティージェンスに伝えていた。この命令は陸軍省のG14R室から出されたものだった。ティージェンスはG14Rとはいったいどんな部署なのかと副官に訊ねた。副官は激しい神経痛に襲われそうになり、テーブルクロスの上に肘をついて両手で頭を挟むと、その頭を惨めに振った。

弁護士事務所の職員のような態度で、カウリー特務曹長が、G14R室は将校の職務に関する市民の要望を取り扱う部署だと答えた。将校の職務に関する市民の要望がティージェンス大尉を第十九師団へ送ることとどんな関係があるのかと訊ねた副官に、カウリー特務曹長はバイチャン伯爵の差し金によるものだという意見を大胆にも述べた。「レヴァント人の金融業者で競走馬の所有者であるバイチャン卿は、兵站線への短い訪問の後、軍馬に関心をもつようになったのです。伯爵はいくつかの新聞社も所有していました。そこで、新聞は彼を喜ばすために陸軍動物輸送部隊に光を当てたのです。副官殿はきっとホチキスだかヒッチコックだかいう獣医師である少尉をご覧になったことがあるでしょう。ホチキス少尉はG14R室の仲介でここにやって来たのです。個人的にホチキス少尉の理論に関心をもっていたバイチャン卿の要請で、ホチキス少尉は第四軍の馬で実験をしてみることになっていました。――その際に第十九師団の存在を知ったのでしょう。…ですから、馬の方面に関しては、大尉殿が彼の配下に入ることになります」とカウリーは言った。「もし前線に行くならば、ですが。おそらくバイチャン卿は大尉殿に好意をもっていて、大尉殿を求めているのでしょう。大尉殿の馬の扱いのうまさは有名ですから…」

ティージェンスは荒い鼻息を立て、バイチャンなどという下種野郎の命令で前線になど行くものかと毒づいた。バイチャンの本名はスタヴロポリデスで、その前はネイサンだった。

陸軍は民間人の絶えざる干渉で土台まで揺らいでいる、とティージェンスが言った。民間人の口出しによって常に強いられる余計な訓練のために行進の演習さえやり終えることがまったくできなくなってしまったと彼は言った。「新聞社を所有するどんな馬鹿者であれ、いや、新聞に投稿できるどんな馬鹿者でも、どんな下らない小説家でも、政府や陸軍省に脅しをかけて、ジャム瓶や奇抜な下着の巧みな使い方を教えるために行進の時間をさらに一時間取り上げることができるようになってしまった。今では、兵士たちは本当に戦争の大義について講演をしてほしいのかと聞かれ、このわたしに向かって――よりによってこのわたしに向かってだぞ――敵国の性質について気楽なおしゃべりをしてみたらいかがでしょうかと求める始末だ」…

大佐が言った。

「まあまあ、落ち着け、ティージェンス…まあ、まあ…我々は皆、同様に苦しんでいるのだ。我々は兵士たちに専売品のオガ屑ストーブの使用法を講義せねばならない。もしその仕事が気に食わないなら、将軍に言って外してもらうのは簡単だろう。君は将軍を意のままに操れるそうだからな。…」

「将軍はわたしの名付け親なのです」ティージェンスはそう言っておくのが賢いことだと思った。

「将軍に何かしてほしいと頼んだことはありませんが、ギリシャ・ヘブライの異教徒の支配下にわたしを入れずにおくことが、将軍のキリスト教徒としての義務だと思いますね。…将軍は正教会の信徒ですらないのですから、大佐殿…」

大隊事務室の軍旗軍曹モーガンがティージェンスと話したがっていると、ここで副官が割って入った。モーガンが金をもって来たのであってほしいものだとティージェンスが言った。代理業者がティージェンスに払うべきものだが、まだ払われていないかなりの額の金をモーガンが見つけたものと理解していると副官が言った。

軍旗軍曹のモーガンは連隊における数字の魔術師だった。異常に背が高く痩せており、その目が離れたところにある数字の表を覗き込むときには、いつも体を数表と平行にしているように見え、受益者となる何人かの将校に顔を上げることなく答えるので、モーガンの顔は上官たちにはほとんど知られていなかった。しかし、見かけは普通の痩せた下士官であり、演習に出ることがとても稀だった彼の蜘蛛のような脚は、競走馬にありそうな具合に体から逃げ出そうとしているような具合だった。モーガンは、自分の指示とティージェンスが署名した陸軍評議会命令i96b号によって、一日二ギニーの指揮手当と六シリング八ペンスの燃料・灯火手当が、経理部から週ごとにティージェンスの代理業者の口座に振り込まれているのを確認したと言った。そして、もし経理部から受け取った百九十四ポンド十三シリング四ペンスの総額が即刻彼の口座に支払われなければ、権利の請願(6)により国王を訴えるという手紙を代理業者に送るべきだ、とティージェンスに提案した。そして、ティージェンス自身の銀行宛てにその全額を記した小切手を振り出すことを強く勧めた。というのも、とにかく代理業者がその金を払い込まないなら、それによって賠償を求めて訴訟を起こし、数千ポンドの賠償金を得ることができる、というのだった。当然の報いですよ。連中は将校に与えられるべき未払いの指揮手当や駐屯地手当を百万ポンドかそこら手中に握っているに違いないのです。自分は代理業者から支払われるべき未払いの金額を取り戻すことを提案する広告を新聞に載せたいくらいです、とモーガンは言った。モーガンはガンター第二彗星(7)の軌道の変異についてちょっとした見事な計算をしたので、近いうちにティージェンス大尉殿に助言を仰ぎたいものです、と付け加えた。軍旗軍曹は熱心なアマチュア天文学者だったのだ。

そこで、ティージェンスの朝は上り下りした。シルヴィアがルーアンに来ている今、金は彼にとって途方もなく重要で、それは祈りへの応答であるかのようにやって来た。だが、ティージェンスは大佐の専用事務室に戻り、副官に神経痛の発作が起こることに備えて電話を繋いだままにしてある隣の部屋からカウリー特務曹長が出てくるのを見てからの十分間、自分が逆立ちしているのか、かかとで立っているのかさえ皆目分からない状況にあり、とても心地よい状態とは言えなかった。カウリーがそこにいる三人に伝えていた。将軍が前日、通信伍長に、自分はこの部隊において貴重な存在であるティージェンス大尉を手放すつもりはないと関係当局に伝えるつもりだという激しい調子のメモをギラム大佐に送るよう命じていたと。伍長のほうはカウリーに、自分も将軍も陸軍省G14R室にくたばりやがれと言うことのできる関係当局がいったいどこなのかまったくわからないが、短信を送る前にその問題を調べて片付けなければならないと言っていたと。……

それはそれで結構なことだった。ティージェンスは今度の仕事に実際関心があり、一師団の馬を、いや軍全体の馬であれ、世話する仕事を充分好きになれそうだったが、今の天候と自分の胸の状態を考えれば、春まで待ってもらいたかった。そして、教授ではあるが実際に馬を見たことがない——少なくともこの十年間は見たことがない——ホチキス少尉との間に起こり得る面倒な確執は、深刻に考えなければならないことだった。しかし、ティージェンスの異動を求めた行政当局とは、運輸省の事務次官だとカウリーが告げたとき、こういった事はすべて、まったく別の次元の問題にみえてきた。

ギラム大佐が言った。

「君の兄さんのマークか…」確かに、運輸省の事務次官は、必要不可欠な役人として知られるティージェンスの兄のマークだった。実際、ティージェンスは一瞬愕然とした。その仕事に激しく抗うならば、それを実現するためにおそらくたくさんの苦労をしてきた硬い表情のマークの顔に平手打ちを食らわすことになるように思えた。たとえ万一マークの耳に入らないとしても、男は兄の顔に平手打ちを食らわすようなことをすべきではないのだ。その上、ロンドンでの最後の日のことを思うと、最前線での輸送業務の安全性を過大視したヴァレンタインがマークに向かって、弟さんに師団の将校の仕事を与えてあげて、と乞うていたことが思い出された。彼ティージェンスがその仕事を逃れようと最大限の努力をしたと聞いたならば、ヴァレンタインの失望はいかばかりかと想像した。彼はヴァレンタインの下唇の震えと目の涙を見た。…だが、それはおそらく何かの小説からとってこられたものだった。というのも、彼はヴァレンタインの下唇が震えるのを見たことがなかった。目に涙を見たことはあったが！

ティージェンスは大隊事務室での執務のため、自分の兵舎の列に急ぎ戻った。細長い小屋のなかで、マッケクニーが酔っ払いや軍規違反者に対して独自に小法廷を開いており、ティージェンスが着いたときにはちょうど、ガーティンとその他二人のカナダ兵の件を取り上げていた。ガーティンの件はティージェンスの関心の対象だったので、マッケクニーがそっと席を立ち、ティージェンスがそこに座った。被告人たちはデイヴィス軍曹によって、ちょうど連行されてきたところだった。デイヴィス軍曹は立派な下士官で、携える銃は硬直した体の一部であるかのよう、将校のテーブルの前で真剣に回れ右をするときは驚くほどの回数の足踏みをした。その様子はインディアンの出陣の踊りのようだった。

ティージェンスは告発台帳をちらっと見た。それには憲兵司令部から来たものと記されていた。…そこには、分遣隊からの離脱の告発ではなく、秩序と軍規に悪影響を与える行為への告発があった。…告発はひどく下手な字で書かれていた。赤いリボンが巻かれた帽子を被る憲兵隊所属のビール臭い大男の兵長が証言のために付き添っていた。…証言は曖昧で不快な代物だった。ガーティンは行方を晦ましたのではなく、ティージェンスは尊敬すべきものに対する自分の考えを改めなければならなかった。少なくとも、本当に母親と一緒だった植民地出身の尊敬すべき一兵卒については。というのも、実際に母親はいて、ガーティンは街への終列車に乗せるため母親を送って行ったのだ。体の弱い老婦人を。どうやら憲兵隊のビール臭い兵長はカナダ兵を困らせようと、母親を急かしたようだった。それに対してガーティンが抗議した。とても慎ましくです、と彼は言った。すると兵長が自分を叱りつけたのだと。駐屯地に戻ってきたあと二人のカナダ兵がなかに割って入り、二人の憲兵隊員もそこに加わった。憲兵隊員はカナダ兵をこの徴集兵め、と罵った。それは一九一四年か一五年に志願して入隊したカナダ兵たちにとっては耐え難いことだった。憲兵隊員たちは——これが彼らの常套手段だが——消灯ラッパが鳴ってから二分間カナダ兵たちをしゃべらせておき、許可時間内に戻らせず、憲兵隊員に不敬を働いたといって逮捕したのだった。

　ティージェンスは用心深く抑えた怒りを込めて、憲兵隊側の証人にまずは反対尋問をし、それからひどい罵声を浴びせた。それから告発台帳に「解決済」と記し、カナダ兵たちには行ってパレードの準備をするようにと命じた。それが憲兵司令官との間に激しい悶着を起こすことを意味することはわかっていた。憲兵司令官はオハラと呼ばれるポートワイン好きの老将軍で、配下の憲兵隊をまるで雌子羊であるかのように可愛がっていた。

　ティージェンスはパレードを行い、ありがたいことにカナダの当局から任命された新しい特務曹長とともに、彼の宿営地を回った。カナダ軍の兵士たちは、日光を浴びて、いかにも本物の軍人らしく見えた。ティージェンスはカナダ軍の兵士たちに戦争の大義について講演することははなはだ望ましくないことについて報告書を書いた。というのも、彼の部下たちはカナダのどこかの大学を卒業し、戦争の大義については民間の権威が提供し得るどんな講演者よりも二倍はよく知っているか、英語でしゃべる講演者の話を理解できない混血のミクマックインディアン[8]やイヌイット、日系人やアラスカのロシア系住民[9]だったからだった。…ティージェンスは、国王陛下の臣民すべてに戦争の大義を説く必要性を本国政府に力説する同胞の新聞社主にもっと敬意を払うために、その報告書は書き直す必要があると気付いた。彼は不満をぶちまけたかったのだが、その無礼はレヴィンに苦痛を与えるものと思えた。結婚を優先させるのでなければ、レヴィン自らがその報告書を取り扱うことになっていたからだった。その後、ティージェンスは軍のソーセージ肉と皮ごとすり潰したマッシュポテトに自分たちで買った一九〇六年ものの辛口シャンパンで風味を添えた一品と、ぞっとするような味のカナダチーズとで昼食を済ませた。――大佐がその日初めて前線に出る准大尉たちを招いた司令部のテーブルでの食事だった。彼らは言葉の端々にhの音を付け加えたが、その代わりに一パイントのアデノイド肥大を誇ったに違いなかった。しかし、魅力的な若い混血のゴア[10]出身の少尉がいて、後に英雄的な勇敢さを証明した。ポルトガル領インドでの几帳《バルダ》[11]の機能についてティージェンスにたくさんの面白い話を語って聞かせてくれた。

　そこで、一時半に、ティージェンスは、ツェレ[12]の近くのプロシア軍の軍用厩舎で育てられた棺型の頭の、明るい栗毛色の馬、ショーンブルクに乗っていた。ほぼ純血のサラブレッドであるこの馬は、ふだんは食堂のテーブルの脚のようにぴんと張ったしっかりとした足取りをしていた。しかし、この日、その脚は脱脂綿でできているようなありさまで、馬はゼーゼーと息を吐きながら凍った地面を重たげに歩み、ルーアンの一マイル後上方にある英領インド軍第九騎馬連隊の騎馬修練所では、無理のない跳躍を拒むほどではないにしろ、哀れにも疲労困憊した状態であることは、乗り手と同様だった。ティージェンスはまるで赤い剽軽な太陽の下で失意の駱駝に跨っているかのようだった。おまけに、朝の雑役が堪え始め、Ｏ９モーガンの強迫観念に悩まされ出し、それを食い止めるのに大変な思いをしたのだった。

「くそっ、いったい全体」と、ティージェンスは、並んで糟毛《かすげ》の馬に乗った、とても寡黙な兵卒の当番兵に訊ねた。「いったい全体、この馬はどうなっているんだ?……この馬をちゃんと暖かくしておいたんだろうな」乗る馬のぎこちない足取りは、彼の憂鬱な妄想を増大させた。

　当番兵はまっすぐに前を見据え、仮兵舎に覆われた谷を見渡した。そして言った。

「いいえ、大尉殿。馬はG補給所の繋ぎ場に繋がれておりました。イッチコック少尉の命令であります。イッチコック少尉がおっしゃるには、馬は鍛えにゃならねえとのことです」

ティージェンスは言った。

「君は少尉に、ショーンブルクを温めておけというのがわたしの命令だということを伝えたのか。第十六番歩兵基地補給所の裏の納屋の廏舎のなかで」

「少尉殿は」と当番兵は無表情に説明した。「どんなふうであれ自分の命令に背くと、ヴィクトリア上級勲爵士であり、バス上級勲爵士等々であられるブリーチャム卿から極度の不興を買うであろうと言われました」当番兵は怒りで震えていた。

「君は」とティージェンスはとても慎重に言った。「宿屋の前で馬とともに隊列を離れるとき、ショーンブルクと糟毛の馬は第十六番歩兵基地補給所の裏のラ・ヴォロンテ農場の廏舎に連れて行くんだ」廏舎の窓は隙間を詰め綿で塞ぎ、すべて閉め切ること。可能ならば、ギラム大佐の貯蔵所から新型のオガ屑ストーブを手に入れ、廏舎でそれに火を点けること。ショーンブルクと糟毛の馬に、燕麦と馬が摂り得る範囲でできるだけ温めた水を与えること。…そしてティージェンスは厳しく言葉を結んだ。「もしホチキス少尉が何か文句を言ったら、わたしのところに来るようにと言いなさい。指揮官であるわたしのところに」

当番兵が馬の病について情報を求めたので、ティージェンスは言った。

「バイチャン卿が属する馬商の集まりは、競走馬以外のすべての馬の肉は硬化させるのがよいと信じているのだ」彼らは競走馬を飼育していた。一頭につき六枚の毛布を掛けて。ティージェンスは個人的には硬化の処置を信用しておらず、自分の配下にあるどんな馬にもその処置がなされることを許そうとしなかった。…どんな動物でも正常な気象条件より低い気温で飼育されれば、普通ならかからない病気に感染することが観察される。バケツの水のなかに二日間、雛《ヒヨコ》を浸けておき、桿菌を注射すれば、その雛は人間がかかる猩紅熱やおたふく風邪に感染するだろう。雛を水から出して、乾かし、通常の状態に戻すなら、猩紅熱やおたふく風邪は跡形もなく消え去るだろう。…ティージェンスは当番兵に言った。「君は頭のいい男だ。どんな推論ができるかね」

当番兵は、視線を逸らして、セーヌ渓谷を見渡した。

「思うに、大尉殿」と彼は言った。「繋ぎ場でいつも冷やされている馬たちは、それがなけりゃかからねえ病気にかかるってことになるでしょうね」

「ああ、それなら」とティージェンスが言った。「可哀想な馬たちを暖かく保つんだ」

ティージェンスは、もし自分の言葉がどんな手段によってであれバイチャンの耳に届けば、自分にとって極めて不快な論争が起きるだろうと考えた。しかし、いちかばちかやってみなければならなかった。自分に責任のある馬を苦しめるわけにはいかなかった。考えることがあまりにも多すぎて…どれを一番に考えたらよいか皆目見当がつかなかった。太陽が照り輝いていた。セーヌ渓谷は、ゴブラン織りのような灰青色だった。その全体を死んだウェールズ人の兵士の影が覆っていた。焼却場本部の裏の人気のない畑の上方で、妙な雲雀が激しく鳴いていた。…妙な雲雀だ。一般には雲雀は十二月には歌わない。雲雀は求愛のためか巣の上方でしか歌わないものだ。…あの鳥は性欲過剰なのに違いない。０９モーガンはその逆だった。それがプロボクサーの存在を説明した。

二人はレンガの壁の間の泥道を街へと下っていった。…

第二部

Ｉ章

白いエナメルが塗られ、枝編み細工の備品が置かれ、鏡が掛かった、見事に完全装備された最高級のホテルのラウンジで、シルヴィア・ティージェンスは枝編み細工の椅子に腰掛けていた。だが、彼女は、その夜、寝室のドアに鍵をかけないでおいて欲しいと哀れっぽくいつまでも懇願する参謀少佐の言葉をあまり注意深く聞いてはいなかった。

「わからないわ…ええ、たぶんね…わからないわ…」そう言うと、白く塗られたコルク樹皮で縁取られた青っぽい壁鏡のほうを見るともなく見た。シルヴィアは少し体をこわばらせて言った。

「クリストファーがいるわ！」

参謀少佐は、もっていた帽子とステッキと手袋を下に落とした。分け目のない、膠質の整髪料をふんだんに使用して整えた黒髪が、彼の頭皮の上で苛立たしげに動いた。君が僕の人生を破滅させたんだ、と彼は言っていたところだった。君は、君が僕の人生を破滅させたことをわかっているのか。君さえいなければ、僕は純心な若い女と結婚していたかもしれないんだぞ。そして声を荒げた。

「だが、あいつは何を望んでいるんだ。…何ということだ…あいつの望みは何なんだ」

「彼が望んでいるのはね」とシルヴィアが言った。「イエス・キリストの役割を演じることよ」

　ペローン少佐が大声をあげた。

「イエス・キリストだって！…あいつは将軍の配下でも一番口汚い将校なんだぞ…」

「それで」とシルヴィアが言った。「もしあなたが純心な娘と結婚していたら、その娘は…何と言うか…九ヶ月以内にあなたを寝取られ亭主にしたでしょうね…」

　ペローンはその言葉にわずかに身震いした。そしてぼそぼそと言った。

「わからんね…逆かもしれない…」

「あら、そんなこと絶対ないわ」とシルヴィアが言った。「よく考えてご覧なさいな…道義的には、あなたは旦那様よ…道義以外では、どうかしら…だって、わたしが欲する男は彼なんですもの…彼は病気のように見えるわ。…病院関係者は夫のどこが悪いのかいつでも妻に話してくれるものなのかしら」

　ペローンが椅子から半ば身を乗り出した角度では、シルヴィアは白壁を見ているだけにすぎないように見えた。

「僕には奴は見えないが」とペローンが言った。

「鏡に映っているわ」シルヴィアが言った。「ここからなら見えてよ」

　ペローンはさらにわずかに身震いした。

「あいつには会いたくない。…任務の途中でときどき会わなければならないからな。…できれば会いたくないね。…」

　シルヴィアが言った。

「あなたが」ととても深い軽蔑のこもった声で。「あなたは若い女の子たちにチョコレートの箱を運んでいるだけじゃない。…任務の途中で彼があなたに出くわすなんてあるわけがないわ。…あなたは兵士ではないのだし！」

ペローンが言った。

「だが、僕らはどうしたらいいんだ。奴はどうするつもりだろう」

「わたしが」とシルヴィアが答えた。「もしボーイが名刺をもってやって来たら、取り込み中だって言うわ。彼がどうするかはわからない。たぶん、あなたを殴るでしょうね。…いま、あなたの背中を見ているわよ」

ペローンは身をこわばらせ、深い椅子に身を沈めた。

「でも、そんなことができるはずはない」とペローンが動揺して叫んだ。「君はあいつがイエス・キリストの役柄を演じようとしているって言ったじゃないか。我らが主はホテルのラウンジで人を殴ったりはしないだろう。…」

「我らが主ですって！」シルヴィアは軽蔑するかのように言った。「我らが主についてあなたに何がわかるっていうの？　我らが主は紳士だったわ。…クリストファーは不義を犯した妻を訪れる我らが主を演じようとしているのよ。夫が為すべきものと考える社会的支援をわたしに与えようとするでしょうね。…」

片腕がない顎鬚を生やしたボーイ長が、差し向かいに置かれた椅子の群の合間を通って、二人のもとに近づいてきた。ボーイ長が言った。

「申し訳ございません。…最初、奥様のことが目に入らなかったものですから。…」そして盆の上の名刺を見せた。それを見ることもなく、シルヴィアが言った。

「あの紳士に言って頂戴…わたしは取り込み中だと」ボーイ長は無愛想に去って行った。

「だが、あいつは僕を粉々に打ち砕くだろう…」とペローンが大きな声で叫んだ。「僕はどうしたらいいんだ。いったいどうしたら?」退室しようとすれば、ペローンはティージェンスの目の前を横切るしかなかった。

　背筋をピンと伸ばし、鳥を立ちすくませる蛇のような表情を浮かべて、シルヴィアはまっすぐ正面を見据えたまま何も言わずにいたが、ついに大きな声をあげた。

「お願いだから、身震いするのは止めて頂戴。…あなたみたいな女々しい人にティージェンスは何もしないわ。彼は男だから…」ペローンの枝編み細工の椅子が、あたかも列車のなかででもあるかのように、ギシギシと音を立てた。その音が突然ガクンと止まった。…すぐさま、シルヴィアは両手をぎゅっと握り、歯の間から憎しみを込めた小さな息を漏らした。「不滅の聖人たちにかけて」と彼女は大声をあげた。「きっといつか彼の無表情な顔を顰めさせてみせるわ」

　その数分前、青みがかった鏡のなかに、シルヴィアは夫の瑪瑙《めのう》のように青い目を見たのだった。夫は十メートル近く先の、肘掛け椅子の向こうのヤシの団扇《うちわ》の間にいた。彼は、乗馬用の鞭をもって立っていた。似合わない軍服を身に付け、かなり格好が悪かった。かなり不恰好で疲れ果てていたが、まったく無表情だった。彼は鏡に映るシルヴィアの目をまっすぐに覗き込み、それから目を逸らした。横顔がシルヴィアのほうに向くように体の向きを変えると、ホテルの内部に通じるガラス扉の上のスペースを飾るヘラジカの頭を身動き一つせず、じっと見つめ続けた。ホテルの給仕が近づくと、名刺を取り出し、三つの単語を発しながら、その名刺を渡した。シルヴィアはその三語を発する際の彼の唇の動きを見た。「クリストファー・ティージェンス夫人に」

シルヴィアは小声で言った。

「あの男の騎士道精神なんて糞喰らえだわ！…ああ、まったくもう、あの男の騎士道精神なんて！」シルヴィアには彼が何を考えているかわかっていた。クリストファーは彼女がペローンと一緒にいるのを見たので、自分から彼女のほうに出向くことも、給仕に彼女の座っているところを指し示すこともしなかったのだ。彼女を狼狽させないように！　もしその気があるなら、彼女のほうから彼のもとへ来ればいいということにしておきたかったのだ。

鏡に映る給仕は、シルヴィアのもとにやって来ると、回り道をしながら戻って行った。ティージェンスはまだじっとヘラジカの頭を見つめていた。彼は名刺を受け取り、手帳のなかに戻し、それから給仕に話しかけた。給仕はこの階級の人間に特有の几帳面な愛想のよさを発揮して肩をすくめると、肩をすくめたまま、片手で内側のドアのほうを指し示し、ティージェンスを先導してホテルに入って行った。名刺が戻されたとき、ティージェンスは顔の皺一本動かさなかった。あの無表情な顔をきっと顰めさせてみせるわとシルヴィアが誓ったのは、まさにそのときだった。

…

彼は我慢し難いというような顔をしていた。厳しい、こわばった顔を。傲慢というわけではないが、あらゆる物や人の頭越しに、それらの物や人が入ることのできない遠方を覗き込むかのような。…それでも、あまりにも不恰好で疲れ果てた様子だったので、彼をうるさく悩ますのは、公正な態度ではないように彼女には思えたのだった。瀕死のブルドッグを鞭打つような。…

彼女はほとんど落胆の動作といった感じで、身を投げ出すように椅子に反り返った。そして言った。

「彼はホテルに入っていったわ…」

ペローンは動揺し、椅子に座ったまま体を前に傾けた。そして、もう行くよと叫んだ。それから、気をくじかれたかのように、再び椅子の背に体をもたせた。

「いや、やめておこう」と彼は言った。「たぶんここにいるほうが安全だ。あいつが出かけるところに鉢合わせしてしまうかもしれないからな」

「わたしのペチコートがあなたを守っていることを理解したのね」シルヴィアが小馬鹿にするように言った。「もちろん、クリストファーはわたしがいるところでは誰も殴ったりはしないわよ」

ペローン少佐は彼女の言葉を遮って訊ねた。

「奴は何をするつもりだろう。ホテルで何をするつもりだろう」

ティージェンス夫人が言った。

「当ててご覧なさいな」さらに加えて「あなただったら同じ状況で何をするかしら」

「行って君の寝室をめちゃめちゃにしてやる」とペローンが即座に答えた。「それは、君がイッサンジョー[1]を出て行ったのを知ったときに、僕がやったことだ」

シルヴィアが言った。

「ああ、あの土地はそう呼ばれているのね」

ペローンがうめき声をあげた。

「君は冷酷だ」と彼は言った。「その言葉に尽きる。冷酷――まさにそれが君だ」

シルヴィアはこの期に及んでなぜ自分のことを冷酷というのかと上の空で訊ねた。彼女はクリストファーが寝室を下見しながらホテルの廊下を重い足取りでぎこちなく歩いていき、彼女と同じ階に泊まれるようにホテルの給仕に気前よくチップを渡すところを想像した。シルヴィアは、クリストファーの胸から少し震えながら出てきて、彼女を震わせる、不快ではない男性的な声を聞くことができた。

ペローンは不平を言い続けていた。シルヴィアは冷酷だ。二人が三週間の至福の時を過ごしたブルターニュの小さな村の名前を忘れるなんて。シルヴィアは、衣装を皆ホテルに残したまま、突然そこを出て行ったのだった。

「あら、あれはわたしにとっては少しも特別な御馳走じゃなかったわ」と、シルヴィアは再びペローンに注意を向けると、言葉を継いだ。「まあ、驚いた!…あれがあなたにとってすっかり特別な御馳走だったなんて。嫌な場所の名前をどうして覚えていなければいけないというの」

ペローンが言った。

「イッサンジョー・レ・ペルヴァンシュ、何て素敵な名前なんだ」シルヴィアへの非難がこもっていた。

「駄目よ」シルヴィアが答えた。「感傷的な思い出をわたしの心に呼び起こそうとしても。わたしと関係を続けていきたいなら、あなたはあなたがどんな人だったかをわたしに忘れさせなければならないわ。…わたしがここに留まって、あなたのウズラクイナの鳴き声みたいな声を聞いているのはね、クリストファーがホテルから出て行くまで待ちたいからなだけよ。…彼が出て行ったら、部屋に行ってサックス令夫人のパーティーのために身支度するから、あなたはここに座って待っていて頂戴」

「僕は」とペローンは言った。「サックス令夫人のところには行かないぞ。だって、あいつが結婚の契約に署名する主だった証人の一人になるんだからな。それにキャンピオンの爺さんやその他すべての参謀将校たちが集まるのだから。…その手には乗るものか。…予期せぬ約束が入ったっていうのが僕の方針だ。心配御無用」

「一緒にいらっしゃいな、坊や」とシルヴィアは言った。「またわたしの微笑みを浴びたいならばね。…一人でサックス令夫人の家に行くつもりはないわ。フランス貴族院の半分の人たちが見ているところで、エスコートをしてくれる男もみつからないみたいじゃないの！…その手には乗るものか…心配御無用、ですって！」彼女はペローンのきしみ声を真似た。「わたしの付添人として姿を見せたら、すぐに立ち去っていいわよ。…」

「いや、とんでもない」とペローンが大きな声をあげた。「それはまさに僕がしてはならないことだ。キャンピオンは今後もし君と僕が一緒にいるところを見たら、僕をあの忌まわしい連隊に戻すと言っているんだ。あの忌まわしい連隊は塹壕のなかにいるんだぞ。君は塹壕のなかにいる僕を見たくはないだろう」

「わたしの部屋のなかにいるあなたより、塹壕のなかにいるあなたを見るほうがましよ」とシルヴィアは言った。「どう考えてみても」

「ああ、また始まった！」ペローンが気色ばんで言った。「君の望むようにしたからといって、君の言う微笑みを浴びられる保証がいったいどこにあるというんだ。僕は君を書類なしにここへ連れてきたことで、のっぴきならない立場に立たされてしまった。君は書類をもっていないだなんて僕に一言も言わなかったじゃないか。憲兵司令官のオハラ将軍がそれについて猛攻撃を浴びせてきた。…代わりに僕が何を得たって言うんだい。…わずかな微笑みさえもらえないじゃないか。…将軍の真っ赤になった顔を君も見るべきだ。…君に関する極悪事件を報告しようとした誰かに昼寝から起こされたせいで、オハラ将軍は未だに消化不良から回復していないんだからな。…おまけに、彼はティージェンスを嫌っている。…ティージェンスは常に、憲兵隊の力を少しずつ削ごうとしているからな…オハラの慈しむ子羊である憲兵隊の力を。…」

シルヴィアは聞いていなかった。内心の思いにゆっくりした微笑みを浮かべていた。それがペローンを激怒させた。

「君は何をたくらんでいるんだ」と彼は声高に言った。いったい全体何をたくらんでいるんだ。まさか…あいつに会うために来たんじゃないだろうね。君は、僕が見る限り、僕に会うためにここまで来たわけじゃない。だとしたら…」

シルヴィアは振り向くと、ちょうど深い眠りから覚めたばかりのように、両眼をパッチリと開けてペローンを見た。

「来ようなんて思ってもみなかったわ」と彼女は言った。「突然、頭に思い浮かんだのよ。出発の十分前に。だから、来たの。書類が必要だなんて知らなかったわ。必要なら、手に入れることはできたでしょう。あなたは書類をもっているかなんて訊ねなかったじゃないの。あなたがくっついて離れずに、特別車両にわたしを引き入れたんだわ。…あなたも来るなんて思ってもみなかった」

これはペローンには究極的な侮辱であるように思えた。彼は声を張り上げた。

「もう、よしてくれ、シルヴィア、君は知っていたはずだ。水曜日の夜にクワーク家の集まりに行っただろう。彼らは僕が行くことを知っていた。彼らは僕の親友だからね」

「あなたが訊くから言うんだけど」とシルヴィアが言った。「わたしは知らなかった。それに、あの列車であなたが行くことを知っていたら、わたしはあれでは来なかったわ。あなたがわたしにこうした無礼な言葉を言わせるのよ」そして少しの間、彼を黙り込ませようと付け加えた。「どうしてあなたはもっと協調的な態度がとれないのかしら」ペローンは開いた口が塞がらなかった。

クリストファーはホテルに宿泊する金をどこで手に入れたのだろう、とシルヴィアは訝った。ほんの少し前に、彼女は一シリングを除き、クリストファーの口座のすべての金を引き出していた。月半ばだから、口座に給金が入るはずはなかった。…そこが彼女の狙い目だった。クリストファーは文句を言ってくるかもしれなかった。同様に、シルヴィアはクリストファーが彼女の敷布を盗んだという告発も行ってみた。それは単に彼女の頑固さによるものであり、夫の無表情な顔を見たとき、自分はむしろ愚かだったと思い知った。…だが、彼女は万策尽き果てていた。これまで夫を告発しようとしてきたが、彼に迷惑をかけようとしたわけではなかった。…今、シルヴィアは突然、自分はまったくバカなことをしてきたと悟った。こんなけちな脅しは少しも彼女らしくないとクリストファーは思うだろう。そうした脅しはどれも人の忍耐力を試すだけのものだと知るだろう。彼は言うだろう。「シルヴィアは俺に悲鳴をあげさせようとしているんだ。悲鳴などあげてなるものか！」と。

自分はもっとずっと手ごわい方法を採用しなければならないだろう。彼女は言った。「あいつを…あいつを…あいつを…服従させてやるわ」

ペローン少佐は今ではもう口を閉じていた。熟考していた。一度ぶつぶつと呟いた。「もっと協調的にだって！　驚いたな！」

シルヴィアは突然勇気が湧いてくるのを感じた。クリストファーを見たためだった。二人は再び同じ屋根の下で暮らすことになるだろうと、シルヴィアは完全に確信した。彼女は、クリストファーがワノップの娘と懇ろの仲にならないだろうという見通しに、自分の全財産と不滅の魂を賭けた。あらかじめ結果を知っていて賭けるようなものだろう。…それでも、シルヴィアは自分たちの関係が戦後どうなるか皆目見当がつかなかった。最初、彼女は、朝の四時半に自分が家から出て行ったとき、二人は永遠に別れたものと思っていた。それが論理的だと思えていた。しかし、バーケンヘッドの静かな白い尼僧の部屋で静修を行っているうちに、徐々に疑いに襲われるようになった。互いの考えをめったに話さないということが、彼らのような暮らし方の不利な点の一つだった。しかし、それは時には有利な点でもあった。彼女は確かに二人の別れを永久《とわ》のものにするつもりだった。彼女は確かにタクシーの運転士に駅の名を告げるのに、夫にその声が届くだろうとよほどしっかりと信じて、声を張り上げたのだった。そして夫がそれを二人の結び付きが途切れたしるしとして受け取るだろうとかなりの程度確信していた。…かなりの程度の確信だった。だが、完全なる確信ではなかった！…

シルヴィアは彼に手紙を書くくらいなら死んだほうがましだと思っていた。今も、再び同じ屋根の下で暮らしたいと仄めかすくらいなら、死んだほうがましだと思った。彼女は心のなかで言った。

「クリストファーはあの娘に手紙を出しているのかしら」それから「そんなはずがないわ！…わたしにはわかる」…すべての書簡が送られてきているとクリストファーが想像するように、シルヴィアは何枚かの案内状を選んで転送したが、それ以外は彼への手紙を全部フラットに止めおいた。読んだ複数の手紙から、クリストファーがグレイズインのフラットの住所しか教えていないのはほぼ間違いなかった。…だが、ヴァレンタインからの手紙はまったくなかった。…ワノップ夫人から二通、お兄さんのマークから二通、ポーツカソから一通、同胞の将校たちから二通、公的機関からの短信が数葉。…もしあの娘からの手紙があったなら、あの娘のも含めてすべての手紙を転送したのに、と彼女はひとり言を言ったことがあった。今では、果たしてそうするか自信がなかった。

鏡のなかにシルヴィアは、彼女の背後の、ドアからドアに通じる通路を通ってクリストファーが無表情に早足でホテルから出ていくところを見た。途方もない喜びを伴って彼女の頭をよぎったのは、彼がミス・ワノップと文通していないという確信だった。もし彼がミス・ワノップと文通できるほどに元気になっていたならば、彼は違って見えただろう。どんなふうに見えたかはわからない。でも、違って…活気づいて見えただろう！　おそらく自意識過剰で…満足しているように見えただろう…

しばらくの間、少佐は彼が受けた不当な仕打ちについて不平をこぼしていた。「自分は小型の愛玩犬のように一日中君の後をついて回っているのに、何の見返りもない。今度は、もっと協調的になれと言われる始末だ。君はエスコート役としてお披露目できる男が欲しいと言った。それならエスコート役にも見返りがあって然るべきだ」…今まさにこの時点で、彼はまた言い始めた。

「なあ、おい君…君は僕を今夜君の部屋に入れてくれるのか、くれないのか」

シルヴィアは突然、高い大きな笑い声をあげた。ペローンが言った。

「畜生、笑い事なんかじゃないんだぞ！…いいか、君には僕が冒す危険がわかっていない。副憲兵司令官や憲兵司令官や憲兵司令官代理がこの街のすべてのホテルの廊下を夜通し見回って歩いているんだ。見つかったら辞職ものだ…」

シルヴィアはハンカチを唇に当てて、残酷すぎてペローンが気づかないはずはないと自分でもわかっている微笑みを隠した。微笑みが隠されてからも、ペローンは言った。

「畜生、君は何て残酷な相貌の悪魔なんだ。…どうして僕は君のまわりをうろついているんだろう。母親が買ったバーン＝ジョーンズ[2]の絵がある…かすかな微笑みを浮かべた残酷な相貌の女が描かれた…一種の吸血鬼だ…つれなき美女…君はそれに似ている」

シルヴィアは突然、とても深刻な面持ちでペローンを見た。

「いいこと、ポティー」とシルヴィアが口を開いた。ペローンはうめき声をあげた。

「君は僕を忌まわしい塹壕へと送らせたいようだな。…だが、僕のように体が大きく猛々しい男に助かる見込みはまずないんだよ。…ドイツ軍の最初の一斉射撃で、僕は狙い撃ちされるだろう。…」

「ああ、ポティー」とシルヴィアは大声をあげた。「ちょっとは真面目になって頂戴。…いいこと、わたしはね、夫とよりを戻そうとしている…必死によりを戻したいと思っている女なのよ。…そんなこと他人に言うことじゃないわね…わたし自身にだって言いたくもないわ。…でも、一緒に寝たことのある男には…何かを…何はともあれ、別れの場面をつくってあげなければ。…イッサンジョー・レ・ペルヴァンシュでは別れの場面もありませんでしたからね。…だから、代わりにわたしはこの心付けをあなたに差し上げましょう。…」

　ペローンが言った。

「君は寝室のドアを開けといてくれるのか、くれないのか」

　シルヴィアが言った。

「もしあの男がハンカチをわたしに投げるつもりなら、わたしは下着同然の姿で世界中彼の後を追っていくでしょう。ねえ、見て…それを思うと、体が震えるわ。…」彼女は長い腕の先の手を伸ばした。手も腕もともに震えていた。小刻みに、それから、とても大きく。…「それで」と彼女は言葉を結んだ。「もしそれがわかっていて、それでもなおわたしの部屋に来たいのなら…頭に血が上っているとしか思えないわ！」彼女は言葉を切って、一呼吸、二呼吸入れ、それから続けた。

「来たらいいわ。…ドアに鍵は掛けておきません…でも、何もないわよ…少なくともあなたが欲しいものは。…正当な心付けよ…」そして突然付け加えた。「このにやけ男…得るものだけ得て、くたばればいいんだわ！」

　ペローン少佐は突然口髭を捻り出して、言った。

「ああ、副憲兵司令官を出し抜いてみせるぞ…」

　シルヴィアは突然、椅子のなかで胡座《あぐら》を組んだ。

　そして「なんでわたしがここに来たのか、やっとわかったわ」と言った。

ペローン家の母親の一人息子、ウィルフレッド・フォスブルック・エディカー・ペローンは、家系に連なる病歴も良くない性癖もなく、また、ほとんどあるいはまったく特徴もない個人の一人だった。何も成し遂げたことはなく、知識は直近の日の新聞の内容に限られているように見え、とにかく、彼の会話はその範囲をまったく超えるものでなかった。彼は大胆でも内気でもなく、際立って勇敢でも際立って臆病でもなかった。母親は途轍もない金持ちで、西の海のはるか上方、険しい岩山の上に、ちょうど鳥籠が高層の共同住宅の窓から吊るされているかのように掛かっている非常に大きな城を所有していたが、めったに訪問客は迎えず、料理はおざなり、ワインもまったくひどいものだった。彼女は強硬な禁酒主義者で、夫が亡くなるとすぐに、その城とほとんど同様の歴史的価値があった夫の酒蔵の中身を海のなかに廃棄し、イングランドの地方の名門の人々を身震いさせたのだった。しかし、こんなことは、ペローン自身の名を汚すほどのことではなかった。

母親は——彼が年端のいかない頃に起こした驚愕の事件の後で——息子に未成年王族としての収入を自分で使えるようにしてやったが、彼はそれに手を付けなかった。彼はケンジントンのパレスガーデンズの大きな家に住み、母親が選んだかなりの数の召使いたちを置いて独身生活を送ったが、召使いたちには何もすることがなかった。というのも、彼はバース・クラブ(3)ですべての食事をし、風呂に入り、ディナーのための正装をさえしたからだった。その他の点では、彼はしみったれた男だった。

ペローンは当時の流行に倣って、若い時分、一年か二年、軍隊で過ごした。最初は第四十二ロイヤル・ハイランド歩兵連隊に任官したが、ブラック・ウォッチと呼ばれるこの連隊がインドに赴くや、当時キャンピオン将軍が率い、リンカンシャー州の内と周辺で新兵募集をしていたグラモーガンシャー連隊に転属した。将軍はペローンの母親の古くからの友人で、准将に昇任するや、ペローンを副官として参謀本部に受け入れた。ペローンは馬の乗り手としては可もなく不可もなしだったが、ある種の社交的知識には秀でていて、連隊の招待状を子爵の三男の未亡人へ送る正しい宛て名の書き方を知っていると当てにすることができた。軍人として、その他の面では、号令は可もなく不可もなく、教練は大の苦手、兵の統率力はほとんど皆無に等しかったが、彼は従卒たちに人気があり、古い緋色の軍服や青い略礼装ジャケットを着込むと、ぎこちないながらも見栄えがした。長靴下を履くと、寸分違わず六フィート（一・八二八八メートル）の背丈があり、瞳はとても黒く、きしむような声をしていた。まったく肥満していない胴体に比べ、四肢がちょっとばかり嵩張りすぎている事実により、動作は少しぎこちなく見えた。クラブで彼はどんな奴かと訊ねたなら、奴は頭にいぼができているか、できていると思われていて、そのため常に撫で上げられた髪に額から分け目を入れていないのだという答えが十中八九返ってくるだろう。しかし、実際には、頭にいぼができているわけではなかった。

彼はかつてポルトガル領の東アフリカで猛獣狩りをしようと旅に出たことがあった。しかし、到着すると、奥地の原住民が反乱を起こしているという知らせが探検隊を待ち受けていた。そこで、ペローンはケンジントンのパレスガーデンズに戻った。ペローンは女性に関していくつか小さな成功を収めていたが、倹約の習慣とゴタゴタへの恐れのせいで、三十四歳まで、恋愛の対象を比較的低い社会階層の若い女性に限っていた。

シルヴィアとの情事は自慢できる事柄だったかもしれないが、彼は自慢することもなく、実際、彼女が彼のもとを去ったときに受けたひどい衝撃のせいで、ブルターニュで彼女と一緒にいたときの過ごし方について偽りの説明をするのさえ耐え難く思っていた。幸いなことに、誰も彼がその夏どこで過ごしたかについてのおざなりな質問に答えてくれるのを待つほどには関心をもつことがなかった。思いが彼女に棄てられたことに戻っていくにつれて、彼の目からは、スポンジの表面から水がしみ出すみたいに密やかに、涙があふれ出した。

シルヴィアは、小物を入れるハンドバッグさえもたずに、鉄道の本線に通じるフランスの市街電車に乗り込むという単純なやり方で、ペローンのもとを去っていった。そして、本線の駅から、自分が彼のもとを去ったのは、単に彼の退屈さやしゃがれ声に耐えられなかったからだと鉛筆で書いたカードを封筒に入れて送ったのだった。秋のロンドンの社交シーズンには、おそらくまたお互い出会うことになるでしょうと書き、寝巻などを購入してから、母親が身を隠したドイツの温泉地にまっすぐ向かったのだった。

後日、シルヴィアは、なぜこんな木偶の坊と駆け落ちしたのか困難を感じずに自分に説明することができた。夫の考えに性的嫌悪の発作を催して反発しただけのことだったと。それに、ロンドンにいるきちんとした身なりの男たちのなかで、ペローンの考えほど夫の考えとまったく似ていないものを見つけることができなかったからだと。あれから数年後、フランスのホテルのラウンジにいる今でさえ、自分が初めてペローンと駆け落ちしようと考えたときに頭に浮かんだ、歓喜を催すほどに痛ましい嫌悪の情を思い出すことができた。それは耐え難いほどの興奮を促す知的発見をしたばかりの者の自己称賛の気持ちだった。クリストファーに対する以前のいくつかの束の間の不貞で、彼女には自分の浮気相手がどんなに体裁のよい男であろうとも、またどんなに浮気の期間が短いものであろうとも、たとえ、それがたった一度の週末の間だけの出来事であったとしても…クリストファーのせいで自分が他の男たちでは満足できなくなってしまうことがわかっていた。クリストファーのもっとも忌々しい性質は、週の半ばを彼と過ごした後では、安定形状から力の均衡に至るまで、あるオペラ歌手の声から彗星の再出現に至るまで、誰かが――どんな話題についてであれ――何かの話をしているのを聞きながら週末を過ごさなければならないことが、たとえクリストファーの考えにどんなに嫌悪を覚えていようとも、大人の話を聞いているのとひどい退屈を感じながら口下手な学校の生徒をもてなそうとするのとの違いを感じさせるということだった。クリストファーと並べてみると、他の男たちはまったく大人になっていないように思えた。

ペローンと駆け落ちすることに同意する直前、シルヴィアにはまったく突然素晴らしい考えが浮かんでいた。「もし彼と駆け落ちしたら、それはわたしにできるクリストファーへの最大の侮辱になるわ。…」その考えがちょうど浮かんだのは、将軍の妹、クローディーン・サンドバッチ令夫人が催したダンスパーティーでのことだったが、シルヴィアが座る温室の椅子の傍らで、ペローンが感情に駆られ、いつもよりもっとしゃがれた声で、それでもいつもよりは不快でない声で、僕と駆け落ちして欲しいとシルヴィアに懇願しているときだった。…シルヴィアは唐突に言っていた。

「いいわ…それじゃあ…」

ペローンが驚きで感情を抑制できないほどになったため、シルヴィアはもう少しで自分の言葉を冗談として扱い、夫への復讐を諦めるところだった。…だが、クリストファーが味わうにちがいない屈辱は彼女には堪《こた》えられないものだった。というのも、妻が魅力的な男のために夫を棄てることももちろん屈辱的だが、妻がまったく知性のない男のために人目も憚らず自分のもとを去って行くことくらい、頭の良さを誇る夫にとってまったくこの上なく癪に障ることがあろうはずがなかったからだ。

しかし、この突飛な行動に出るか出ないかのうちに、シルヴィアはこの計画に二つの重大な欠陥があるという思いに極めて強烈に捉えられた。その一つは、クリストファーがどんなに屈辱を味わおうとも、自分がその場にいて彼の屈辱を目撃することができないということだった。もう一つは、シルヴィアがふだんの付き合いでも木偶の坊とみなしているペローンが、親密な毎日の付き合いのなかでは、まったくもって我慢のならない木偶の坊だということだった。母親のように世話を焼くこととあからさまに軽蔑することとを交互に繰り返すという賢明な方針をとることで彼をひとかどの人物にすることができるかもしれないとシルヴィアは想像していた。だが、彼の母親がすでにそれだけのことを彼のためにしてやっていることを発見しただけだった。というのも、ペローンは私立学校でどちらかというと消極的な少年だった頃、母親がひどく少ないお小遣いしか与えなかったため、他の男の子たちの机のあちこちから数シリングずつの盗みを働いたのだった。――校長の奥さんに誕生日のプレゼントをするための寄付金に充てるためだった。母親は、彼にとってよい教訓となるようにと、その出来事をかなり大っぴらにしたので、息子には自己不信と自慢とを交互に繰り返すような内気さが植え付けられることになった。彼は世間に向けてどちらの性向が現れるのも抑えたが、絶え間のない抑制によって力強い考えや行動がほとんどできなくなってしまったのだった。……

その発見でシルヴィアが彼に対して優しくなることはなかった。これは彼女に言わせれば彼の問題であり、シルヴィアにはいくぶん粗野な男の体裁を整えるという月並みな仕事を引き受ける心づもりはあったにせよ、他の女たちもすっかりお手上げの、母親のせいで生じた不適応を正そうとする覚悟まではまったくできていなかった。

それで二人が一週間かそこらカジノで賭けをして過ごそうと考えていたオステンドまでしか行かないうちに、シルヴィアはもう出会った何人かの知り合いに、この陽気な街には、ドイツの保養地にいる母親のところに行く列車への乗り継ぎをするために、ほんの一、二時間滞在しているだけなのだと説明している自分を見出すことになった。そう言いたい衝動が不意に彼女を襲ったのだった。というのも、そのときまで、批判にまったく無関心だった彼女には、自分の一連の行動を秘密にしておくつもりなどまったくなかったからだ。しかし、カジノでよく知った何人かの英国人の顔を見るや、自分がペローンのような木偶の坊と駆け落ちしたことにクリストファーがどんなに屈辱を味わうにせよ、そんな屈辱は、自分が駆け落ちするのにペローンのような木偶の坊しか見つけられなかったと人に思われるかもしれない屈辱と比べたら、まったくどうということがないものだという考えが、まったく突然に彼女を襲ったのだった。その上、…彼女はクリストファーがいなくて淋しくなり始めていた。

こうした気分は、ヴィースバーデンまで連れて行ってもらえると浮かれて想像し、当惑しつつも不平を言わないペローンを、パリのサン・ロック街の風通しの悪い地味なホテルに即座に引っ張って行った後も、少しも治まることがなかった。それにパリは、目立つ行楽地を避けようとするときには、また気心の知れた仲間と一緒でないときには、例えば、日曜日のバーミンガムのように人を閉口させるところとなることがある。

そこで、シルヴィアは、夫が即座に離婚を申し出る明白な意向をもたず、また実際、まったく何をする明白な意図ももっていないことを確信できるだけの間待った。それから、夫にハガキを送って、彼女の手紙や書類が滞在している地味なホテルに届くようにして欲しいと伝えたのだった。――滞在するホテルがこんなに地味なホテルであることを明らかにしなければならないことは大いに癪にさわることだった。それでも、彼女宛の郵便物が定期的に転送されてきたことを除いては、ティージェンスからの便りはまったくなかった。

次にペローンを引っ張って行ったフランス中部の行楽地で、シルヴィアはティージェンスが今後どう出るつもりだろうかとかなり真剣に考えている自分を発見した。彼女は親しい友人たちからの手紙のなかの、それとない、しかし疑いようのない仄めかしで、ティージェンスは、彼女が重い病にかかっていると想像される母親の看護をするために、あるいは付き添いをするために出かけたのだという話を、主張するとまではいかないまでも、確かに否定しなかったということを知ったのだった。…すなわち、彼女の友人たちは、シルヴィアに、母親のサタースウェイト夫人が重い病気にかかっているとは何て不幸なことでしょうと書いて寄越したのだった。その他の点で世界がこんなにも愉快なはずのときに、つまらないドイツの小さな保養地に閉じ込められるだなんてシルヴィアは何て不幸なことでしょうと。また、ときどき出会うクリストファーは、一人残されていることが不運なことを斟酌すれば、何と健気にやっているように見えることでしょうと。…

この頃、ペローンは、あろうことか、これまで以上に苛立ち始めていた。二人が行った行楽地では、客はほとんど皆フランス人だったが、新しくオープンしたゴルフ場があり、ゴルフの試合でペローンは無能であるのと同時に、生来リンパ質の人間としては驚くほどの病的自負心を示したのだった。シルヴィアや誰かフランス人と一ラウンドプレーして負けると、彼は一晩中ふくれ面をした。シルヴィアはその頃までに彼のふくれ面にはまったく無関心になっていたが、さらにずっと悪いことは、ペローンが外国人の対戦相手たちに対して陰気に大声をあげて喧嘩を吹っかけるようになったことだった。

それぞれが十分の間隔も置かずに相次いで起きた三つの出来事によって、シルヴィアはできるだけ早くその行楽地から遠ざかりたいと決心した。第一に、朧げに顔を知っているサーストンという名のイギリス人の家族を街路のはずれに認めたことで突然覚えた強い感情により、ティージェンスが自分を連れ戻してくれることを自分がどんなに強く切望しているかを知ったことだった。次に、料金を払いクラブを手に入れようと大急ぎで入っていったゴルフ場のクラブハウスで二人のプレーヤーの話を漏れ聞き、ペローンがゴルフの試合中にボールを動かすとかスコアをごまかすとかいったちょっとした不正行為を行ったところを見咎められたことが間違いないと確信したことだった。……これは彼女にはほとんど我慢ならないことだった。同時に、彼女の理性は恩着せがましくも彼女に思い出させた。かつてティージェンスが、自分の話しかけることのできる男は誰も女と離婚することを考えたりしないといった高慢な意見を発したときの声を。炉端の神聖が穢されるのを防げなかったとしても、夫は妻が彼と離婚するのを望まないなら、それを耐え忍ばなければならないと言っていたのを。

彼がこの発言をしたときには、シルヴィアは――彼のことを大いに憎んでいたので――その発言に注目することはなかった。しかし、その発言が彼女の頭に再び力強く浮かんできた今、それは次のような考えを伴ってやって来たのだった。「彼が実際大法螺を吹いているのではないとすれば！」

シルヴィアは昼食の後の午睡をとっていた不幸なペローンをベッドから引きずり出し、すぐに二人でこの場所を出て行かなければならない、そしてペローンが彼のフランス語を理解できるウェイターや人々を見つけられるパリかどこか比較的大きな街に着いたなら、彼女自身は永久に彼とお別れするつもりだと話したのだった。その結果は、二人が翌朝六時の列車までその行楽地を出られなくなる事態を招いただけだった。彼のもとを去りたいということをシルヴィアから初めて聞いたペローンの怒りと絶望の感情が不都合な形をとったのだ。というのも、自殺してやるといった予期した意向を告げる代わりに、彼は陰気で異様に凶暴な態度に出たのだった。彼女が身に付けている聖アントニウスの遺物にかけて彼のもとを去るつもりはないと誓うのでなければ、自分は自制心を失い彼女を殺すことになるだろうと言った。残りの人生の間ずっとそう言い続けたように、彼女が彼の人生を破滅させ、彼に大きな道徳的堕落を引き起こしたのだと言ったのだ。彼女がいなければ、自分は誰か純粋な若い娘と結婚しただろうに、と。その上、シルヴィアは純粋な嘲りの結果、彼に母親の信条とは違った影響を与えようと、彼にワインを飲むことを強いていた。そのせいで彼は自分の健康と男らしい体つきに害を与えたと信じた。…確かにシルヴィアにとって、彼のワインの飲み方は、この男のもっとも耐え難いことの一つだった。彼は唇にグラスをつける度に、耐え難い忍び笑いを浮かべて、「またもや寿命が縮まってしまった」といった何か馬鹿げたことをよく叫んだ。それでもワインをとても好きになり、さらにもっと強い酒すらもとても好きになったのだった。

シルヴィアは聖アントニウスにかけて誓うことは拒否した。当然、彼女は自分の恋愛沙汰に聖人を巻き込むつもりはなかったし、当然、早期に破ることになるはずの誓いを聖遺物にかけて行うつもりもなかった。それはやってはならない卑劣な騙し、死んだほうがましな不名誉だった。そこで、ペローンが両手を揉みしだいている間に拳銃を奪うと、シルヴィアはそれを水差しのなかに落として、そこそこの安心を手に入れた。

ペローンはフランス語を知らず、フランスのこともほとんど知らなかったが、フランス人は男が自分を棄てるつもりの女を殺すことに何の手出しもしないことを知っていた。一方、シルヴィアは、武器がなければペローンには大したことはできないと、かなりの程度確信していた。シルヴィアはとても金がかかる学校で何の教育も受けてこなかったにせよ、自分の四肢を並外れて見事に動かすための健康体操の訓練だけは受けていて、美容のために身体を鍛え続けていた。……とうとう彼女は言った。

「わかったわ。一緒にイッサンジョー・レ・ペルヴァンシュに行きましょう。……」

ホテルにいた結構感じの良いフランス人のカップルがフランス西端に位置するこの小さな村を人里離れた楽園だと話していた。彼らはそこでハネムーンを過ごしてきたのだ。…そこでシルヴィアは、ペローンから逃れるのに言い争いが想定されるなら、自分に必要なのは人里離れた楽園だと思ったのだった。

シルヴィアは躊躇せずに決めたことを行った。惨めな列車にいくつも乗ってフランスの半分を横断したが、それによって激しいホームシックの苦悶に襲われた。それはまさにホームシックで…かかるのが恥ずかしい病だった。それでもそれは、おたふく風邪のように避けることのできないものだった。それは耐えなければならないものだった。さらに、彼女は我が子に会いたいと思っている自分をさえ見出していた。自分はこの子のことを、自分のあらゆる不幸の原因として、忌み嫌っているものと想像していたのだが。…

それ故、シルヴィアは熟慮の上、ティージェンスに彼のもとへ戻る意向を伝えた。彼女は不確定の期間招待されていた田舎の大邸宅から戻るのを知らせるときに送る手紙とほとんど変わらない手紙を書き、あらゆる感情の痕跡を手紙から排除するために、女中に関するかなりきつい命令をいくつか付け加えた。もし何らかの感情をあからさまにしたならば、ティージェンスが再び彼女を彼の屋根の下に受け入れてくれることは決してないとシルヴィアは確信していたのだった。…彼女は自分の不埒な行動が噂の種になることはないとかなりの程度確信していた。あの行楽地から出てきたとき、サーストン少佐が駅にいたが、お互い言葉は交わさなかった。——その上、サーストン少佐は他人の噂話などしない部類の、まずまず品行方正な、褐色の口髭を生やした男だった。

数週間は、ペローンが精神病院の付添人のように見張っていたので、逃げ出すのは少し難しいとわかった。しかし、やがてドレス類をもたずにシルヴィアが立ち去ることはないとペローンは考え出し、ある日、地元産のとても辛い大量のコーディアル[4]とともに流し込んだ昼食の後で強烈な睡魔に襲われた彼は、シルヴィアを一人で散歩に行かせることになったのだった。…

シルヴィアはこのときまでに男に飽きていた。というか飽きていると思っていた。まわりの女たちが好ましからざる男とかかわってとんでもない災難に遭うのを見てきた割には、確実に飽きているとは言えなかった。いずれにせよ、男は期待を満たしてはくれなかった。付き合ってみると、見た目より面白いということはあるかもしれなかった。しかし、男と付き合うのは、ほとんどいつも、前に読んだのを忘れていた本を読み直すようなものだった。どんな男とであれ、どの程度の親密さであれ、十分間も付き合わないうちに「でも、もうこれは全部読んでしまっているわ」という言葉が口を衝いて出てくるのだった。書き出しを知っていて、真ん中に至るまでに退屈し、とりわけ結末を知っていた。…

シルヴィアは、母親の宗教顧問を勧め、最近アイルランドでケースメント(5)と共に殺されたコンセット神父に、はるか昔、ショックを与えようとしたことを思い出した。…哀れな聖人は少しもショックを受けなかった。彼のほうがシルヴィアより一枚上手だった。わたしにとって最高の人生は、毎週末違った男と駆け落ちすることだとシルヴィアが言うと――当時彼女たちはよく「最高」という言葉を使っていた――神父は、近いうちにあなたは、哀れな男が列車の切符を買っているときにもう退屈しているということになるだろうと言ったのだった。…

そして、確かに彼は正しかった。…というのも、――確かロップシャイトと言われていた――小さなドイツの温泉地の、シルヴィアの母親の居間で、この哀れな聖人がロウソクの灯りの下、四方の壁全体に映るその影が彼女を糾弾する状況でこのことを言ったとき(6)から、開戦を祝うために新たに白く装飾されたこのホテルのヤシの木の枝編み細工の椅子に彼女が座っている今に至るまで、シルヴィアは一度も、彼女を手荒く扱っても構わない権利をもつ男と一緒に列車の座席に座ったことがなかったのだった。…コンセット神父は天国でお座りの場所からこのラウンジを見下ろして満足していらっしゃるかしら、とシルヴィアは思った。…おそらく彼女に変化をもたらしたのは、実際コンセット神父だったのだろう。

昨日までは。…というのも、昨日は、不幸なペローンが、列車に乗った男がなることのできる完全に不快な生き物になる権利を――シルヴィアが彼を凍りつかせ、息を詰まらせ、青ざめた団栗眼《どんぐりまなこ》の雪達磨に変えてしまうまで――二分間位、わずかながらもっていたかもしれなかった。あまりにも大胆、でも、車掌が窓から覗き込むことを思って、馬鹿なくらい当惑していた。列車は時速六十マイル以上で走り、貫通路は付いていなかったのに。…いいえ、神父様、わたしはもうそんなことはいたしませんわ。シルヴィアは声を天井のほうに向けた。…

いったいどうして駆け落ちして、週末中ずっと、至福の週末をずっと過ごせる男が手に入らないのかしら――まるで軽喜劇ね。…いったいどうしてかしら。…考えてみてよ。素敵な男で、ガラガラ声にならず、死んだ目にもならず、求められたときに切符を買う勇気を失わないくらい元気のある男と一生涯楽しく過ごしたいものだわ…ああ、神父様、と彼女はまた上を向いて言った。そんな男が見つかれば、まるで天国よ。…結婚の必要もない。…でも、とシルヴィアはほとんど諦めたように続けた。そんな男は女に忠実ではいられないでしょう。…そして言った。それに耐えなければ。…

シルヴィアが突然、椅子に姿勢正しく座り直したので、彼女の脇のペローン少佐も枝編み細工の椅子からほとんど飛び出さんばかりになり、あいつが戻ってきたのかと訊ねた。…シルヴィアは大声をあげた。

「いいえ、断じてそんなことあるもんですか。断じて、断じて、断じて、そんなこと…あり得ない、絶対あり得ないわ。…生ける神に誓って！」

シルヴィアは動揺した少佐に、荒々しく訊ねた。

「クリストファーはこの街に女を囲っているの？……本当のことを言ったほうがいいわよ」

少佐がもごもごと言った。

「あいつが…いや…あいつはあまりに堅物だからな。シュゼットの店にさえまったく行くことがない。アルデロの女将さんの家具を叩き壊した准大尉の下種野郎を連れ戻すのに一度行ったのを除いてはね」

少佐がぶつぶつと言った。

「だが、君はそんなふうに人を驚かせるものじゃない。…協調的になるんだ。これは君の言葉だよ。…」彼はシルヴィアの態度がイッサンジョー・レ・ペルヴァンシュにいたときから一向に改善されていないと不平を言った。…それに続いて、フランス語でユー・デ・ペルヴァンシュというのはツルニチソウのような青い目を意味するんだと言った。それは彼が知っている唯一のフランス語で、列車に乗り合わせたフランス人が教えてくれたのだと。それ以来自分は、もし彼女の目がツルニチソウの青だったならば、とずっと考えてきたのだと。…「だが、君は聞いてくれてない。礼儀正しいとは言えないな」彼はもごもごと言葉を締めくくった。

シルヴィアは、未だ顎の下に握った片手を押し当てて、クリストファーはこの街にヴァレンタインを囲っているのだと考えながら、体を前に傾けて椅子に座っていた。たぶんそれでクリストファーはここに留まっているのだと。シルヴィアが訊ねた。

「なぜクリストファーは神に見捨てられた穴のなかに留まっているの？　恥さらしの基地と呼ば

れているのに…」

「そうせざるを得ないからさ…」ペローン少佐が言った。「命令通りにせざるを得ないんだ。…」

シルヴィアが言った。

「クリストファーが！…クリストファーみたいな男を、どこであれ本人が望まない場所に置いておけるなんて、本気で言っているの。…」

「逃げ出したら、イチコロさ」ペローン少佐が大声で言った。…「いったい君はあいつを何様だと思っているんだ？…英国王とでも思っているのかい。…」そして突然、陰険に猛然と言い足した。「脱走したら、あいつだって他の奴と同様、射殺されてしまうだろう。君はどう思っているんだ」

シルヴィアが言った。

「でも、それだけじゃ彼がこの街に女を囲ってない証拠にはならないわ」

「いや、囲っちゃいない」ペローンが言った。「あいつは忌々しい雌鶏が腐った卵の上にしゃがみこむように、忌々しい馴染みの野営地から動かない。…そう言われているね。…あの男のことは、よくは知らないが…」

悪意をもって物憂げに聞いていたシルヴィアは、彼の単調な声音に、イッサンジョーの寝室で彼の声の裏にあった殺人狂的なものを見つけたように思った。この男には明らかに、警察裁判所に出廷する殺人犯の愚鈍で狂気じみたところがあった。突然、活気づいて、シルヴィアは考えた。「もしこの男がクリストファーを殺そうとしたら…」彼女は夫が膝でこの男の背骨をへし折るところを想像した。その考えは、火がオパールを過《よぎ》るように、彼女の頭を通り過ぎていった。カラカラになった喉で、彼女はひとりごちた。

夫がルーアンに女を囲っているのかどうか探り出さなければならない…男は協力し合うものよ。ペローンの奴もティージェンスを守ろうとしているのかもしれないわ。どんな軍務規定だろうと、クリストファーをこの場所に留めておけるとは思えないもの。上流階級を閉じ込めるなんてできるわけがない。ペローンに分別があれば、ティージェンスを庇うことがわたしを得る道でないことがわかるでしょう。…でも、あの男に分別なんかあるはずがないわ。…それに、同性間の連帯意識は恐ろしく強いものだから。…シルヴィアは自分自身、男を得るために女の秘密を暴露したりはしないことを知っていた。それでは…どうやってあの女がこの街にいないことを確かめられるだろう。どうやって?…彼女はティージェンスが毎夜、女の家に戻っていくところを想像した。…でも、今夜は、自分と一緒に過ごすことになる。…彼女にはそれがわかっていた。…この屋根の下で…女とのマンネリを解消するために…

シルヴィアは今、そこにいる彼を想像した。…街の頂上の、列車から見える小さな別荘の一つの客間のなかに。…そう、二人は、疑いなく自分のことを話しているだろう。筋肉がひきつり、椅子の上で身悶えた。…見つけ出してやらなければ。…でも、どうやって見つけ出すか。普遍的陰謀に抗って。…この戦争全体が「愛の家」なのだ。…たくさんの女を陵辱したいときに男は戦争に行く。…戦争はそのためにある。…この狭い場所に群がる男たちは…。シルヴィアは立ち上がった。

「サックス令夫人の宴会に行くのにちょっとお化粧をしてくるわ。…嫌なら、あなたはすぐに帰っていいのよ。…」自分は会う人の顔をどれもじっと見つめるだろう。クリストファーが街のどこにミス・ワノップを囲っているかが明らかになるまでは。ミス・ワノップのそばかすだらけの獅子鼻の顔がクリストファーの頬に押しつけられるところを想像した。――頬に当たって押しつぶされると言ったほうが適切かも。…シルヴィアは調べることにした。…

Ⅱ章

シルヴィアは早速調査を進める機会を見つけた。その夜、晩餐の席で、ティージェンスが兵長と電話で話すため部屋から出ていっている間、彼女は、血色の良い頬をし、灰色のまっすぐに伸びた大きな口髭を生やし、葉脈のように皺が寄った軍服を着た、小売商人と見紛うような男と向かい合わせに座っていた。…とても信頼のおける小売商人、ときどき灯油を供給してもらう角《かど》の雑貨店主といった感じの男だった。…その男がシルヴィアに言った。

「奥さん、もし二千九百なんぼかに十を掛けたら、二万九千なんぼかになります…」

そこでシルヴィアは大声をあげた。

「本当に主人のティージェンス大尉は昨日の午後を二万九千の足の爪を検査するのに使ったって言うんですの。…それから二千九百本の歯ブラシの検査に。…」

「わたしは大尉殿に言ったのです」と彼女の話し相手は大真面目に答えた。「こいつらは植民地軍ですから、歯ブラシを検査する必要はそんなにありません、と。…帝国軍ですと、医務官に綺麗な歯ブラシを見せようと、ボタンを磨くためのブラシを歯を磨くのに使いたがるのですが。…」

「まるで」とシルヴィアが少し身震いして言った。「あなたがたは皆、ゲームをしている学童みたい。…主人はそんなことを一心不乱にやっているってわけね。…」

　カウリー少尉は、この午後、軍需品補給所で買った新品のサムブラウンベルトの吊り紐が十年近く使っているズボンのベルト――これは素晴らしい革のベルトだった――とぴったり合っていないことが気になっていたが、それにもかかわらず、平然と答えた。

「奥さん、たとえ軍隊の脳がその足にないとしても…軍隊の命はその足にあります。…それに最近は歯にあると医務官が言っています。奥さん、あなたのご主人は立派な将校です。自分が送り出す分遣隊の足の指が外側に曲がることは決してないと言っておられます。…」

　シルヴィアが言った。

「三時間を費やした…と言うのね。足と道具一式の検査に。…」

　カウリー少尉が言った。

「もちろん、道具一式については、他の将校も手伝いました。…しかし、足はすべて大尉殿が自分で点検されました。…」

　シルヴィアが言った。

「それに二時から五時までかかったわけね。…それからお茶を飲んだのでしょう。…それから取りかかったのね…何と言うのかしら…分遣隊の書類に。…」

　カウリー少尉が、生やしている口髭に消されて聞き取りにくくなった声で言った。

「もし大尉殿が手紙を書くことに関して些か怠慢であるとしても…わたしはそう聞きましたが…わたし自身も結婚していて…娘がいます…ですが、陸軍の人間は皆、手紙を書くのがあまり得手ではないのです。その点、有り難いことにわたしたちには海軍がある、と言えますね、奥さん。

…」

シルヴィアは彼の困惑のなかにミス・ワノップがルーアンにいる痕跡を摑めるのではないかと、もう一言二言、彼がためらいがちに話すがままにさせておいた。

それから彼女は鷹揚に言った。

「もちろん、あなたはすべてを説明してくれましたわ、カウリーさん。とても感謝しています。…もちろん、主人には余すところのない手紙をしたためる時間がないのでしょう。…女の尻を追いかけ回す若い軽薄な下級将校たちとは違って…」

カウリーは大笑いしながら声をあげた。

「大尉殿が女の尻を追いかけ回す、ですって。いやはや、大尉殿は、この大隊を預かって以来、わたしの目の届かないところに行かれたことは指折り数えられるくらいしかありませんよ！」

深い憂鬱の波がシルヴィアを襲った。

「いやはや」カウリー少尉は笑い続けた。「大尉殿は雌鶏が腐った卵の上にしゃがみこむようにわたしたちの面倒をみると、わたしたちは笑っています。どんなに良く言ったところで、ここは俗に言う、ちゃらんぽらん部隊にすぎないのですから。大尉殿より以前の司令官を見てご覧なさい。…ブルックス少佐がいました。正午までやって来ないし、二時半には野営地から出て行ってしまいます。それまでに報告書を用意しなければ、決して署名してくれないのです。…それにポッター大佐。…驚いたことに、ポッター大佐はまったく書類に署名しようとしないのです。…このホテルに滞在していて、わたしたちが野営地で姿を見かけることはまったくありませんでした。…ですが、大尉殿は…まるで近衛歩兵第一連隊[1]の分遣隊を送るチェルシーの副官のようだって、わたしたちはいつも言っています。…」

シルヴィアは悠長で上品な美しさをもって——彼女は自分が悠長で上品な美しさを示していることを知っていた——テーブルクロスの上に屈み込み、やがてティージェンスに対する猛烈な非難を持ち出すためにさまざまな話題を求めて聞き耳を立てていた。今の場合、礼儀に叶うのは…もし比類なき美女が相手なら、男はその女にのみ心を傾けなければならないということだった。…自然がそれを要求するのだから。そばかすだらけの獅子鼻の女の子のために男がその美女に不実になるまでは。もちろんそれは反動で、ある意味、それはまだ、男がその女に心を傾けていることを意味するのだ。しかし、大隊のために女を裏切るなんて！…それは無作法で、自然の理に反している。…クリストファー・ティージェンスともあろう男が、ここで会う男たちと同レベルにまで落ちぶれてしまったとは！…

部屋のテーブルの間をふらふらと歩いてきたティージェンスは、電話ボックスから出てきたばかりで、いつも以上に近よりがたい感じだった。疲れきった塊《かたまり》である彼は、シルヴィアと少尉との間のよく磨かれた椅子に滑るように腰かけた。ティージェンスが言った。

「洗濯物の手はずは整えた」シルヴィアは歯の間からシーッという小さな音を出した。復讐の喜びを示すためだった。これは確かに大隊に対する真情の曝露だった。ティージェンスが付け加えて言った。「明日の朝は、四時半までに野営地に出なければならない」

シルヴィアはこう言わざるをえなかった。

「こんな詩があるじゃない？…『ああ、夜明けよ、夜明け、何と訪れが早いことか！』もちろんベッドのなかの恋人たちの言葉でしょうね。——誰が書いた詩でしたっけ？」

カウリーは見たところ髪の付け根まで、いや、どうやらそれを越して真っ赤になった。ティージェンスはカウリーへの話に決着をつけた。カウリーは、分遣隊を行進させる将校がつかまらないだろうからと言って、ティージェンスがそんなに早く野営地に出ることに異議を唱えたのだが。それから、ティージェンスはいつものゆっくりした口調で言った。

「中世には、こうした折り返し句のついた詩が、とてもたくさんあった。君はおそらく後に誰かが訳したアルノー・ダニエル[2]の朝の歌を考えているのだろう。朝の歌は、恋人たち以外誰もおそらく歌いそうにない夜明けに歌われた歌だった。……」

「明日の朝四時に野営地で声を張り上げて歌う人があなた以外に誰かいるのかしら」シルヴィアが訊ねた。

シルヴィアはそう言わざるを得なかった。……彼女にはティージェンスがわざとゆっくりとした尊大な態度をとって、一緒にテーブルに就いているグロテスクな人物に、困惑を克服するための時間を与えようとしているのがわかっていた。そのことで彼女はティージェンスを憎んだ。誰かの困惑を隠すために自分自身を尊大なだけの馬鹿者に見せるどんな権利が彼にあるというのか。

少尉は困惑から抜け出し、実際ポンと膝を打って大きく声をあげた。

「その通りですよ、奥さん。……大尉殿は何でもご存知だ！……訊ねられて答えられない質問など、大尉殿にはこの世に何一つありません。野営地ではそう言われています。……」少尉は野営地でティージェンスが答えたあらゆる質問について長い話を続けた。……

激しい感情がシルヴィアの全身を襲った。……ティージェンスがすぐ近くにいることによって。彼女はひとりごちた。「この状態が永遠に続くのかしら」両手は氷のように冷たかった。右手の指を左手の甲に当てた。手の甲は氷のように冷たかった。両手を見た。血の気がなかった。彼女はひとりごちた。「これは純粋な性欲よ…純粋な性欲だわ。…ああ、神様、わたしにはこれを克服することができないのかしら」彼女が言った。「神父様！…あなたは以前クリストファーのことを好いていらしたわね。…わたしがこれを克服できるようにどうかマリア様にお願いして下さい。…これが彼の破滅、わたしの破滅の元なのだから。いや、待って。止めて頂戴。…だって、これはわたしの生き甲斐だもの。…」彼女は言った。「彼が電話ボックスからふらふらと戻ってきたとき、わたしは大丈夫だと思った。…彼はまるで重い揺り木馬のように見えると思ったわ。…二分間は。…なのに、再び、あの激しい感情がわたしの全身を襲ってくる。…唾を飲み込みたいのだけれど、飲み込めない。喉が機能してくれないのよ。…」

シルヴィアは、白いむき出しの腕の一方をテーブルクロスの上にもたせ、未だ上機嫌な鼻声で話しているセイウチの口髭のほうへと向けた。

「学校では皆、彼のことをソロモン王と呼んでいたわ」と彼女は言った。「でもね、ソロモンの問いのなかに彼が答えられなかった問いが一つだけあるの。…それはね…男が…ああ、処女を取り扱う方法よ！[3]　九十六日前の…いえ、九十八日前の夜明け前に何が起こったか彼に聞いてみるといいわ。…」

シルヴィアがひとりごちた。「わたしは言わざるを得ないの。言わざるを得ないのよ」

元特務曹長は嬉しそうに大声をあげた。

「いやあ、誰も大尉殿がそうした読心術者の一人だと言っているわけではないのですよ。…大尉殿がおもちなのは人と物に対する現実的で健全な知識です。生まれながらの軍人でないことを考えると、大尉殿の兵たちに対する知識は何とも見事なものです。ですが、生まれは紳士であっても、毎日兵たちと交われば、兵たちのことがよくわかるというものでしょう。巻ゲートルのなかに至るまで、微に入り細を穿ってね。…」

ティージェンスはまったく無表情にまっすぐ前を見据えていた。

「痛いところを突いてやったわ」とシルヴィアは自分に向かって言い、それから元特務曹長に向かって言った。

「でもね、わたしが思うには、軍の将校は――あなたの言う、生まれながらの紳士は――休暇から戻るための列車がどこかの大きな駅から――例えば、パディントンから――前線に向かって出発するとき、すべての兵士がどう感じるかは知っているでしょうけれど…夫人が…あるいは恋人が…どう考えるものかはわかっていないのではないかしら…」

彼女はひとりごちた。「やんなっちゃうわ。わたしは何て要領が悪くなってしまったのかしら。…以前なら一言で彼の面の皮を剝いでやることができたのに。今じゃ、一度にたくさんの文句が必要なんだから」

彼女は遮《さえぎ》られることのない言葉をカウリーに向けて発し続けた。「もちろん彼は一人息子に二度と会えなくなってしまうかもしれないから、感じやすくなっているでしょう。パディントン駅にいる将校のことだけれど…」

彼女はひとりごちた。「ああ、あのろくでなしが、もし今夜わたしに屈しなければ、二度とマイケルに会わせてやるもんですか。ああ、でも痛いところを突いてやったわ。…」ティージェンスが両目を閉じ、彼の血色のよい左右の小鼻のまわりには白い三日月が現われ始めた。そしてそれが大きくなっていった。…シルヴィアは突然恐怖を感じ、伸ばしていた腕でテーブルの縁を摑み身体を支えた。…男たちは気を失いそうなとき、こんなふうに鼻のところが白くなる。…彼女はティージェンスに気を失って欲しいわけではなかった。…しかし、彼にはパディントンという言葉の意味がわかっていた。…九十八日前という意味が。…彼女はあれ以来毎日、日数を数えていたので…それだけの情報をもっていた。…彼女は夜明けに家の外でパディントンと言い、彼はそれを別れだと受け取った。…今や若い女と好きなことができると想像した。…だが、実際そうはならなかった。…小鼻のまわりが白くなったのはそのせいだった。…

カウリーが大きな声をあげた。

「パディントンですって！…休暇から戻る列車が出るのはそこではありませんよ。B・E・F（英国海外派遣軍）が前線に赴くのも…パディントンからではありません。グラモーガンシャー連隊はパディントンから兵站部へと向かいます。…そしてリヴァプール連隊は…バーケンヘッドに兵站部があります。…いや、チェシャー連隊でしたっけ？…」カウリーはティージェンスに訊ねた。「バーケンヘッドに兵站部があるのは、リヴァプール連隊でしたっけ、それともチェシャー連隊でしたっけ、大尉殿。…わたしたちがペナリーにいたときにそこから新兵を募ったことを覚えておいででしょう。…とにかく、バーケンヘッドにはパディントンから行きます。…わたし自身そこに行ったことはありませんけれど。…良いところだと言われていますね。…」

シルヴィアが言った——言いたくはなかったが…

「とても良いところです…でも、永遠に留まりたいとは思いませんわ。…」

ティージェンスが言った。

「チェシャー連隊がバーケンヘッドの近くにおいているのは訓練場だ——兵站部ではない。そして、もちろんR・G・A（王立砲兵連隊）の訓練場もそこにある。…」シルヴィアはティージェンスから顔をそむけた。…カウリーが大きな声をあげた。

「話をほとんど脱線させてしまいましたよ、大尉殿」ととても陽気に。「大尉殿は覗き見している人たちを締め出してしまいました。…」カウリーはシャンペングラスを持ち上げて、シルヴィアのほうに身体を傾けた。そして「奥さん、大尉殿のことは許してあげなければいけませんよ」と言った。「昨夜は一睡もしていないのです。…主にわたしの過失のせいなんです。…大尉殿はそのことで親切にしてくださっています。…本当に、奥さん、わたしは大尉殿のためならば、ほとんど何だってしてあげたい気持ちです。…」彼はシャンペンを飲み、説明を始めた。「奥さんは、今日がわたしにとって素晴らしい日であることを知っておられないかもしれません。…それに奥さんと大尉殿がこの日をわたしの人生でもっとも素晴らしい一日にしてくださっているのだということを。…今朝の四時には、この破滅の街ルーアンにわたしほど惨めな人間はおりませんでした。…でも、今は…それでも、わたしは不幸な——惨めな——病気にかかっていることを奥さんに話さなければなりません。祝賀の席では気を付けなければならないような病気に、です。…ですが今日はわたしの祝うべき日でした。…しかし、わたしはルドゥー特務曹長がたくさんの古い仲間たちと一緒にいるところでそうする勇気がなかったのです。…勇気がなかった…勇気が！」と彼は話を締めくくった。「ですから、わたしは今、まさにこの瞬間、寒い野営地に一人で座っていたかもしれません。…奥さんと大尉殿がおられなければ…あの寒い野営地に。…すみません、奥さん」

シルヴィアは自分の瞼が突然瞬くのを感じた。

「わたし自身も寒い野営地にいたかもしれませんわ」とシルヴィアは言った。「大尉の情けに縋らなかったならば！…今もバーケンヘッドに。…わたしはたまたま三週間前までそこにいたんです。…あなたがその地名を口にするとは不思議だわ。…世のなかにはしるしのようなものがあるものなのね。…あなたはカトリック教徒ではないのでしょうけれど。偶然の一致ではなさそうね。…」

シルヴィアは震えていた。化粧用コンパクトを手間取りながら開き、それに付いた小さな鏡を覗き込んだ。――コンパクトは、浮き出し模様が付いたとても薄い金でできていて、同心円をなす彫刻のなかに、忘れな草のような小さな青い石が嵌っていた。ドレイクが――マイケルの父親かもしれない男が――彼女にくれたものだった。…彼が彼女に初めてくれた品物だった。シルヴィアは反抗心から今夜これをもってきていた。ティージェンスがこれを嫌うものと想像したのだった。…シルヴィアは息をはずませて自分自身に言った。「たぶん、これは不吉の前兆よ。…」ドレイクは彼女の初めての男だった。…熱い吐息の獣だった！…小さな鏡に映る彼女の顔は真っ白だった。…「わたしの顔はまるで…わたしの顔はまるで…金色の薄絹を纏っているかのよう。くいしばった白い歯の間から荒い息を吐いて。顔は歯と同じほどに白い。…そして…その通り！ほぼその通りよ！…唇も。…この顔を何かに例えるとすれば何になるでしょう？…バーケンヘッドの修道院の礼拝堂に、全部雪花石膏でできた墓があったわ」…彼女はひとりごちた。

「あの男は気を失いかけた。…わたしも気を失いかけているわ。…わたしたちの間にあるこの忌まわしいものはいったい何なのかしら。…もしわたしが自分に失神することを許したら？…それでもあの男の無表情な顔が少しでも活気づくことはないでしょうけれど！…」

シルヴィアはテーブル越しに身体を傾け、元特務曹長の黒い毛が生えた手をポンと叩いた。

「本当に」とシルヴィアは言った。「あなたはとてもいい人ね…」彼女は「寒い野営地」という言葉を思い出し、目から涙が溢れるのを止めようとさえしなかった。…「あなたの言う大尉殿が、あなたを寒い野営地に置いてこなくてほんとに良かったわ。…あなたは彼にぞっこん惚れ込んでいるのでしょう？…でも、彼が置いてけぼりにしている他の人たちもいるのよ…あの…寒い野営地に。…罰として。…」

元特務曹長も目に涙を溜めて言った。「C・Bつまり営内蟄居を命じられる兵たちもいます。営内蟄居とは、野営地からの外出禁止のことですが。…」

「ええ、いるでしょうね」シルヴィアが大きな声をあげた。「いるでしょうね！…女性たちもよ。…きっとそういう女性たちもいるのではないかしら」

特務曹長が言った。「陸軍婦人補助部隊の隊員たちのことでしょう。…わかりませんね。…女たちの懲罰もわれわれとほぼ同じだと言われています。…時間に基づいています！」

「女たちは大尉殿のことをどう言っていたのかしらね。…」とシルヴィアは言い、次いでひとりごちた。「あの堅苦しい愚かな獣《けだもの》が、ここでこうした話を聞きながら座っていて、楽しんでくれているのを神に祈るわ。神の母、聖処女マリア様、どうか彼がわたしを受け入れてくれますように。真夜中になる前に。十一時より前に。…これを済ませたらすぐに…これを…いいえ、彼はまともな普通の人よ。…ああ、聖処女マリア様！」…そして言った。「女たちが大尉殿のことをどう言っていたかご存知でしょう？　イングランド一金持ちの銀行家が彼についてこう言っているのを聞いたわ。…」

特務曹長が眼を大きく見開いて言った。「奥さんがイングランド一金持ちの銀行家をご存知ですって。…でも、その点、大尉殿が縁故に恵まれていることをわたしたちはいつも知っていました。…」シルヴィアが続けた。「彼らが彼について話していたとは…彼はいつも彼らを助けていたんだわ」…「神の母、聖処女マリア様！…彼はわたしの夫よ！…それは罪じゃないわ…真夜中より前に。…ああ、わたしにみしるしをお与えください。…あるいは…終戦までに。…もしみしるしをお与えくださるなら、わたしは待つことができるでしょう」…「彼は高潔ぶったスコットランドの学生たちを、没落した上流の人たちを助けました。…それに姦淫の罪で捕まった女たちを。…この人たち皆を。…まるで…誰かさんのように…彼が手本とした誰かさんの。…」彼女はひとりごちた。「忌まわしいわ！…彼が楽しんでいるならそれでいいのだけれど。…彼が考えているのは、自分が貪り食おうとしている雌ガモのことばかりみたいじゃない」それから声に出して言った。「よく言われていましたわ。『彼は他の人たちを救った。自分自身を救わなかった(4)』って。…」

元特務曹長がシルヴィアに厳しい眼差しを向けた。

「奥さん」と彼は言った。「大尉殿については、必ずしもそうは言えませんよ。…思うに、それはわれわれの救い主について言われたものです。…大尉殿は、助けることができそうな哀れな奴がいたら、そいつを必ず助けるだろうと、わたしたちは言っていたんです。…しかし、部隊は司令部から絶えず地獄のような猛攻撃を受けていました。…」

突然、シルヴィアが笑い出した。…笑い出しながら、思い出した。…今思い出した…バーケンヘッドの尼僧の礼拝堂のなかの雪花石膏の像は、トレメイン＝ウォーロック侯爵夫人が横たわる墓だったことを。…夫人は若い頃に罪を犯したと言われていた。…彼女の夫は彼女を決して許さなかった。…そう尼僧たちは言っていた。…シルヴィアは声に出して言った。

「みしるしよ…」それから心のなかで。「聖処女マリア様！…あなたはそれをわたしの首に与えてくださった。…それでも、あなたは御子の父の名を挙げることができなかったわ。わたしには二つの名を挙げることができてよ。…ああ、気が狂いそう。…わたしも彼も気が狂ってしまう。…」

シルヴィアは大きな赤いシールを左右の頰に叩きつけることを考えた。それから、それはあまりに芝居がかっていると思った。

シルヴィアは喫煙室で、ティージェンスとカウリーが電話から戻ってくるのを待っている間、もう一つの誓いを立てた。…今度は天国にいるコンセット神父に向けての誓いだった。コンセット神父は――それに絶対確実に、天のもう一方の権威も――クリストファーを煩わせたくないと思っていると彼女はかなり強く確信していた。…彼が戦争に従事し続けることができるようにするためなのか、あるいは彼が天の権力者たちにとって好ましい少し鈍い男だからなのか…とにかく、何かそういったことによって。…

このときまでには、彼女はかなり落ち着いてきていた。人は激しい感情を何時間にも渡って持ち続けることはできない。とにかく、彼女の場合、比較的冷たい感情がいつも同じように残るにしても、感情の激発は周期的かつ発作的だった。…そこで、この午後、クリストファーがサックス令夫人の家に入ってきたときには、シルヴィアはすっかり落ち着いた状態にあった。サックス令夫人がお茶をふるまう大きな八角形の青っぽい客間のなかで、クリストファーは何人もの英国とフランスの将校たちの間をふらふらと歩いて渡り、シルヴィアの脇まで来ると――ほんの少し頭を下げただけの――わずかなお辞儀をした！…ペローンは気難しい公爵夫人の背後に逃げ出した。白髪で、先端が緋色の金の服を着た、立派な出で立ちの将軍もまた、シルヴィアのもとに押しかけてきていた。…将軍はペローンが彼女と一緒にいるのを見ると、鼻をすすったり、鳴らしたりしていたが、同時に貴族の青年に話しかけていた。――この青年は新しいベルトを締め青い服を着た色の黒い男で、フランス軍元帥のお抱え運転手をしている、ちょっとばかり芝居がかった言動をする男だったが、花嫁となる娘にとっては従兄で、両親と祖父母を除けば一番近い親戚だった。…

将軍はシルヴィアに、自分は意図的にこの場をうまく仕切ろうとしているのだと言った。というのも、それによって英仏協商[5]が強固になるかもしれないと思っているからだと。しかし、実際、将軍の思惑はそううまく行っていないように見えた。フランス人たちは――将校も兵士も女たちも――部屋の一方の側に固まり、英国人はもう一方の側に固まっていた。フランス人たちは男も女も概して予想以上にふさぎ込んでいた。シルヴィアが紹介された人たちのうちのある侯爵が――一同は皆ナポレオン親派の新興貴族[6]だというのがシルヴィアの理解だった――公爵夫人の意見は正しいと思うと述べ、またそれを述べた相手がフランス語を解さないペローンだったため、ペローンが口に比べ舌が突然大きくなったかのようにむせ返ったことで、面目躍如たる働きをしたくらいのものだった。

シルヴィアは公爵夫人の発言を聞いていなかった。――公爵夫人はソファーに座り、心労でやつれ邪険な感じの不快な人物だった。シルヴィアは正統なフランス貴族のために身に付けておくようにと学校で習ったが、新興貴族に対してもかなりの風格をもって使えると考えた丁重な態度で、身体を傾け、いささかの疑いもなく、その件は公爵夫人のおっしゃる通りですと答えた。…例の侯爵が黒い目をちらっとシルヴィアのほうに向けたので、シルヴィアは、わたしはあなたの主人たちに与えられる食肉よ、ということを確かに伝える長く冷たい視線を返した。それは彼を恐れ入らせた。…

ティージェンスはシルヴィアとの出会いを著しくうまく演出した。これは彼にもできそうな、活力を要しない事柄だった。そこでシルヴィアは、十秒余りの間、彼には感情や情緒があるのかしらと疑った。あるということはわかっていたけれども。…いずれにせよ、将軍が満足そうに彼らのもとに押しかけてきて、こう言った。

「ああ、君たちは今日、事前に会っていたようだね。…事前に会う時間の都合がつけられるとは思わなかったよ、ティージェンス。分遣隊を送る仕事は確かに厄介だったろうからな。…」

ティージェンスは無表情に言った。

「ええ、事前に会いました。時間の都合をつけ、シルヴィアのホテルを訪ねたのです、将軍殿」

ティージェンスのおぞましい無表情や状況に自らをすっかり合わせられる能力を見て、最初の激しい感情の波がシルヴィアに押し寄せた。…そのときまでは、この部屋に彼ほど人前に出して恥ずかしくない男はいないと単に冷笑的に考えていた。…ここに紳士と呼べる人間は一人もいないと。…フランス人を評価することなどできるはずもないことだから。…絶対に！…しかし、突然、彼女は絶望しつつあった。…彼女は心のなかで思った。どうしたらこの木偶の坊の心を動かし、激しい感情を吹き込むことができるかしら。それは羽根が一杯詰まったマットレスを動かすようなものだわ。一方の側を引っ張っても、全体が撓んで下に下がり、まったく動かないから、ついには引っ張る力も出てこなくなる。…体からすっかり力が抜けてしまったかのように。…彼は邪眼か、何か特別な御守りの持ち主のようだった。驚くほどに有能であり、驚くほどにいつでも写真の中央にいた。

　将軍が喜々として言った。

「それでは、ティージェンス、ちょっと時間を割いて、公爵夫人に話してくれないか。石炭について。…お願いだから、君、急場を救ってくれ。わたしはもうクタクタだ。…」

　シルヴィアは下唇の内側を噛んで、声をあげないように自分を抑えた。――彼女は決して唇自体を噛まなかった。――この時点で自分が声をあげるのは、まさに、ティージェンスのためにやってはならないことだった。…シルヴィアは将軍がうやうやしく説明するのを聞いた。公爵夫人がこの全式典を停滞させているのは石炭の価格のためなのだ、と。シルヴィアは意識した。将軍は自分のことをたまらなく愛している。自分シルヴィアのことを！　初老の将軍に極めてふさわしい態度でだが。…それでも、自分のためならば、少なからず度を越すようなこともしてくれるだろう。彼の妹もまた！

　シルヴィアは意識を正常に戻すために部屋を凝視した。そして言った。

「まるでホガースの絵[7]のようね。…」

　フランス国民が何としてもすべての個人資産に保たせようと目論む十八世紀の溶解不能な雰囲気が、その情景を奇妙にもまとめ上げていた。ソファーに公爵夫人が座り、親類の者たちが夫人に凭れていた。彼女はボーシャン＝ラディグとかいった、まったくありそうにない名をもつ公爵夫人だった。青っぽい部屋は八角形で、天井中央のバラ形装飾を頂点とするアーチ形の天井が付いていた。まるで公爵夫人が日没に海を照らす太陽であるかのように、その左側に明白な存在感を示す英国の将校や救急看護奉仕隊員が広がり、右側にフランスの軍人とあらゆる年代の、しかし皆未亡人らしい、黒衣を着た女性たちが広がっていた。公爵夫人の横のソファーに座るサックス夫人の姿は見ることができなかった。花嫁になる人が公爵夫人に凭れている姿も見ることはできなかった。太り気味で見苦しく、冷淡で悪意をもち、灰色のツイード地でできているかもしれないと思えるほどにみすぼらしい黒衣をまとった公爵夫人は、太陽が星々を隠すように他の人間の姿を消し去っていた。やや太り気味の、髪にオイルを塗り、平服に緋色のバラ飾りをつけた男が、公爵夫人の右側に横向きに立ち、ダンスに誘うかのように両手を前方に差し出した。これも明らかに未亡人と思えるずんぐりした女性が、こちらもまたダンスに誘うかのように、黒い手袋をはめた両手を公爵夫人の左側に差し出した。

シルヴィアを隣にした将軍は、もっとずっと小さな部屋の開けっ放しの戸口へと続く空きスペースの中央に華々しく立っていた。戸口からは白いダマスク織りの布が掛かったテーブルが見えた。銀メッキされたインク壺は雷文で飾られ、そこにペンが差してある様はまるでハリネズミのようだった。膨れた平たいレザーケースは書類を運ぶためのものだった。二人の公証人がおり、一方は黒い服を着て、太っていて、頭が禿げていた、もう一方は青い制服を着て、キラキラ光る片眼鏡をかけ、褐色の口髭を絶えずひねっていた。…

あたりを見回していると、シルヴィアはその滑稽さに心なだめられ、ついで将軍が言うのを聞いた。

「公爵夫人はわたしの腕につかまってあのテーブルまで歩いていき、合意書に署名することになっているのだ。…わたしたち二人が最初に署名することになっているのだよ。…だが、彼女は署名すまい。石炭の値段のせいでな。彼女は何マイルにも渡って続く温室をもっているようだ。そして英国が石炭の値段を吊り上げたと考えている。あたかも…畜生、彼女の温室のストーブを消させるために我々がそうしたかのようにな」

公爵夫人は、自国の同盟国はフランスを荒廃するがままに任せ、彼女が生きていく上で絶対に必要な食糧の価格を吊り上げ、彼女の青春の花を殺害した悪意ある人々の国であるとする底意地の悪い、冷淡で、冷静な、割って入ることなどできない演説をしたらしかった。公爵夫人と言い争うことはできなかった。経済のことがわかりフランス語を話せる英国人が誰もいなかったからだった。そこで公爵夫人は明らかに不動のまま、そこに座っていた。彼女は結婚の契約に署名するのを拒みはしなかった。ただ、テーブルまで行こうとはせず、もし書類が彼女のもとへもってこられることになれば、それは、それに続く結婚が法的に認められるものとはならないことを意味するのだった。

将軍が言った。

「さて、クリストファーはいったい何を見つけて公爵夫人に話すことやら。あいつはのべつまくなしにしゃべりまくるから、何かを見つけるだろう。だが、いったい何が見つかるだろうか？…」

クリストファーがまさしくやるべきことをやる姿を見て、シルヴィアは胸が詰まる思いだった。

彼は通路を通って太陽のような存在の公爵夫人に近づいていき、夫人の前に頭と両肩を使って小さく無様な切り込みを入れ、頭を下げるというよりは膝を曲げながら腰をかがめるようなお辞儀をした。彼は公爵夫人をとてもよく知っているようだった。…世のなかの誰であれよく知っているように。まずは公爵夫人に向かって微笑み、それから適度に厳粛な顔つきになった。それから、賞賛すべき、とても古めかしいフランス語を話し始めた。身の毛のよだつような英語のアクセントを交えて。シルヴィアは彼がフランス語を一語でも知っていようとは思っていなかった。――自分自身は実際フランス語をとてもよく知っていたが。まったくシャトーブリアン[8]が話しているのを聞いているようだわ――もしシャトーブリアンが英国の狩猟が盛んな地方で育ったとしたらだけれど――とシルヴィアは心のなかで言った。…もちろん、クリストファーの場合は、地方の素封家であることを誇示するために英語のアクセントを際立たせるのだわ。そして正確に話そうとする。――英国のトーリー党員は望めば世のなかのどんなことでもできるんだってことを示すために。…

部屋のなかの英国人たちはポカンとした顔をしていた。フランス人たちの顔は電撃を受けたかのようにティージェンスのほうを向いた。シルヴィアが言った。…

「誰が思ったことでしょう…」公爵夫人が飛び上がって立ち上がり、クリストファーの腕をとった。夫人は横柄に将軍の前を、そしてシルヴィアの前を通り過ぎていった。「これこそまさに、英国紳士ね…あなたのような誇り高き気性の英国紳士になら、期待できると思っていたわ」と公爵夫人は言っていた。

クリストファーは要するに公爵夫人にこう言ったのだ。自分の家族は石炭燃焼温室に資することのできるイングランドでもっとも大きな土地を所有し、公爵夫人の家族は姉妹国であるフランスでもっとも大きな温室の土地を所有しているのだから、同盟を結ぶより良い方法はないでしょう、と。戦争が続く間、さらにその後も公爵夫人がお望みの間ずっと、公爵夫人の温室に、一九一四年八月三日のミドルボロー＝クリーヴランド地方の山元価格で石炭を供給するよう兄の土地管理人に指示します、と。…彼は繰り返して言った。「山元価格です。…わたしの郷《くに》の坑口での取引価格で配送可能です」とフランス語で。これは石炭の価格についてよく知る公爵夫人を大いに満足させるものだった。クリストファーにとっての大勝利は、このとき、まさにシルヴィアがまったく望まないことだったので、彼女は将軍にクリストファーは社会主義者なのだと言おうと心に決めたのだった。そうすれば将軍の彼に対する評価を一段か二段引き下げることができるだろうと思ったのだ。将軍がティージェンスの腕をポンポンと叩いて、石炭の価格について異を唱えるでもなく即決した男への賞賛を示したことは、シルヴィアには耐え難いことだった。しかし、晩餐の後、喫煙室でそのことを思い返してみると、このときまでには自分が何を望んでいるかがずっとよくわかってきて、彼女は自分が本当にやりたいことをやったのかどうかすら確信がもてなくなっていた。実際、八角形の部屋で署名に続くささやかな宴が行われていた間でさえ、彼女は自分がしたくもないことをやったわけでないと確信するどころではなかったのだった。

将軍がシルヴィアに向かって嘆声を上げたことがそもそもの始まりだった。

「いやあ、君の亭主はなんとも不可解な奴だな。…わたしの話し相手のすべての将校のなかで群を抜いてみすぼらしい軍服を着ている。ひどく金に窮しているとも言われている。クラブ宛ての小切手が戻されたという噂さえ耳にした。それでいて、あんなに豪勢な贈り物をしてしまう――

レヴィンを十分間の居心地の悪さから救ってやるためだけに。本当にあいつのことが理解できたらいいと思うんだが。あいつには、どんなことであれ、もっともひどい混乱から救い出す確かな才能がある。…いやはや、わたしにとっても役に立ってくれてきた。それでいて、あいつはもっとも忌まわしい混乱のなかに事態を落とし込む確かな才能ももっている。…君は若いから、ドレフュス[9]の名は聞いたことがないだろう。…だが、わたしはクリストファーのことを正真正銘のドレフュスだといつも言っているんだ。あいつが最終的に陸軍からたたき出されたとしても、わたしは驚かないね。そういうことになって欲しくはないが！」

シルヴィアがこう言ったのは、そのときだった。

「クリストファーが社会主義者だって考えが頭に浮かんだことはありませんこと？」

人生で初めて、シルヴィアは、夫の名付け親をグロテスクだと思った。将軍は、口をあんぐりと開け、白髪は乱れ、金箔のオークの木の葉模様が入った深紅色のいきな縁なし帽を下に落としてしまっていた。それを拾おうと立ち上がったとき、彼の年老いた顔は紫色をして歪んでいた。シルヴィアはそんなことは言わなければ良かったと思った。言わなければ良かったと。将軍が嘆声を上げた。

「クリストファーが！…社…」将軍はその言葉を発音できないかのように喘いだ。それから言った。「畜生！…あいつのことを愛していたのに。…あいつはわたしのただ一人の名付け子だ。…あいつの父親はわたしの一番の親友だった。…わたしはずっとあいつのことを見守ってきた。…もしあいつの母親がわたしを選んでくれたら、わたしは彼女と結婚していただろう、…畜生、わたしの遺言には、妹に遺すわずかな品と指揮した連隊に遺すホルンの収集品を除いたすべての残余遺産の受取人にクリストファーを定めてあるのだ。…」

シルヴィアが将軍の——二人は公爵夫人が去ったあとのソファーに座っていた——前腕をポンポンと軽く叩いて言った。

「でも、将軍…名付け親である…」

「それがすべてを説明するね」と将軍が痛ましいほど悔しそうに言った。白い口髭は垂れ下がり、小刻みに震えていた。「そして、さらにずっと悪いことは——自分の考えをわたしに伝える勇気があいつにはないってことだ」将軍は話すのを止め、鼻を鳴らし、大声をあげた。「必ずや、わたしはあいつを軍隊から叩き出してやる。…必ずそうしてみせる。…それくらいのことは、わたしにもできる。…」

将軍が悲しみのせいで自分の殻に閉じこもってしまったので、シルヴィアはもうそれ以上何も言えなかった。

「君はあいつがワノップの娘を誘惑したと言うんだね。…世のなかであいつが一番誘惑してはならなかった娘だ。…何百万も別の女がいるじゃないか?…君のことはお払い箱かね?…ワノップの娘をタバコ屋に置いておくと同時に。まったくもって、もう少しであいつに金を貸すところだった…あいつに金を貸すことを申し出るところだったのだ。女のことで間違いを犯す若い男は許せよう。…わたしたちは皆そうなのだから。…我々の若い頃は、皆、タバコ屋に女を置いたものだ。…しかし、畜生、もしあいつが社会主義者なら、状況は一変する。…もしあいつが社会主義者でなければ、ワノップの娘にちょっかいを出したことも許されよう。…だが、まったくもって、それが卑しい考えの社会主義者のすることかね。…わたしを除けば、父親のもっとも古くからの友人の娘を誘惑するだなんて。…ひょっとしたら、ワノップのほうがわたしより古くからの友人だったかもしれないが…」

将軍は少し冷静になった。――彼はそれほど馬鹿ではなかった。彼は歳を感じさせない鋭い青い目でシルヴィアを見た。

「なあ、シルヴィア。…君は、今日の午後ここで上辺を取り繕っていたのとは違って、クリストファーとうまくいっていないのではないかね。このことは詳しく調べてみなければなるまい。国王陛下の士官の一人に対して申し立てられた深刻な告発だからね。…女は夫とうまくいってないとき、夫の悪口を言うものだ…」それから、君のほうが悪いと言っているのではないのだと将軍は言葉を続けた。もしクリストファーが小柄なワノップの娘を誘惑したのだとすれば、君が彼を傷つけたいと思うのも当然だ。わたしはいつも、君のことを、名誉を重んじ、真っ正直な、馬に乗ってキツネ狩りに行くときのように真っ直ぐに突き進んでいく人だと思っていた。夫に小言を言いたいのなら、細かな点が必ずしも真実でなくても、それは女性の権利の範囲内だ。例えば、君はティージェンスが最良の二組のシーツを盗んだと言った。シルヴィアの友人である自分の妹も、一緒に住んでいる家からわたしが何かをもち出そうとすれば大騒ぎするだろう。髭剃り用の鏡を自分がマウントビーからもち出したときは、凄い剣幕で喧嘩を売ってきた。女はセットの品を揃えたがる。多分君もセットでその二組のシーツをもっていたのだろう。妹はウォータールーの戦い[10]の日付がついたリンネルのシーツをもっている。…一式揃っている品を台無しにしたくないと思うのは当然のことだろう。だが、話が脱線したな。そう言って、将軍は真剣に話を締めくくった。

「わたしには今この問題に立ち入る暇はない。あと一分たりとも執務室を空けておくわけにはいかんのだ。きつい毎日だ。…」彼は言葉を切って、本国の首相と内閣に対して一連の激しい呪いの言葉を発した。さらに続けて言った。

「それでも、この問題に立ち入らないわけにはいくまい。…わたしの時間が親族のこうした問題に費やされねばならないとは、胸を張り裂かれる思いだ。…だが、ああいった手合いの狙いは軍隊の心臓を蝕むことだ。そうした手合いは、下士官兵に将校を射殺してドイツ軍に寝返るように勧めるパンフレットを何千枚も配ると言われている。…君は本気でクリストファーが組織に属していると言っているのかね。君はいったい何を話し続けているのだ。それに、どんな証拠があるというのだ。…」

シルヴィアが言った。

「文民としてはイングランド最大の資産の一つを相続する人間だというのに、一ペニー硬貨にさえ触ることを拒んでいるっていうのがその証拠ですわ。お兄さんのマークが言っていました。『クリストファーは、ああ、一年ごとに信じがたい額の金を得ることができただろうに』って。…でも、クリストファーは、わたしにグロービー邸を譲ってしまったわ。…」

将軍はいろいろな考えを照合するかのように頷いた。

「もちろん、財産の受け取りを拒むのは、そうした手合いであるしるしだ。だが、もう本当に、行かねばならない。…しかし、あいつがグロービー邸に住むつもりがないのは、もしワノップの娘と家を構えようとするなら…いやはや、あの土地の人々の前に娘をひけらかすわけにはいかんからかもしれないな。…それにあのシーツに関しては！…君が言ったように、あいつは放蕩のせいで素寒貧《すかんぴん》になったように見える。…しかし、あいつがマークからの金を拒否しているなら、それは別問題だ。…マークなら眉一つ動かさずに数百組のシーツを埋め合わせてくれるだろう。…もちろんクリストファーの発言には異常なものがある。人生の深刻な問題に対してあいつが不道徳な見方をすると君が不平を言うのをわたしはよく耳にしてきた。…君はあいつが不健康な子供はガス室送りにすべきだと話したと以前言っていたね」

将軍は大きな声をあげた。

「行かなければ。サーストンがわたしのことを見ている。…だが、いったいクリストファーは何が言いたかったんだ。…畜生、あいつの心の底には何があるんだ。…」

「あの人はね」とシルヴィアが言った。彼女は自分でも気づかないうちにそう言っていた。「我らが主に倣いたいと望んでいるのよ。…」

将軍はソファーに凭れた。そして鷹揚なといっても良いような口調で言った。

「我らが主とは…誰のことだね？」

シルヴィアが言った。

「我らが主イエス・キリストですわ。…」

将軍はシルヴィアに帽子の留め金で突かれたかのように跳びあがった。

「我らが…」彼は大声をあげた。「これはたまげた！…あいつは頭が少々いかれているとわたしはいつも思っていた。…だが…」将軍はぶっきらぼうに言った。「すべてのもち物を貧乏人にくれてやるとは！　だが、我らが主は断じて…断じて社会主義者ではなかった！　主は何と言われたか。カエサルのものはカエサルに、だ。主を軍からたたき出すことは不必要だろう。…」彼は言った。「こいつはたまげた！　本当にたまげた！…もちろん、あいつの哀れな母親は少し…だが、止めておこう。…ワノップの娘だと！…」極度の不快が将軍を襲った。…ティージェンスが内側の部屋から出て来る途中で、彼らのほうにやって来ようとしていた。

ティージェンスが言った。

「サーストン少佐が探しておられます、将軍殿。大至急とのことです…」将軍は王室の紋章に描かれた一角獣が世に生を得たのを見たかのように、ティージェンスを凝視した。将軍は大声をあげた。

「サーストン少佐だと！…わかった、わかった！…」そしてティージェンスが「将軍にお尋ねしたいのですが…」と話しかけると、将軍はまるで襲撃を恐れるかのようにティージェンスを押しのけ、動揺した小股の急ぎ足で去っていった。

こうして、シルヴィアは、将校たちや、明らかに申し分なく体裁はよいがクスクス笑いすぎる女性たちですし詰めの喫煙室に座り――こんな場所や状態で待っているように求められるとは思ってもいなかったティージェンスと元特務曹長の帰りを待っていた。――殊に元特務曹長のことは自分が待っているように求められる部類の男だとは思ってもいなかった。がしかし、彼女はこれまでも長い間、ティージェンスの被保護者である不快なサー・ヴィンセント・マクマスターのことをあらゆる食事の席で、あらゆる場所で、我慢してこなければならずにいた。夫が贔屓にすると決めた、鼻声を出す、神経質な、セイウチに似た口髭を生やした、東洋人みたいにこびへつらう被保護者を、そういう事情で事実上彼女のものとは言えない彼の家に入れることは…もちろんクリストファーだけが行使できる権利だった。…だが、シルヴィアは、ティージェンスが特務曹長を将校任官のお祝いに食事に招いたとき、夫は自分と食事をするつもりはないものとすっかり信じた。それは人をまごつかせるほどのティージェンスの鈍さだった。それでも、別のときには、彼は人の考えを寸分違わず読んで、もっとはるかに人をまごつかせることができた。…しかし、実際問題、マクマスターのような鼻をすする小役人兼批評家と食事をするよりは、絶対的に低い階級の者と食事をするほうが、シルヴィアにはずっとましだった。それにクリストファーの面の皮を剝ぐという点で、特務曹長は大いに彼女の役に立った。…そこで彼女はここに座り、天国にいるコンセット神父に新たな誓いを立てたのだった。

　コンセット神父のことは大いに彼女の心に引っかかっていた。というのも、今、彼女は神父を絞首刑に処した英国陸軍当局のなかにいたからだった。…これまでは、こんなに取るに足りない、不快な、人前に出せそうにない、馬鹿笑いする学童たちのなかにいたとしてもそんなことはなかったように思えた。そのことが、彼女に敵愾心を抱かせ、重荷となってのしかかった。これまでこうした連中のことは無視してきた。だが、この場所では、この連中は一貫性、纏まり…生命といったものをもっているように思えた。…彼らは、長靴や洗濯物やワクチン接種の証明書のようなものども――古い缶詰の缶さえあった！――にいかがしく、かつ見苦しく占拠された部屋部屋を、忙しく出入りしていた。若白髪で、青白く不健康な顔色で、ベルトの上下で軍服が膨れ上がった男が、酸味入りドロップとタバコを販売するこの市のすべての露店を管理する婦人の応接間に入っていき、髪の薄い、驚くほど赤い鼻をした男に――男の鼻は、鼻柱から鼻孔の上側に下る対角線を境に紫色と緋色にくっきりと分かれていた――やっと缶詰の缶を処分しましたと言った。

彼はそれを大声をあげて繰り返さねばならなかった。というのも、赤鼻の男は俯いたまま、まったく何も聞いていなかったからだった。耳の悪いその男は、フムフム、フンフンと言った。お茶を入れている女が——本国で会っている可能性もある、ターボルトン出身のヘマーディーン夫人だったが——上隅に忘れな草が付いた二十帖の便箋をやっと手に入れることができたと言っていると、耳の聞こえない男は無愛想に途切れなく、兵舎に新しく入った緩慢燃焼ストーブ用に二万トンのオガ屑が至急必要だと独り言を言い始めるのだった。

明らかに何かが動いているようだった。…すべてが一つの方向に。体ばかりが大きくて不格好な学童たち——運動場の隅で弱くて運の悪い誰かをいじめようと待ち構えている、陰険で気の利かない第六学年の学童たち——が、全世界ほども広い運動場の片隅で、コンセット神父と出会い、彼を絞首刑にしたのだ。そして、もし神父が自分の苦しみをその時その場で天の神に捧げたならば、きっと彼はもうすでに天国に行っていることだろう。…あるいは、まだ天国に行っていないとすれば、煉獄のなかにある魂はまだ苦しみの最中にあって、その声は聞き入れられていないということになるだろう。…

そこで彼女は言った。

「神の祝福を受けた殉教者の神父様、あなたがクリストファーを愛し、彼を苦しみから救おうと願っているのは知っています。わたしはあなたに誓います。この部屋に入ってきてからずっと、わたしは一点に、自分の膝に、注意を集中してきました。わたしはクリストファーを苦しめるのを止めて、ウルスラ女子修道会(11)の尼僧院に入り、死ぬまで静修することにいたしましょう。もう一方の修道院の尼僧たちは我慢なりませんけれど。…きっとあなたはお喜びになるでしょう。あなたはいつもわたしの魂を思ってくださいましたから」シルヴィアは言葉通りにするつもりでいた。もし部屋のなかを見回し、そのなかに人前に出しても恥ずかしくない男が一人でもいたならば。人前に出しても恥ずかしくないこと以外、求めるものは何もなかった。男との関係を求めているわけではなかったから。男は獲物ではなく、みしるしとなるはずのものだった。

シルヴィアは死んだ聖職者に、この世に人前に出しても恥ずかしくない男がいるか確かめるために世界中を歩きまわるわけにはいかないが、ずっと修道院にこもり、他の女たちにとって人前に出しても恥ずかしくない男が世のなかに一人もいないという考えを抱いているのも耐えられないと説明した。…他の女たちにとってクリストファーは役に立たないだろう。彼は永遠にワノップの娘に夢中になってボーッとして時を過ごすだろうから。あるいはワノップの娘の思い出に夢中になって。どちらでも同じことだ。…彼は「愛」に満足するだろう。ベッドフォード・パークでワノップの娘が自分のことを愛してくれていることがわかれば、ヒマラヤ山脈が二人を隔てるカイバル地方にいようとも、彼はすっかり満足することだろう。それはそれなりに正しいことだろうけれど、他の女たちの助けにはならないわ。…その上、もし彼が人前に出しても恥ずかしくないただ一人の男ならば、女たちの半分は彼に恋するでしょう。…それは悲惨なことよ。なぜなら、彼は、太らせるために牛舎に繋がれた去勢牛さながらにまったく女たちに反応を示さないでしょうから。

「だから、神父様」とシルヴィアは言った。「奇跡を起こしてください。…小さな奇跡であってはなりません。たとえ人前に出しても恥ずかしくない男が存在しなくても、出現させてくださらなければ。…わたしが視線を上げるまで、十分の時間を差し上げますわ」

自分はかなり公正にふるまっているとシルヴィアは思った。というのも、自分は完全に本気なのだから、と心のなかで言った。この宴が始まるより以前に、この細長くて薄暗い、緑色の笠のついたランプに照らされた、もちろん椰子の葉が茂る、釣り合いが悪いガラス張りの部屋を、たくさんの人前に出しても恥ずかしくない男が通っていったように、今この部屋にそうした男が現れたなら、自分は残りの人生を静修のため修道院で過ごすことにいたします、と。

シルヴィアは腕時計に眼をやった後、ボーっとした恍惚状態に陥った。彼女は…コンセット神父が彼女の宗教的助言者であった学校時代からずっと…よくこうしたボーっとした恍惚状態に陥ることがあった。今は、神父がこの部屋のなかを歩き回り、本を上げたり下ろしたりするのを意識しているかのように見えた。…亡霊である友人が！…あらあら、いつも汚らしく見える横幅ったい無邪気な顔、大きくて黒い目、大きな口、人前に出すには充分に恥ずかしいわ。…それでも聖人であり殉教者なのよ。…シルヴィアは神父がそこにいるのを感じた。いったい何のためにあの連中は神父を殺したのだろう。半ば狂い、半ば酒乱の准大尉の命令で彼は絞首刑にされたのだ。謀反人たちが逮捕される前の夜に、そのなかの何人かの告白を聞いたためだ。…神父は部屋の離れた隅にいた。…シルヴィアは神父が言うのを聞いた。わたしを絞首刑にした連中は理解していなかったのです、と。あなたはおっしゃりそうね、神父様。…彼らをお許しください。彼らは何をしているか、わからずにいるのです[12]、と。

ならば、わたしのこともお許しください。二度に一度は自分が何をしているのかわからずに、それをしているのですから。…これは神父様がわたしにかけた呪いのようなものですわ。ロップシャイトで。わたしが衣服ももたずにあの場所から戻ってきたとき、そこには母もいました。あなたは母に話したのですね。でも母がわたしに話してくれたのは後になってからでした。あの哀れな男、クリストファーにとって、本当の地獄は若い娘と恋に落ちるときにやって来るでしょう――必ずや、そうなるでしょう、と。というのも、女は――つまり、わたしのことだけれど――あの男を奪うためになら世界を引き裂くだろうから、とね。…そして母があの子は下品なことはしないと信じていますと言ったとき、あなたは頑固に同意なさらなかったのよね。…わたしのことがわかっていたのね。…」

シルヴィアは奮起して言った。「神父様にはわたしのことがわかっていた…まったくもう、わたしのことがわかっていた、ですって。旧姓サタースウェイトたるシルヴィア・ティージェンスのどこが下品だっていうの！　わたしはしたいことをするだけよ、誰にとってもそれで上等じゃない。聖職者は別でしょうけれどね。下品ですって！　お母さんがあんなにもわかっていなかったとは。もし私が下品なら、それは目的あっての下品なんだから。だから、それは下品ではない。それは悪であるかもしれないわ。悪質ではあるかも。…でも、故意に大罪を犯すならば、それは下品ではないわ。永遠の地獄の業火を浴びる危険を冒すことですもの。…上等よ！」

倦怠と神父の存在が、再び彼女の上にのしかかった。…彼女は再びロップシャイトにいた。ペローンのもとを去ってから三十六時間後、神父と母親とともに、薄暗い居間のなかに。鹿の枝角が飾られ、ロウソクの明かりに照らされて神父の影がヤニ松の壁と天井に映り揺らめいていた。…そこはドイツの深い森のなかの魅惑的な場所だった。神父その人が、ここはヨーロッパで最後にキリスト教化された場所だと言っていた。おそらく、だからこそ、こうした深い、悪魔がはびこる森から来た人々、ドイツ人は、こうしたあらゆる邪悪なことをするのだろう。あるいは、これは邪悪なことではないのかもしれない。…正確にはわからない。だが、神父が自分に呪いをかけたのかもしれなかった。…彼の言葉は彼女の頭から離れなかった。確かに。俗に言われる言葉を使えば、頭の隅に残っていたのだ。…

一人の男が彼女の近くにふらふらと歩いて来て、言った。

「ご機嫌いかがですか、ティージェンス夫人。ここであなたにお会いできるとは思いも寄りませんでした」

シルヴィアが答えた。

「時々クリストファーの世話をしなければなりませんから」男は一分ほど学童のようににやにや笑いを浮かべてシルヴィアにまつわりついていたが、やがて物体が深い水のなかに沈むようにふらふらと去って行った。…コンセット神父が再びシルヴィアにつきまとった。シルヴィアは大きな声をあげた。

「でも、大事な点は、神父様…これが公正なことかどうかということですわ」すると神父が疑念を引き起こさせる恐ろしい力を込めて、「それはどうですかな」と囁いた。…シルヴィアは言った。

「クリスファーを見たとき…昨夜だったかしら…そう、そう、昨夜のことだった…彼は坂を登って引き返すところだった…わたしはにやにや笑うたくさんの兵卒たちに彼のことを話していたのよ…彼を怒らせるために。…召使の前では大騒ぎを演じてはならないっていうのにね。…疲れ果てた鈍重な男。…坂道を下りてきて、また登って行った。ちょうど向きを変えたとき、探照灯が点けられ…わたしの頭には白いブルドッグのことが思い浮かんだのだったわ。死んだ日の前の晩に、わたしが鞭で打ちのめした獣…疲れ果てた、物静かな獣だった。ふっくらした白い尻の。…

疲れ果てた。…尻尾は折り曲がって切株状になっていて見えなかった。…大きな、物静かな獣だった。…獣医さんは、押し込み強盗たちが鉛丹を飲ませたのだと言っていたわ。…鉛丹で死ぬのは苦しいでしょうね。…肝臓を蝕むから。…二週間で良くなるだろうと思っていたのに。でも、いつも体は冷たくて…血管が凍りつくかのようだった。…それで、哀れな獣は、家のなかに入り暖炉のそばへ行こうと、犬小屋を出たのだわ。…それで、わたしは、クリストファーと一緒ではなく一人でダンスパーティーから戻り家に入ったとき、この犬が戸口にいるのを見つけたのよ。…サイの皮の鞭を取って、激しく打ちつけてやったわ。…裸の白い獣を鞭打つことには快感があった。…肥満して沈黙した獣を。…クリストファーのような。…わたしは思った。クリストファーはたぶん、…今夜、…そうした思いが、わたしの脳裏をよぎった。…犬は頭《こうべ》を垂れた。英国の百科事典のすべての誤った情報の入る余地があると以前クリストファーが言っていた大きな頭を。犬は言った。「見込みはまったくない！」…「救われたいと思うけれど、決してそうはならないだろう」犬は言っていた。「見込みはまったくない」真っ黒な灌木の茂みのなかの雪のような白。その色が灌木の茂みの下を通って行った。…朝、そこで死んでいるのが見つかった。…どんな姿だったか神父様には想像もつかないでしょうね。肩越しに首を回した姿。後ろを振り返り、わたしに「見込みはまったくない」と言っているみたいだったわ。…黒っぽい灌木の茂みの下で。ニ…ニ…ニシキギ、って言うんじゃなかったかしら。華氏氷点下三十度の気温のなかで、すべての血管が裸の皮膚の表面に浮き出した状態で。…地獄の第七圏[13]ね。凍てついた空間。…この種の白さのブルドックでは最後の種付け用のオスだった。…ティージェンスがグロービーのトーリー党員の家長の最後の種付け用の男として期待されているような。…我らが主を模範とする。…それでも、我らが主は結婚しなかった。…性の話題には触れなかった。…我らが主にはそれが幸いだったのだ。…

シルヴィアが言った。「十分経ったわ、神父様…」そしてダイヤモンドに挟まれ、星印で飾られた腕時計の丸い文字盤を見た。そして言った。「何てことなの！…たった一分しか経っていないじゃない。…たった一分で今のことすべてを考えたのね。地獄が果てしなく続くところかもしれないことが理解できるわ。…」

ひどく疲れ切ったティージェンスと今ではとてもおしゃべりになった元特務曹長のカウリーが、ヤシの木の間にぬっと姿を見せた。カウリーが言った。「我慢なりませんね。…十一時に分遣隊を整列させ直すなんて。…」二人は椅子に座り込んだ。シルヴィアはティージェンスのほうに手紙の束を差し出した。彼女は言った。「これに目を通してくださらない。あなたの居場所が摑めなかったので、あなた宛の手紙を家からわたしのところへ送ってもらったのよ。…」そう言うと同時に、シルヴィアはコンセット神父が見ているところではティージェンスを見据える勇気が自分にないことを悟った。そこでカウリーに言った。「大尉が手紙を読む間、一分か二分、静かにしていましょう。…もう一杯、リキュールはいかが？……」

それから、シルヴィアは少し身を屈めたティージェンスがワノップ夫人から来た手紙の封を切り、それからマークから来た手紙の封を切るのをじっと見つめた。

「やんなっちゃうわ」彼女は言った。「わたしはあいつが望むものを与えてしまった。…もうわかったようね。…住所を見たから…あの人たちがまだベッドフォード・パークに住んでいるってことが。…彼はそこにいるワノップの娘を考えることができる。…いままでは彼女がどこにいるのかわからなかったのにね。……あの場所で彼女とベッドに入るところを想像するでしょう。……」

　知性溢れる横幅ったく立体感のない浅黒い顔に、聖人かつ殉教者として祝福の聖油を塗られたコンセット神父が、ティージェンスの肩越しに身を乗り出した。……神父はクリストファーの背に息を吹きかけていたに違いない。母によると、神父は真夜中の十二時からミサを挙げるまでの時間はオークションブリッジができないので、プレーしている母に向かっていつもそんなふうにしていたということだった。

　シルヴィアが言った。

「いいえ、頭がおかしくなるのとは違う。……これは視神経の疲れのせいよ。……クリストファーが説明してくれたわ。ケンブリッジ大学の数学優等卒業試験の首席一級合格者になるため計算をしていて、目がとても疲れてきたとき、十八世紀のドレスを着た女性が文机の引き出しのなかを覗いているのが見えたことがよくあったと。有難いことに、クリストファーはわたしに何でも説明してくれる。……彼を離すもんですか。……決して、決して、離すもんですか……」

　だが、神父の幽霊の重要さがひしひしと感じられるようになったのは、それより何時間か後のことで、それまで彼女は別のことに心を奪われることになった――さまざまな感情や行動に。まずは、ティージェンスが兄からの手紙をほとんど読まないうちに顔をあげて言った。

「もちろん、君がグロービーに住むことになる。……マイケルと一緒に。……当然、適切な契約がなされるだろう。……」ティージェンスはさらに手紙を読み進め、緑色の笠が付いたランプの下の椅子に座り込んだ。……

　その手紙がこう始まっていることをシルヴィアは知っていた。「おまえのあばずれ女房はわたしがひょっとしておまえに支給するつもりかもしれない配当金を自分のほうに回させようという考えをもってわたしに会いに来た。もちろん彼女がグロービー邸を手に入れることはできるだろう。わたしはこれを貸すつもりはないし、自分で面倒を見るつもりもない。その一方、おまえはあの娘とグロービーに住み、商売をやりたいと思うかもしれない。わたしがおまえなら、そうするね。その場合、おまえはおそらくあの場所が、何というか、言うならば、村八分になると思うのだろう。…だが、あの娘がおまえの愛人でないということを忘れていた。この前おまえに会ってから何も起きていなければの話だが。…それにおそらく、おまえはマイケルがグロービーで育てられることを望むだろう。その場合、おまえはあの娘をあそこに置いておくわけにはいくまい。彼女を女家庭教師に見せかけるとしても、だ。少なくとも、そうした取り決めはいつも悪い結果を招く。そういったことは必ず悪臭を放つものだ。ユーリックのクロスビーがそんなことをやらかしたことがあったが、あのときは誰も大して気にしなかった。…だが、グロービーの子供たちにとっては汚らわしいことだ。もちろん、もしおまえが妻にグロービーを譲りたいのなら、おまえの妻は立派に家を切り盛りするのに充分なものをもたねばならず、支出はべらぼうに増加するだろう。だが、我々の収入も少なからず増加する。ある人たちとは違ってな。わたしが主張する唯一のことは、あのあばずれに、わたしが彼女に渡すものは何であれ、たとえ際限のない法外な金であれ、一文たりともわたしがおまえに受け取って欲しいと願う分から出るものではないということをはっきりさせておきたいということだ。つまり、あの頬紅を塗りたくった女に――あるいはあれが素顔のままなのかもしれんが――おまえの取り分は、あの女が我々の父親の跡継ぎの母親として、また、父親の跡継ぎが当然与えられるべき生活水準を維持できるようにするために、吸い上げる額とはまったく別物だということをはっきりさせておきたいということだ。あの男の子は自分の子だとおまえは満足しているようだな。だが、当人を見ると、そうは思えない。しかし、あの子がおまえの子ではないにしても、わたしたちの父親の跡継ぎであることに変わりはないのだし、そういうものとして取り扱わねばならない……

だが、これだけははっきりさせておく。驚いたことに、あの売女がわたしのところにやって来てな、わたしがおまえにやるつもりだった額を差し引いてはと提案したのだ。――おまえに思い出せといっても仕方あるまいが、父親の遺言によっておまえに完全な権利がある額だ――畜生、おまえの行動を承認しなかったしるしとして、それを差し引けと言うんだ。わたしにとって名誉なことだと誇れないようなおまえの行為は何一つないのにだ。少なくとも、この件に関しては。おまえは今いるところ以外のところにいたほうが、もっと国のために役立つとわたしは思わざるを得ない。だが、おまえには自分の良心が自分に求めるものがわたしよりよくわかり、あばずれ女どもがおまえのことをあまりにも打ちのめしたので、どんな穴であれ、穴のなかに逃れられることを嬉しく思っているのだろう。だが、穴のなかでむざむざと死んではならない。グロービー邸の面倒をみなければならないのだし、たとえおまえ自身がそこに住まないにせよ、サンダースか誰か他の管理人として選んだ者を厳しく監督しておくことは必要だ。おまえが自分の名前を名誉として与えた――ありがたいことにそれはわたしの名前でもある――あの卑劣な女は、もしグロービーに住むことを認めてもらえるなら、母親も一緒に住まわせたいと抜かしやがった。そうすれば、母親が敷地の面倒を立派に見られるでしょうからと言ってな。そこで、わたしは、それはそうだろうが、あなたの母親は自分の邸を人に貸さなければならなくなるだろうと言ってやったよ。それはほとんど誰でも同じことだろうがね。いずれにせよ、母親は頭の良い立派な女のようだ。あの恥ずべき娘には伝えなかったが、おまえを見送った直後の朝食時に母親が訪ねてきて、驚いていた。「あの女は炉辺にかがんで、しゃべっていっただ」って、庭師のゴブルズがよく言っていたのをおまえは覚えているだろう。いい奴だった。ランカシャー出身だったが！　母親は娘に幻想を抱いておらず、徹頭徹尾おまえに味方している。おまえが出て行ったことにひどく動揺していたよ。何より、自分の娘がおまえを国から追い出したことに、そしておまえが××（これは禁句だ[14]）に当たろうとしていることに。決してそんなことになることなかれ。

昨日おまえの彼女に会った。やつれて見えた。だが、もちろんわたしは彼女に数回しか会ったことがなく、いつもやつれて見える。だが、どうしておまえはあの人たちに手紙を出さないのだ。母親が騒ぎ立てているぞ。おまえが何通もの手紙に返事をくれず、スイスの雑誌に載せる予定の記事に必要な軍事情報を送ってこないと言っている。…」

シルヴィアはそこまで手紙を暗記していた。というのも、バーケンヘッドの近くの修道院の耐え難い白い部屋のなかで、彼女は二度、何か人前に出す機会があったときのための控えとして、その手紙をそっくり書き写し始めたからだった。しかし、ここまで書き写した時点で、二回とも、よく考えてみれば、これは公正なことではないという考えに圧倒された。その上、手紙のそれ以降の部分は――ざっと目を通すと――ワノップ夫人にかかわることがほとんどすべてを占めていた。マークは彼なりの朴訥な言葉で、ワノップ夫人が今や自分たちの父親が遺した遺産から収入を享受しているにもかかわらず、永遠に残る小説を書くことにすぐに取りかかれずにいることを心配していた。マークは、自分は小説のことなど何も知らないが、と付け加えていたけれども。

クリストファーは緑の笠が付いたランプの下で彼宛ての何通もの手紙を読み進めた。元補給係軍曹が何か言葉を言おうとしたが、ティージェンスが手紙を読んでいることを思い出して、見せつけるかのように黙り込んだ。クリストファーの顔はまったく無表情だった。昔、朝食時に統計局から送られてきた報告書を読んでいたとき同様だった。兄が彼女に適用した形容辞について謝るのが適切だとクリストファーは思うかしらと、シルヴィアはぼんやりと考えた。おそらく、そうは思わないわね。手紙を開封した彼女が、内容に責任をもつべしと考えるでしょう。とにかく、何かそういったことを。相対的には静かながら、ドシンと打つ音やガタガタと鳴る音が存在し始めた。カウリーが言った。「また敵機襲来だな！」何組かの二人組が部屋から出ていく途中、彼らの前を通り過ぎていった。あの人たちのなかに人前に出しても恥ずかしくない男は、確かに誰一人いなさそうね。あまりにも年寄りか、あまりにも気が利かない、鼻が不釣り合いで口が半ば開いた青二才ばかりだもの。

手紙を読んでいるクリストファーの頭によぎる思いを辿ることで、シルヴィアにはかなり違った気分が誘発されていた。彼女自身の頭のなかの映像は、どちらかと言えば、マークに会いに行ったときの彼の薄汚い部屋の映像だった。――そしてまた、ベッドフォード・パークにあるワノップ母娘《おやこ》が住む薄汚い部屋の外側の映像だった。…それでもシルヴィアは未だ神父との約束を意識し、腕時計を見て、もう六分経過したことを知った。少なくとも百万長者で、おそらくははるかにそれを上回るマークが、こんなに薄汚いアパートに住んでいるのは――そこの主要な装飾品はと言えば、インク壺やペン立てや文鎮として据え付けられている、数頭の今は亡き優勝馬の蹄だった――そして青白い卵がトロッとかかる厚切りのハムのみの陰気な朝食しか彼がとらないことは、驚きだった。…彼女もまた、母親同様、朝食時にマークを訪ねたのだった。母親はクリストファーのフランス行きを見送った後だったからであり、彼女のほうは、眠れぬ夜を過ごした後で――一連の不眠の三日目だった――セント・ジェームズ公園を散歩していて、マークのアパートの窓の下を通りかかったとき、ミス・ワノップとのゴタゴタについて兄にすっかり知らせることで、クリストファーに害を与えられるのではないかという考えがたまたま頭に浮かんだからだった。そこで、シルヴィアは衝動的に、グロービーに住みたいという強い気持ちとそれに伴う今以上の財力の必要をでっち上げたのだった。というのも、彼女はかなり裕福な女だったが、グロービーに住み、それを維持していくほどには裕福でなかったからだった。その広大な旧宅は部屋の空間のためのためではなく――彼女が覚えている限りでは、四十部屋から六十部屋くらいあるに違いないが――馬小屋や井戸やバラの遊歩道や垣根が入り組んだ巨大な古い敷地のために広大だった。男のための邸で、実際、家具はとても厳《いか》めしく、一階の廊下には大きな石が敷かれている。そこで、シルヴィアは、暖炉の前の椅子の背の上にタイムズ紙を置いて乾燥させながら、手紙を読んでいるマークのもとを訪ねたのだった。――マークは湿った新聞を読むと風邪をひくという一八四〇年の考えを保ち続けている男だった。彼のいかめしい、引き締まった、古い椅子から彫られたような、褐色の木でできたような顔立ちは、会見の間じゅう、まったく感情を表さなかった。マークはシルヴィアのためにもっとハムエッグをもってこさせようと提案し、グロービーに行ったならどんな暮らしをするつもりかと一つ、二つ質問した。それ以外、彼はワノップの娘がクリストファーの子を産んだというシルヴィアの情報については何も言わなかった。――シルヴィアは、少なくともこの会見までは、話の種としてその旧聞に固執していたのだが。彼はまったく何も言わなかった。一言も。…マークは、会見の終わりに、立ち上がり、隣の部屋から山高帽と傘を取り出し、もう仕事に行かなくては言うと、ほとんど何の表情もみせずに、取引に関しては手紙のなかに書かれていることをシルヴィアに提案した。家をやるのは構わないが、あなたには理解してもらわなければならない。今では父親が亡くなり、自分は子供のいない公務員で、ロンドンで自分の性に合った仕事に従事している。グロービーは実質的にクリストファーのもち物だ。しかるべき品位をもって維持してくれる限り──きっとそうしてくれるだろうが──あいつが好きにしてもらって構わないのだ。だから、もしあなたがそこに住みたいのなら、クリストファーにその許可をもらってきてもらわなければならない。さらに、マークは提案の真意を覆い隠すような平静さで付け加えた。シルヴィアはマークの家を出て通りをかなり遠ざかってから、はじめてその驚きに息を飲んだ。──

「もちろん、あなたの言うことが本当なら、クリストファーはひょっとしてミス・ワノップとグロービーで暮らしたいのかもしれませんな。もしそうならば、彼はそうすべきだ」というマークの言葉のせいだった。そう言うと、マークはシルヴィアに感情のこもらない手を差し出し、浴室に面していると思われる曇りガラスからしか明かりが差し込まない薄汚いぶざまな正面の廊下を通って、かなりせかせかと彼女を戸外へと導いたのだった。

実際、シルヴィアはそのとき初めて、浮き浮きした気分と沈んだ気持ちとを同時に味わいながら、その結合によって自分が何と戦っているのかを自覚した。というのも、マークのところに行ったとき、彼女はルーアンにいるクリストファーが病院に入ったという知らせに半狂乱になっていて、病院当局は、最初は電報で、ついで手紙で、ご主人は胸を患っているだけだと彼女に請け合ったにもかかわらず、シルヴィアは赤十字の当局がどの程度、負傷者の親族を欺くものなのか、あるいは欺かないのか、まったく知らずにいたのだった。

だから、彼女がクリストファーにできる限りの傷を負わせたいと思うのは当然のことに思えた。クリストファーがおそらく苦しんでいるという思いは、さらにまたできる限りの苦しみを付け加えてやりたいという願いを彼女に抱かせたのだった。…もちろん、そうでなかったなら、彼女はマークのところに行かなかっただろう。…というのも、それは戦略の誤りだったからだ。それでも彼女はひとりごちた。「いまいましい！…戦略に誤りがあったからと言って、何だって言うのよ。戦略なんて構うもんですか。…」彼女は時のはずみで、やりたいことをしただけだった。…

今やシルヴィアはしっかりと認識した。クリストファーがマークをどうやって説き伏せたのか彼女は知らなかったし、そんなことはどうでも良かった。だが、確かに彼はそうしたのだ。彼の父親は確かに、息子について流れた噂に心を痛めて死んでいった――ラグルズという男とほとんど同じくらい効果的に、しかしさらに無責任な醜聞として、彼女が流した噂のせいだった。それはクリストファーを打ちのめすことを意図したものだったが、代わりに彼の父親を打ちのめしてしまった。…しかし一方、クリストファーは十年間会っていなかったマークを説き伏せた。…まあ、そんなところだろう。クリストファーには一点の汚れもなかった。それは事実だった。そしてマークは北部の基準では薄ら馬鹿に見えたが、決して馬鹿ではなかった。彼は実際、威厳ある官僚だった。シルヴィアは普通どんな官僚もまったく高く評価しなかったが、もしマークのような男が生まれつき人前に出して恥ずかしくない男たちのなかで確かにもつべき地位をもち、ある省の長であり、絶対的に必要不可欠であるならば、誰もその男のことを無視できないように思えた。…実際、マークは手紙の後のほうのもっと無駄話風の部分で、自分は準男爵の位を提供されたが、それを拒否したことに賛同して欲しいとクリストファーに求めていた。自分が死んだ後、おまえはそんな忌まわしい爵位を欲しくないだろうし、自分も自分のせいであの売女がティージェンス令夫人になると思うと反吐が出そうだと書いてあった。さらに妙な気遣いを示して付け加えていた。「もちろん、おまえが離婚を考えるなら――おまえは当然離婚しないだろうが、わたしはおまえがそうするよう神に祈っている――そしてわたしが死んだ後、その肩書きがあの娘に行くとするならば、わたしは喜んで準男爵の位をもらおう。肩書きが離婚の後で、ちょっとは役立ってくれるだろうからな。…だが、現状では、わたしはそれを拒否して、ナイト爵の位を求めるつもりだ。わたしがサーの称号を拝することに、おまえがあまりにひどく吐き気を覚えることがなければの話だが。…こういうご時世だから、ある種のムカつく知識人たちが行ってきたように叙勲を拒否することは誰もすべきではないというのがわたしの考えだ。というのも、叙勲を拒否するのは国王の顔をひっぱたくようなもので、きっと敵方を元気づけることになるだろうからな。もちろん、あのムカつく奴らはそれを狙ったんだろうが。」

もし自分がクリストファーについて人々に醜聞を広めようと決めたにしても、きっとマークが――それにおそらくワノップ母娘も加わって――彼のことを強く支援するのは明らかだった。…ワノップ母娘について言えば、娘のほうは取るに足らなかった。あるいは、ひょっとしたら、そうでないのかもしれない。始末に負えなくなり、クリストファーを意のままに操ることになるならば。だが、年とった母親のほうは手ごわい人物だった。――辛辣な舌をもち、人々が噂話をするような場所で、ある種の尊敬をもって眺められている。…それは亡き夫の地位のためでもあれば、彼女が書く良識的な記事のためでもあった。…シルヴィア自身、この人たちが住んでいる場所を見に行ったことがあった。…都心から遠い郊外のわびしい通りだった。そこの家々は、いわばタイル張りで――それがわかるくらいには彼女も不動産に通じていたが――上側はタイル、下側はもろい煉瓦、タイルはひどい状態だった。芸術的な見せかけの外観にもかかわらず、本当に古めかしい家々で、絵のような美しさを増すために残されたに違いない古い木々によって暗く陰っていた。部屋部屋は狭苦しく、とても暗いに違いなかった。…極貧の、貧乏神の住処だった。年をとった夫人の収入が減ったので、母娘には、娘が学校の教師として、女学校の体育の教師として稼ぐ給金以外に日々の生活を支えるものが何もないからだと、シルヴィアは理解した。シルヴィアは娘が出てくるかもしれないと思って、二、三回その通りを行ったり来たりしたが、そうするうちに、これは実際、卑劣な行為だという考えが頭をよぎった。…それについては、ゴミ箱のなかで飢え死にしそうなライバルがいること自体が恥ずべきことだった。だが、人間とはそんなものだ。相手が菓子屋に住んでいないことで自分を幸運と考えることもできた。…それから、あの、マクマスターという男は、娘は頭が良く、話がうまいと言っていた。一方、マクマスターの妻となった女は、あの娘は浅はかで、知ったかぶりの馬鹿だと言った。…最後の言葉はおそらく真実ではなかった。少なくとも、娘は長年の間、マクマスターの妻となった女の最も親しい友人だった。あの男女がクリストファーの脛をかじっている間、そして下層中流階級のスノッブでありながら、自分に取り入って社交界に入ることを考え始めるまでは。それでも娘は話がうまく、小柄でも、とても元気で健康であるに違いなかった。良質で質素な品。決してあの娘の不幸を祈ったりはしないわ、とシルヴィアは思った。

信じられないことは、クリストファーがインド諸国の富を自由に使うこともできるのに、彼女をこんなにも見すぼらしい場所に飢えたまま放置し続けていることだった。…しかし、ティージェンス家の人々は倹約家だ。マークの部屋を見ればわかる。…クリストファーも鵞鳥の羽根のベッドに寝るくらいなら床の上で寝るほうがましという考えだ。それに、おそらく娘は彼の金を受け取らないだろう。その考え方は完全に正しい。それは彼を繋ぎ留める方法だった。…シルヴィア自身も倹《つま》しい生活から得られる刺激への理解を欠いてはいなかった。修道院での静修の期間、彼女はどんな隠者よりも固くて冷たい床に寝て、四時の朝課に起床した。

実際、シルヴィアが異議を唱えたのは、そこの調度品や食事ではなかった。——平修女や一部の修道女が揃いも揃って皆、常に身の回りの世話をしてもらうにはあまりにも低い身分の者たちだということだった。そうした理由で、ウルスラ女子修道会に入ることにしたのだった。神父様との約束によって、もし残りの人生の間ずっと修道院にこもって静修をしなければならないとすれば…

巨大な花火がホテルのある通りの坂を下った先の埠頭に当たって弾けたのとほぼ同時に、興奮した防空隊員たちの放った高射砲の音がホテルの前庭で放たれたに違いない近さで聞こえ、シルヴィアの体を揺すった。彼女はこうした学童たちの演習への困惑の気持ちで一杯になった。背の高い、紫色の顔に白い口髭を生やした、さらに嫌なタイプの将軍が戸口に現われ、二つを除いてすべての灯りを消さなければならない、忠告にしたがってどこか別のところに行くようにと命じた。ホテルには良い地下室があった。将軍は部屋のなかを歩き回り、灯りを消していった。群れになった人々が彼のそばを通り抜けて戸口に向かった。…ティージェンスは手紙から視線を上げた――今はワノップ夫人から来た手紙を読んでいた――が、シルヴィアが少しも身動きしないのを見ると、自分も椅子に身を沈めたままでいた。

老将軍が言った。

「立つな、ティージェンス。…座れ、少尉。…ティージェンス夫人ですな…いや、もちろん、あなたがティージェンス夫人であることはわかっています。あなたの顔写真が今週号の…何といったか名前は忘れましたが…記事に載っていましたからな」彼は大きな革椅子の肘掛に腰を下ろし、この街へ来た彼女の向こう見ずな行為が彼にかけたあらゆる迷惑についてシルヴィアに語った。…彼女が書類なしに到着したことにすっかり怯えた参謀の若い将校に、たっぷりな昼食をとった後すぐの昼寝から起こされてしまったことを。それ以降ずっと胃腸の調子が悪いのだと。シルヴィアは大変申し訳ないと謝った。昼食と一緒にお酒は飲まず、お湯を飲むようになさってください、自分にはティージェンスと話し合うべき大変重要な用件があって、成人には書類は必要ないものと思っていたのだと。将軍は彼の任務の重さについて、彼の洞察力によってこの街のなかや兵站線上で毎日捕まえることのできる敵軍のスパイの数について詳述した。…

シルヴィアはコンセット神父の巧妙さに圧倒された。腕時計を見た。十分が経っていたが、薄暗い場所には人っ子一人現れなかった。…神父は――明らかに、誤解し得ないしるしとして――その部屋をすっかり空にしてしまっていた。彼らしいユーモアだった。

確かめるために、シルヴィアは立ち上がった。部屋の向こう端の、将軍が消さずにおいた別の読書灯の薄暗がりのなかには二人の人物がいたが、誰だか見分けがつかなかった。シルヴィアがその人たちのほうに歩いていくと、傍らの将軍が彼女に向けて丁重な言葉をかけた。将軍はシルヴィアに心配はご無用ですと言った。明かりが消えると女にイチャついていく汚らわしい中少尉たちを部屋から追い出す工夫をしただけですからと言って。シルヴィアは、自分は部屋の向こうに行って時刻表を取ってこようとしているだけなのだと答えた。……

二人のうちどちらかが人前に出しても恥ずかしくない男ではないかという彼女の一縷の望みは絶たれた。…二人の男たちの一人は、生え始めたばかりの口髭を生やし、事実上、目に涙を溜めた、若い陰気な准大尉、もう一方の男は、田舎の仕立屋がつくったのに違いない文民の夜会服を着た、初老の、ひどく怒った、頭の禿げた男だった。後者はひどく憤慨していて、言っていることを強調するために両手を叩き合わせていた。

自分のところの若い参謀の一人が金を使いすぎると父親から大目玉を食らっているところだと将軍が言った。若い者は女に囲まれたいのだろう――それは年とった者も同じだ。それを止めることはできやしない。この場所は温床だ…将軍は言葉を途切らせた。シルヴィアはそんなことに将軍が本当に煩わされているとは信じなかった。…ホテル自体に。…醜聞に。…

将軍は彼らのまじめな話し合いの邪魔にならない離れた肘掛椅子でちょっとうたた寝することを許して欲しいと言った。自分は夜半まで起きていなければならないからと言って。彼はシルヴィアにはひどく軽蔑すべき人間であるように見えた。――実際あまりにも卑しむべき男で、神父が部屋を空にするための工作員として雇うことなどあり得なかった。…しかし、みしるしは与えられた。シルヴィアは自分の立ち位置を考えなければならなかった。彼女は天上の神々と戦わなければならない――ということなのか。シルヴィアは両手を握り締めた。

椅子に座るティージェンスの脇を通りすぎるとき、将軍が轟くような声で言った。

「今朝きみのメモを受け取った、ティージェンス。…わたしは言わざるを得ない…」

ティージェンスは重たげに椅子から起き上がると、骨付き羊肉のような両手を半ズボンの左右の脚の縫い目に強張らせて置き、気を付けの姿勢で立った。

「ずいぶんと厚かましいではないか」と将軍が言った。「わたしの部署から送られた告発状に『解決済』などと書きつけるとは。我々は然るべき考慮なしに告発したりはせん。兵長のベリーは特に信頼のおける下士官だ。ああいう人間を手に入れるのは難しい。特にこの前の騒動の後ではな。勇気が要る。間違いなく」

「もし」とティージェンスが言った。「植民地軍を忌々しい徴集兵と呼ばないよう憲兵隊に命じることが適切であると将軍がお考えになれば、問題は解決するでしょう。自治領からの部隊の取り扱いでは我々士官が特に分別をもつようにと言われています。彼らは侮辱にとても敏感だからです」

将軍は突然、煮えたぎる鍋となって、そこから切れ切れの言葉が噴出した。「何と無礼な！　予審軍法会議にかけてやる。おまけに連中は忌々しい徴集兵ではないか」その後、充分に落ち着くと、さらに言った。

「きみの部隊の兵も徴集兵ではないのか。連中はわたしに余計な世話ばかりかける。まるできみがそれを望んでいるみたいにだ…」

ティージェンスが言った。

「いいえ、将軍。わたしの部隊のカナダ人というか、ブリティッシュ・コロンビア人に関して言えば、自発的に軍に入らなかった人間は、ただの一人もおりません。…」

将軍は激昂して、最高司令官の本部で問題の全容を持ち出してやると怒鳴った。キャンピオンが望み通りに処理してくれよう。自分の手には負えん。将軍は怒鳴り散らしながら、彼らのもとを離れようとした。足を止めて、シルヴィアによそよそしいお辞儀をしたが、シルヴィアは彼のほうを見向きもしなかった。将軍は両肩をすくめ、憤然として立ち去った。

喫煙室でシルヴィアが再び自分の思いにふけるのは難しかった。というのも、その晩は学童の悪ふざけとしか思えない軍隊の影響にすっかり染まっていたからだった。実際、充分酔うだけの量の酒を飲んだカウリーが――

「本当に、今夜、烈火老将軍が目を付けたのが大尉殿だったなら、わたしは大尉殿のように酔っぱらっちゃいられないでしょうね」と言うと、シルヴィアは本当に不思議そうにティージェンスに言った――

「あんなイカれた老人があなたに影響力を振るえるなんて本気で言ってるんじゃないでしょうね。…あなたとしたことが！」

ティージェンスが言った。

「ああ、まったく面倒なことだ。こういったことのすべてが…」

シルヴィアは、そのようね、と言った。というのも、ティージェンスが彼の言葉を言い終わらないうちに、当番兵が彼のそばに来て、鉛筆と一緒に何枚かのボロボロになった書類を突き出していたからだった。ティージェンスは素早くその書類に目を通すと、次から次へと署名して、合間合間に言った。

「今は大変なときだ」「我々はできるだけ早く前線に軍隊を集結させなければならない」「それも

人員が絶え間なく変わるなかでだ…」彼は怒りに鼻を鳴らし、カウリーに言った。「あの忌々しい小柄のピトキンズが爆撃の指導教官の職に就いた。あいつに分遣隊を行進させるわけにはいかなくなったってことだ。いったい全体、わたしは誰を派遣したらいいんだ。いったい全体、誰がいるというのだ?…君は知っているだろう、すべての者たちが…」当番兵に聞こえるので、彼は話すのを止めた。あいつは抜かりのない奴だったのに。自分のもとに残されたほとんど唯一の抜かりのない奴だったのに。

カウリーが椅子からのそのそと立ち上がり、食堂に電話をかけて誰がいるか調べてみましょうと言った。…ティージェンスが少年に言った。

「分遣隊の宗教に関する申告書を作成したのはモーガン特務曹長か」

少年は答えた。「いいえ、大尉殿。わたしが作成しました。内容に問題はありません」彼は軍服のポケットから一枚の紙を取り出し、恥ずかしそうに言った。

「もし大尉殿がこれに署名してくだされば…わたしは明日六時にブローニュ行きの陸軍輜重《しちょう》隊の路面電車に乗るつもりです。…」

ティージェンスが言った。

「いや、君に休暇は与えられない。君は手放せない。いったい、目的は何だ」

少年はほとんど聞こえないような声で、結婚したいのです、と言った。ティージェンスはまだ署名しながら言った。「やめておけ。…既婚の仲間にどんなものか訊ねてみなさい!」

カーキ色の軍服を着て顔を真っ赤にした少年は、片方の靴の底でもう一方の靴の甲をこすった。奥様のいる前で失礼ですが、緊急なのです。もう、いつ生まれてもおかしくないのです。あいつは本当にいい女です。ティージェンスは少年の差し出した紙片に署名し、顔を上げずにそれを渡した。少年は俯いたまま立っていた。気まずい雰囲気を断ち切ったのは、部屋の向こう端の電話だった。カウリーが野営地に電話を繋げられずにいた。眠っている将軍にドイツのスパイに関する緊急の伝言が来ていたからだった。

カウリーが大声を上げ始めた。「お願いだから、切らないでください。…お願いだから、切らないでくださいよ。…わたしは将軍ではありません。…わたしは将軍ではありません…」ティージェンスは眠れる古つわものを起こすようにと当番兵に言った。静まった電話口で修羅場が展開された。どこの将校が電話をかけてきたのかと将軍が怒鳴った。…バブリージョックス大尉…いや、カドルストックス大尉だと…何たる名前だ！　それで誰の代理でかけてきたのだ。…誰？代理ではない？…即刻だと言うんだな？…正式な手続きは文書によるということを知らんのか？…即刻の地獄落ちになるがいい！…？…いったい君はどこの所属だ。…カッセル運河のそばの第一軍だと！…さあ、それで…だが、そのスパイはC区域のLにいるのだろう。…フランス文官当局の担当だ。…フランスの文官当局など地獄に落ちるがいい！…おまえも地獄に落ちろ。…フランスの市長もだ。…スパイが乗ったと思われる馬も地獄に落ちるがいい。…それで、おまえが地獄落ちになるときは、第一軍の司令部にそう手紙を書き、見せしめに弾薬帯をかけた馬を添えて送るのだな。…

さらに、たくさんの罵詈雑言が続いた。まだ書類を読んでいたティージェンスは、将軍の反復で電話越しに断片的に伝わってくる話を途切れ途切れに説明した。どうやら、ワレンドンクという場所のフランス文民当局が、英国の制服を着た単独の馬の乗り手の出現に恐れをなしたようだった。騎手は数日間、近辺をとめどなくさまよい、運河の橋を渡りたいようだったが、どこの橋も固く警護されていたのだった。近くには、世界最大と言われる大砲の臨時集積場があり、ドイツ軍はこの集積場に命中させようと地区全体に雨霰と爆弾を落としていた。…どうやら。電話の向こうで話している将校は運河の橋頭堡警備隊の責任者だったが、第一軍の区域にいたので、運河の反対側のスパイを逮捕する組織を担当する将軍を起こすことは、この上なく不適切な行為だった。将軍は彼らの前を通って電話からさらに遠くにある肘掛椅子に戻り、猛烈にこの点を強調した。

当番兵は戻ってきていた。カウリーがもう一杯ブランデーリキュールを煽り、再び電話のところに行った。ティージェンスは書類を読み終え、素早くもう一度読み返した。彼は少年に「いくらか貯金はあるのか」と言った。少年は「五ポンド紙幣一枚と一シリング硬貨数枚です」と答えた。ティージェンスが「何シリングになる」と言った。少年は「七シリングです、大尉殿」と答えた。ティージェンスは内ポケットとベルトの下の小さなポケットをぎこちなく手探りし、骨付き羊肉のような、握ったその手を差し出して、言った。「そら。これで二倍になる。十ポンド十四シリングだ！　だが、君は将来への備えをひどく怠っている。次の子に備えて、もっとはるかにたくさんの貯金をするようにしなさい。君にもそのうちわかるだろうが、出産にはひどく金がかかるものだし、兵役による配偶者扶養手当がいつまでもあるわけではないのだからな」ティージェンスは大声をあげて、出て行こうとしている当番兵に呼びかけた。「おい、当番兵、戻るんだ。…」さらにティージェンスが付け加えて言った。「野営地の誰にも今のことを言い触らすんじゃないぞ。…大隊のなかのすべての未熟児たちを黙らせる余裕などわたしにはないのだから…

戻ってきたとき、これまで同様にきちんと働いてくれるなら、君を有給の兵長に推薦しよう」彼は再び少年を呼び止め、なぜマッケクニー大尉は書類に署名してくれなかったのかと訊ねた。少年はどもり、言葉を詰まらせた。「マッケクニー大尉は…大尉殿は…」

ティージェンスは小声で「おやおや」と呟いた。「大尉はまた神経衰弱を起こしたのだな…」当番兵はその文言を感謝の気持ちで受け取った。まさにその通りです。神経衰弱です。食堂で様子がとてもおかしかったと言われています。離婚のこと。大尉の叔父のこと。叔父の男爵位のこと。ティージェンスは「その通り、その通り」と言った。彼は椅子から半ば立ち上がり、シルヴィアを見た。

「行ってはダメ。行ってはダメだっていくらでも言い張るわ」ティージェンスは再び座り込み、とても心配だとうんざりした調子で呟いた。彼はキャンピオン将軍からこの将校の面倒を見るように言われていた。自分はおそらく野営地を出るべきではなかったのだ。だが、マッケクニーは良くなったように見えていた。シルヴィアは傲慢な冷静さの多くを失った。彼女は自分の向かいにいる愚か者を贅沢に虐め抜くのにまるまる一晩を使うことを期待していた。彼を虐め抜き魅了するために。彼女は言った。

「さあ、今ここでけりをつけて頂戴。あなたの全人生に影響を与える問題に。わたしたちの全人生に！　あなたの惨めな友人の惨めな甥のために、その機会を捨ててしまおうって言うの…」彼女はフランス語で付け加えた。「今だって、あなたは自分の子供じみた関心事のために、こうした深刻な問題に注意を払えない。わたしには耐え難い屈辱だわ！」シルヴィアは息を切らしていた。

ティージェンスは当番兵にマッケクニー大尉は今どこにいるのかと訊ねた。野営地を出ましたと当番兵は答えた。兵站部の大佐が二人の将校を捜索に送ったのだと。ティージェンスは当番兵にタクシーを探しに行くよう命じた。野営地まで乗っていけるようにと。タクシーは空襲のせいで走っていませんと当番兵は答えた。緊急の軍務で一台徴発するよう憲兵隊に命じましょうか。そのとき、快気づいた空気銃が前庭から三発、オナラの音を発した。次の一時間の間、それが二、三分に一度の割合で鳴った。ティージェンスは「そうしてくれ！　そうしてくれ！」と当番兵に言った。空襲の騒音がさらに激しさを増していた。フランスの文民用の青い速達書簡がティージェンスに渡された。温室で使用する石炭がフランス政府に差し止められたことをティージェンスに伝えるための公爵夫人からの手紙だった。イギリス軍当局を通じて確実に石炭を受け取れるよう貴下にお計らいいただきたいなどと直接言葉にすることなく、それに対する回答をティージェンスに求めていた。騒音に心を取り乱されて、シルヴィアはその手紙はルーアンにいるヴァレンタイン・ワノップからのものに違いないわと大声を上げた。あの娘はあなたの一生の問題を解決するための一時間をあなたに与えようというのね。ティージェンスはシルヴィアの隣りの席に移動した。そして公爵夫人から来た手紙を手渡した。

ティージェンスは長くゆっくりした真剣なお詫びとともに長くゆっくりした真剣な説明を始めた。君が勝手に決めてくれて一向に差支えない問題について、わざわざ僕の意見を聞くために大変な思いをして、こんな遠くにまで来てくれたのに、自分の極めて大変な軍のなかの立場のせいで、こんなにも邪魔が入ってしまい大変申し訳ないと言った。僕に関する限り、君は邸のなかにあるもの同様、グロービー邸も好きなように処分して構わない。もちろん、邸を維持するのに必要な収入もだ。

シルヴィアは突然の完全な絶望に駆られて大きな声をあげた。

「つまり、あそこに住むつもりはないってことね」ティージェンスは、その問題は後で自ずと解決するだろうと言った。戦争はまだだいぶ長く続くだろう。戦争が続く限り、戻るのは不可能だと。シルヴィアは、あなたは死ぬつもりなのね、と言った。もしあなたが殺されてしまったら、グロービー邸の南西側の隅に植えられているヒマラヤスギを切り倒してしまいますからねと警告した。あの木のせいで、第一応接間とその上の寝室にすっかり日が当たらなくなっているからと言って。…ティージェンスは怯んだ。確かにその言葉に怯んだのだ。シルヴィアはそんなことを言ったことを後悔した。彼女がティージェンスを怯ませたかったのは別の面でだった。

自分は殺されるつもりはないが、事態は自分の手に負えなくなってきているとティージェンスは言った。行くように言われたところに行かなければならず、やるように言われたことをやらなければならないのだと。

シルヴィアが大声をあげた。

「あなたが！　あなたが、なの！　みっともない。知ったかぶりの馬鹿者たちの言いなりになるだなんて！　よりによってあなたが！」

歩兵大隊に戻されない限り大した危険はないと、ティージェンスは真剣に説明を続けた。今いるところで、面目を失ったり、職務を怠ったりしない限り、大隊に戻されることはなさそうだ。また、自分がそうした行為をとることもないだろう。それに検査結果も悪く、現在前線に出ている自分の歩兵大隊に戻るにはふさわしい体だとは言えない。君が目にしているここで使われている連中がどいつも前線に出るには身体的に不向きな者たちだってことは君にもわかるはずだ。

シルヴィアが言った。

「それだから皆こんなひどい見た目をしているのね。…ここは人が人前に出しても恥ずかしくない男を探しに来る場所では到底なさそうね。ランプを翳したディオゲネス[15]もこの比じゃないわ」

ティージェンスが言った。

「そういう見方もあるな。…なんと言おうか、君の友人たちのたいていの者たちは…戦争の初期に殺されたか、今も達者であれば、もっと活発な活動に従事している。それは本当のことだ。君の言う人前に出しても恥ずかしくないというのは、主として肉体的適性の問題のことだろう。…例えば、僕が乗っている馬はかなりの老いぼれだ。…だが、ドイツ産で、サラブレッドではないが、僕の重さに耐えてくれる。…戦前の君の友人たちは、多かれ少なかれプロの軍人かそのタイプだった。だが、ああ、彼らはいなくなってしまった。死んだり埋もれたりしてしまった。その一方、廃人で溢れたこの大きな町は活動を続けている。仮に活動を強いられているだけにしてもだ。外観を妨げているのは廃人たち自身ではない。もし妨げているものがあるとすれば、君のもっとはるかに人前に出せない友人たち、プロはプロでも収賄のプロである大臣たちだ」

シルヴィアは苦々しげに大声をあげた。

「じゃあ、どうしてあなたはその人たちを抑えるために国に留まらなかったの、彼らが腐敗政治家だと言うのなら?」いやしくも活発に社会問題に取り組み続けている本国の人たちは、むしろ成功した政治のプロだと彼女は付け加えた。「彼らと一緒に働いていたとき、あなたは戦争になるなんて知らなかったのでしょ。それがお望みだったわけよね？　全生涯を恥ずべき悪ふざけに捧げることが。…」空襲のドーンという音やガラガラッという音がますます激しくなってきたことで、シルヴィアはますます激しい憎しみを込めて話し続けた。「…もちろん戦争前は、政治家なんて、家に呼ぶことも考えられない卑しい存在だったわ。…でも、それがいったい誰の過失だって言うの、良心も伝統も礼儀作法もない連中にイングランドを任せて出て行った上流階級の過失でないとしたら？」そして自分が嫌っている現政府のメンバーの田舎の大邸宅のしきたりの詳細を付け加えた。「それに」と彼女は結論づけた「これはあなたの過失なのよ。どうしてあなたが大法官や大蔵大臣にならないのよ。誰だか知らないけれど今やっている人の代わりに。あなたの能力と影響力があれば、なれたはずよ。そうすれば物事が効率的にまっとうに行われたでしょう。あなたの十分の一の才能もない、あなたのお兄様のマークがある省の常任長官であるなら、あなたほどの才能と影響力、それに誠実さをもった人間が上り詰めることのできない地位なんてあるもんですか」そして、ほとんどすすり泣くかのように言葉を締めた。「ああ、クリストファー！」

元特務曹長のカウリーが電話から戻ってきて、雷のような轟音の合間に、シルヴィアが本国政府のメンバーのしきたりに関して発した強烈な情報に耳を留め、次の轟音の合間に、今度は口をあんぐりと開けて大きな声をあげた。

「その通り、その通りです、奥さん。…大尉殿が上り詰めることのできない地位なんてあるもんですか。…今だって大尉代理の給料で准将の仕事をしておいでなのです。ですが、大尉殿に対する扱いは言語道断、けしからんものです。…いや、わたしたち皆が至る所で言語道断な扱いを受け、騙され欺かれています。…この分遣隊の出直しを見てご覧なさい。…上層部の連中は分遣隊の準備を命じ、命令を撤回しました。さらにまた準備を命じ撤回した。それで誰もが浮き足立っています。…分遣隊は昨夜出発することになっていました。あいつらは分遣隊を駅まで行進させ、そこからまた逆戻りさせ、六週間必要なしと告げたのです。ところが今度は、ここの路線が妨害破壊行為を受けているため、明日の日の出前に輸送トラックでオンデクーテル方面の路線に向けて出発できるように準備しておけというのです。…道路上の分遣隊が敵の飛行機に見つからないように、夜明け前にです。…兵士にとっても大隊事務室にとっても何ともやり切れない仕打ちじゃありませんか。とんでもないことです。ドイツ軍も同じようなことをやっているとあいつらは思っているのでしょうか」

カウリーは一度話すのを止め、狂おしいほどの愛情を込めたかすれ声でティージェンスに言った。「いいですか、親爺さん…いや、大尉殿…分遣隊を行進させる将校が見つかりません。適任の者たちは分遣隊が送られる噂を聞いて、皆隠れ家に逃げ込んでしまいました。明朝五時までには誰も宿営地に戻って来ないでしょう。こんなふうに午前四時に分遣隊が送られるということを聞いたからには…今や…」次いで、ティージェンス大尉に報いるために一肌脱ごうと分遣隊を受けもつことを申し出たとき、カウリーの声は感極まってかすれていた。大尉のほうでも、カウリーが自分と大差なく分遣隊を送れることを知っていた。いや、自分とほとんど変わりなく送れることを。分遣隊を指揮する少佐はホテル暮らしで、カウリーにはこの人物のことがわかっていた。少佐に朝の四時は無理だった。少佐は七時頃にオンデクーテル駅に車で赴く予定だった。だから五時前に分遣隊を送る意味がわからなかった。五時はまだ暗く、ドイツ機に動いているものが見えないという意味が。カウリーはもし大尉が五時までに野営地に来てくれて最後の閲兵を行い、指揮官だけが署名できる書類に署名してくれたら有難いと思った。だが、彼は大尉が昨夜一睡もしていないことを知っていた。主に自分カウリーの発作のせいだった。したがって、一日半の休暇は諦めて、分遣隊を引き受けるくらいのことはやらなければならなかった。その上、彼は当分の間家に戻ることになっていたので、十四年に最後にクックツアー[16]参加者として周った懐しい各地をもう一度見て歩くのも悪くあるまいと思ったのだった。

著しく青ざめた顔色のティージェンスが言った。

「君はノワールクールの０９モーガンを覚えているかね」

カウリーが言った。

「いいえ。…そこにいたんですか。大尉殿の中隊に。昨日死んだ男ではないですか？　わたしの不注意で大尉殿の腕のなかで死んだ男では。わたしがその場にいるべきでした」カウリーはシルヴィアに、妻は夫の危機一髪について聞くのが好きだという下士官の抱くひとり悦に入った考えをもってその話を伝えた。「その男は大尉殿の足元で亡くなったのです。大尉殿にとっては恐ろしい衝撃だったでしょう。なんともおぞましい混乱でした！…死んでいくとき、大尉殿の腕に抱えられていたとは。…赤子のように。大尉殿は素晴らしく優しい人だ。まあ、自分のところの兵士だと、そうなりがちです。位には関係なく！　王が一兵卒に敬礼しなければならず、兵卒がそれに知らん振りをする唯一のときを知っていますか。…それは、彼が死んでいるときです。…」

シルヴィアもティージェンスも黙ったままでいた。――二人ともランプの緑がかった光を浴びて銀白色だった。実際、ティージェンスは両目を閉じていた。年上の下士官は、自分が発言権を握る状況を楽しみ続けていた。宿営地に戻るために立ち上がっていたが、その身体は少しぐらついていた。…

「いいえ」と彼は言い、機嫌よく葉巻を振り回した「ノワールクールの０９モーガンなんて覚えていませんね。…でも、覚えています…」

ティージェンスは、まだ目を閉じたまま言った。

「そいつが部下の兵士ではなかったかと思ったまでだ。…」

「いいえ」と年上の男が傲慢に言った。「覚えがありません。…しかし、まあ、大尉殿に何が起きたかは覚えています！」彼は機嫌よくシルヴィアを見下ろした。「大尉殿は足をとられて。…奥さんには何に足をとられたか理解できないでしょう。まったく、あり得ません。…少々月の光が射すなかでのかなり静かな出来事でした。砲兵隊の行く手を阻むものはほとんどありませんでした。…おそらくわたしたちがドイツ野郎どもを驚かせたのでしょう。彼らはある目的をもって前線の塹壕を放棄したがっているようでした。…塹壕のなかにはほとんど誰もいませんでした。…それがわたしの神経に触ったのだと思います。…やることがほとんどないので、わたしはうんざりしました。…やつらが最悪のことを仕掛けてくるのは、やることがほとんどないときなんですから。もちろん機銃掃射がありました。特に我々の右側の離れたところへ。…そして月が早朝に輝いていました。すばらしく穏やかでした。それに少し靄がかかっていました。…固く凍てついて。…信じられないくらい固く。…炸裂弾を危険なものとするのに充分でした」

シルヴィアが言った。

「それでは、いつも泥だったわけではないのね」するとティージェンスが彼女に「もし聞きたくないなら、話を止めさせよう」と言った。シルヴィアは単調に「いいえ…聞きたいわ」と言った。

カウリーは相手の関心を引く効果を狙って、背をピンと伸ばした。

「泥ですって！」と彼は言った。「そのときはありませんでした。…まったくです。…いいですか、奥さん、わたしたちは急展開したとき、死んだドイツ人の凍った顔を踏み付けたんです。…わたしたちはその一日かそこら前にべらぼうにたくさんのドイツ兵を殺しました。…それでこんなに簡単に奴らは塹壕を明け渡したに違いありません。そこから攻撃するのは難しかったので。…とにかく、奴らは死者を残して、我々が埋葬するのに任せたのです。おそらく、そのほうが気持ちよく出発できると思ったのでしょう。…しかし、それは当然わたしを怯えさせました。とにかく奴らの反撃がどんなものになるかと考えたのです。…反撃は前もっての抵抗より、いつも十倍もひどいのです。奴らは塹壕の前面のみならず、後ろの防御壁――我々が「背墻《はいしょう》」と呼んでいるもの――をも我々に明け渡しました。それで掃討戦に参加する味方の兵士や援軍が我々を追い越して行ったとき、わたしはすごく嬉しくなりました。彼らは笑っていました。…ウィルトシャーの者たちです。…わたしの妻、つまりカウリー夫人もそこの出身です。…それで、大尉殿が先に下に降りて行こうとしているのが見えたもので、わたしは言ったのです。『そこに我々の行く手を阻んだ勇者がまた一人おりますよ』と」そこでカウリーは少し声を落とした。彼は連隊きっての長話屋だったのだ。「二つの手の間に足を引っ掛けたのです、大尉殿は。…その手は凍った地面から突き出していました。…まるでお祈りをするかのように…こんなふうにです」カウリーは両手を上にあげた。煙草を指に挟み、両手首をつけ、指をわずかに内側に折り曲げて。「月光を浴びて突き出していました。…可哀想に」

ティージェンスが言った。

「あの夜、わたしが見たと思ったのが、たぶん０９モーガンだった。…むろん、わたしは疲れていた。…息もつけないほどに。…英兵が仲間の上腕にライフルを当て、発砲するのを見た。…わたしが地面に伏せていたときに…」

カウリーが言った。

「では、大尉殿もご覧になったのですね。…わたしも兵士たちがその噂をしているのを聞きました。…しかし、もちろん彼らは誰がどこでしたことかは言いませんでした」

ティージェンスは真実味のない無頓着な声で言った。

「負傷した男の名はスティリコだ。…妙な名前だな。…コーンウォールの出身だろう。…我々の目の前のB中隊でのことだった」

「大尉殿は彼らを軍法会議にかけなかったのですか」とカウリーが訊ねた。ティージェンスが言った。いや。まったく確実だとは言いきれなかった。確信はしていたが。だが、自分は個人的な問題で心を悩ましていた。地面に伏せながら心を悩まし、自分が見たことの確かさが曖昧になってしまっていた。それに、将校は分別を働かさなければならない、と弱々しく言った。この場合、見て見ぬ振りをするほうが良いと判断した。…ティージェンスの声はほとんど消え入らんばかりだった。彼が精神的苦痛の頂点に達しつつあることがシルヴィアにははっきりとわかった。突然、ティージェンスがカウリーに叫んだ。

「一度命を救ったのが、二年後に死なせるためだったとは。ああ、神よ！　何と酷いことを」

カウリーが鼻声でティージェンスの耳に、シルヴィアには聞き取れない何かを吹き込んだ――慰めを与える愛情のこもった何かを。そうした親密さにシルヴィアは我慢ならなかった。彼女は取り得るもっとも無頓着な口調で訊ねた。

「一方の男はもう一方の男の女を弄んでいたんだと思うわ。あるいは奥さんを！」

カウリーが感情を爆発させた。「おやおや、全然違います。二人の間に合意があったのです。一方は国に送り帰され、もう一方は少なくとも、相手を前線応急手当所に連れ戻す間、地獄から抜け出すことができるのです」

シルヴィアは言った。

「地獄から抜け出すのに、男がそんなことをするというの。…」

カウリーが言った。

「おやおや、奥さん、英兵が味わっている地獄をもってすればね。…前線では将校とそれ以外の兵との差は歴然です。…いいですか、奥さん、わたしは年取った兵士で、七つの戦争に次々参加しました。この戦争では、右手をおさえることができず叫び出したいときが何度もありました」

カウリーはいったん話を止めて、それから言った。「それがわたしの思いでした。…他の多くの者の思いでもあったのです。もしわたしが手を、その上に帽子かなにかを載せて、胸壁の上に突き出したなら、二分のうちに、ドイツの狙撃兵の弾がそれを貫くでしょう。そうなれば兵士たちの言う『本国送還となる負傷』を得られるのです。…もしそうした考えが二十三年間の軍務経験がある連隊付き特務曹長であるわたしにさえ起こり得るとするならば…」

機転の利く当番兵が入ってきて、タクシーを見つけましたと言い、暗がりに消えていった。

「男は」と特務曹長が言った。「仲間に傷を負わせることで銃殺の危険さえ冒すでしょう。…男は女を愛する以上に仲間を愛するようになるのです」…シルヴィアは歯が痛むかのように「ウッ」

と声をあげた。「本当なのです、奥さん」と特務曹長が言った。「それはまぎれもなく感動的です…」

カウリーの足は今やかなりふらついていたが、声は極めてはっきりしていた。そんなありさまになっていた。彼はティージェンスに言った。

「家への心配で頭が一杯になると大尉殿はおっしゃいますが、こいつは奇妙なことです。…アフガン方面作戦で激戦地にいたとき、妻から娘のウィニーが麻疹にかかったという手紙を受け取ったことを覚えています。わたしと妻との間には一点の意見の相違しかありませんでした。フランネルの肌着を子供に着せなければならないとわたしは言いました。妻は綿ネルで充分だと言いました。ウィルトシャーはリンカンシャーのような羊毛の名産地ではないのです。リンカンシャーの羊のような長い毛ではないのです。…アフガニスタンの巨石の間で一日中弾丸を避《よ》けながら、わたしに考えられたことはと言えば…奥さんはご自身母親だから知っておいででしょうが、麻疹で大切なことは子供を暖かくしておくことです…わたしはひとりごとを言い続けました——今にも泣き出しそうでした——『あいつがウィニーに羊毛の肌着を着せてくれていたらなあ！　あいつがウィニーに羊毛の肌着を着せてくれていたらなあ！』…奥さんはご自身母親だから知っておいででしょうけれどね。大尉殿の鏡台の上にある息子さんの写真を拝見しました。マイケルというお名前でしたね。…ですから、おわかりでしょうが、大尉殿はあなたのことも息子さんのことも忘れているわけではないのです」

シルヴィアがはっきりした声で言った。

「たぶんもう話はお仕舞いにしたほうが良さそうね！」

シルヴィアは前庭に置かれた対空砲に取り乱したのだった。対空砲はホテルの逆側にあり、二発の不規則な対空砲火によって脳が引き裂かれる前に、もう一言、二言差し挟むことはできただろうが、シルヴィアはそれ以上に突然の幻覚に取り乱したのだ。――それはヨークシャーの姉の家で自分たちの子供が麻疹で四十度以上の高熱を出したときのクリストファーの顔の記憶だった。クリストファーは村の医者が向き合おうとしない責任を自ら引き受け、割った氷で満たした風呂に子供を浸けたのだった。シルヴィアは強烈なランプの明かりを浴びて無表情なクリストファーが両腕に我が子を抱き、キラキラと輝く瓦礫のような風呂の表面を覆ってぎこちなく身を屈めるのを見た。…彼は今とまったく同様に無表情だった。…今、彼女はあのときの彼の様子を思い出していた。顔の輪郭に、おそらく彼女の分析を寄せ付けないような強張りがあった。…というか、むしろ、鼻風邪をひいているかのように見えた。少し呼吸困難に陥っているかのような。もちろん、それは彼が喜怒哀楽を出さないようにしているせいだった。彼の目は何も見ていなかった。子供を――グロービー邸その他諸々の相続人を――見ているとさえ言えなかった！…二発の大砲のドカンという音の合間に、何かが彼女に言った。「あれは彼の子です。彼は子供を生き返らせるために地獄まで降りて行ったと言ってもいいでしょう。…」そう言っているのがコンセット神父であることがシルヴィアにはわかっていた。それが本当のことだということもわかっていた。クリストファーは子供を連れ戻すために地獄まで降りて行ったのだ。…こんなにおぞましい風呂のなかで子供のひどい苦しみに直面するだなんて！…体温計の目盛が下がっていった。彼らの目の前で急速に。クリストファーが言った。「立派な心臓をしている、この子は！　立派な、勇敢な心臓だ！」そして彼は息を凝らし、煌く水銀の薄い線条が平温のところに戻っていくのをじっと見ていた。…シルヴィアは声をひそめて言った。「忌々しい家屋敷同様、あの子も彼の所有物なんだわ。…どちらも絶対わたしのものにしてみせる。…」

しかし、彼女は、今この時点において、彼をこの件で苦しめたいというのではなかった。そこで二発目の大砲が轟いたとき、シルヴィアは酒好きの年長者に言った。

「話はそこまでにしてくださらない」そこでティージェンスが礼儀を失しないように即座に助け船を出した。

「妻は事柄によっては我々と意見が完全に一致しているわけではないんだ」

シルヴィアは心のなかで思った。「完全に一致しているわけではない、ですって。何ということでしょう！」考えれば考えるほど、この事全体が彼女を嫌悪感で圧倒した…さらには憂鬱で！…彼女はクリストファーがこの寄せ集めの愚か者たちの間に埋もれて、学童のゴッコ遊びをしているのを見た。しかし、これはゴッコ遊びのなかでも、格段に恐ろしく、格段に邪悪なものだった。大砲やその他の音を立てる機械の轟音は、彼女には、学童のゲームに愚かしい華やかさを添え、あまりにも残虐で、あまりにも憎むべきものに思えた。…キャンピオンか、あるいは彼に似た学童が言った。「おや！　ドイツ軍機の襲来だ。あいつらに空気銃を浴びせようぜ！　パンパンと銃をブッぱなそう！」…国王の誕生日に公園で空砲を放つかのように。高貴な人々が眠ったり会話したりしているかもしれないホテルの前庭に大砲を置くとは、まったく不遜の極みだった。

故国では、シルヴィアは、これはそうしたゲームなのだという確信を維持することが可能だった。…どこでも、例えば、誰か閣内相の家で正餐をとりながら、彼女はこう言いさえすれば良かった。「こんな不快な話をするのは止めましょう…」するとすぐに、当の閣内相も含め十人か十二人から皆一斉に、こんな話はうんざりだという点でグロービーのティージェンス夫人と同意見だという声があがったものだった。

でも、ここでは！…醜い事件のまさに内側に飲み込まれてしまったかのように思えた。それは目の前で崩れつつ動きに動いたが、しかし常にそこにあった。まるで、元に戻すことのできない動きをする巨大な蛇のとぐろのなかのダイヤモンド模様の一つを目で追おうと努めなければならないかのようだった。…それは彼女に絶望感を抱かせた。いかがわしい飲んだくれの繰り言同然のティージェンスの専心没頭は。シルヴィアはティージェンスが誰かと額を寄せて協議している場面をこれまで見たことがなかった。彼ははぐれ者だった。…でも、今は！　誰とでも、本国では話しかけようとさえしないだろうどんな間抜けた参謀将校とも、信頼し得る飲んだくれの特務曹長とも、当番兵の身なりをした浮浪児とさえ協議した。…そうした者たちが現れさえすれば、彼の全精神は、子供のゲームのくだらぬ点について、額を寄せて協議するのだった。…誰だか区別のつかない何百万人もの者たちの、洗濯物について、足病治療について、宗教について、私生児について。…あるいはその人たちの死についてさえも。しかし、いったい全体、これは何という偽善、何という臆病なことか。彼らは自分たちの目的のためにこの大量殺りくの宴を催しているのだ。彼らは想像を絶する苦しみと恐怖の大虐殺で人々に死をもたらしている。それでもなお、一人の男の死に関する苦悶の危機も彼らの胸の内にあるということだ。というのも、シルヴィアにはティージェンスが完全な神経衰弱の只中にあることがはっきりとわかっていた。一人の男の死のために！　彼女は彼がこんなに苦しんでいるのを見たことがなかった。彼がこんなにも同情を求めているのを見たことがなかった。冷淡で寡黙な鬼である彼が！　だが、今、彼は苦しんでいた。まさに今！…そこでシルヴィアは無限に広がり、夜の永遠の地平線に消えていく寄せ集まった苦痛を感じ始めた。…兵卒たちの地獄。それは明らかに将校たちの地獄でもあった。

鼻声の、半ば酔っぱらった、年とった男の真の同情は、こうした巨大な邪悪さの存在を彼女に感じさせた。…こうした恐怖、こうした無限の苦痛、この世界の残忍極まる状況は、男たちが不特定多数を相手にした性行為の乱痴気騒ぎに耽るためにもたらされたものだった。…結局、それが男の名誉、男の美徳、条約の遵守、旗の掲揚の根底にあるものだった。食欲や性欲や酩酊を許す魔法使いの巨大なカーニバルだった。…それは一度動き出すと、止めることはできなかった。…その状態は決して止まらなかった。…いったん男たちがそのゲームの喜びを――その血を味わったなら、誰がそれを止められようか。…この男たちは、喫煙室で卑猥な話をする男たちの強烈な熱意で、おかれた状況下での自分たちのさまざまな関心事について話した。…その熱意はこうした対比でしかその類似を示すことのできないものだった。

今やほとんど酔っ払った元特務曹長の話を止めることができないのと同様に、そのカーニバルを止めることはできなかった。彼はもう話し出していた。予想通りに、互いに違った意見をもつ若いカップル二人への忠告をもって！　ワインが彼を大胆にしていた。

こうしたおぞましい光景の真ん中で、彼の叡智の断片がシルヴィアの頭にしみ込んだ。…奇妙にもとぎれとぎれに。…確かに、彼女は大打撃を被った。…その騒音に加え、誰かが隣りの広間で自動楽器を鳴らし始めていた。

「糖蜜を塗ったモロコシを

黒人のラスタスが出してくれる[17]」

としわがれた声が宣言した。

「わたしはうれしくてたまらない、
あの地に行って、泊まれるとわかったなら…」

元特務曹長は、シルヴィアの知識に、彼、特務曹長カウリーが戦争に——七つの戦争に——行ったときの妙な細部を付け加えた。それは妻のカウリー夫人が最初の三日三晩を、家のなかのすべてのシーツと枕カバーの縫い目をほどき、布の端をかがり直して過ごしたという話だった。頭を悩まさずにいられるように。…これはどうやら、わたし、シルヴィア・ティージェンスへの叱責か忠告ね。…まあ、まっとうな考えだわ。この人はコンセット神父の同類で、同種の知恵をもっている。

蓄音機が唸った。その新たな轟音が外の爆音に加わり、前庭の大砲の抑えられたドーンという音が六回発せられる間、ずっと鳴り響いた。蓄音機が鳴り止んで次の大砲が打たれる前に、カウリーはシルヴィアに別れの挨拶をした。彼はシルヴィアに、大尉殿は昨夜眠れぬ夜を過ごしたのです、そのことを思い出すようにと頼んだ。

そこでシルヴィアの軽薄な頭に浮かんだのは、アン女王に宛てたマールボロ公爵夫人の手紙の一文だった。公爵夫人は、フランドル方面作戦の一つが行われている間に、夫である将軍を訪ねた。「閣下は」と夫人は書いた。「軍靴を履いたまま、三度わたしに敬意を表してくださいました！」[18]……シルヴィアが覚えていそうな事柄だった。……ティージェンスがどんな顔をするかと、彼女は試しに特務曹長にこの話をしてみようと思った。本当にそうしたかった。特務曹長には意味がわからないだろうから。もしわかったとしても誰が構うだろう。……彼は酒の力でその話題を回避するだろう。

しかし、外の爆音は信じがたい音量に達していた。二百馬力かそこらの、近くの蓄音機が発する震え声も、それに比べれば、くすんだ鳶色の織物のなかの金の糸の揺らめきみたいな音でしかなくなっていた。シルヴィアは自分が知っているとも思えない冒瀆的な言葉を大声で言った。騒音に逆らって大声をあげた。麻酔をかけられて正体を失っている場合同様、彼女に冒瀆的な言葉への責任はなかった。実際、彼女は正体を失っていた。……彼女は群衆のなかの一人だった！

将軍が椅子のなかで目を覚まし、自分たちのグループを、あたかも彼らだけにこの騒音の責任があるかのように意地悪く睨みつけた。騒音が止んだ。完全に！ それがわかったのは、広間から遅れ馳せに女の金切り声の末尾の残響が聞こえ、将軍が叫んだからだった。「後生だから、あの忌々しい蓄音機はもう鳴らさんでくれ！」ところが、喜ばしい静寂のなかで、前置きのゼーゼーいう音とギターの騒音に続き、驚かすような声が炸裂した。

「塵よりも軽し……
あなたの馬車の下の[19]……」

それから、低い話し声が入った後で止まり、再び始まった。

「わたしが愛した淡い色の手(20)…」

将軍は椅子から跳ね起き、広間に突進していった。…が、意気消沈して戻ってきた。

「忌々しい、誰か民間のお偉さんだ。…小説家だそうだ。…止めさせるわけにはいかない。…」

将軍は苦々しげに言った。「広間は若い獣と売春婦でいっぱいだ。…ダンスをしているのだ！」

…実際、メロディはガヤガヤいう音が入った後で、物憂い断続的なワルツの変奏曲に変わってい

た。「暗闇でダンスに興じるとは！」と将軍はさらに苦々しげに言った。…「いつドイツ軍がこ

こまでやって来るかもしれないのに。…もしあいつらがわたしの知っていることを知っていたら

…」

シルヴィアは離れたところから将軍に声をかけた。

「銀のボタンが付いた青い軍服や見苦しくない身なりの男たちをまた見られるとしたら楽しくあ

りませんこと？…」

将軍が怒鳴った。

「あいつらを見てうれしいかだって。…あんな奴らにはほとほとうんざりですな。…」

ティージェンスがカウリーに言っていた何かを再び取り上げた。それが何であるかシルヴィア

は聞いていなかったが、もう済んだものと思っていた話をカウリーが未だにダラダラと続けなが

ら答えた。

「わたしはクエッタ(21)で軍曹だったときのことを覚えています。わたしは中隊の馬に水をやる任務にへリングという男を就かせました。馬が怖いと言って、外してくれと頼み込んできたんですが。…一頭の馬が彼を川に沈めて溺れさせたのです。馬も男と一緒に落ちて男の顔を踏みつけたのです。…凄惨な光景でした。…軍事上の緊急事態だと自分に言い聞かせても何の役にも立ちませんでした。…当然、わたしは食が喉を通らなくなりました。…エプソム塩に大枚をはたくことになりましたよ。…」

もし兵士たちが殺されるのをティージェンスが好まないなら、そのことが彼の戦争熱を冷ますべきだわ、とシルヴィアは叫び出しそうになった。しかし、カウリーは瞑想に耽っているかのような様子で話し続けた。

「エプソム塩はそういうときの治療薬だと言われています。…死者を見たときのための。…そして、もちろん、二週間は女を遠ざけるべきです。…わたしもそうしました。蹄の跡がついたへリングの顔を見続けました。そこにこいつがひとかけらあったんです。政府の建物と呼ばれる建物の内部の大量の物資のなかに。…」

カウリーは突然大声をあげた。

「奥さんの前で…こう申しては失礼ですが、わたしが…」カウリーは葉巻の吸いさしを歯の間に突っ込んで、もしタクシーに乗せてもらえたなら、明日の朝、分遣隊のことは自分に任せてもらって大丈夫だとティージェンスに請け合い始めていた。

カウリーはティージェンスの腕に凭れ、脚を左右とも絨毯から六十度の角度によろめかせながら、去っていった。…

「そんなはずはないわ…」シルヴィアは心のなかで言った。「できるはずがない。…もし彼が紳士だったなら。…あの年とった男の示唆の後でも…もし遠ざけようものなら、とんでもない臆病者だってことになるでしょう。…二週間の間。…それに公娼以外の誰がいると言うの。…」シルヴィアは言った。「ああ、何ということでしょう！…」

椅子に横たわる老将軍がそっぽを向いて言った。

「奥さん、もしわたしがあなただったら、銀のボタンが付いた青い軍服についてここで話したりはしないでしょうな。…もちろん、わたしたちにも理解はできますが」

シルヴィアが心のなかで言った。「いいこと…あの死火山でさえ…目を充血させて、わたしの服を剝いでいるのよ。…ならば、どうして彼にそれができないというの？…」

シルヴィアは声に出して言った。

「ああ、でも将軍、あなたも仲間たちにはうんざりしていると言ったじゃありませんか！」

シルヴィアは心のなかで言った。

「忌々しい！…わたしには信念を貫く勇気があるんだから…誰にもわたしのことを臆病だとは言わせないわ。…」

シルヴィアは言った。

「わたしがここのほとんどの人たちに言い寄られるよりも、青と銀の服装の押し出しの良い男たちに言い寄られたいと言うのは、将軍がおっしゃっているのと同じことじゃないかしら！…」

将軍が言った。

「もちろんです。あなたがそういうふうにおっしゃるなら、奥さん。…」

シルヴィアは言った。

「女が他にどう言えば良いというのでしょう」彼女はテーブルに手を伸ばし、ブランデーを一気に飲み干した。老将軍が彼女を横目で見ながら言った。

「おやおや。貴婦人がそんなふうに酒を飲むとは。…」

シルヴィアが言った。

「あなたはカトリック教徒ではないのですか？　オハラという名前で、言葉にちょっとアイルランド訛りが入っている…それに明らかに悪魔が憑いているわ。…おわかりよね。…なら、いいけど。特別な狙いをもった悪魔よ。…あなたがおっしゃるところの『アヴェ・マリア』を唱えるときのような狙いをね。…」

酒を飲んで体が火照ったシルヴィアは、ティージェンスが薄暗い明かりのなかにヌッと現れるのを見た。

将軍がティージェンスにかけた言葉に、彼女はほろ苦い快感を覚えた。

「君の友人はちょっと酔いすぎだな。明らかにご婦人のお相手には向かん！」

ティージェンスが言った。

「今夜は妻と食事を共にするとは思ってもいなかったものですから。…あの下士官の将校への任官を祝っていたところだったので、彼を追い払うわけにいかなかったのです。…」将軍は「ああ、なるほど！　もちろんだ…そうだろうとも…」と言って、再び椅子に腰掛けた。…ティージェンスは大きな体軀でシルヴィアを圧倒した。彼女はまだ息を切らしていた。…ティージェンスは身を屈めて言った。生酔いの幸運だった。彼は言った。

「ラウンジでダンスが行われているんだ。…」

シルヴィアは興奮のあまり枝編み細工の椅子にとぐろを巻いた。そこには鈍い青色のクッションがいくつか置かれていた。

シルヴィアが言った。

「他の人とは踊らないわ。…紹介なんかしてくれなくて結構よ。…」獰猛な口調だった！…

ティージェンスが言った。「あそこに君を紹介できるような人は誰一人いないよ。…」

「施しだとしてもかしら！」

「ダンスなんてどちらかといえばつまらないものだと思っていたが。…僕はこの前踊ってから六ヶ月も経つし。…」シルヴィアは四肢に美が流れるのを感じた。金糸のガウンを羽織り、比類なき髪は耳の上に巻かれていた。彼女はヴェーヌスベルク[21]の音楽を口ずさんだ。他のことはわからないにしても音楽には詳しかった。

シルヴィアが言った。「陸軍婦人補助部隊の隊員たちが住んでいる建物がヴィーナスバーグって呼ばれているでしょう？　ウェヌスがあなたのものだなんて奇妙じゃない？…可哀想なエリーザベトのことも考えてあげて！」

二人がダンスをした部屋はとても暗かった。…彼の腕のなかにいるのは奇妙だった。…彼女はもっとうまい踊り手たちを知っていた。…彼は具合が悪いように見えた。…おそらく、実際に悪かったのだろう。ああ、可哀想なヴァレンタイン＝エリーザベト。…何て妙な立場なんでしょう！…素晴らしい蓄音機が奏でた。…『運命』を！…ご覧になって、神父様！…彼の腕のなかよ！…もちろん、ダンスは実際は…でも、とてもセックスに近いわ！　とても近い！　特別な狙いが功を奏しますように！…」彼女はほとんどティージェンスの唇にキスしそうだった。…ほとんどもう少しで！　フランス人ならEffleurer（掠める）と言うだろう。しかし、彼女はそこまで慎ましくはなかった。…ティージェンスがもっときつく彼女を抱きしめた。…この何ヶ月もの間何もなかったので…閣下はわたしに敬意を表してくださいました。『マールボロは戦場に行った[22]』に匹敵した。…彼女がほとんど唇にキスしそうになったことをティージェンスは知っていた。…そして彼の唇がほとんどそれに応えそうになったことを。…民間人の小説家が最後の灯りを消した。ティージェンスが言った。「話をつけたほうが良くはないか？…」彼女が言った。「それでは、わたしの部屋で！　わたしはもうくたくたよ！…六日間眠っていないのですもの…睡眠薬を飲んだのに。…」ティージェンスが言った。「ああ、もちろん。他のどこに場所があると言うんだ。…」驚嘆すべきことだった…彼女の金糸のガウンは国王が戴冠式のときに着るコロビウム・シンドニス[23]のようだった。階段を上っていくとき、彼女は、何て太ったテナー歌手がいつもタンホイザー役を演じるんだろうと考えた。…ヴェーヌスベルクの音楽が彼女の耳のなかで鳴り響いていた。…彼女は言った。「六十六の言い表せないものがある！　わたしは裁判官のように厳格よ…そうあるべき必要があるのだから！」

第三部

I章

開いたドアから差し込む太陽の一条の光に影が――最高司令官の影が――射すことで、幸いにもティージェンスは目を覚ました。この将校に眠っているところを見られたら、彼は極めて不快に思っただろう。とても痩せ、緋色や金の樫葉章やリボン徽章を身に付けた優雅で派手な将軍がドアの敷居を格好よく跨ぎ越し、外にいる後ろの誰かに肩越しに話しかけた。昔、神々はこのようにして降り立ったのだ！　実際には、明らかに外からの人声がティージェンスを目覚めさせたのだが、彼はこのことを神の摂理だと考えるほうを好んだ。というのも、彼はある種のしるしを必要としていたからだった。目が覚めてすぐには、自分がどこにいるかわからなかったが、将軍の訊ねた最初の質問に首尾一貫した答えを述べ、気を付けの姿勢で立つだけの思慮分別はあった。

将軍が言った。

「ティージェンス大尉、君の部隊にはなぜ消火器が備わっていないのか教えてくれ給え。宿営地で大火災が発生したなら極めて悲惨な結果が生じるであろうことは認識しているだろう！」

ティージェンスは体をこわばらせて答えた。

「入手不可能のようなのであります、将軍殿」

将軍が言った。

「どういうことだ。しかるべき方面に注文したのであろう。しかるべき方面がどこかわからないのかね」

ティージェンスが言った。

「これがもし英国の部隊なら、将軍殿、しかるべき方面は英国陸軍工兵隊ということになります。陸軍工兵隊に発注したところ、これは自治領の部隊であるから、申し込み先は軍需品部となるとのことでした。軍需品部に申し込むと、そこからの連絡は、連合軍将校指揮下の自治領から来た部隊には消火器は用意されていない、適切なルートは英国の民間会社であり、そこに兵舎の損害額を請求しろ、というものでした。いくつかの製造業者に問合わせましたが、この種の品は直接陸軍省に引き渡すことになっていて、他の誰にも売ることを禁じられているという答えが返ってきました。……」「まだいくつかの民間の会社に当たっています」といって話を終えた。

将軍に随行していた将校はレヴィン大佐で、将軍は肩越しに彼に言った。「書き留めておけ、レヴィン。そしてこの件について調査させるように」

将軍は再びティージェンスに言った。

「練兵場を歩いていて、君の部隊の教練担当士官の指導がまったくなっていないことに気付いた。下水管の清掃にでも回したほうがいい。あの男は途方もなく汚い」

ティージェンスが言った。

「あの教官役軍曹は極めて有能です、将軍殿。あの士官は陸軍輜重隊の士官です。歩兵部隊の将校は今のところ、この部隊にはほとんどおりません。しかし、こうした行進には士官がいなければならないのです。陸軍評議会命令で決まっています。士官は指示は出しません」

　将軍は冷淡に言った。

「士官の制服でどこの軍の所属かはわかっている。わたしは君が持ち駒の使用に最善を尽くしていないと言っているのではないのだ」閲兵に関するキャンピオンの言葉としては、これは例外的に優しいものだった。将軍の後ろで、レヴィンが意味ありげに目を閉じたり開けたりして合図を送っていた。しかし、将軍は並はずれて冷淡な態度をとり、磨かれたサクランボのような顔面の筋肉一つ動かさず、不自然なほどに丁重な、完全な無表情であり続けた。極めて尊大な人間がこの上なく取るに足らない事柄に対して示す慇懃無礼さだった！

　将軍は当てつけがましく小屋を見回した。そこはティージェンスの事務室で、毛布に覆われたテーブルが置かれ、赤インクや青鉛筆によってぞんざいに日付に×印が付けられた大きなカレンダーが支柱にかかっている以外には何もなかった。

　将軍が言った。

「ベルトを着けるのだ。十五分したら、わたしと一緒に炊事場を見回ってもらう。調理担当軍曹に伝えておき給え。どんな調理機材があるんだ？」

　ティージェンスは言った。

「とてもよくできた調理室です、将軍殿」

　将軍が言った。

「ならば君は極めて幸運。極めて幸運だ！……この野営地の君のところのような部隊の半分は、中隊付きの料理人と戸外の焚き火台しか置いていない。……」将軍は鞭で開いたドアを指した。そうして極めてはっきりと繰り返した。「君のベルトを取ってきなさい」ティージェンスは少しふらつきながら立ち上がった。そして言った。

「将軍殿、わたしが拘束中の身であることをご存知でしょう」

キャンピオンは声に脅しの色を含ませた。

「わたしは君に」と彼は言った。「命令を下しているのだ。義務を果たすように！」

上意下達の命令の恐ろしい力に気圧されて、ティージェンスはよろよろと戸口を出た。彼は将軍が言うのを聞いた。「酔ってないことは完全にわかった」ティージェンスが四歩進むと、レヴィンが隣りにいた。

レヴィンはティージェンスの肘を支え、こう言った。

「もしあなたの体の具合が悪いなら、わたしがあなたに同行することを将軍は望んでおられます。おわかりでしょうが、あなたは逮捕を免れたのです！」レヴィンが大喜びで叫んだ。「お見事です。…驚くほどですよ。将軍にはあなたのことを皆伝えました。今朝出発したのは、あなたの分遣隊だけだったと。…」

ティージェンスがブツブツと言った。

「もちろん、義務を果たすように命令されるなら、それは拘束を解かれたことになるでしょう」ほとんど声が出なかった。彼は一人で行くほうがいいとやっとのことで言った。「将軍はわたしに行動を強いました。拘束を解かれることは、わたしが一番望んでいないことだったのに…」

レヴィンが息せき切って答えた。

「拒むことはできませんよ。…将軍を動揺させてはなりません。…無論、それはなりません！…

その上、士官が軍法会議を求めることはできません」

「あなたは」とティージェンスが言った。「少し色褪せた壁の花みたいだ。…ああ、これは失礼。…ふと思い付いたもので！」大佐は悄然としてうなだれた。口髭は少し乱れ、目のまわりに少し隈ができ、髭剃りの跡は畝になっていた。

レヴィン大佐が大声で言った。

「畜生！　あなたに何が起きてもわたしが気にしないとでも思っているのですか。…オハラが三時半にわたしの宿舎に飛び込んできたのですよ。…彼が何と言ったかは言うつもりはありませんけれど」

ティージェンスがぶっきらぼうに言った。

「止めてください。もう我慢の限界です。…」

レヴィンが必死に叫んだ。

「どうか理解してください。…非難を信じることはできません…」

ティージェンスは、アナグマのように歯をむき出しにして、レヴィンと面と向かった。ティージェンスは言った。「誰のです？…誰への非難です？　こん畜生！」

レヴィンは青くなって言った。

「あなたがた…あなたがたそれぞれに対してのです。…」

「ならば、そこまでにしておいてください」とティージェンスは言った。ティージェンスは宿営地の中心を貫く通りに出る前に少しよろめいた。だが、その後は、堂々と行進した。それは苦行だった。男たちが小屋の隅から覗き見しては引っ込むのはいつものことだった！　それが将校に気付いたときの下士官や兵の習慣だった。マッケクニーという名の男も小屋の戸口から外を見ていた。彼もまた引っ込んだ。…それは間違いなかった。彼にはもう報せが届いていた。…一方、マッケクニーもまた嫌疑がかけられていた。昨夜、宿営地を離れたマッケクニーを厳しく罰するのが自分の務めかもしれなかった。…だから、マッケクニーは自分を避けているのかもしれなかった。…知る術もなかった。…ティージェンスはほんのわずかに右によろめいた。道はでこぼこしていた。両脚が、後ろに引きずる、外れた、膨れ上がった物体のように感じられた。彼は両脚を手なずけた。紅茶一杯を運ぶ当番兵に出会った。ティージェンスは「それは下に置き、大至急、調理担当軍曹を連れてくるように」と言った。「十五分したら、将軍が調理場を見回ると伝えるんだ」と。当番兵は日が射している場所に紅茶をこぼして走って行った。

女性美への医師の理想が表現された複製画がふんだんに飾られ、それ故、桃の花がずらりと並んでいると言ってもいいような、薄暗い小屋のなかで、ティージェンスはベルトを身に付けるのに悪戦苦闘した。まず、彼は帽子を脱ぐことを忘れていた。それから誤った隙間に頭を突っ込んだ。留め金をはめる指はまるでソーセージででもあるかのように動かなかった。医師の割れた髭剃り用の鏡で身なりを点検した。髭はこの上なく見事に剃られていた。

六時半に彼は髭を剃っていた。分遣隊が出発して五分後のことだった。当然のこと、輸送トラックの出発はその一時間後だった。特別念入りに髭を剃っていて幸運だった。厚かましいほどに落ち着いた男の顔が自分を見つめていた。その顔は鏡のひびで二つに割れていた。当然のこと、白い顔の半分ずつが割れた鏡のそれぞれに映り、左右それぞれの頬骨の上が赤く染まっていた。白髪交じりの頭髪は乱れ、白い筋は極端な銀色だった。最近はひどく白髪が増えてきた。しかし、彼は、自分は疲れてなどいないと言い張った。気疲れなどしていられるか、と。マッケクニーが背後から言った。

「いったいどういうことだ。テーブルが片づいていないと将軍に叱られた！」

ティージェンスが、未だ鏡を見つめたまま、言った。

「テーブルを片づけておくんだ。隊が受けた叱責はそれだけだ」

それでは、俺がマッケクニーに管理を任せた大隊事務室に将軍は行ったに違いない。マッケクニーは息せききって話を続けた。

「あんたは将軍をぶん殴ったそうだな。…」

ティージェンスが言った。

「この町で言われることは割引いて考えなければならないことがわからないのか」心のなかでは「大丈夫だった！」と思った。彼は侮蔑的な声にクールな切れ味を効かせて話した。

彼は喘いでいる調理担当軍曹――また一人別の、灰色の口髭を生やし、がっしりとした、かなり年長の下士官だった――に言った。

「将軍が調理場を点検して回られる。…決してロッカーのなかに汚い調理服を入れておかないように！」それがなければ調理場は安泰だと彼はかなりの程度確信していた。一昨日の朝、自分で点検して回ったのだから。それとも昨日だったか？…

分遣隊の派兵が取り消されたために夜通し起きていた晩の翌日だった。…どうでも構うものか。ティージェンスは言った。「料理人に白衣は配らんぞ。…きっとどこかに隠しているはずだ。命令違反だがな」

軍曹は遠くに目を逸らし、アシカ髭の奥で心得顔に笑った。

「将軍は白い調理服を見るのがお好きなのです」と軍曹は言った。「白衣は注文が取り消されて手に入らないことをご存知ないのでしょう」

ティージェンスが言った。

「問題は、忌々しい調理人たちが着替えた後、ひどく汚い調理服を宿舎にもち帰らず、ロッカーのなかに押し込んでしまうことだ」

レヴィンが非常にはっきりと言った。

「将軍はこれを届けるようにとわたしを送ったのです、ティージェンス。フラフラするようなら、これを嗅ぎなさい。あなたは二晩連続で徹夜しているのだから」レヴィンは管のなかの銀色の部分の気つけ薬を手のひらに広げた。将軍はときたま眩暈を起こすのですとレヴィンは言った。実際、自分自身もベイリー嬢のためにこの気つけ薬をもち歩いているのだと。

ティージェンスは、いったいなぜこの気つけ薬の容器が、ほとんど――信じ難いほど――わからないくらいの寝室のドアの真鍮の取っ手の動きを思い出させるのだろうかと自問した。もちろんシルヴィアが、鏡に映った、明かりに照らされた鏡台の上に、まさにこうした滑らかな銀色の容器を置いていたからだった。…見るものすべてが、あの取っ手のわずかな動きを自分に思い出させるのだろうか。

「お好きなようにどうぞ」調理担当軍曹が言った。「ですが、最高司令官の査察に際しては、いつでもロッカーに衣類一点を置いておくのです。将軍はいつもまっすぐにあのロッカーのところに歩いていき、それを開けさせます。わたしはキャンピオン将軍がそれを三度やるのを見ました」

「もし今回何か見つかったら、その所有者は地区軍法会議にかけられることになろう」とティージェンスが言った。「調理台の上には清潔なシーツを敷いておくように」

「将軍たちは汚い衣類を見つけるのが本当にお好きなんです」と調理担当軍曹が言った。「調理場についてては他に何も知らないにしても、それが話の種を提供してくれるからなんでしょう。自分のシーツをかけておきます、大尉殿。…二十分かそこら将軍を引き止めておいてください。お願いはそれだけです」

レヴィンがこの軍曹の揺れながら遠ざかる背中のほうに向かって言った。

「まったくもって肝のすわった男だ。査察に対してあれほどに自信をもっているとは。…まったくもって！…」レヴィンはかつて経験した査察の記憶に身を震わせた。

「まったくもって肝のすわった男だ」とティージェンスも言った。そしてマッケクニーに言葉を継いだ。

「食事を見回るという考えが将軍の頭に浮かぶといけないから、食事もちょっと見ておいてくれ」

マッケクニーが不機嫌に言った。

「おい、ティージェンス。この部隊を指揮しているのはおまえか、それとも俺か？」

レヴィンがティージェンスに代わって大声をあげた。

「どういうことですか。いったい…」

ティージェンスが答えた。

「マッケクニー大尉は彼のほうが先任の士官であり、部隊を指揮すべき人間だと不平を言っているのです」

レヴィンが絶叫した。

「よりによって…」彼は力を込めてマッケクニーに話した。「いいですか、君。こうした部隊の指揮は司令部の裁量によって決められるのです。そこを勘違いしてもらっては困ります」

マッケクニーが頑固に言い張った。

「ティージェンス大尉が今朝わたしに隊を受けもってくれと頼んだのです。わたしの理解では、ティージェンス大尉は身柄を拘束されていて…」

「君は」とレヴィンが言った。「訓練と補給のためにこの部隊に配属されているのです。君の叔父だか誰だかがティージェンス大尉の被保護者であることが将軍の頭に入っていなかったなら、君は現時点で精神病院に入っているでしょうね。…」

マッケクニーの顔がヒクヒクと引き攣り、狂犬病にかかった男たちがぐっと唾を飲み込むように唾を飲み込んだ。次いで拳を上げて、大声をあげた。

「俺の叔父だと…」

レヴィンが言った。

「もう一言でも発したら、その瞬間、君を医師の監視のもとに置きますよ。その命令を出す権限はわたしにある。以上、さっさと下がりなさい！」

マッケクニーは戸口に行く途中でよろめいた。レヴィンが言い足した。

「今夜、前線行きという選択肢もありますからね。離婚のために休暇をとったのに離婚できなかったことで査問会議にかけるという選択肢も。また、別の選択肢も。将軍が君に示した温情に対してティージェンス大尉に感謝するんですね！」

このとき小屋が少しクルクルと回った。ティージェンスは気つけ薬の瓶を鼻腔に当てた。その臭いの刺すような痛みで、小屋は直立不動に戻った。

ティージェンスが言った。

「将軍を待たせるわけにはいきません」

「将軍は」とレヴィンが言った。「あなたに十分の時間を与えるようにわたしに命じました。あなたの小屋で座っています。疲れておいでです。この件でひどく心配されています。オハラは将軍がかつて初めて仕えた指揮官なのです。役に立つ男でもあります。仕事の面では」

ティージェンスは牛肉缶詰の箱でつくられた鏡台に凭れた。

「あなたは見事にマッケクニーの奴を叱りつけましたね」と言った。「そんな勇気があるとは思ってもいませんでした。…」

「ああ」とレヴィンが言った。「将軍と一緒にいますからね。…将軍の態度を真似て、上手くいったってことです。…もちろん、将軍があんなふうに誰かを叱らなければならないのを聞くことはめったにないことですが。将軍に逆らえる人間は誰もいません。当然のこと。…ただ、今朝、わたしが私設秘書として将軍の私室にいると、将軍が某《なにがし》に話していたんです。…髭を剃りながら、話していました。そして、まさにこう言ったのです。『君は今夜前線に出て行くか、軍法会議にかかるかだ』…そこで、わたしはあなたの卑しい友人にできるだけ同じことを言ったのです。…」

ティージェンスが言った。

「さあ、もう行きましょう」

冬の日差しのなかで、レヴィンはティージェンスの脇に腕を差し込み、陽気に身を凭せたまま、急ごうとはしなかった。そのこれみよがしなふるまいはティージェンスには耐え難いものだったが、それが必要不可欠であることも彼は認識した。よく晴れたこの日は、固い縁が付いた――残酷なほどにはっきりとした――もので一杯なように見えた。…肝臓のように茶褐色の！…

風に押されるかのようにひどく急ぎ足で歩いていく連隊本部の副官が彼らと擦れ違った。レヴィンは副官の敬礼に対し少し手を振っただけで、ティージェンスの話に魅了されながら歩を先に進めた。

レヴィンが言った。

「あなたと…あなたの奥さんは、今夜、将軍のところで食事することになります。西部地区の最高司令官と会うために。そしてオハラ将軍とも。わたしたちはあなたが奥さんと確かに別れたと理解しています。…」大佐にギュッと摑まれた左腕が大佐の腕を振り払うことがないように、ティージェンスは無理やりに自分の左腕を押さえつけた。

彼の頭は、ショーンブルクのような、枢型の、顎に革をはめられた軍馬になった。この頭を御するのは、水濠を鈍く飛び越すショーンブルクに跨るようなものだった。彼の唇が音を発した。

「バブ、バブ、バブ、バブ！」彼には両手の感覚がなかった。

ティージェンスが言った――

「その必要はわかります。もし将軍がそういう見方をしているとすれば。わたし自身の見方は異なりますが」その声はひどくうんざりした調子だった。「明らかに」と彼は言った。「将軍が一番ご存知のはずです！」

レヴィンの顔が真の熱意を示した。彼は言った――

「あなたはまともな男だ！　すごくまともな男だ！　わたしたちは皆同じ境遇にあります。…さあ、どうか教えてください。将軍のために。オハラは昨夜酔っていたんですか、酔ってなかったんですか」

ティージェンスは言った。

「ペローン少佐と一緒に部屋に飛び込んできたときには酔っていなかったと思います。…わたしはずっとそのことを考えてきました。そのうち酔いが回ってきたんです。…まずわたしが部屋から出ていくように要求し、それから命じたとき、彼はドアの側柱に凭れていました。…確かに、そのときには――混乱していました！　そこで、わたしは、出て行かないならば逮捕させるぞと言いました」

レヴィンが言った。

「ふむ、ふむ、ふむ」

ティージェンスが言った。

「それは明らかにわたしの義務でした。…わたしが完全に冷静だったことは請け合います。完全に冷静だったことをあなたに請け合うことをどうかお認めください。…」

レヴィンが言った。「わたしはその正しさを疑っているのではないのです。…しかし…わたしたちは皆一つの家族です。…極悪非道な…耐え難い性質の存在は認めます。…しかし、あなたもわかるでしょう。オハラはあなたの部屋に入る権利をもっている――憲兵司令官として！…」

ティージェンスが言った。

「それが彼の権利であったことに疑義を挟んでいるのではないのです。わたしは自分が完全に冷静であったことをあなたに信じてもらいたいのです。オハラ将軍の状態についてわたしに訊ねることで、キャンピオン将軍がわたしに敬意を払ってくれたのですから。…」

二人はティージェンスの事務室へと続く野営テントの列のはるかかなたまで歩いていき、フランスの風景の素晴らしいつづれ織りを一緒に見下ろした。

「将軍は」とレヴィンが言った。「あなたの意見を聞きたくてたまらないのです。それは実際、オハラが飲み過ぎで職務を続けることができないかどうかについての意見となるでしょう。…それに将軍はあなたの言葉を受け入れると言っています。これ以上の評価がいったいどこで手に入るでしょう」

「そうでしょうね」とティージェンスが考え抜いた上で言った。「それくらいのことはしてくれるでしょう。わたしのことを知っているのですから」

レヴィンが言った。

「これは驚いた！　あなたは嫌味たらしく、わざと繰り返して言うのですね！」そして、さらに急いで言い足した。「将軍はこの方面のことはわたしが処理することを願っています。わたしやあなたの言葉を受け入れるでしょう。あなたも許してください…」

ティージェンスの頭は完全に機能を停止した。下を流れるセーヌ川はオパール石のなかで燃えるS字のようだった。彼は言った。「何ですって？」それから「ええ、わかりました！　許しましょう。…辛いことですが。…あなたはたぶん自分が何をしているのかおわかりではないのです」

ティージェンスは突如切り出した。

「くそっ！…カナダ鉄道隊はわたしの分遣隊と一緒に出かけることになっていたのですか。今日はここで線路の復旧作業をするのに分遣されることになっていたのに。さらに出かけることにも。…わたしは彼らを押し止めておきました。…どちらの命令も同じ日付と時間になっていました。ホテルからもここからも司令部に連絡をとることができませんでした」

レヴィンが言った。

「ああ、それは大丈夫です。将軍は大いに喜んでいます。それについては将軍があなたに話すでしょう！」ティージェンスは大きな安堵の溜息を吐いた。

「ちょうどその直前、わたしの命令が矛盾していることを思い出したのです。…思い出してひどいショックを受けました。…輸送トラックで彼らを送ったなら、鉄道の復旧が遅れるかもしれない。…もし彼らを送らなかったら、あなたがひどく叱責されるかもしれない。それは耐え難い心配でした。…」

レヴィンが言った。

「ドアの取っ手が動くのを見たのと同じように、あなたは思い出したのですね。…」

ティージェンスは一種の靄のなかから言った。

「ええ、命令のなかの何かを忘れたのを突然思い出すとき、どんなに忌々しい気分になるか、あなたもおわかりでしょう。まるで鳩尾《みぞおち》を…」

レヴィンが言った。

「何か忘れたときにわたしが考えたのは、副官にどんなうまい言い訳をするかということだけでしたね。…連隊の将校だったときには…」

突然、ティージェンスが食い下がった。

「どうしてそれがわかったのですか。…ドアの取っ手のことです。シルヴィアがそれを見たはずはない。…」彼は言い足した。「それにシルヴィアがわたしの考えていたことを知っていたはずもない。…彼女はドアに背を向けていましたから。…それにわたしにも。…鏡に映るわたしを見ていた。…何が起きたのか認識さえしていなかった。…だから、取っ手が動くのを見たはずはない！」

レヴィンが躊躇った。

「わたしは…」彼は言った。「たぶん言うべきではなかった。…あなたがわたしたちに言ったってことを。…つまり、あなたが言ったのです…」日光のなかで彼の顔は青ざめていた。彼は言った。「ねえ、あなた…たぶん、あなたは知らないのでしょう。…子供の頃に、たぶんあなたは…」

ティージェンスが言った。

「ええ、それで…何だと言うんです」

「あなたは話すんです…眠っているときに！」とレヴィンが言った。

ティージェンスはこう言って、驚かせた。

「それがどうしたというんです？…本国に書いて送るほどのことではないではありませんか。今まで経験してきた過重労働や睡眠不足と同様に。…」

レヴィンはティージェンスの博識に哀れっぽく訴えて言った。

「しかし、それは意味しているのではありませんか…子供の頃、眠っているときに話す子がいたら、…わたしたちはその子のことを、実際、ちょっと気が触れていると言ったものです」

ティージェンスが感情を込めずに言った。

「必ずしもそうではありません。それは人が精神的圧迫を受けていることを意味しますが、すべての精神的圧迫が人の気を狂わせるわけではありません。決してそうではない。…その上、それにいったいどんな問題があるのです」

レヴィンが言った。

「あなたは気にしないと言うのですね。…これは驚いた」レヴィンは強烈な失意にうなだれて、未だ景色を見やっていた。彼は言った。「この忌々しい戦争め！　この忌々しい戦争め！…この景色全体を見てごらんなさい」

ティージェンスが言った。

「これは本当に励みとなる風景です。人間性が獣的であるのは、いつでもごく普通なことです。わたしたちは嘘をつき、裏切り、想像力を欠き、自分自身を欺きます。いつでもほぼ同じ割合で。平和なときも戦争のときも！　しかし、その光景のどこかに人間の巨大な集団があるのです。…その正面全体を越えてさらに広がる視界が得られたならば、あなたはさらに多くの人間の集団を見るでしょう。…七百万から一千万の。…皆がやけくそになって行きたくもないところに向かって動いていく。やけくそになって！　誰もが皆途方もなく恐がっている。それでも彼らは進んで行く。巨大な盲目の意志が彼らに、歴史の記録に名誉として刻まれるべく立派な行為を果たそうと努力を強いるのです。その努力だけが、彼らの全人生のなかで、唯一確かに名誉となる事実なのです。…一方、これらの男たちの他の人生は、汚らわしく、馬鹿げた、不名誉な些事だとされる。…あなたの人生のように…わたしの人生のように…」

レヴィンが大声をあげた。

「これは驚いた。あなたは何て悲観主義者なんだ！」

ティージェンスが言った。「これが楽観主義であることがわかりませんか」

「しかし」とレヴィンが言った。「わたしたちは戦場から叩き出されそうなのですよ。…あなたは事態がどんなに絶望的かわかっていないのです」

ティージェンスが言った。

「ああ、よくわかっていますとも。この天候が実際急変したら、わたしたちはおそらく破滅でしょう」

「わたしたちにはできませんよ」とレヴィンが言った。「天候をこのままもたせることなんて。たぶん無理です」

「しかし、成功か失敗かは」とティージェンスが言った。「人生にとっての栄誉とは無関係です。それに人間の美徳の考察は別の側面を省きません。わたしたちが負ければ、彼らが勝ちます。もしあなたの美徳――ウィルトゥス――に対する考え方に成功が必要なら、彼らがわたしたち自身の代わりに成功を提供するでしょう。しかし、重要なことは、どんな地震があなたの頭上で家を倒壊させようとも、人格の一貫性を守る力をもつことです。…有難いことに、それがわたしたちのしていることです。…」

レヴィンが言った。

「わたしにはわかりません。…もしあなたが本国で起きていることを知っていたら…」

ティージェンスが言った。

「ええ、知っています。…。その種のことは手に取るようにわかっています。事実についてはまったく知らなくとも、その生活を想像することはできます」

レヴィンが言った。

「できると信じます」さらに加えて、「もちろん、あなたにならできるでしょう。…それでも、わたしたちが利用できる唯一の方法は、二人の酔っぱらったろくでなしがあなたの奥さんの寝室に押し入ったという理由で、あなたを殉教者にすることくらいです。…」

ティージェンスが言った。

「そんなに声高に主張すると、非アングロサクソン系の出自丸出しですよ。…それに、そんな啓蒙的な誇張を使っては！」

レヴィンが突然声を張り上げた。

「いったい全体、わたしたちは何を話していたのだったか！」

ティージェンスが険しい顔をして言った。

「わたしはわたしの前歴について尋問する有能な軍事当局者の――つまりあなたの――処分を受けるためにここにいます。あなたが止めるまで、中身のない言葉を吐き出し続ける用意ができています」

レヴィンが答えた。

「お願いだから、わたしを助けて下さい。これはひどい苦痛だ。彼――将軍は――昨夜起きたことの真相を見出す仕事をわたしに課しました。彼は自分でそれに立ち向かうことができないのです。あなたがた二人に親愛の情を抱いているのですから」

　ティージェンスが言った。

「わたしにあなたの手助けを求めるとは、あまりに過大な要求です。…私は眠っているときに何を言ったのです。妻は将軍に何と言ったのです?」

「将軍は」とレヴィンが言った。「あなたの奥さんには会ってはいません。自分自身を信用できないのです。あなたの奥さんに意のままに操られることがわかっていたからです」

　ティージェンスが言った。

「将軍も学習してきているようですね。この前の七月で六十になりますが、学習してきている」

「それで」とレヴィンが言った。「わたしたちは今わたしがあなたに話した方法でことの次第を知ったのです。それに、もちろんオハラからも。将軍は髭剃りをしている間、もう一方の男ペロ…の奴には一言も話させませんでした。将軍はこう言っただけでした。『君の話は聞かん。君の話は聞かん。列車が動き出したらすぐに前線に赴くか、枢密院における[1]国王宛てのわたしの直接申請によって破滅するかどちらかだ』と」

「知りませんでした」ティージェンスが言った。「将軍がそんなにはっきりものを言うとは」

「将軍はひどく衝撃を受けています」レヴィンが答えた。「もしあなたと奥さんとが別れたら——さらにまた、あなたがたのどちらにとってであれ、評判を落とすような真実があったならば——それは将軍の幻想を粉砕することになるでしょう。それに…」彼は口ごもった。「あなたはサーストン少佐を知っていますか。砲兵隊の将校の。高射砲隊に所属している。…将軍はこの男とても親しくしています。…」

ティージェンスが言った。

「ロブデン・ムアサイドのサーストン家の人間ですね。…個人的に知っているわけではありません。…」

レヴィンが言った。

「この男が将軍をかなり動揺させているのです。…何かを話したことで。…」

ティージェンスが言った。

「それは驚いた！」さらに「あの男が将軍にわたしの悪口を言えるはずはありません。…だとすると、きっとそれは…」

「あなたは常にあなたへの悪口が将軍の耳に入るほうを望むのですか。…別の人への悪口ではなく」

「わたしたちはあまりにも長い時間、調理場の連中を査察に備えて待たせています。…将軍のことは、あなたにお任せしますよ」

レヴィンが言った。

「将軍はあなたの小屋のなかにいます。一人になれて喜んでいます。決して一人になれないのですから。将軍は国務大臣のために私的覚書を書くつもりだと言いました。それで、わたしはいつでも好きなときに、あなたからすべてを聞き出せるだけの時間、あなたを引き止めておいて構わないと言われています。…」

ティージェンスが言った。

「サーストン少佐の申立ては本当に起きたことなのでしょうか。…サーストンは人生の大半をフランスで過ごしてきました。…しかし、わたしは話を聞かないほうが良いでしょう。…」

レヴィンが言った。

「彼は高射砲に関するフランス文民当局との連絡将校です。こうした男たちは一般に、かなり長い間フランスに住んでいます。きちんとした寡黙な男です。将軍とチェスをし、チェスをしながら話をします。…将軍はこの男が言ったことをご自分であなたに話すでしょう」

ティージェンスが言った。

「それは驚いた！…将軍もあなたと同様に話すつもりなのですか。…輪が狭まっていると言うんですね」

レヴィンが言った。

「いつまでもこんなふうに話しているわけにはいきません。…もっと直接的に言わなかったのはわたしの過失です。しかし、一日じゅうこんなことを続けているわけにはいきません。わたしたちは二人とも耐えられないでしょう。…わたしはほとほと疲れました。…」

ティージェンスが言った。

「実際、あなたのお父上はどこの出身なのです？　フランクフルトじゃないでしょうね…」

レヴィンが言った。

「コンスタンティノープルです。…父の父はトルコ皇帝の財務代理人でした。わたしの父は、この祖父が宮廷から勲一等メジディエ勲章[2]とともに与えられたアルメニア女に産ませた息子でした」

「それであなたのきちんとしたマナーと常識の説明がつきます。もしあなたが英国人だったら、もっと前に、わたしはあなたの首をへし折っていたでしょう」

レヴィンが言った。

「それはどうも！　わたしはいつも英国紳士のようにふるまっていると思っていますがね。しかし、わたしは今、残忍なほどに率直になろうとしています。…」そして続けた。「とても奇妙なことは、あなたがいつでもミス・ワノップにヴィクトリア朝の書簡文範の言葉で話しかけていることです。その名前を持ち出すことをお許しください。そのほうが事を早く済ませることができます。あなたは一分か一分半ごとに『ミス・ワノップ』と言いました。それで将軍はどんな断言を聞くよりも確信したのです。あなたがたの関係が完全に…」

ティージェンスは目を閉じて言った。

「わたしは眠りのなかでミス・ワノップに話しかけたんだ。…」

レヴィンは少し震えながら言った。

「それはとても奇妙でした。…ほとんど幽霊のようでした。…そこにあなたが座っていました。両手をテーブルの上に置いて。話し続けていました。彼女に手紙を書いているように見えました。そして日光が小屋のなかに流れ込んできました。わたしはあなたの目を覚まさせようとしたのですが、将軍がそれを止めました。将軍は自分が探偵の仕事をしているという見方をしていて、真相を究明したほうが良いと思っておられるようでした。あなたが社会主義者だと思い込んでいましたから」

「そうでしょうね」とティージェンスが述べた。「将軍は真相を学び始めているとわたしはあなたに言ったでしょう?…」

　レヴィンが大きな声をあげた。

「しかし、あなたは社会主…」

　ティージェンスが言った。

「もちろん、あなたの父親がコンスタンティノープルの出身で、あなたの母親がグルジア人ならば、それはあなたが魅力的であることの説明になる。あなたはとてもハンサムな男です。それに頭もいい。…わたしが社会主義者かどうかを訊ねさせる仕事を将軍がもしあなたに課したのなら、わたしはあなたの質問に答えましょう」

　レヴィンが言った。

「ダメです。…それは将軍が自分自身で訊ねるためにとってある質問の一つです。もしあなたが自分は社会主義者だと答えるなら、将軍はあなたの名前を彼の遺書から消す意向のようです。…」

　ティージェンスが言った。

「将軍の遺書ですって!…ええ、もちろん、将軍がわたしに何かを遺してくれる可能性は大いにあります。ですが、それはむしろわたしに自分は社会主義者だと発言する動機を与えるのではありませんか。わたしは将軍のお金など欲しくありませんから」

　レヴィンははっきりと一歩後ろに飛び退いた。お金は、特に相続によって入ってくるお金は、彼の人生にとって神聖なものだったので、彼は大きな声をあげた。

「そうした話題で冗談が言えるだなんて、理解できませんね!」

　ティージェンスが陽気に答えた。

「まあ、将軍の遺産を得るために、わたしがあの老紳士にこびへつらうとは、あなただって思わないでしょう」さらに加えて「もうお仕舞いにしたほうが良くはありませんか」

レヴィンが言った。

「落ち着きましたか」

ティージェンスが答えた。

「かなりね。…これまで感情的になってしまったことをお詫びします。あなたは英国人でないから、困惑はしなかったでしょうが」

レヴィンが憤慨した様子で大声をあげた。

「何ということを！　わたしは骨の髄まで英国人です！　わたしのどこが問題だというのですか？」

ティージェンスが言った。

「何も。…まったく何も問題ではありません。そのことがあなたを非英国人にしているのです。わたしたちは皆…いや、わたしたちのどこが悪いかは問題ではありません。わたしとミス・ワノップとの関係について、あなたは何を知ったのですか？」

その質問には何の感情も込められておらず、また、レヴィンはまだ自分の出自のことをとても気にしていたので、ティージェンスが言っていることを最初理解できなかった。そこで自分はウィンチェスター校とモードリン・コレッジで教育を受けてきたのだと抗議し始めた。それから、「なるほど」と言い、時間をかけて黙考した。

「もしも」やがて彼は言った。「この女性が若くて魅力的だと将軍が口外しなかったなら…少なくとも魅力的だと…わたしはあなたがその女性をオールドミスだとみなしていると思ったでしょう。…もちろん、ショックでしたよ、誰かいたなんて思うと…あなたがそれを自分に許していたなんて。…いずれにせよ、わたしに見る目がないのでしょう。…」

「将軍はどう推測したのです？」

「将軍は…」レヴィンが言った。「木の実を落とした穴に耳を傾ける鵲《カササギ》のように…狡猾そうに…頭を片方に傾げて、あなたを見下ろして立っていました。…最初は失望した様子でしたが、それからかなりうれしそうな顔になりました。純真な喜びの顔です。まさに純粋な喜びのね。…小屋を出ると、将軍は言いました。『〝酒のなかに真実あり〟だな』そして〝眠り〟はラテン語で何というのかと、わたしに訊ねました。…ですが、わたしもそれを思い出せませんでした。…」

ティージェンスが言った。

「わたしは何を言ったのです？」

「それは」とレヴィンが言った。「あなたが実際しゃべったことを言うのは極めて困難です。長い科白《せりふ》を正確に覚えているとは言えません。もちろん、それはかなりハチャメチャなものでした。本当に、あなたは普通若い女性に話さないようなことを、一人の若い女性に向かって語っていました。そして、明らかにあなたは奥さんの…ティージェンス夫人の…期待を容易に裏切ろうとしていました。…どうして自分がきっぱりとティージェンス夫人と別れる決心をしたかを説明しようともしていました。その若い女性が困惑するかもしれないと考えていました。…離婚ということに対して。…」

ティージェンスは無頓着に言った。

「これは何とも痛ましい。昨夜、実際何が起きたかを、あなたにお話ししておいたほうがおそらく良いでしょう。…」

レヴィンが言った。

「お望みならば！」それから、どちらかというと遠慮がちに付け足した。「わたしが軍事査問委員会のメンバーであることをお忘れでなければ。あなたが事態を適切な方法で事が起きた順に話してくれるなら、わたしの将軍への報告は容易になるでしょうけれど」

ティージェンスが言った。

「ありがとう…」それから少し間を置いて言った。「わたしは昨夜、妻と休むために仕事から退きました。…正確な時間は覚えていません。一時半ぐらいだったかな。歩くのに三十分以上かかって、この宿営地に着いたのが四時半でした。だから、わたしがこれから話そうとすることが起こったのは、おそらく四時前だったでしょう」

「時間は」とレヴィンが言った。「たいした問題ではありません。こ、と、が起きたのは深夜です。オハラ将軍が三時三十五分にわたしに苦情を言いに来ました。わたしの宿舎に到着するのにおそらく五分かかったでしょう」

ティージェンスが訊ねた。

「正確な嫌疑は…」

「苦情は」とレヴィンは答えた。「実際、とても多岐に及んでいました。…すべてを理解することはできませんでした。簡潔な告発は酔っ払っていたことと上官を殴ったことです。その後、あなたが殴ったことにのみ不適正行為があるとされました。…あなたが大隊事務室の犯罪事件簿をきちんと付けていないという不適正行為の補足的告発もありました。…それがどういうことかわたしにすべてが理解できたわけではありませんが。…あなたは憲兵隊のことで彼と喧嘩をしたようですね。…」

「それが」とティージェンスが言った。「、、ことの真相です」そして訊ねた。「わたしが殴ったとされる将校はいったい…?」

レヴィンが言った。

「ペローンです」と素っ気なく。

ティージェンスが言った。

「あなたは彼自身ではなかったと確信しているのですね。わたしはオハラ将軍を殴った罪を認める用意ができています」

「それは」とレヴィンが言った。「罪を認める、認めないの問題ではありません。あなたに対してそうした趣旨の告発はなされていないのですから。それに、あなたは自分が逮捕されていないことを完全に認識しています。逮捕される立場になった後で任務を行うよう命令されることは、それ自体あなたが釈放されたことを意味し、逮捕を取り消すものだからです」

ティージェンスが冷静に言った。

「よくわかっています。それが調理場の視察にわたしを同行させる命令を出した際の、キャンピオン将軍の意図だったということも。…しかし、わたしはそれは違うのではないかと思うのです。…この件をもみ消すのが最高の方法かどうかはあなたの賢明な判断に委ねたいと思いますが…オハラ将軍を殴ったという嫌疑に対しては罪を認めるほうが得策だとわたしは考えています。そして、もちろん、酔っぱらっていたことについても。将校は素面のときに将軍を殴ったりはしませんからね。そのほうがことが目立たなくなるでしょう。実際、下級将校たちは酒に酔って毎日破滅しているんですから」

レヴィンは「ちょっと待ってください」と二度言葉を差し挟んでいた。今度は、ある種の恐怖を抱いて絶叫した。

「あなたは自己犠牲癖のせいで公平な見方がまったく…まったくできなくなってしまっている。あなたはキャンピオン将軍が紳士であることを忘れています。この命令に関しては、こそこそとしたやり方は禁物です」

「そんなことは耐えられません」とティージェンスは言った。「酔っぱらって破滅するのは何でもありませんが、この醜聞が露わになるのは地獄です」

レヴィンが言った。

「将軍は正確に何が起きたのか知りたいと強く望んでおいでです。正確に何が起きたのか語れという命令をどうか受け入れてください」

ティージェンスが言った。

「まったくとんでもない。…」彼は一分近く黙ったままでいた。その間、レヴィンは神経質な激しいリズムで、乗馬用の鞭をゲートルに打ちつけていた。ティージェンスは体を強張らせて話し始めた。

「オハラ将軍が妻の部屋に来て、急にドアを開けて入ってきたのです。わたしがそこにいました。将軍は酔っているように見受けられました。しかし、彼が大声で言ったことから、その後、わたしは彼が酔っているのではなく、誤解しているのだと想像しました。廊下にはわたしが投げ飛ばしたところにもう一人の男が転がっていました。オハラ将軍がこの男はペローン少佐だと大声で言いました。わたしはこの男がペローン少佐だとは気づいていませんでした。ペローン少佐のことはあまりよく知りませんし、軍服を着ていませんでしたから。わたしはフランス人の給仕がわたしを電話口に呼びに来たのだと想像したのです。戸口に見えたのは顔だけでした。彼は戸口を見回していました。妻はというと…ほとんど裸の状態でした。わたしは男の顎の下に手を入れ、戸口から投げ出しました。わたしはとても頑強である上、渾身の力を振り絞りました。それは認めます。わたしは興奮していましたが、状況が要求する以上に興奮していたということはありません。…」

レヴィンが大きな声をあげた。

「だが…午前の三時ですよ！　電話ですって！」

「わたしは自分の司令部にもあなたの司令部にも電話を入れていたのです。夜通しずっと。分遣隊を指揮するカウリー少尉もわたしに電話をかけてきていました。カナダ人の鉄道隊をどうすべきか、わたしはどうしても知りたかったのです。妻の部屋に来てから、わたしは電話口に三度呼び出されましたし、一度は伝令兵が野営地からやって来ました。わたしは詳細が込み入っている我が一家の地所の整理に関して妻と大変厄介な会話を交わしてもいました。わたしは妻の部屋の隣りの部屋におりましたが、間の扉は開けたままにしていたので、前にも、ウェイターや伝令兵が、わたしの部屋のドアをノックしたときには、その音が聞こえました。ホテルの夜勤のポーターは色の黒い、不精で、無愛想な男で…ペローンに似ていなくもありませんでした」

レヴィンが言った。

「そんなことにまで触れる必要があるのですか。…わたしたちは…」

ティージェンスが言った。

「わたしが陳述をするということなら、必要になると思います。むしろあなたが質問をしてくれたほうが良いのでは…」

レヴィンが言った。

「どうぞ話を続けてください。…ペローン少佐が軍服姿でなかったという陳述はわたしたちも認めます。パジャマにガウンを纏っていたと少佐も認めています。トイレを探していたのだと」

ティージェンスは「なるほど!」と言い、考えながら立っていた。そして言った。

「ペローン少佐の陳述の要点を…聞かせてもらってもいいですか」

「彼の陳述は」とレヴィンが言った。「今わたしが言ったことに尽きます。トイレを探していたというのです。以前、このホテルに宿泊したことがなかったのだと。ドアを開けて見回していると、いきなりもの凄い力で廊下に投げ飛ばされ、壁に頭を打ったというのです。それで頭がボーッとして、実際何が起きたのかわからないまま、彼を襲った人間に大声でさまざまな非難を浴びせたのだと言っています。…するとオハラ将軍が泊まっていた部屋から出てきたのだと。…」

ティージェンスが言った。

「ペローン少佐はどんな非難の言葉を叫んだのです?」

「何ですって?…」レヴィンは戸惑った。「それについては…彼は陳述で詳細を述べていません」

ティージェンスが言った。

「それがどんな非難だったかわたしはぜひとも知りたいのです。…」

レヴィンが言った。

「それについてはわかりません。…申し訳ありませんが。…ペローン少佐がわたしに会いに来たのは、オハラ将軍より三十分後のことでした。彼はとても…極度にと言ってもいいくらいに…緊張し、心配していました。こう言ってはなんですが…ティージェンス夫人のことを。さらに、あなたに面倒が及ばないようにとても強く願っていました！…彼はまさに何でもかんでも大声で叫んだようです。…『泥棒！』だったかもしれませんし、『火事だ！』だったかもしれません。しかし、オハラ将軍が出てくると、彼は我を忘れて、あなたの奥さんの部屋に招待されたのだと言ったのだそうです。そして…申し訳ありません、あなたにはひとかたならぬ恩義を受けているというのに。…この上なく大きな…それで、あなたが彼を恐喝しようとしたのだと！」

ティージェンスが言った。

「なるほどね！…」

「おわかりでしょう」とレヴィンが言った。嘆願するかのように言った。「それはペローンが廊下でオハラ将軍に言ったことです。後で気違い沙汰だったとさえ白状しました。…それに、このことでの告発の受理は求めませんでした。…」

ティージェンスが言った。

「ティージェンス夫人が許可を与えたということもですか？…」

レヴィンは目に涙を浮かべて言った。

「これ以上は続けられません。…あなたを苦しめるくらいなら将校の職を辞するほうがましです。

……」

「将校の職は辞められませんよ」とティージェンスが言った。

「職位への任命は取り消せます」とレヴィンが答えた。彼はすすり泣きが止まらなかった。「この忌まわしい戦争のせいだ！……この忌まわしい戦争の！……」

ティージェンスが言った。

「わたしの妻の許可を得てペローンがやって来たことは真実だと信じざるを得ないと告げなければならないことであなたが困惑しているのだとしたら、ペローンの言っていることは真実だとわたしが請け合いましょう。わたしにその場にいてもらいたいと妻が思っていたことも真実です。彼女が求めていたのは、姦淫ではなく悪ふざけだったのです。しかし、わたしは――サーストン少佐がすでにキャンピオン将軍に言ったと思われますが――妻がペローン少佐と一緒だったことがあるということも意識していました。フランスで。イッサンジョー・レ・ペルヴァンシュというところです。……」

「そんな名前ではなかった」とレヴィンが泣き喚いた。「その土地の名はサン……サン何とかだった。……セヴェンヌ地方の。……」

ティージェンスが言った。

「いや、そこじゃない。……困惑する必要はありません。……」

「でも、わたしは……」レヴィンが言った。「あなたに大きな恩義を受けているのに。……」

「わたしは」とティージェンスが言った。「自分でこの問題にケリをつけるほうがいいのです」

レヴィンが言った。

「将軍は断腸の思いをなさるでしょう。ティージェンス夫人に絶対的信頼を置いているのですからね。誰が断腸の思いをせずにいられましょう。サーストン少佐が将軍に何を言ったか、あなたは推測できますか」

「サーストン少佐は、そういうことについてはいつでもよく分かっている、褐色の肌の、信頼できる男です」とティージェンスは答えた。「将軍がティージェンス夫人を信頼するのもまったく無理のないことです。…ですが、もう過信はしなくなるでしょう。遅かれ早かれ、わたしたち皆がそうなるでしょう。…」彼は少し苦々しげに付け加えた。「あなただけは違うでしょうがね。トルコ人だかユダヤ人だかであるあなたは、純真で、東洋的で、単婚主義者で、誠実な人ですからね」彼はさらに付け加えた。「調理担当軍曹が将軍の査察のために兵たちの食事を引っ込めてしまわなければ良いのですが。…だが、もちろん、そんなことはしないでしょう。…」

レヴィンが言った。

「それがいったい何だって言うんです」と荒々しく。「将軍は三時間だって兵を待たせておくことがありますよ。練兵場で」

「もちろん」とティージェンスが言った。「もしペローンがオハラ将軍にそう言ったのなら、オハラ将軍がすっかりできあがっていたというわたしの疑いは大いに取り除かれるでしょう。その立場を受け入れてみましょう。オハラ将軍はわたしがかけた小さな錠を叩き壊して、『どこだ――恐喝者は?』と叫びながら、なかに入って来ました。追い出すのに、たっぷり三分はかかりました。わたしは冷静に明かりを消しました。すると、オハラはもう一度ティージェンス夫人を見たいとしつこく求めました。この点を斟酌すると、オハラ将軍は一度眠るとなかなか目が覚めない人だということがわかります。明らかに、たくさんの酒を飲んだ後で突然起こされたのです。ペローン少佐が恐喝だ！　とか、泥棒だ！　とか叫んでいるのを聞いたのです。おそらくこの街には恐喝者のグループが存在するのでしょう。オハラはそのなかの一人を現行犯逮捕したことがあるのかもしれません。いずれにせよ、彼は憲兵隊の件でわたしのことを嫌っています。わたしは、彼に知られていない、みすぼらしい身なりの男です。ペローンは百万長者として通っています。実際そうなのでしょう。ケチだと噂されていますが。それで恐喝という考えにとりつかれて、オハラ将軍を催眠術にかけたのでしょう。…」

ティージェンスはさらに続けた。

「しかし、わたしはそれを知ることができませんでした。…ペローンに対してドアを閉めてしまっていたので、その男がペローンだとさえ気づきませんでした。その男はわたしを電話口に呼びに来た夜番のポーターだと実際わたしは考えました。わたしが見たのはまさに咆哮するサチュロスでした。つまり、わたしはオハラのことをそういうものとして考えたということです。…それに、もちろん、わたしは冷静を保っていました。…男は、しつこく戸口の側柱に凭れ、もう一目ティージェンス夫人を見せるように求め、『あのアマは』とか『あの売女は』とか言い続けていました。『ティージェンス夫人』と言うのではなく。…そのとき、わたしは何かおかしいと思いました。『ここはわたしの妻の部屋です』と、わたしは何度か言いました。その女がおまえの妻かわかったもんじゃないといった趣旨のことを彼は言いました。そして…『あの女はラウンジでわたしにも色目を使っていた。だから、わたしがペローンと同じ目に遭っても可笑しくなかったわけだ』…おそらく彼は、わたしが誰かを恐喝するために売春婦を連れ込んだのだと思い込んだのでしょう。…しかしです…しばらくするとわたしはクタクタに疲れ果ててしまいました。…わたしは外の廊下に彼の配下の憲兵隊員の一人を見つけたので、言いました。「もしオハラ将軍を連れて行かなければ、酩酊の廉で将軍を逮捕するよう君に命じなければならない」と。それを聞いて将軍は激怒したように見えました。わたしはさらに彼に近寄って、ドアの外へ押し出そうと決意しました。それに明らかに彼はウイスキーの匂いをさせていました。強烈にね。…しかし、おそらく彼は実際、激高しすぎたと考えたのでしょう。その上、たぶん、しらふに戻りつつあったのかもしれません。わたしは他に仕様がなかったので、そっと彼をドアの外に押し出しました。出て行きながら、彼は『おまえは逮捕されたものと思え』と叫びました。わたしもそう心得ました。そこでわたしは妻といくつか細かな問題を解決すると、自分の宿舎だと見なしている野営地へと歩いていきました。肺の状態のせいで、医務官の命令により、ホテルに居住するよう言われているのですが。そこで分遣隊を見送りました。わたしが命令を下す必要はありませんでした。わたしは宿舎の寝室に行きました。六時半くらいでした。それから七時近くにマッケクニーを起こし、副官による大隊の閲兵式と大隊事務室を任せました。小屋のなかで朝食を済ませ、事の成り行きを待つために専用事務室に入りました。大事なことはこれですべてお話したと思います。…」

Ⅱ章

バス勲章一等勲爵士（GCB）[1]にして、聖マイケル・聖ジョージ二等勲章（軍人用）（KCMG）[2]、殊勲従軍勲章（DSO）[3]等々の受章者である将軍エドワード・キャンピオン卿は、その栄光を煌めかせながら、牛肉缶詰の箱に座り、樅材のテーブルを覆う軍用毛布の上に身を乗り出し、陸軍大臣宛ての極秘メモをしたためていた。将軍は差し当たり、表面上とても上機嫌だったが、彼の潜在意識は困惑し沈んでいた。したためる各文の終わりで――確かに将軍はますます満足度を高めて書いていたが――使っていない意識が「いったい全体あの野郎をどうしてくれようか」と言っていた。あるいは「いったいどうしたらあの娘の名をこの混乱と関係させずにおくことができるだろうか」と。

フランスの鉄道ストライキの原因は何だと考えているか、本国の当局に知らせる極秘メモをしたためるよう求められ、将軍は指揮下の軍隊の大半の者の意見がどうであるかを報告するという巧妙な工夫を思い付いた。これは、自分を本国政府と対立する立場に置きかねないだけに、取るのが危険な方法だった。しかし、将軍は、本国政府が現地の民間人たちに対して行い得るどんな調査も、彼がしたためることを裏書きしてくれるだろうとかなりの確信を抱いていた。自分が注意深く述べたことが自分自身の意見の伝達だと受け取られてはならなかった。加えて、将軍は政府からどんな処遇を受けようが構わなかった。

将軍は自分の軍歴に満足していた。戦争が始まった当初、実質的に戦時体制化を支援した後で、たいていは騎馬歩兵を指揮し、東方で大きな勲功を上げた。その後、海外に出入りする隊の組織化と輸送で頭角をあらわし、いま指揮をとっている兵站線の一部が非常に重要になったので、その指揮をとることのできる唯一の将軍とみなされるようになったというのが彼の理解だった。その兵站線の一部が途方もなく重要になったのは――それは公然の秘密だった――内閣の意見が割れ、英国軍の大半を東方のどこかに移すことがいつ何時決定されるかもしれなかったからだった。この根底にある考えは、キャンピオン将軍が見たところでは、少なくとも大英帝国の要求、軍事的動向と同様に――しばしば忘れられている事実だが――国際的政治力学を包括する戦略と何らかの関係があった。それについてこれだけは言っておく必要があった。大英帝国の真の利益は中東や極東――すなわちコンスタンティノープルの東側――において推進されるかもしれないということである。それは否定されるかもしれないが、実行可能な命題だった。西部戦線での現在の作戦は、比較的最近までは、根気強く続けられてきた評判の良いものでさえあったが、極東の財産からは遠く離れ、我々の威信を増すどころか減ずるものだった。加えて、開戦時のコンスタンティノープルの手前で行われた不幸な軍事行動[4]が、イスラム教徒に対して我々の威信をほとんど失墜させてしまっていた。こうして、ヨーロッパトルコとインドの北西部辺境との間の至る所に大軍を展開することが、イスラム教徒、ヒンズー教徒、その他の東洋の諸民族に、大英帝国はその気になれば、いくらでも圧倒的な軍事力を戦場に投入することができると示すことになるだろうと考えられた。それは確かに西部戦線での一種の敗北を、それに相応する西ヨーロッパでの威信の喪失を意味するかもしれなかった。しかし、フランス共和国の消滅は東洋の諸民族にとってはほとんど意味をもたないだろう。一方で我々は、仲間を見捨てる代償として、疑いなく敵国と折り合いをつけることができるだろう。それによって大英帝国を無傷なままにしておけるばかりか、植民地を広げることができるかもしれなかった。敵の同盟国側は、しばらくは植民地をもつことで負担を強いられたいと思いそうにはなかった。

キャンピオン将軍は、仲間を見捨てるという考えに打ちひしがれるほど感傷主義者ではなかった。連合国は戦闘組織として彼の尊敬を勝ち得ていた。戦闘組織として秀でていることは職業軍人にとっては極めて大事なことだった。それでも、彼は職業軍人だったので、大英帝国の境界線を広げる見通しを、どちらかというと感傷的で不名誉と思われるものによって、軽蔑するがごとくに無視することはできなかった。以前、多くの国を巻き込んだ戦争の間にこうした取引はなされてきたし、明らかに、再びそうした取引はなされるものと思われた。敵国側に好意を示す、少数だがどちらかというと声が大きく威圧的な英国人たちからの票集めが政府によって行われているのかもしれなかった。

しかし、戦術ということになると——これは敵の軍勢と実際に接触する軍の動きと関連するものであることを忘れてはならないのだが——その計画は狂人の脳の着想であることにキャンピオン将軍は疑いをもたなかった。そうした措置の不名誉はもちろん考慮されねばならず、その実行不可能性は救いようがないものだった。西部の前線からの撤退を我々が試みるならば我々の潰走がどんなにおぞましい性質のものとなるかは、一般市民の意識には昇らないであろうし、故意に無視されるかもしれなかった。しかし、将軍はそのおぞましさを絵を見るようにわかったし——彼は職業軍人だったので、彼の意識はその絵に身震いしたのだった。今ではこの国内に、これまで敵の軍勢と接触したことのない途方もない人数の軍隊が駐留していた。第一にこの軍隊を撤退させるとすれば、地元民たちはたちまち友好的な要素からひどく敵対的な要素へと変わるだろう。敵対的な国を通って軍を動かすことは、地元民が手助けしてくれる、あるいは少なくとも邪魔をしないでくれる地域を通っていくのに比べてn乗もの時がかかるものだ。その上、この巨大な軍隊には配給が行われなければならず、ほぼ確実な敵軍の突破作戦に備え、弾薬が支給されなければならない。現地の鉄道を利用することなしにこれをするのは不可能だろう。——しかし、同時にその鉄道の使用は禁じられるだろう。他方、前線を縮小することで撤退を始めようと試みるとしたら、兵士がもっぱら塹壕戦用に訓練されただけで、将校が撤退する軍隊の生命線である部隊間の意思疎通を保つことに不慣れといった軍隊では、この作戦は相当難しいものとなるだろう。実際、こうした類の訓練は、訓練所ではほとんど行われなかった。訓練所での訓練は、爆弾の投げ方、機関銃の使い方、雄弁な一般市民によって陸軍省に強いられたその他の教練に限られ——ライフル銃についてはほとんど顧みられなかった。このように、単に撤退をほのめかしただけで、敵軍が突破作戦を開始し、後方にいる巨大な、組織化されていない、あるいは半組織化された部隊に襲いかかるに違いなかった。

職業軍人の心をそそるのは、そうした状況を平静に受け止めることだった。将軍たちは、前衛の指揮官が悲惨な失敗をしたときに、後方からの退却を遅らせることで、往々にして、大いに名を上げてきた。キャンピオン将軍はこうした具合に名を上げる機会が自分にも提供されるかもしれないと望む気持ちにさえ抵抗した。指揮下の大軍が大虐殺されることについて平然と考えることはできなかったし、その種の首尾良い撤退行動がおぞましい大虐殺を伴わずして行われ得るとさえ考えなかった。塹壕戦の手荒い訓練を受けたことを除いては実質的に一般市民と変わらない軍に、必ずや細心の注意を要する緊急の動きをさせることなど望むべくもなかった。そこで、彼は実際、紙に覆われた四つの巨大な黒板を私室に置き、自分の手から離れたり、手に入って利用可能になったりする部隊の名前を日ごとに書き変え、当然、不測の事態に備えて計画を立てていたが、毎夜、就寝前には、その任務が自分の肩にかかることがありませんようにと特別の祈りを捧げたものだった。彼は支配管下の部隊の者たちにあまねく人気を博することを非常に重んじていたので、ぞっとするほどの負担と耐え難い苦しみを強いている自分が部隊の者たちの目にどう映っているのかを考えるのは耐え難いことだった。そこで彼は、撤退を達成しうるかもしれない計画の枠組みを本国政府が求めてきたのに対して準備したメモのなかで、殊に問題のこの側面を強調した。しかし、政府の一般市民的要素がこうした作戦に従事する兵たちの苦労にまったく無関心であり、軍事的緊急事態の何たるかについてまったく無知だったので、その主題に関して心血を注いだ言葉も単に無駄にされるだけだろうと考えざるを得なかった。……

そこで将軍はそれを読む何人かの紳士たちが非常に不快に感じるとわかっている伝達文を、陸軍大臣に宛てて、どうしても密かに書かなければならなかった。開いた背後のドアから日光が注ぎ彼の姿を輝かせているなかで、将軍は実際苦笑いを浮かべながらその文を綴った。

将軍は言った。

「座り給え、ティージェンス。レヴィン、十分間はずしてくれ」顔を上げずに、書き物を続けながら。横目でちらっと見ると、まだティージェンスが立ったままでいるのが見えたので、かなりイライラして言った。「座りなさい。座るんだ。…」

将軍は書いた。

「交通のこのまさに深刻な混乱は、フランス政府によって積極的に促進されているのではないにせよ、見て見ぬふりをされていると、現地の住民たちはかなり一般的に考えております。つまり、もしわたしが多数の兵を本国やその他の場所に戻す手段をここでとったならば、どういうことになるか我々に知らしめることを意図しており、単一指揮を支持する示威行為であるとも言われております。――単一指揮は非常に重みのある専門家の見解において、戦闘の素早く首尾良い解決に必要不可欠な手段だとみなされているところです」

将軍はそこで一旦筆を止めた。文はまさに核心に近づいていた。彼としては単一指揮を絶対的に支持していたし、彼の考えでは、これはどんな形であれ戦闘を終わらせるのに不可欠なものだった。軍事史全体が――クセルクセスの軍事作戦やギリシャ・ローマの戦争中の作戦からマールボロやナポレオンの軍事作戦、一八六六年と一八七〇年のプロシア軍の作戦に至るまで[5]――どんな合同作戦においても、均一的に行動する比較的小さな軍勢のほうが、単に不完全な一致で、あるいはまったく一致せずに行動するはるかに力に優った軍勢より、これもまたn乗の効力を発揮するという結論を示している。近年における武器の発達も、戦略にはまったく影響を及ぼさず、戦術に時間と数の違いをもたらしただけだった。今日も、ギリシャ連合軍の戦いのときと同様に、作戦の成功はある地点への軍勢の到着時間が適切に調整されているかどうかにかかっている。殺傷兵器が三十マイル先から役目を果たすか、手にもって操作されるかはまったく関係がない。死をもたらすのが上空からか、地下からか、空中にミサイルを飛ばすことによってなのか、有毒な苦痛を与える蒸気によってなのかも関係がない。戦闘に、方面作戦に、そして最終的に戦争に勝つために必要なのは、ある地点に軍勢を到着させるタイミングを見計らうことのできる頭脳なのだ。――それは、こうした地点への兵の集結を指揮することのできる一つの頭脳でなければならない。他の五人の考えや偏見と合致するかもしれないし、しないかもしれない作戦を遂行することを互いに求め合う六人の権威者の頭脳ではなく。……

レヴィンがこっそりと入ってきて、将軍が文をしたためている紙の脇の毛布の上にメモを滑らせた。将軍は読んだ。「事実の分析に関してTは将軍殿に完全合意しています。ただし、オハラ将軍の行動については理に適ったものだったとはるかに進んで受け入れる気でおります。将軍殿に完全に身を委ねています」

将軍は安堵の溜息を吐いた。射し込む日光がとても眩しくなっていた。さっきベルトを締めてくるように命じた際にティージェンスが一瞬たじろいだとき、将軍は実際、ほんとうに気が滅入ってしまった。将校は軍法会議を求めたり主張したりしないものだ。だが、もしティージェンスがあくまでも軍法会議を主張するならば、体面上、将軍はティージェンスに軍法会議を拒否することはできなかった。ティージェンスには公に嫌疑を晴らす権利があった。それを拒否するのは不可能だった。軍法会議という事態になれば、火に油を注ぐことになるだろう。というのも、将軍はオハラとは兵役を通して二十五年も前からの知り合いで――いや、三十年になるに違いない――彼は酔うとひどいことをすることをかなりよく知っていたのだ。しかし、将軍はオハラに深い愛着を抱いてもいた。――磨かれていないダイヤモンドのような古いタイプの将軍で、悪態をつきまくるが、途轍もなく有能な男の一人だった。

　レヴィンの報告に、将軍は心からホッとした。

　将軍は厳しく言った。

「座らんか、ティージェンス！　君がそこに立っているとイライラする！」心のなかでは思った。

「頑固な奴だ。…ふん、どうしようもない！」彼は、未だいらだちを覚えながら、意識と眼を自分が最後に書いた一文に集中した。彼は最後のくだりを読み返した。「――単一指揮は非常に重みのある専門家の見解において、戦闘の素早く首尾良い解決に必要不可欠な手段だとみなされております。…」

　将軍はそっと口笛を吹きながら、これを見た。それはかなり度を越していた。彼は単一指揮について意見を求められたのではなかった。しかし、彼はそれを明らかになかなかに入れたかったし、その結果に耐える準備が充分にできていた。その結果はかなりひどいものになるかもしれなかった。本国に送り返されるかもしれなかった。それは充分にあり得ることだった。それでも、哀れなパフルズに起きたことよりはましだった。パフルズには兵が不足していた。将軍はサンドハーストでパフルズと一緒で、同じ日に同じ連隊の将校に任官したのだった。途轍もなく優れた軍人だったが、あまりにも短気だった。兵員不足であったにもかかわらず、彼はそのことに並外れてうまく対処し、それは軍隊の語り草にもなっていた。しかし、それこそが彼に苦しみをもたらし、兵たちに不当な負担を強いた。ある日――天候が回復するとすぐに――当然のこと敵が突破作戦を開始した。するとパフルズは本国に送り返されることになった。それがウェストミンスターやダウニング街(6)の連中の望んだことだった。パフルズはしゃべりすぎた。彼らはパフルズが災難を引き起こすまでは帰国させようとしなかった。なぜなら、もし彼が面目を失っていなければ、彼は彼らの目の上のたんこぶになるからだった。一方、もし彼が面目を失っていれば、誰も彼の話にたいてい耳を傾けなくなる。それは賢いやり方だった！…狡いやり方だった！

将軍はテーブル越しに書いていた紙をポイと放り、ティージェンスに言った。

「それを見てくれ給え」小屋の真ん中でティージェンスは当番兵によって仰々しく運び込まれた牛肉缶詰の箱にどっかりと腰掛けているところだった。「貴様はひどくみすぼらしく見える」と将軍は言った。「貴様の軍服には三ヶ所か四ヶ所の油染みがある。髪も切ってもらうべきだ！」そして、さらに言葉を継いだ。「まったく唾棄すべき問題だ。貴様以外、誰もそんなことにかかわろうとしないだろう。貴様は扇動者だ。まさにそれだ。正真正銘の扇動者だ」

ティージェンスの問題は、実際、少なからず将軍を動揺させていた。将軍は宙ぶらりんの状態にあった。彼は人生の大半を妹のクローディーン・サンドバッチ令夫人と過ごし、残りの大半をグロービーで過ごした。少なくとも、彼がインドから帰ってきて、ティージェンスの父親が君臨していた間は。彼はティージェンスの母親を偶像視した。彼女は聖人だった。確かに彼の人生のなかの牧歌的な歳月は、実際、グロービーで過ごしたときのものだった。インドはそれほど悪くなかったが、それを楽しむには若くなければならなかった。…

確かにほんの一昨日のこと、彼はもし考え抜いたこの書簡が彼を本国送還にするような結果をもたらすとしても、そのときはグロービーが建つクリーヴランド国会議員選挙区の半分割区から出馬することを申し出ることを考えていた。クロービーの影響や、もうそこに大した土地をもっていないにせよ、甥のキャッスルメインが農村地区でふるう影響力によって、さらには鉄工業地区でのサンドバッチの影響力によって、彼は当選の見事な機会をもつだろう。そうなれば、彼はある人たちの目の上のたんこぶになるだろう。

将軍はグロービーに布陣することを考えていた。ティージェンスを除隊させるのが容易になるだろうし、彼とティージェンスとシルヴィアで一緒に住むことができるだろう。それが彼の理想の家庭であり職業だった。…

というのも、彼は軍人であるには年をとりすぎていた。戦闘軍をもっていなければ、六十男には軍人であることに大した付加価値はない。戦闘軍をもっていれば、貴族院議員の地位が確実となり、貴族院で高額の収入のある政治的な仕事に就くことができる。インドを要求する充分な権利をもち、それは死ぬときには陸軍元帥になっていることを意味していた。

他方、自分に下りそうな唯一の命令は——指揮官が死んだ場合を除いてであり、それに指揮官が健康である率はかなり高い！——パフルズに下った命令だった。それは決してうれしい命令ではなかった。——すべての兵が槌で叩かれバラバラにされる。将軍はこのこと全部をティージェンスに任せる決心をした。粗挽き粉の袋のようなティージェンスが、今読み終わったばかりの書簡の草稿越しに彼を見ていた。

将軍が言った——「どうかね？」

ティージェンスは言った。

「この件に関してこれほど強い意見を打ち出すのは、何とも素晴らしいことです、将軍殿。さもなければ我々は迷ってしまいます。」

将軍が言った。

「そう思うか?」

ティージェンスが言った。

「確信しています。しかし、将軍殿が統括部隊を捨てて政治に専念する用意ができているのでなければ…」

将軍が大声をあげた。

「君は驚くべき奴だ。…それはまさにわたしが考えていたことだった。今まさにこの時点でな」

「それほど驚くべきことではありません」とティージェンスが言った。「あなたのような考えをもつまさに現役の将軍が議会ではぜひとも必要とされています。あなたの義理の弟さんは求めればいつでも貴族院議員に鞍替えできるでしょうから、西クリーヴランドは今にも選挙の空白区になるでしょう。弟さんの影響力と甥御さんのキャッスルメイン卿の影響力があれば。——あなたの甥御さんは大した土地所有者ではありませんが、その名は農村地区で大いに尊敬されていますから。…それに、もちろん、グロービーを選挙本部に使えます。…」

「大丈夫か」

ティージェンスがビクともせずに言った。

「ええ、将軍殿。シルヴィアがグロービーを得ることになっており、将軍は当然そこを選挙本部にすることが可能です。あそこにはまだ将軍の狩猟馬が何頭もおりますし…」

「グロービーは本当にシルヴィアのものになるのか?…そいつは驚いた!」

ティージェンスが言った。

「大した手品ではないのでご心配には及びません」

将軍が言った。

「誓って、わたしはグロービーを諦めるくらいなら、むしろ天国へ入るチャンスを諦めるだろう。…いや、天国はともかく、インドをだ」

「将軍には」とティージェンスは言った。「インドを得るチャンスがあります。問題なのは、どちらの方法をとるかということです。…もし彼らがあなたに第十六軍を任せるとしたら…」

「御免だね」と将軍は言った。「パフルズの後釜を狙うことを考えるのは。サンドハーストで彼と一緒だった。…」

「これは」とティージェンスが言った。「どちらが最善かという問題です、将軍殿。国とあなた自身にとって。もし自分が将軍だったら、西部戦線で軍を指揮したかったでしょう。…」

将軍が言った。

「わたしにはわからない。…それは筋の通った経歴の終わらせ方だ。…だが、わたしには自分の経歴が終わろうとしているとは思えんのだ。わたしはすこぶる健康だ。十年後、それはわたしの経歴にどんな影響を及ぼすだろう？」

「自分は将軍がそうする姿を見たいと思います」とティージェンスが言った。

将軍が言った。

「誰もわたしが戦闘軍を指揮しているのかホワイトリーズ[7]の装身具店を指揮しているのかわからないだろう」

ティージェンスが言った。

「わたしにはわかります。…しかし、ペリー将軍が本国に召喚されたなら、第十六軍は是が非でも立派な男を必要とするでしょう。特に全兵卒の信頼を得ている将軍を。…それは素晴らしい立場となりましょう。いま西部戦線にいるすべての兵が、戦後あなたの後ろ盾になってくれるのです。それが確かな貴族院議員の地位を保証するでしょう。…それは確かに——あなたがなろうとしている——下院において自由な立場で主義主張を論ずる人間であるよりも健全な立場です」

将軍が言った。

「それでは、わたしは書簡をどうしたらいい？　これは途轍もなく良い書簡だ。書簡を無駄にしたくはない」

ティージェンスが言った。

「あなたは全力を尽くして単一指揮を支持していることをその書簡に示したいと望んでおられます。しかし、あなた自身が決定的にそう言っていると書簡を読んだ人たちから指摘されたくはない！」

将軍が言った。

「…その通り。まさにそれがわたしの望むことだ」そしてさらに言い足した。「君はこの問題全体に関するわたしの考えを理解しているようだね。中東のために西部戦線から撤退するという政府の主張は、我々と連合を組む国々を脅して単一指揮を諦めさせるために仕組まれた策略にすぎんのだろう。ちょうどこの鉄道ストライキが、もし我々が撤退を開始すれば、我々にどんなことが起きるかを示すための、別の示威行動であるのと同じように。…」

ティージェンスが言った。

「そのようですね。…わたしはもちろん現内閣を信頼していません。以前と違って接触すらしていません。…ですが、中東遠征を支持する内閣の一部はごく少数の人たちだと言えます。事実上、一人の権力者に何人かの取り巻きが付いているってところです。——しかし、その男を説得するために遅れが出る。それがわたしの見方です」

将軍が大声を出した。

「だが、そいつは驚きだ！…どうしてそんなことが可能なのだ。その男は百万の兵士の——わたしは本気で言っているのだよ——百万の兵士の血のことを考えて廊下を歩かなければならないというのに。その重圧で立ち上がることもできないはずだ。…その男がいま我々を遅らせることで戦争を長引かせている。そして、その間ずっと兵士たちが死に続ける。…耐えられん。…」将軍は立ち上がり、足を踏み鳴らして、小屋のなかを行きつ戻りつした。「ブルーデールストロアーム(8)では」と将軍が言った。「指揮下の中隊の半分の者が殺された。…わたしの過ちによってだと認めよう。誤った情報を得ていた。…」そこで口を噤み、再び続けた。「なんとしたことだ！…なんとしたことだ！…今ならわかる。…だが、耐えられない。十八年も前のことなのに。わたしは当時准将だった。そこは君の連隊——グラモーガンシャー連隊だった。彼らは小さな河にはまってしまい、砲弾を浴びせられて死に絶えた。わたしは事態に気づいたが、我々の銃ではボーア砲を凌駕し阻止することができなかった。…地獄だ」と将軍は言った。「本物の地獄だ。その後戦争中わたしは二度とグラモーガンシャー軍を視察することがなかった。彼らと目を合わすことを思うと耐えられなかった。ブラー(9)も同様だった。…ブラーのほうがわたしよりひどかった。…あの後、彼はしっかり顔をあげることが二度とできなくなってしまった。…」

ティージェンスが言った。

「よろしければ、もうやめていただけませんか。…」

将軍は大きく足を踏み鳴らし、不動の姿勢になって言った。

「えっ…何だと。いったいどうしたっていうんだ」

ティージェンスが言った。

「わたしは昨夜部下を目の前で殺されました。まさにこの小屋で。わたしが座っているのは、まさにその場所です。それが…何というか…今では人々が言うところの…強迫観念になっています」

将軍が大きな声をあげた。

「それは驚いた。やあ君、すまなかった。…こんなことはすべきではなかった。…世のなかの他の誰の前でもわたしはこんなふうにふるまったことはない。…ブラーに対しても。…ガタカー[10]に対しても。二人ともわたしのもっとも親しい友人だった。…スピオン・コップ[11]の戦いの後でもだ」彼は急にその話を止めて言った。「だが、こうした昔の思い出話は君には面白くもないだろう。…」さらに言った。「君が信頼できる人間であることをわたしは絶対的に信じている。自分が見たことをうっかり人に漏らしたりしないことはわかっている。…わたしがいま言ったことは…」将軍は口を噤み、耳を傾けるカササギのような姿勢をとった。それから言った。「わたしは南アでは虐殺者キャンピオンと呼ばれていた。ガタカーがバックブリーカー[12]と呼ばれていたのとまさに同様に。君の前で自分を愚弄したからといって、他の名前で呼んで欲しくはないね。いや、断じて愚弄ではない。わたしは聖人のような君のお母上を大いに敬愛していた。…」さらに言った。「これは兵の指揮官がもち得るもっとも崇高な誇りなのだ。…虐殺者と呼ばれ、その代わりに兵をしたがわせることは。それは信頼の証しであり、指揮官としての自信を与えてくれる。指揮官は間違ったときに一万人単位の兵を失わないように、正しいときに百人単位の兵を失う覚悟ができていなければならないのだ！…」さらに言った。「軍事作戦の成功は陣をとり守ることではなく、最小限の兵員の損失で陣をとったり守ったりすることにある。一般市民にそれをわかって欲しいものだ。兵士たちはわかっている。あいつらは、わたしが奴らのことを容赦なく酷使しても一つの命も無駄にしないことを知っている。…」将軍は大声をあげた。「畜生、君のお父上の時代にはこんな苦労をしなければならんとは考えもしなかった」将軍は言った。「わたしたちが話していたことに戻ろう。…大臣宛てのわたしのメモは…」将軍は突然怒鳴った。「ああ…あの男はシェイクスピアの台詞『脚という脚　手という手　頭という頭が最後の審判の日に[13]』を読むとき何を思うだろう。…どう続くのだったかな。ヘンリー五世の兵士たちへの演説は。『すべての臣民の肉体は王のもの。…だが、すべての臣民の魂は臣民個人のものだ[14]。…どんな王も、それほどに正しい大義をもちはしない…いやはや、いやはや…汚れなき兵士でそれを試せるほどには[15]。…』君はこうしたことを考えたことがあるかね」

心配がティージェンスを襲った。将軍は確かに取り乱していた。だが、何に対して。考えている暇はなかった。キャンピオンは確かにひどく働き過ぎだった。…ティージェンスは大声をあげた。

「将軍、やめたほうがよろしくありませんか」さらに「あなたのメモに話を戻せば…フランス市民の態度に対するあなたのメモの趣旨に沿ってわたしが報告書をつくる用意がすっかりできています。…そうすれば責任はわたしが被れます。…」

将軍は興奮して言った。

「いや、それはいかん！…いまでも君には充分な嫌疑がかけられている。君に関する機密報告書には、フランス軍と共通の利害を持ちすぎている疑いがあると記されている。それ故、全権委任は不可能だ。わたしはサーストンに何か書かせることにしよう。あいつは優れた男だ。信頼できる。…」ティージェンスは少し身震いした。驚いたことに将軍が続けた。

「『だが、わたしの背後には常に聞こえている、時の翼の生えた戦車が近くを素早く通り過ぎて行くのが。わたしの眼前の向こうには横たわっている、巨大な永遠の砂漠が[16]！』…」

これがこの忌まわしい戦争における将軍の生活だ。…君はすべての将軍が無教養の輩だと思っているのだろう。だが、わたしは読書に非常に多くの時間を費やしてきた。十七世紀以降に書かれたものは決して読まないが」

ティージェンスが言った。

「わかっています、将軍殿。…あなたには、十二歳のときに、クラレンドンの『反乱史[17]』を読まされましたからね」

将軍が言った。

「次のような場合…いや、違う…要するに…」将軍は唾を飲み込んだ。将軍が人前で唾を飲み込むのは異例だった。軍服姿ではなく一人の男として見るとき、将軍は嘆かわしいほどに痩せていた。

ティージェンスは思った。

「将軍は何でこんなにソワソワしているのだろう。午前中いっぱいソワソワしている」

将軍が言った。

「わたしが言おうとしていたのは――あまり性に合ったことではないが――わたしたちが二度と会えない場合、君にわたしのことを無知文盲の輩だと思わんで欲しいということだ」

ティージェンスは思った。

「将軍は病気なわけではない…僕が死にそうなほど病んでいると思っているはずもない。あんなふうな男は、実際、どんなふうに話したらいいかがわからないのだ。優しくしようとしていて、その方法がわからないのだ。…」

将軍が口を噤んだ。それからまた話しだした。

「だが、マーヴェルにはそれ以上に見事な節がある。…」

ティージェンスは思った。

「将軍は時間稼ぎをしているのだな。…だが、いったいなぜ？…これはいったいどういうことなんだ」ティージェンスの思考は階段を一段踏み外したかのように停止した。将軍は毛布の上に置いた指の爪を見ていた。将軍が言った。

「例えば、こんな節がある。

『墓は神聖な人目につかぬ場所だが、
誰もそこで抱き合うことは考えない』(18)…」

この言葉を聞いて、ティージェンスは突然シルヴィアのことを思った。人目を引く長い四肢にこの上なく薄い生地を纏った彼女のことを。…彼女は二つの電灯の明るい光のもとで、腋の下に化粧用パフを当てていた。唇の端をわずかに動かしながら、鏡に映る彼を見ていた。…唇の端を歪めながら。

彼は心のなかで思った。

「自分は神聖な人目につかぬ場所へ行くつもりだ。…行かずにはおくものか」シルヴィアは白檀をもとにつくられた香水の匂いを発散させていた。秘部に白鳥の綿毛でできた化粧用パフを当てながら、彼女が鼻歌を唄うのを、ティージェンスは聞くことができた。鼻歌には悪意がこもっていた！　ドアの取っ手がごくわずかに動くのを彼が見たのは、そのときだった。シルヴィアは銀色の化粧品のゴタゴタした集まりの間に信じがたいほどに素晴らしい両腕を伸ばした。異常なほどに扇情的な！　それでいて清潔な！　彼女が纏っていた体にぴったり合った金色のドレスは彼女の腰の周りの椅子の上にあった。…

ああ！　あいつはあまりにも人に冷や水を浴びせすぎる。輝かしく。栄光を撒き散らす。それでもやはり将軍は肌に皺が寄り、象嵌をあしらった兜のなかの古びた林檎をティージェンスに思わせた。将軍は毛布に覆われたテーブルの前の牛肉缶詰の箱の上にもう一度腰を下ろしていた。とても大きな、金の万年筆を指でいじっていた。

将軍が言った。

「ティージェンス大尉。細心の注意を払って聞いてくれ給え！」

ティージェンスが答えた。

「はっ、将軍殿」彼の心臓は止まった。

今日の午後、君は異動命令を受けると将軍が言った。新たな異動命令を恥辱とみなす必要はないと、こわばった調子で。これは昇進だと。自分、キャンピオン少将は、兵站部を指揮する大佐に、可能な限り高い評価の推薦状をティージェンスの軍人手帳に記載するよう要求しているところだと。君、ティージェンス大尉、は難しい問題に解決策を見つけることにもっとも非凡な才能を示してきた――そう大佐は書くことになっている。加えて、自分、キャンピオン将軍は、第十六軍を指揮する友人のペリー将軍に…

ティージェンスは思った。

「なんということだ。僕は前線に送られるんだ。将軍は僕をペリーの軍に送ろうとしている。…死が確実な場所だ！」

「…君を、ティージェンス大尉を、その連隊の第六大隊の副司令官に任命するよう要求しているところだ」

ティージェンスはそれにこう答えたが、どこからその言葉が出てきたのか自分でもわからなかった。

「パートリッジ大佐はそれを好まないでしょう。彼はマッケクニーが戻ってくることを願っています！」

自分自身にはこう言った。

「最後までこのひどい扱いと戦うぞ」

突然、将軍が大声をあげた。

「なるほど。…君には忌々しい悩みがもう一つあるというのだな…」

将軍はぐっとこらえ、まったく取るに足らぬ者に対し尊大な言葉を吐くかのように辛辣に訊ねた。

「検診の結果はどうなっている」

「基地留め置きです。肺が腐っているそうです！」

将軍が言った。

「わたしが君だったら、そんなことは忘れるね。大隊の副司令官は肘掛け椅子に座って大佐が殺されるのを待つだけでいい」さらに付け足し「これ以上わたしが君にしてやれることはない。……とても注意深く考え抜いた末だ。これ以上君にしてやれることはないのだ」

ティージェンスが言った。

「もちろん、自分の検診結果は忘れます、将軍殿。……」

結局、彼は自分の処遇と闘おうとはしなかった。

それがこの結果だ。当然の大惨事だ！　雷のもとで、ダムが崩壊するときのような。彼の精神は大水と戦っていた。主な恐怖の的としてそれは何を掬い上げるだろう。泥か、騒音か。精神の奥には常に恐怖があるものなのか。それとも不安か。不安！　そうした感情はいつもわずかに人に眉を顰めさせる。……眼精疲労のように！

将軍が落ち着いた様子で切り出した。

「これ以外に君にしてやれることはないということは君も認めるだろうね」

ティージェンスは答えていた。

「もちろん将軍殿が他にできることはないということは認めます」それはむしろ将軍を苛立たせ

たようだった。将軍は反対を欲していた。ティージェンスにその問題を議論して欲しかった。彼は息子に自殺を勧めるカトリックの父親だった。だが、彼はティージェンスに異議を唱えて欲しかったのだ。自分自身に対してティージェンスが恥ずべき人間であることを完全に証明できるように。そうはならなかった。

将軍が言った。

「君にもわかるだろう。わたしは——どんな指揮官でも同じだが——自分の統括部隊でこうした事態を起こすわけにはいかんのだ。…」

「将軍殿がそうおっしゃるのなら、受け入れざるを得ません」

将軍はティージェンスを上目遣いに見た。そして言った。

「すでに伝えたようにこれは昇進だ。君の、この統括部隊への貢献について、わたしは非常に感銘を受けてきた。君はもちろん職業軍人ではないが、義勇兵たちにとっては賞賛すべき士官となることだろう。今やわれわれの軍は皆、義勇兵ばかりだ。…」将軍はさらに言葉を続けた。「わたしはこのことを力説するね…どんな士官も、君のように不可解で人を当惑させるような私生活を送るとしたら、軍人として間違っている。…」

ティージェンスは心のなかで言った。

「将軍はうまいことを言う」

将軍は言った。

「士官の私生活と閲兵場での生活との関係は、戦略と戦術の関係だ。…もし避けられるなら、わたしは君の個人的な問題に立ち入りたくはない。本当に当惑を覚えさせられる。…だが、言わせて欲しい。…わたしは慎重でありたいのだ。…君は世事に長けた男だ。…君の妻は極めて美しい女だ。…醜聞が立った。…もちろん君が原因ではないと認めよう。…だが、なおその上で、もしわたしが君に依怙贔屓をしているように見えたならば…」

ティージェンスが言った。

「もうそれ以上おっしゃる必要はありません。…わかりました。…」彼はあのひどく憎たらしいマッケクニーが言ったことを思い出そうとした。…たった二日前の夜のことだ。…だが、思い出せなかった。…それは確か、シルヴィアが将軍の愛人だというほのめかしだった。あのときは、途方もない話だと思えたことを思い出した。…あいつらに、他に何が考えられよう。ティージェンスは心のなかで思った。「これで自分は完全にここにいられなくなる!」口に出してはこう言った。「もちろん、それはわたしの過失です。女たちを手なずけられないとしたら、非難されるべきはその男ということになりましょう」

将軍もまた話を続けていた。前任者の一人が女性に関する醜聞のために指揮権を失ったことを指摘していた。その男はその場所を忌まわしいハーレムに変えてしまったのだ、と。…

将軍は目を剝いて、妙に熱心にティージェンスを見つめながら、わっと笑い出した。

「わたしがシルヴィアや誰か他の忌々しい社交界の女のせいで指揮権を失うことを懸念していると君が考えているとしたら…」そして言った。「残念ながら、それは間違っている…」それから、説いて聞かせるように続けた。

「考慮しなければならないのは兵たちだ。女に関して信用できない男を、兵たちは自分の命を預けられる男ではないと考える…兵たちは望めばそう考える充分な権利をもっている。…」それから付け加えた。「それに彼らはおそらく正しいのだ。…本当の悪党は…女に軽食堂を始めさせる男を言っているのではないぞ…そうではなく、妻を売る男は…少なくとも我々の軍においては…フランス軍では違うかもしれん！…だが、まあ、そうした男は戦いになると、たいてい臆病風を吹かせる。…いいか、わたしは『常に』と言っているのではない。…『たいてい』と言っているのだ。一人の男がいた。名前は…」

将軍の話はある逸話へと逸れていった。

ティージェンスは将軍が辛い現在の瞬間から逃れ、すべてが真の兵役であり、良質のなめし革であり、パレードが本物のパレードであったインドに戻ろうと努めている悲哀を認識した。しかし、自分がそれにしたがうように求められているとは感じなかった。したがうことはできなかった。自分は前線に赴くことになっていた。…

ティージェンスは自分の思考を追うだけで精一杯だった。自分の思考は何をしてくれるだろう。彼は自分の軍歴を振り返った。以前、同じような瞬間に自分の思考は何をしてくれただろう。…だが、同じような瞬間など断じてなかった。不吉であったり不快であったりする前進、乗り切り、待機の仕事——現場救護所の仕事さえあった。…しかし彼はいつでも我慢強く、意気消沈したり途方に暮れたりすることは決してなかった。

ティージェンスは将軍に言った。

「わたしがこの部隊に留まれないことはわかります。残念なことです。というのも、この部隊の担当は楽しいことでしたから。…だからといって、必ずしも異動先が第六大隊でなくたっていいのではありませんか」

その瞬間、ティージェンスは、そう自分が訊いた動機は何なのかと訝った。どうして自分は将軍にそんなことを訊いたのだろう。それは何枚もの絵となって、はっきりと姿をあらわした。夜明けにフランスの背の高い列車から嵩張った山となって降ろされる。夜明けの光がパンの大きな塊を――半塊のパンを――捉える。そしてその塊が薄暗くてよく見えない軍隊に分け与えられる。英軍の帽子に楕円形の明かりが当たる。彼らはほとんどが南西部地方出身の人間だ。彼らはあまりパンを欲しがらないようにみえる。樹木が茂った土手の上方には長い光の尾根。それから、突然、しみ渡るように音が！…荒地の田舎家の洗濯場で雨宿りをしていると、必ずや、そこに住む人が衣服を銅の釜のなかで煮沸している音が聞こえてくる。…ぶくぶく…ぶくぶく…ふつふつふつ…ぶくぶく…すごくうるさいというわけではないが…しかし、すごく注意を引く音が！…大機銃掃射の音だ！…

将軍は言っていた。

「もし君の処遇で別のことを考えられるなら、わたしはそうするだろう。…だが、君が関係した途方もない騒動すべてのせいで…わたしは身動きが取れなくなってしまった。今までわたしがオハラ将軍に職務を一時停止するよう求めてきたのに君は気づいていないのかね。…」

将軍がいかに部下を――信じると同時に――疑うかは、ティージェンスにとって驚きだった。おそらく、それだからこそ彼は将校としてこれほどの成功を収めたのだろう。信じる部下たちに仕えられながらも、ある種の弱さに関して、常に彼らを疑ってかかる。酒、女、金に関して！…まあ、将軍は兵たちについては昔から知識があった！

ティージェンスが言った。

「オハラ将軍については誤った判断を下したと認めます、将軍殿。レヴィン大佐にもそう話しましたし、理由も説明しました」

将軍はほくそ笑むかのように皮肉を込めて言った。

「実に困った事態にしてくれたものだ。…君は将官を逮捕しちまったんだぞ。…後になって、君は誤った判断を下したと言う！…わたしは君が義務を果たしていないと言っているのではない。…」将軍は続いて、軍規に引用されている、ウィリアム四世(19)の治世下に閲兵式に酔っ払ってやって来た大佐を逮捕しなかったことで軍法会議にかけられ降格処分に付された副官の古典的事例を物語った。…彼は見当違いな対象に寄せる誤てる博識に官能的な喜びを示していた。

ティージェンスは極めてゆっくりと自分が言うのを聞いた。

「オハラ将軍を逮捕したことを、わたしは完全に否定します、将軍殿。その件についてはレヴィン大佐に細かく説明しました」

将軍が感情を爆発させた。

「くそっ！　あの女は聖人だと思っていたんだが。…誓って、あの女は聖人だ。…」

「わたしの妻に罪はありません、将軍殿！」

将軍が言った。

「ところが、あるのだ！」

ティージェンスが言った。

「わたしはすべての責めを負う覚悟ができています、将軍殿」

将軍が言った。

「そうはいかん。…わたしはこのこと全体の真相を探るつもりだ。…君の細君への扱いはまったくなっておらん。…それは君も認めるだろう…」

ティージェンスが言った。

「ひどく配慮が不足しておりました、将軍殿…」

将軍が言った。

「君はこの何年間か実質的に奥さんと別れて暮らしてきた。それが君の不品行のせいであることは否定しないだろうね。何年になる?」

ティージェンスが言った。

「わかりません、将軍殿。…六年か七年になるでしょう!」

将軍が厳しく言った。

「それでは、考えたまえ。…娘にタバコ屋を始めさせるために全財産を処分したと君がわたしに認めたときに、それは始まったんだ。あれは一九一二年、ライでのことだった。…」

ティージェンスは言った。

「わたしたちは一九一二年以降、夫婦関係がありませんでした、将軍殿」

将軍が言った。

「だが、何故だ…彼女はとても美人だ。惚れ惚れする。あれ以上何が欲しいというんだね。…彼女は君の子の母親なのだし。…」

「こういったことに立ち入る必要があるのですか、将軍殿。…わたしたちの不和の原因は…つまり気質の違いなのです。あなたに言わせれば、彼女は美しく向こう見ずな女です。…いい意味で

『向こう見ず』ということですが。一方、わたしは…」

将軍が大声をあげた。

「ああ、まさにその通りだ。…いったい、君は何者だ。…君は軍人ではない。…良い軍人になる素質はもっている。君にはときどき驚かされる。だが、君は、君とかかわるすべての者にとって疫病神だ。君は去勢豚のようにうぬぼれが強く、去勢牛のように頑固だ。…君はわたしを狂気に駆り立てる。…そしてあの美女の人生を台無しにしてしまった。…彼女はかつては聖人のような気質をもっていたとわたしは断言する。…さあ、わたしは君の説明を待っているのだ」

ティージェンスが言った。

「一般市民としては、わたしは統計学者です。統計局の二等書記官です。…」

将軍が有罪判決を下すかのように言った。

「そしてそこから追い出された！　不可解な騒動を起こしたせいで。…」

ティージェンスが言った。

「将軍殿、それはわたしが単一指揮を支持したからです。…」

将軍は長い口論を始めた。「だが、何で君が？　君にそれとどんな関係があったというんだ？　君は局に彼らが欲する統計を与えることができなかったのかね――たとえそれが統計をごまかすことを意味するとしても、だ。部下が自分の良心に基づいて行動するとしたら、規律は何のためにある。本国の政府は、連合国の希望を挫くために、ごまかしの統計を欲していた。…いったい、君はフランス人なのか英国人なのか。君はあらゆる不埒なことをした。…その不埒なことのせいで、わたしが君のために何かしてやることがさらに不可能になった。君の学識をもってすれば、フランス軍総司令官の参謀本部に所属すべきだ。だが、それは君、ティージェンスに関する機密報告書で封じられてしまった。報告書のなかにそうした趣旨の注記が下線を付され書かれている。それだから、いったい他のどこへ君を送ることができるというのだ」将軍は青い目でティージェンスをじっと見つめた。

「神の名にかけて、いったい他のどこへ…わたしは神の名を冒瀆的に使っているわけじゃないぞ…いったい他のどこへ君を送ることができるというんだ。君を前線に送ることがおそらく死を意味することは承知している――君の健康状態では。それも哀れなペリーの軍に送ることになるのだから。天候が回復したら、すぐさまドイツ軍が突撃してくるだろう」

将軍が再び話し出した。「わかるだろう。わたしは陸軍省ではない。どの士官に対してであれ、どんなところにでも送れる立場にはないのだ。君をマルタ島やインドに送ることはできない。フランス内の他の部隊にもだ。本国に送還することはできる――不名誉なことだが。君自身の大隊に送ることはできる。昇進を伴ってだ!…わたしの立場がわかったかね?…他に選択肢はないのだ」

ティージェンスが言った。

「すべてがわかったわけではありません、将軍殿」

将軍は唾を飲み込み、左右に体を揺らした。それから言った。

「後生だから、どうか…わたしは本当に君のことを心配しているんだ。君が面目を失ったようには見えないようにしよう。――そうせずにはおくものか!…これがマッケクニーだったら、わたしはそんなことはしない。わたしが与えることのできる唯一の真に立派な仕事は、わたし自身の参謀だ。君をそこに置くことはできない。兵士たちのためだ。それと同時に…」

将軍は一旦話を中断し、もったいぶるように同時にはにかむように言った。

「わたしは神の存在を信じている。…悪は栄えるかもしれないが、最後には善が勝利を収めると信じている！…もしある男が無垢ならば、その男の無垢はいつか現れるだろう。…卑しい我が身ながら、わたしも…神の摂理を助けたいと思っている。誰かにいつの日か言ってもらいたいものだ。『自らの仕事の裏も表も知り抜いた男たるキャンピオン将軍が…』君を昇進させた…その途中で…と」将軍は言った。「それは大したことではない。だが、身内贔屓でもない。君のような立場のどんな人間に対してもわたしは同様にふるまうだろう」

ティージェンスは言った。

「少なくとも、それはキリスト教の紳士の行いです！」

ある種の精彩を欠いた喜びが将軍の両眼に現われた。

将軍が言った。

「わたしはこうした状況には慣れていない。わたしは常に下級士官たちを援助しようと努めてきたと思っている。…だが、こうした事例は…」

将軍が言った。

「畜生。…第九フランス陸軍を指揮する将軍はわたしの親友だ。…だが、君の機密報告書の手前、彼に君を要求するよう頼むことはできない。その道は塞がれている！」

ティージェンスが言った。

「わたしは、少なくともあなたの目に、自国の利益より他国の利益を優先する人間だとみなされたいとは思っておりません、将軍殿。もしあなたがわたしに関する機密報告書を調べたなら、好意的でない挿入にはG・Dのイニシャルが付けられていることに気づくでしょう。それはドレイク少佐のイニシャルです。…」

将軍は当惑したかのように言った。

「ドレイク…ドレイクね…聞いたことがある名前だ」

「それはどうでもいいことです、将軍。…ドレイク少佐はわたしを嫌っている紳士です」

将軍が言った。

「そんな人間はたくさんいる。自分を人気者にしようとするんじゃない!」

ティージェンスは心に思った。

「老将軍はそう痛感しているのだ!…だが、将軍に話すわけにはいかない。ドレイクがわたしの子の父親であり、だからわたしを破滅させたがっているとシルヴィアが考えていることを」しかし、老人はそう感じるものなのだ。老将軍にとって、自分ティージェンスとその妻シルヴィアは息子と娘みたいなものだ。自分ティージェンスがどこに送られるべきかについての老将軍の質問に対して出せる明白な答えは、兄のマークがティージェンスを師団輸送部の指揮に当たる任に就かせる趣旨の命令書を通させたということだった。それを老将軍に思い出させることができるだろうか。そんなことができるだろうか。

師団輸送部を指揮するという考えは、ティージェンスにとって楽園の光景だった。二つの理由によって。一つは、そこが比較的安全であり、たくさんの馬とかかわる部署であることだった。…そして、彼がその仕事に就いていることを知れば、ヴァレンタイン・ワノップの心が休まるだろうからだった。

楽園！…だが、きつい仕事を抜けてまんまと楽な仕事にありつくことなどできるだろうか。他の哀れな男がそれを望むことは大いにありそうなことだ。――だが、ヴァレンタイン・ワノップのことを考えると！　彼は彼女の心の苦悶を想像した。ロンドンの街を彷徨い、呪われた軍のまさに最悪の場所にいる自分のことを考えている。彼女はそのことを耳にするだろう。シルヴィアがそう彼女に告げるだろう！　きっとシルヴィアが電話をかけて告げるに違いない。それならば、マークに手紙を書いて自分は輸送部隊にいると言ってもらおう。マークはすぐさまあの娘にそれを伝えてくれるだろう。いや…自分で電報を打とう。彼は将軍が話している間に電文を走り書きし、話が終わったらすぐにそれを伝令兵に渡すことを想像した。…だが、老将軍の頭にこの考えを吹き込むことができるだろうか。為し得ることか。例えば…例えば、英国国教会の聖人がそんなことをするだろうか。

それに…自分にその仕事が勤まるだろうか。間欠的に彼に飛びかかる09モーガンの忌々しい強迫観念はどうなる。昨日ショーンブルクに跨っている間中、棺型の頭をしたその獣のちょうど右肩前方に、09モーガンがいるように見えた。獣が倒れるに違いない！　と思い…彼は馬を止めたいという強烈な衝動を感じた。そして、その間ずっと恐ろしい憂鬱を感じた。重荷を！　昨夜ホテルで、モーガンを自分がノワールクールで命を助けた男だったかもしれないと考えて、ティージェンスは失神するところだった。…それが重大な問題になりつつあった。それは彼、ティージェンスの頭にひびが入っているからかもしれなかった。損傷が！　もしそんなことが続けば…汚れ、顔に被支配民族の怪訝そうな眼差しを浮かべた09モーガンが、馬の右肩前方にいつも浮かび上がってくることになるだろう。だが、彼は生きていて、頭半分をもぎ取られていない姿なのだ。…もし、そんなことが続けば、自分はたくさん馬に乗ることを意味する輸送を取り扱うのには適さないことになる。

それでも、自分はそれに懸けてみよう。…だが、さらに加えて、どこかの馬鹿な書き物好きな一般市民が新聞社に激烈な手紙を書き、軍ではすべての馬や騾馬を廃止すべきだと主張していた。疫病を広める糞のためだとのことだ。もうこれ以上馬を使用することはできないということが陸軍評議会命令によって布告されるかもしれなかった。トラックで夜に大隊の食糧を運んでいくところを想像してみるがいい。それこそが、その英才が見たいと望んでいることなのだ。

ティージェンスは一度か二度思い出した。――それは一九一六年の九月のことだったに違いない。――大隊の輸送物資をロークルからケンメル村の城のなかにある大隊本部へと送る仕事を行っていた。…考えられうる金属類はすべて布に包んで消音した。ハミやあずきチェーンや車軸などを。…それでもほとんど息を吐かずにいると、深い闇のなかでは常に、何か忌まわしい代物がチャリンと鳴ったり、ガタガタ揺れたりした。牛肉の缶詰は古い鉄の音を立てた。…そして、丘の肩を下る道の隅に正確に命中するよう軌道修正されたドイツ軍の炸裂弾が、長いすすり泣きの後で、バンと音を立てた。そこには一緒に行くのは二人までとの掲示が張り出されていた。…トラックで同じことをやろうとしたら、五マイル先からその音が聞こえるだろう！　大隊への配給が不足するだろう！…この同じ馬嫌いの英才は、騎兵隊が戦闘で勲功を立てるくらいなら連合軍が負けたほうがましだといった感情を剝き出しにしていた。…糞の撲滅のためには素晴らしい感情だ！　さもなければ、この馬への嫌悪は上流階級の風習に対するものかもしれなかった。…騎兵隊はマカッサル油[20]を滴らせる長い口髭を生やし、キャヴィアやチョコレートやポメリーエグレノ[21]を朝食にとるので、廃止されねばならないのだ。…そんなところだ。…ティージェンスは大声をあげた。「まったくもって！　心ここにあらずだ！　いつまでこうした状態が続くのか」さらに続けて言った。「もう万策尽きた」彼は将軍が言っていたことをしばらく聞かずにいた。

将軍が言った。

「ああ、それで彼は？」

ティージェンスが言った。

「聞き取れませんでした」

「君は耳が聞こえんのか」と将軍が訊ねた。「充分わかりやすく話しているんだがな。この野営地には馬は一頭もいないと、たった今、君は言った。わたしは兵站部を指揮する大佐の馬もいないのかと訊ねたのだ。…ドイツ軍の馬だということはわかったが…」

ティージェンスは心のなかで思った。

「これは驚いた。わたしは将軍と話していたんだ。いったい何について？」彼の精神は斜面を滑り落ちるかのようだった。

ティージェンスは言った。

「そうです、将軍。ショーンブルクです。でも、あれはマルヌで捕えたドイツ軍捕虜なので、戦力には入れていません。あれは大佐の所有物です。わたし自身もそれに乗りますが…」

将軍が冷淡な語調で声をあげた。

「君らしいね…」そしてさらに冷淡に付け加えた。「陸軍輜重隊のホチキスという名の少尉から君は激しい攻撃にさらされている。そのことを君はわかっているのかね。…」

ティージェンスは早口に言った。

「もしそれがショーンブルクにかかわることならば、将軍殿…的はずれです。…ホチキス少尉には、わたしの眠る場所についいて命令を下す権利がないのと同様に、ショーンブルクに関しても命令を下す権利はありません。ホチキスやあのバイチャン卿という下種野郎が軍馬に加えるひどい拷問を、わたしの責任下のどの馬にであれ受けさせるくらいなら、わたしは死んだほうがましです。…」

将軍は意地悪く言った。

「そのために君は命を落としそうだな！」

将軍は付け足した。「馬に対する虐待に反対するのは絶対正しいことだ。だが、この場合、君の反対は、君に開かれているただ一つの別の任務を選択する道を閉ざすことになるのだ」将軍は少し興奮を抑えた。「君はおそらく知らんのだろう」と彼は続けた。「君の兄さんのマークが…」

ティージェンスが言った。

「いいえ、わかっています」

将軍が言った。

「君の兄さんが君を送りたがっている第十九師団は今は第四軍の所属であり、そしてホチキスが相手にする馬は第四軍の馬だってことがわかっているのか。…ホチキスの命令下にあるところにどうして君を送れるというんだ」

ティージェンスが言った。

「まったくその通りです、将軍殿。していただけることはまったくありません」一巻の終わりだった。自分の頭がそれをどう捉えるかを見出すこと以外に残されたものは何もなかった。ティージェンスは一緒に調理室に行くことを望んだ。

将軍が言った。

「わたしは何を言っていたんだっけな。…とにかくひどく疲れた。…誰もこんなことには耐えられなかろう…」彼は軍服のなかから、瑠璃色の、宝冠の付いた札入れを取り出し、そこから折りたたんだ紙を取り出し、まずそれに目をやると、次にベルトと軍服の間にそっと挟み込んだ。将軍が言った。「わたしが耐えなければならない全責任のなかの最たるものだ」そして訊ねた。「君の頭には浮かんだことがないのかね。もしわたしが何らかの貢献を国にしているとしたら、君がわたしの精力を奪うことは──君の問題でわたしの精力を蝕むことは──敵国を利しているんだということを。…実際、わたしは四時間しか睡眠をとることができない。…わたしは君にいくつか訊きたいことがある」将軍はベルトから紙片を取り出して目をやると、再度それを折りたたんで、再度ベルトのなかに挟み込んだ。

ティージェンスの精神は再び段を踏み外した。…それで泥の恐怖が彼に取りつこうとした。だが、奇妙なことに、彼は泥のなかで集中砲火を浴びたことはなかった。…ならば泥が強迫観念として取りつくことはないだろうと考える人もいるだろう。しかし、ティージェンスは耳にとてもうんざりした囁き声で言われるのを聞いたところだった。"Es ist nicht zu ertragen; es ist das dasz uns verloren hat..."とドイツ語で。その意味は「それは耐え難い。それはわたしたちを破滅させた。…泥こそは!…」ティージェンスは泥の火山の噴火口の間に立って、おぞましい軟泥の峡谷の間に立って、見渡す限り軟泥だらけの崖に立って、その言葉を聞いたことがあった。…ティージェンスは好奇心のためか自己啓発のために、当時フランス軍付きの任務に就いていたヴェルダン[22]から——仕事のない休日の午後に——案内人とともに、離れたところにある砦の一つを訪れたことがあった。…ドーモンだったか？…いやドゥオモン[23]だ。…一週間前に敵から奪い取ったところだった。…いつのことだったか？　彼には年代順配列の感覚がすっかりなくなっていた。…十一月だ。…いつか十一月の初めだった。奇跡のような陽光が射していた。雲一つなく。そびえ立つ泥が痛いほどに澄んだ空と親密に結び合って人を閉じ込めていた。軟泥が動く。不名誉にもナッツを食べ、肩を回しながら歩いていくフランス軍の砲兵の後を追って。…脱走兵たち…動く軟泥はドイツ軍の脱走兵たちだった。…彼らを見ることはできなかった。彼らのリーダーは——将校だ！——泥がとても厚く被ったメガネをかけていたので、彼の目の色を見ることはできなかった。また、彼の半ダースの勲章は燕の巣の出来始めのようであり、彼の顎鬚は氷柱《つらら》石のようだった。…その他の兵については、眼だけは見ることができた。——異常なほどに生き生きとしていた。ほとんど空のような碧さだった！…脱走兵たち！　将校に引き連れられた！　ハンブルク連隊の！　東ケント連隊の将校が寝返ったかのような！…信じ難かった。…それが将校が通りすがりに言った言葉だった。恥ずかしげもなく、しかしもう人間らしさも残っていないかのように！…降参！…軟泥で圧縮されたこれらの動くトカゲが、その後、午後中ずっと彼のそばを通り過ぎ続けた。…そして彼は二ヶ月間、彼らに先立つ祖先を心に思い描かざるを得なかった。最新式トーチカのなかにいた。…いや、あの当時は、最新式トーチカはなかった。…峡谷のおぞましい孤独のうちにある泥溜桝のなかにだ。…世界の終わりの日に永遠のなかに吊るされて。再びドイツ語を聞いたことが彼にものすごい衝撃を与えた。どちらかというと柔らかい、固化した脂のような感じの声だった。…猥褻な囁きみたいな。明らかに呪われた者の声だ。こうした哀れな連中にとって地獄は少しも奇妙なところではないだろう。…フランス人の案内人は冷笑的に言った。「ダンテの地獄のようだ！」…ああ、これらのドイツ兵たちが自分に復讐しているのだ。彼らは今や彼にとって強迫観念になっていた。近頃はコンプレックスと言われる。…将軍が冷たく言った。

「答えを拒むのだね」

その言葉がティージェンスを残酷に揺さぶった。

彼は必死になって答えた。

「わたしは両者にとって耐え難い状況であると思われるものに終止符を打たなければなりません。息子のためにも！」いったい何で自分はそんなことを言ったのだろう。…彼は吐きそうだった。将軍がシルヴィアとの離婚について話したのを思い出した。昨夜のことだった。

ティージェンスが言った。

「わたしが正しいかもしれないし、間違っているかもしれません」

将軍が氷のように冷たく言った。

「もし君がもっと詳しく話さないなら。…」

ティージェンスが言った。

「やめておいたほうがいいと思います」

将軍が言った。

「埒があかんな。…だが、訊ねなければならない問題がある。…君たちの婚姻関係について君が詳しく話したくないのなら、無理にというわけにはいかない。…だが、畜生、君は正気か！　責任がとれるのか？　戦争が終わる前に、ミス・ワノップと一緒に暮らすつもりなのか？　ひょっとしてミス・ワノップはもうこの街にいるんじゃないだろうね。君がシルヴィアと離婚する理由はそれなのか。よりにもよって今このときに！」

　ティージェンスが言った。

「いいえ、将軍殿。どうか信じてください。わたしはあの娘とはまったく関係がありません。まったくです。どんな関係ももつつもりはありません。まったくです！…」

　将軍が言った。

「それは信じよう！」

「昨夜の状況によって」とティージェンスが言った。「わたしはこれまで妻に不当な取り扱いをしてきたと、突然その場で確信しました。わたしは妻に弁解の余地がない緊張を強いてきました。そう言わなければならないのは、恥ずかしいことです！　わたしは子供の将来のためにある方針をとりました。しかし、それはひどく間違った方針でした。わたしたちは何年も前に別れるべきでした。こうした次第により、妻はあらゆる方面に冷や水を浴びせる結果になったのです」

　将軍が言った。

「冷や水だって…」

　ティージェンスが言った。

「それがすべてを物語っています、将軍殿。…昨夜の出来事は冷や水を浴びせることを目論んで行われた行為に他なりません。完全に正当と認められる行為です。完全に正当と認められる行為であるとわたしが断言します」

将軍が言った。

「それなら、君はなぜ彼女にクロービー邸を渡したんだね。…君はちょっと甘くないか？…想像できんのかね…君には、何というか、使命があるということが。あるいは君は今みたいな人間じゃないということが。…こんなことを言って…許してくれ。…」将軍はしゃれた帽子を脱ぎ、小さなキャンブリック地のハンカチで額を拭った。そして言った。「君の可哀想なお母上は少し…」

それから突然、将軍が言った。

「今夜、わたしのところのディナーに来るときには…きちんとした服装で来てもらいたいものだ。…どうして身なりにそうだらしがないのだ。君の軍服は見るに堪えない。…」

ティージェンスが言った。

「もう一着もっと良い軍服をもっていました、将軍殿。…ですが昨夜ここで殺された男の血で台無しにされてしまいました。…」

将軍が言った。

「二着しか軍服をもっていないというのではあるまいな。…夜会服はもっていないのか」

ティージェンスが言った。

「いえ、もっています、将軍殿。青いのはもっています。今夜は大丈夫です。…しかし、他に所有していたほとんどすべてのものが、病院にいたときに、装具一式のなかから盗まれてしまいました。…シルヴィアの二組のシーツも、です…」

「だが、忌々しいことだ」将軍が声を荒らげた。「君はお父上が遺したものすべてを使ってしまったというんじゃないだろうね。…」

「わたしは父が遺したものをその遺され方のせいで拒否するのが適当だと考えました…」

将軍が言った。

「だが、何ということだ！…それを読んでみたまえ！」将軍が読んでいた小さな紙切れをテーブル越しに放った。それは表を下にして落ちた。ティージェンスは将軍の細かな字が書かれた紙片を読んだ。

「大佐の馬。シーツ。イエス・キリスト。ワノップの娘、社会主義？」

将軍はイライラして言った。

「反対側だ…反対側。…」

紙の裏側には「世界の労働者たち」という言葉が大文字で書かれ、鎌やその他のものの木版画が刷られていた。ならば、大逆罪に当たるページだ。

将軍が言った。

「君はこうしたものを前に見たことがあるかね。これが何だかわかるか」

ティージェンスが答えた。

「わかります、将軍殿。わたしがそれをあなたに送ったのです。あなたの諜報部に。…」

将軍は両方の拳で軍の毛布を激しくドンと打った。

「貴様は…」と将軍が言った。「わけがわからん。…信用ならない奴だ。…」

ティージェンスは言った。

「違います、将軍殿。…あなたは各部隊長に社会主義者によって下士官や兵の規律を乱すためのどんな試みがなされているか確認するよう求める命令を出されました。…わたしは当然のこと特務曹長に訊ね、特務曹長は兵の一人がひょっとして収集するに値するかもしれないものとして彼に渡したこの紙を提出したのです。ロンドンの通りでその兵に手渡しされたものです。紙の一番上にわたしのイニシャルをご覧になれるでしょう！」

将軍が言った。

「そうか…それはすまなかった。だが、君自身は社会主義者ではないのだな。…」

ティージェンスが言った。

「将軍殿がその方面の取り組みをしておられることは知っています。ですが、わたしは十八世紀に姿を消さなかった政治信条は何一つもっていません。将軍殿は十七世紀を贔屓にしているようですが！」

「またまた冷や水を浴びせようというのか」と将軍が言った。

「もちろん」とティージェンスが言った。「わたしを社会主義者だと言うのがシルヴィアならば、驚くには当たりません。わたしは絶滅種のトーリー党員[24]なので、シルヴィアはわたしを何とでも捉えることができるのです。絶滅したオオナマケモノの最後の一頭だと。彼女がそう考えても完全に許されましょう。…」

将軍は聞いていなかった。そしてこう言った。

「君のお父上の金の遺し方のどこが問題だったと言うんだね」

「わたしの父は」ティージェンスが言った。――将軍は彼の顎が硬直するのを見た――「ラグルズという男から、わたしが、フランス人が言うところの『ポン引き』だと伝えられたことで自殺したのです。英語で何というのか知りませんが。…父の自殺は赦されない行為でした。子孫がいる場合、紳士は自殺しないものです。わたしの息子の人生にとてもひどい影響を与えるかもしれません。…」

将軍が言った。

「わたしにはできん…すべての真相を突き止めることはできん。…いったいラグルズは何のために君のお父上にそのことを伝えに行きたかったのだ。…戦後生計を立てるために君は何をするつもりだ。連中は君を局に戻そうとしないのだろう?」

ティージェンスが言った。

「ええ、将軍殿。局はわたしを戻そうとはしないでしょう。この戦争に従軍した人間は誰であれ、戦争が終わっても長いこと注意人物とされることでしょう。それは充分に適切なことです。わたしたちは今楽しんでいるのですから」

将軍が言った。

「君はこの上なく途方もないことを言うね」

ティージェンスが答えた。

「わたしが言うことはたいていい実現すると将軍殿もお認めになっているではありませんか。もう、けりをつけましょう。ラグルズが父にそのことを話したのは、二十世紀になっているのに十七世紀や十八世紀に属すのが良くないからなのです。というか、実のところ、国のパブリックスクールの倫理体系を真剣に捉えたのが良くないからなのです。わたしは実際、英国のパブリックスクールの生徒です。それは十八世紀の産物です。クリフトン校で叩き込まれた――神よ、我を助けたまえ！――真理への愛やら、校長に告げ口することがもっとも邪悪な罪――すべての罪のなかでもっとも邪悪な罪――だというアーノルドがラグビー校に押し付けた信仰やら。それがわたしなのです、将軍殿。他の者たちは学校教育を克服するでしょう。わたしはまったく克服できておりません。わたしは思春期のままなのです。わたしにとってこうしたことは強迫観念です。コンプレックスなのです、将軍殿！」

将軍が言った。

「みんな途方もないことに思えるね。…校長に告げ口するっていうのはどういうことなんだ」

ティージェンスが言った。

「辞世の言葉です。途方もないことではありません、将軍殿。あなたは辞世の言葉をお求めでしょう。わたしは前線に送られることになります。わたしの結婚生活の不幸を思って、あなたの指揮下の軍隊が士気を損なわないように」

将軍が言った。

「君はイングランドに戻りたくないのかね」

ティージェンスが声をあげた。

「戻りたくありません。絶対戻りたくありません。帰国することはできないのです。わたしはどこか地下に潜らなければならないでしょう。もしイングランドに戻るとすれば、わたしは自殺することで地下に潜るしかありません」

将軍が言った。

「それを見越しているのか。推薦状を書いてやろう。…」

ティージェンスが訊ねた。

「そんなことは誰が見ても不可能です」

将軍が言った。

「だが…自殺だとは！　それはいかん。君が言っていたように、息子のことを考えるんだ」

ティージェンスが言った。

「いいえ、将軍殿。そんなわけにはいきません。ですが、自殺が子孫にとってどんなに悪いものかはおわかりなのですね。それだからわたしは父が許せないのです。父が自殺するまでは、わたしは自殺について尽きつめて考えたことがありませんでした。今ではよくよく考えています。それは道義心の弱まりです。誤謬を可能性と捉えることです。というのも、自殺は心理的に捻れた状況に対する救済策ではないからです。破産に対する救済策ではあります。あるいは軍事的大惨事に対する救済策でもあります。行動の人には役立ちますが、思索の人には役立ちません。債権者の会合が負債を帳消しにするでしょう。軍事作戦が展開されるでしょう。でも、わたしの問題はわたしがここにいようがいなかろうが同じままです。というのも、それは解決不可能だからです。男女の性関係全体の問題なんですから」

将軍が言った。

「何としたことだ！…」

ティージェンスが言った。

「いいえ、将軍。わたしは気がふれたわけではありません。それはわたしの問題なのです！…しかし、わたしは愚かにもしゃべりすぎました。…何を言ったらいいかわからないからです」

　将軍はテーブルクロスを睨んで座っていた。彼の顔は血がのぼって真っ赤になっていた。ものすごく不機嫌な様子だった。将軍は言った。

「言いたいことがあるならはっきり言ったほうがいい。いったい何が言いたいんだ。…いったいこれはどういうことなんだ。…」

　ティージェンスが言った。

「大変申し訳ありません、将軍殿。思っていることをはっきり言うのは難しいのです」

　将軍が言った。

「それは我々二人とも同様だ。言葉は何のためにある。いったい言葉は何のためにあるんだ。我々はいつまで経っても堂々巡りだ。わたしはどうも君のモダンなやり方を理解できない老いぼれだということらしいな。…だが、君はモダンじゃない。それくらいは君を公平にみてやろう。…あの下種なマッケクニーはモダンだ。…わたしは奴を君の代わりに師団の輸送業務に突っ込もう。あいつが君の大隊で君に迷惑をかけないようにな。…あの下種野郎がやったことを君は理解できるか。離婚するために休暇をとった。だが、離婚は得られなかった。それこそモダニズムだ。気がとがめたと言ったのだ。わたしの理解では、あいつとその妻と…どこかの淫らな男が…三人で一緒のベッドに眠ったのだ。まさにモダンな良心の呵責だな。…」

　ティージェンスが言った。

「いいえ、将軍殿…実際は、そうではなくて…ですが、もし妻が不実だとしたら、男はどうしたら良いのでしょう？」

将軍はそれが侮辱であるかのように言った。

「そんな売女とは離婚しろ！　でなければ一緒に生活するんだ！…女が一生涯小さな屋根裏部屋で一人暮らしをすると思うのは下種野郎だけだ」と将軍は言葉を続けた。「女はきっと死んでしまうだろう。あるいは売春婦になる。…そんなこともわからん男がいるか。どんな男だって女が一人で暮らすとは…そばに男がいるのに…思わないだろう。…そう、女は…女はきっと…男は何が起きようともその結果を受け入れなければならんのだ」将軍は繰り返した。「何が起きようとも！　女があらゆる方面で冷や水を浴びせようとも、だ！」

ティージェンスが言った。

「それでも、将軍殿。…一定の身分ある…家庭には…あります…かつてはあったものです…ある種の…」彼は黙り込んだ。

将軍が言った。

「さて…」

ティージェンスが言った。

「男の側には…ある種の…言ってみれば…パレードのようなものが！」

将軍が言った。

「それならば、もうパレードなどないほうがいい…」さらに「畜生！…わたしたちと比べてみれば、女はみな聖人だ。…出産がどんなものか考えてみたまえ。わたしは世間を知っている。…誰がそれに耐えられよう。…おまえは耐えられるか。…わたしは…わたしだったら…ペリーの戦線の哀れな一兵卒であるほうがまだましだ！」

将軍は相手を傷つけるような狡猾な目でティージェンスを見た。

そして「なぜ君は離婚しないんだ」と訊ねた。

ティージェンスはパニックに襲われた。これがこの面談中最後のパニックになるだろうことが彼にはわかっていた。どんな脳もそれ以上のパニックに耐えることはできなかった。戦闘の場面の断片、さまざまな声や名前が、彼の目の前を、耳を通り過ぎていった。こみいった問題の数々…敵に包囲された世界の全地図が目の前に広げられた。――牧草地ほどの大きさの。緑色っぽい紙張子で作られた浮き出し模様の地図――十エーカーの牧草地の浮き出し模様の紙張子――の上にO9モーガンの血が朧に光っていた。何年か前に…何ヶ月前のことだろう…正確には十九ヶ月前のこと…彼はモン・デ・カ(25)の葉タバコの上に座っていた。いや、モン・ノワール(26)だ。ベルギーの。…自分は何をしていたのだろう。その土地の地形を理解しようとしていたのだ。いや、実際はやって来ない太った本国の将軍に陣地を示すために待っていたのだ。葉タバコの所有者が到着し、傷ついたタバコを見て声を限りに絶叫した。

しかし、そこからは戦争全体を見渡せた。無限の彼方まで。敵の勢力が握っている穢された土地の向こうまで。ドイツ本土まで。ひょっとしたら、ドイツ本土の空気さえ吸えそうだった。右肩越しには歯の残根が見えた。イープル(27)の衣料会館だった。五十度下に。…その後ろには黒い線があった。ウィシャッテ(28)の手前のドイツ軍の塹壕だ。

その後、大きな地雷がウィシャッテを木っ端微塵に吹き飛ばしてしまった。

だが、腕時計で測ると、黒い線――つまりドイツ軍の塹壕の上に――三十秒ごとに木綿の白いパフみたいなものが現れる。我々の砲兵隊の攻撃だ。…見事な砲撃…愉快なほど見事な砲撃だった。

左側の何マイルもずっと先では…曇った日には一条の太陽光線が、海の放つ霞んだ光を貫いて射し、灰色の不鮮明な何かに反射する。それは大きな飛行機の格納庫のガラスの屋根だった！

大きな飛行機が、彼がそれまで見たこともないような大きな飛行機が、彼の背後で、四機の小さな飛行機に護衛されて飛んでいた。ベテューヌ[29]のそばのボタ山を越えて。エンジンの蒸気ドームか女の胸のように高く盛り上がった、紫がかった青い色の山を越えて。…青味かがった紫か。紫よりも青に近い。すべてのフランス、ベルギー産のゴブラン織りのように。…それにまったくの静寂。…静かな雲の巨大な棺覆いの下！…

ドイツ軍はポペリンゲ[30]を砲撃していた。…彼の鼻の先、五マイルのところだ。砲弾が落とされた。白い煙が上がり、羽毛を撒き散らして逃げ去った。…どんな種類の砲弾か。…二十種類もの違った砲弾が存在した。…

ドイツ軍はポペリンゲに砲弾を浴びせていた！　ドイツ兵の無意味な残酷さ。前線の五マイル後方だった！　プロシア人の残虐性。…ポペリンゲで軽食堂を営む二人の娘がいた。…血色の良い娘たちだった…プルーマー将軍のお気に入りだった。…彼は立派な老将軍だった。…砲弾が二人の娘を殺した。どんな男であれ、その娘たちのどちらかと寝れば、快楽と実利が得られたかもしれない。六千人の英国将校がその血色の良い娘たちに同じ思いを抱いたに違いなかった。いい娘たちだった！…だが、ドイツ軍の砲弾が彼女たちを奪ってしまった。…なんという運命か。…六千の兵に望まれながら、ドイツ軍の砲弾によって木っ端微塵に吹き飛ばされるとは。

単なるプロシア人の特徴――ドイツ兵の無意味な残酷さのようにみえた。――ポペリンゲに砲弾を浴びせることは！　イープルから五マイル西方の、軽食堂のある罪のない街。飛行機の格納庫からの靄やベテューヌのボタ山の上を飛ぶ大きな飛行機とともに、淡い栗色の空の覆いの下、小さく渦巻く煙が音もなく立ちのぼった。…何てひどい名前なのだ——ベテューヌとは！…

だが、おそらくドイツ軍は我々がポペリンゲに兵を集結させていることを耳にしたのだ。兵が集められている街に砲弾を浴びせることは理に適っている。…さもなければ、我々が敵の軍司令部のある街の一つを砲撃したかもしれない。…それで、彼らは静かな曇り空の日に、ポペリンゲに砲弾を浴びせたのだ。…

それが軍隊の鉄則だ。…キャンピオン将軍は、ドイツ軍機が病院に、野営地に、廏に、売春宿に、劇場に、遊歩道に、チョコレートの屋台に、彼のいる街のホテルに行っていることを冷静に受け止めているが、もしドイツ軍機が彼自身の宿舎に爆弾を落としたならひどく腹を立てただろう。…戦争の鉄則だ！…お互いに敵の司令部は攻撃せず、それぞれ六千人の兵士に望まれる二人の娘をこなごなに吹き飛ばすことは。…

それは十九ヶ月前のことだった。…今ではすごく多くの感情が失われてしまったので、ティージェンスは敵に囲まれた世界を地図とみなした。…紙張子で作られた浮き出し模様の地図だ。09モーガンの血がその上でぼんやりと光っていた。地平線の端には白ロシアという名の地域があった。そこにいる不幸な人たちはいったい誰なのだろう。

ティージェンスは自分に向かって大声をあげた。「おやっ。癲癇の発作か。」彼は祈った。「祝福された聖人たちよ、どうかそうした危害からわたしをお救いください！」彼は大声をあげた。「いや、これは癲癇じゃない！…自分の意識はちゃんと制御されている。意識のいちばん大切な部分は」彼は将軍に言った。

「わたしは離婚しません、将軍殿。理由がありません」

将軍が言った。

「嘘をつくな。君はサーストンが知っていることを知っている。不品行の幇助で君も有罪ということか。…いったいどういうことだ。離婚できないだと！　信じられん」

ティージェンスは心のなかで言った。

「どうして自分はこんなにあの売女をかばうことに熱心なんだろう。理に合わない。これは強迫観念だ！」

白ロシア人はリトアニアの南に住む惨めな民族だ。ドイツ軍贔屓なのかポーランド軍贔屓なのかわからない。ドイツ軍でさえわかっていない。…ドイツ軍はこの民族の兵たちを我々の力の弱い前線から引き揚げさせ始めた。彼らにきちんとした歩兵訓練を施そうというのだ。それはティージェンスにとってはチャンスだった。彼らは少なくとも二ヶ月間は強くなって戻っては来ないだろう。しかしこれは、春には大攻勢が始まることを意味した。こいつらには思慮があった。哀れな酷い塹壕のなかで、英兵は爆弾の投げ方しか知らなかった。どちらの側も爆弾を投げた。だが、ドイツ軍はその戦術を見直そうとしていた。四十ヤード離れたところから立って互いに爆弾を投げる。ライフル銃は時代遅れだって！　笑わせるぜ！　時代遅れ！…一般市民の感覚だ。

将軍が言った。

「いや、そんなことが信じられるか。君がタバコ屋に娘を置いていなかったことはわかっている。わたしは一九一二年に君が言った言葉をすべて覚えている。あのときは疑っていた。だが、今は確信がある。君はわたしにこう思わせようとした。タバコ屋に女を置いているのだと。自分が金欠であるかのようにわたしに見せかけた。まったく金欠ではなかったのに」

いったいなぜ、ライフル銃が時代遅れだという馬鹿げた考えが広められると、うれしそうに騒々しくどっと笑うのが一般市民の感覚なのだろう。なぜ世論は陸軍省にライフル銃や通信訓練を徹底的に削除した軍事訓練課程を強いるのだろう。奇妙なことだ。…それに、もちろん、それは惨事をもたらす。奇妙だ。すっかり悪意に満ちているというのではないが。痛ましくはある。…

「真理への愛は」と将軍が言った。「罪のない嘘への嫌悪を意味するだろうか。わたしは意味しないと思う。でなければ、君の従僕も『ご主人は外出しております』とは言えないではないか。…」

痛ましい！　とティージェンスが心のなかで言った。もちろんのこと一般市民は、兵士が愚かしく見え、騙されるようにできていることを望むのだ。一般市民は、兵士たちが最後に自尊心を傷つけられるか、あるいは死ぬかした上で、戦争が勝利に終わることを望む。あるいは兵士たちがその両方の立場におかれた上で。当然のこと、兵士たちの従兄弟や婚約者の親戚はそうは望まないだろうが。結論はこうなる。騎兵隊が戦争で名声を挙げるくらいなら戦争に負けたほうがましだと偉い紳士たちが言う真意も、結局それなのだ。…だが、それは、偉大なことは新しい発明によってのみ為され得るという単純で痛ましい今日の幻想の一部なのだ。馬を消滅させ、何かとても単純なものを発明し、自分が神になる。それはまさに感傷的虚偽に他ならないではないか。花瓶に火薬を詰めて、他の男の顔に向けて放り投げる。すると、あら不思議！　戦争が終わっている。すべての兵士たちは倒れて死んでいる。不承不承の軍隊にその考えを押し付けた人間が、戦争に勝った男となるのだ。戦争に勝つ。世界中のすべての女を得るに価する。そして…実際に手に入れる！　いったん騎兵隊を脇に退けたなら！…

　将軍はあの言葉を使っていた。

「校長だ！」その言葉を聞いてティージェンスは完全に我に返った。

　ティージェンスは冷静に言った。

「確かに、将軍殿。確かにあなたの猛口撃がこんなにも長く続く理由は、それが人生全般に渡るものだからです」

　将軍が言った。

「人の注意を他に逸らそうとするな。…君は一九一二年にはわたしを校長とみなしていた。今や、わたしは君の司令官だ。…どちらでも同じことだが。君はわたしに告げ口してはならんのだ。君がラグビー校のアーノルドの流儀だと言うやつだ。だが、誰かが言っている。Magna est veritas et prev... Prev 何とか[31]だ。そう言ったのは誰だったかな」

　ティージェンスが言った。

「覚えていません、将軍殿」

　将軍が言った。

「君の母上が抱いていた密かな悲しみは何だったのだ。一九一二年のことだったか。君の母上はそのために亡くなった。亡くなる前にわたしに手紙をくれて、大きな悩みを抱えていると言っていた。特によく君の面倒を見てくれるようにと懇願していた。なんでまた母上はそんなことをしなければならなかったのだ」将軍は口を噤み、熟考した。そして訊ねた。「君は英国国教会の聖人をどう定義する。他の連中には列聖式がある。サンドハースト(32)の試験のように整然としたものだ。だが、我々の英国国教会の信徒はどうだ。五十人の人間が君の母上は聖人だと言うのをわたしは聞いた。確かに聖人だった。だが、なぜだ」

ティージェンスが言った。

「それは調和の性質なのです、将軍殿。自分自身の魂と調和している性質なのです。神が人にその人と調和する魂とお与え下さったとき、その人は天と調和するのです」

将軍が言った。

「わたしにはチンプンカンプンだ。…君はわたしが遺言で遺す金の受け取りを拒否するんだろうね」

ティージェンスが言った。

「そんなことはありません、将軍殿」

将軍が言った。

「だが、君はお父上の金を拒否したではないか。君への非難を信じたからと言って。どこが違うのだ」

ティージェンスが言った。

「友人は相手が紳士であると信じるべきです。必然的に。それによって相手と仲良くすることができます。おそらくあなたの友人が友人であるのも、彼らが必然的に、あなたが見るのとまったく同様に状況を見るからです。…ラグルズ氏はわたしが金に困っていることを知っていました。

彼はその状況を心に描きました。自分が金に困ったなら、どうするだろうか。女の不道徳な稼ぎで生計を立てるだろうと。彼の仲間の政府関係者たちの間では、それは自分の妻や愛人を売ることを意味したのです。当然、ラグルズはわたしが妻を売る部類の男だと信じました。それで彼はわたしの父にそう言ったのです。要するに、わたしの父は彼の言葉を信じるべきではなかったのです」

「だが、わたしは…」と将軍が言った。

ティージェンスが言った。

「それでも、将軍殿、あなたはわたしへの非難を信じませんでした」

将軍が言った。

「確かに君のことを死ぬほど心配してきた…」

ティージェンスはまだ目を潤ませ感傷に浸って動かずにいた。彼はソールズベリーの近くの、暗く高い楡の樹々のほうへと続く長い牧草地や耕地を眺めながら歩いていた。そこからは樹々にこんもりと囲まれて——樹々にこんもりと囲まれてというのがまさに適切な表現だ——ジョージ・ハーバート教会の尖塔が覗いていた。自分は英国国教会の聖性の復活の時代の…おそらくは詩を書く…十七世紀の教区牧師であるべきだと思えた。いや、詩ではなく散文を。散文のほうが威厳ある伝達手段なのだから！

それは郷愁だった。…彼自身は決して帰郷することはないだろう。

将軍が言った。

「いいかね…君のお父上だ…わたしは君のお父上のことを案じている。…ひょっとしてシルヴィアが彼を苦しめるようなことを言ったのではないかね」

ティージェンスがはっきりと言った。

「いいえ、将軍殿。その責任をシルヴィアに押し付けることはできません。父はまったくの――ほとんどまったくと言っていい――あかの他人によるわたしへの非難を信じることを選んだのです。……」さらに付け加えて言った。「実際問題として、シルヴィアと父との間には、何の関わりもありませんでした。父が生きていた最後の五年間、二人はほとんど話を交わしたことがなかったと思います」

将軍の視線はティージェンスの視線の極度の冷たさのせいで凍りついた。彼はティージェンスの顔が鼻孔のまわりの縁《へり》から始まって真っ白になっていくのを見た。将軍は言った。「こいつは妻を人にくれてやったことを知っているんだ！…何てことだ！」色を失ったティージェンスの顔のなかで、青磁色の目だけが異様に目立っていた。将軍は思った。「何て醜い男なんだ！　こいつの顔はすっかり歪んでいる！」二人は互いに見つめ合ったままでいた。

沈黙のなかで、ハウス賭博(33)に興じている男たちの声が二人に微かな音となって聞こえてきた。カードの配り手にひどく有利な、初歩的なトランプゲームだ。あんなふうにたくさんの人の声が続けざま聞こえるのは、ハウス賭博をしているのだとわかる。…それでは彼らは食事をとり終えたのだ。

将軍が言った。

「今日は日曜日なのではないか」

ティージェンスが言った。

「いいえ、将軍殿。木曜日です。一月の十七日だと思います。……」

将軍が言った。

「わたしが愚かだった。……」

男たちの声が彼に日曜の教会の鐘を思い起こさせたのだった。……そして彼の青春時代を。……グロービーの石造りの家の角にある大きな杉の木の下で、彼はティージェンス夫人のハンモックの傍らに座っていた。東北東の風だったので、ミドルバラの鐘はかすかにしか聞こえなかった。ティージェンス夫人は三十、彼自身も三十、ティージェンスの父は三十五歳かそれくらいだった。とても力のある寡黙な男。素晴らしい地主だった。何世代にもわたる彼の前任者たちと同様に。……こいつが受け継いだものは父からではない。彼の……彼の、何というか……神秘主義だろうか。……いや、別の言葉だ。彼自身はインドから休暇をとって帰国していた。頭はポロのことで一杯だった。ティージェンスの父と何時間もポニー種の馬の長所について話し合った。ティージェンスの父は馬の扱いに長けていた。だが、こいつのほうが一層優秀だ。……これは母親からでなく父親から受け継いだものだ！……将軍とティージェンスはさらに続けてお互いを見つめ合った。催眠術をかけられているかのようだった。男たちの声は悲しみに沈んだ韻律となって続いた。将軍も自分は青ざめた顔をしているに違いないと思った。彼は心のなかで言った。「こいつの母親は一九一二年に失意のせいで亡くなった。父親のほうはその五年後に自殺した。四、五年間、息子の妻に話しかけさえしなかった。これが我々を一九一二年に連れ戻す。……あのとき、わたしがライでこいつのことをひどく叱ったとき、妻はペローンと一緒にフランスにいたのだ」

将軍はテーブルを覆う毛布に目を落とした。再びティージェンスを見上げて、派手に気遣いを示すつもりだった。それは彼が部下を扱う際のテクニックだった。彼が将軍として成功したのは、部下たちのことをよくわかっていたからだった。すべての兵士は三つのことで身を滅ぼす。酒と金と…セックスで。こいつは明らかにそうじゃなかったらしい。そうだったほうがましだったものを！　将軍は思った。

「すべてがなくなってしまった。…母親、父親、グロービー邸。こいつは落ちぶれ果てた。ちょっとひどすぎる話だ」

将軍は思った。

「だが、こいつにとっては、今やっているようにすることが正しいことなのだ」

将軍はティージェンスを見る気になった。…突然、力なく、手を差し伸べた。両手を膝の上に置いて牛肉缶詰の箱の上に座っていたティージェンスがよろめいた。榴弾砲が当たった古い家が傾ぐように、突然よろめいていた。動きはそれだけで停止した。その後ティージェンスは元の姿勢に戻った。彼はまっすぐに将軍を見つめ続けた。将軍も注意深く見つめ返した。彼は言った──注意深く。

「万一わたしがウエスト・クリーヴランド選挙区から出馬することを決めた場合、わたしがグロービー邸を選対本部にすることが君の望みなのだね」

ティージェンスが言った。

「どうか、将軍殿、そうしてくださるようお願いします」

二人とも大きな安堵の溜息をついたかのようだった。将軍が言った。

「では、もう君を引き留めておく必要はない。…」

ティージェンスは、弱々しく、しかし左右の踵をつけて立った。

将軍もベルトを調整しながら、立ち上がった。

そして言った。「…下がってよし」

ティージェンスが言った。

「わたしの調理場ですが、将軍殿。…調理担当軍曹のケースがとてもがっかりするでしょう。…十分間準備の時間を与えてくれたら、妙なものが見つからないようにすると言っていましたから。…」

将軍が言った。

「ケース…ケースね！…ケースは我々がデリーにいたときには、太鼓隊に所属していた。今は補給係将校になっていてもおかしくない。…だが、妹と称する女がいてな…」

ティージェンスが言った。

「今でも妹にお金を送っています」

将軍が言った。

「あいつは軍旗護衛曹長だったとき、その女のことで姿をくらまし、降格になった。…もう二十年も前になるに違いない！…よし、それでは食事の視察に行くぞ！」

派手ないでたちのレヴィン大佐に付き添われ、石灰を塗った壁にもキャンプ用調理器具の上部に付いた鏡にもしみ一つない調理室に入り、キャンピオン将軍は、ティージェンスを脇にしたがえて、白衣を身に付け驚いて目を丸くし柄杓を手にもって気を付けの姿勢で立っている男たちの間を歩いた。兵たちは目を剥いていたが、唇のかどは曲線を描いていた。というのも彼らは将軍と彼に付き添う見事なまでに無頓着なその仲間たちが好きだったからだ。調理室は大聖堂の身廊のようであり、側廊は調理用コンロの煙突で仕切られていた。床はフランスワニスとテレビン油が塗られた下で粉コークスが輝いていた。

その建物は、神が降臨するときのように小休止した。皆が固唾を飲んで目を凝らすなか、きゃしゃながら光輝満てる神が、セイウチのような髭を生やし正装軍服に七つの勲章を付けて永遠を凝視する高僧のところへと、短い歩幅で歩いて行った。将軍は短い乗馬鞭の柄で軍曹の善行章リボンを軽く叩いた。皆のぴんと張った耳が将軍の言葉を聞いた。

「君の妹は元気かね、ケース。…」

軍曹は目をそらして言った。

「妹をケース夫人にしようと思っております。…」

将軍はケースのもとから、ワニスが塗られた松材の床板のほうへと少し離れると、こう言った。

「いつでも君が望む日に補給係将校に任官できるよう推薦しよう。君はクエッタ[34]でサー・ガーネットが野外炊事場を視察したときのことを覚えているかね」

球のような目をした白い管状の人物たちは皆、子供がクリスマスに見る悪夢のなかのピエロに似ていた。将軍が言った。「休めの姿勢で立つんだ、兵士たち。…休めだ！」兵士たちは白い物体が子供の夢のなかで動くかのように動いた。すべてが子供っぽかった。彼らの目はきょろきょろと動いた。

ケース軍曹は遠方を見据えていた。

「妹は望まないでしょう、将軍殿」と彼は言った。「一等准尉のほうが良い暮らしができそうです！」

光輝満てる将軍は、軽い足取りで、大聖堂の東側の側廊のワニスが塗られた羽目板のところへと素早く歩いて行った。その脇の白い姿たちは、たちまちのうちに、管状になり、不動になり、球のような目になった。羽目板の上には「茶、砂糖、塩、カレー粉、小麦粉、胡椒」とペンキで書かれていた。

将軍が、乗馬鞭の端で、胡椒と書かれたロッカーの羽目板を軽く叩いた。一番上段の右手のロッカーの羽目板だった。将軍はその脇に立っていた管状の、球のような目をした、白い人物に言った。「それを開けたまえ、君。…」

ティージェンスにとって、それはまるで連隊の速歩行進曲が突然わっと鳴り始めたかのようだった。軍の名誉葬が終わった後、楽隊や太鼓隊が行進し兵舎に戻って行くときのように。

訳者あとがき

本書はペンギン版が『パレーズ・エンド』(Parade's End) として一冊に纏めているフォード・マドックス・フォードの四つの小説のなかの第二作 *No More Parades* の翻訳である。前回の第一作『為さざる者あり』のときと同様、今回もこのペンギン版を底本としたが、カーカネット・プレス (Carcanet Press Limited) から二〇一一年に出版された四巻本 *Parade's End* の第二巻 *No More Parades* も逐次参照した。

カーカネット版第二巻の序論と注釈はジョセフ・ウィーゼンファース (Joseph Wiesenfarth) が担当しているが、その序論は、三つのパートから成るこの作品が、第一部は仕事をするクリストファー・ティージェンス、第二部は遊戯するシルヴィア・ティージェンス、第三部は審判を下すエドワード・キャンピオン将軍を中核とする構造を端的に指摘するものとなっている。

フォードの連作は三部作の『五番目の王妃』の場合もそうだが、第一作はさまざまな登場人物の導入のため、話のまとまりが希薄であるように感じられるかもしれない。しかし、二巻、三巻と読み進んでいくにつれ、ちょうど支流の水を集めた川が急流となって山を下って行くかのように話が進行していく。その過程でもう一度前の巻に戻って登場人物が初めて出てきたときのことを思い出したり、読み返したりすれば、さらに理解が深まり、立体的に人物を理解できるようになる。

しかし同時に、『ノー・モア・パレーズ』は独立した作品であり、『為さざる者あり』を読んでいなくても充分に楽しめる。実際、この作品のほうが前作より売れ行きが良かったことをウィーゼンファースは指摘している。したがって、『ノー・モア・パレーズ』を四部作への導入とすることは大いにあり得る読書の仕方だと言えるだろう。

作品の舞台は一貫してフランスのルーアンの街、その郊外にある英国軍の駐屯地と町中にあるホテルであり、時間は第一次大戦中の三日間に限定されている。

第一部は、特務曹長カウリーの助けを借りて三千人近い分遣隊を前線に送る仕事がティージェンスに課される第一夜の場面である。大尉であるティージェンスのルーアンの駐屯地での仕事は、兵士に対して戦闘に必要な訓練を施し、書類を整え、必要な装備一式を取り揃えて前線に送ることである。しかし、補給部からは必要な備品の供給がなかなか得られず、ドイツ軍の空襲は日々激しさを増していく。そうした困難のなかで、故国での私生活の苦しみも蘇ってくる。ティージェンスは不実な妻シルヴィアのみならず、思いを寄せるヴァレンタイン・ワノップも残して故国を去ってきた。ところが、駐屯地でも、ティージェンスの周りには、同様に結婚生活や妻の不倫に悩む者たちが何人も登場する。ティージェンス同様に大尉のマッケクニーは、妻がエジプト学者といい仲になり、離婚のために一時休暇をとって帰国したが、離婚できずに帰ってくる。駐屯地では空襲の騒音に過剰に反応し、狂気に陥りがちである。また、09モーガンと呼ばれるウェールズ出身の兵士は、妻がプロボクサーといい仲になり、洗濯屋を売り払うのだが、その真相を知るために一時休暇を取ろうとするモーガンに、ティージェンスは地元警察からの要請を受け、許可を与えない。帰省させれば、モーガンがプロボクサーに殴り殺されることが確実だからだ。しかし、一時休暇を与えなかったことで、この夜、補給廠に伝令に出されたモーガンは榴散弾を浴び、小屋までたどり着いたものの、ティージェンスの腕のなかで血まみれになった姿で息を引き取る。休暇の許可を与えていればこんなことにならずに済んだという良心の呵責にティージェンスは苦しめられるが、許可を与えたとしてもモーガンはプロボクサーに殴り殺されただろう。それでも、死に際のモーガンのうらめしそうな顔はティージェンスの脳裏から離れず、折りあるごとに強迫観念となって目の前に立ち現れる。

このような出身地や階級の違う兵士たちが抱える私生活上の悩みを超えて、駐屯地にいる人間を悩ませるのは戦争そのものである。空襲の脅威があり、それが引き起こすマッケクニーに見られる狂気がある。その上、ティージェンスにとっては特に、分遣隊を西部戦線に送る命令が出されては取り消させる不測の事態がある。まずは、イギリス軍を撤退させまいとする フランス人たちの鉄道の破壊とストライキによって分遣隊は引き返さざるを得なくなる。英国政府がフランスの西部戦線を放棄し、中東に軍を移動させることを企てているという噂があるためで、その噂が本当であることが駅に分遣隊を率いていった軍曹の証言で明らかになる。また、馬の飼育方法についてティージェンスと相容れない考え方をもち、馬は寒いところに置いて厳しく鍛錬を施すべきと主張するホチキス少尉が本国の大立者といわれるバイチャンなる人物の推薦で送られて来て、ティージェンスと意見の対立を引き起こす。

こうした騒動は第二部まで続いていくが、第二部ではそれまで陰に隠れていた私生活の悩みが、シルヴィアがかつての浮気相手ペローンを利用し戦場に乗り込んでくることで一気に噴出する。シルヴィアがここまでやって来た表向きの理由はティージェンスの無事を確かめ、グロービー邸を自分のものにするための手続きを行うことである。しかし、本当の目的はティージェンスがルーアンにヴァレンタインを囲っているのをつきとめ、夫にセックスを迫ることにある。

二日目のこの日はティージェンスの上官の参謀将校レヴィン大佐が地元フランスの公爵夫人の孫娘ミス・ド・ベイリーと婚約式を挙げることにもなっている。レヴィン大佐は美男子ではあるが、私生活ではティージェンスより階級はかなり下でフランス語もできない。ティージェンスはそのためにレヴィンの相談役を務めている。婚約式には英国側からはティージェンスの名付け親で今はフランスで英国軍の最高指揮官を勤めるキャンピオン将軍、それにシルヴィアも出席する。広大な植物用の温室をもつ公爵夫人は戦争によって石炭の値段が上がっていることに難癖をつけ、婚約式がうまくまとまらなくなる可能性が出てくる。ティージェンスは格安の石炭をティージェンス家の領地から供給する約束をして見事に公爵夫人を納得させる。この快挙を面白くなく思う天邪鬼なシルヴィアはキャンピオン将軍にティージェンスは社会主義者なのだと耳打ちする。この言葉でキャンピオン将軍のティージェンスへの信頼は一気に揺らぐことになる。

さらにティージェンスはこの日、カウリー特務曹長とルドゥー特務曹長が将校任官命令を受けたことで、二人の大事な部下を失う事になる。ティージェンスはカウリー特務軍曹を昇進祝いの夕食に招待し、シルヴィアも同席する。シルヴィアは夫と二人の夕食を期待していたのであるが。だが、ここでも、分遣隊の取り扱いなどでティージェンスもカウリーもひっきりなしに電話での対応を迫られ、また空襲も激しさを増す。喫煙室でシルヴィアは人前に出せる男が現れることを期待するが、激しい戦闘が行われているこの街にそうした男は一人も現れない。憲兵司令官のオハラ将軍が入ってきて明かりを消すが、隣の広間からはダンスをしている音楽の音が聞こえてくる。ティージェンスとシルヴィアはそこでダンスをし、唇を掠めさせる。そして二人はホテルのシルヴィアの部屋で話し合うことになる。

こうした状態でストーリーの時間は飛び、第三部では、翌日、すなわち作品冒頭から数えると三日目の朝になっている。その間何が起きたかはキャンピオン将軍やレヴィン大佐のティージェンスへの尋問によって明らかになる。前の日、シルヴィアにホテルの部屋に鍵を掛けないでおいて欲しいと頼んだペローンが夜這いにやってくる。シルヴィアと一続きの部屋をとっていたティージェンスはペローンを追い払うが、ペローンは憲兵司令官のオハラに加勢してもらう。ティージェンスはそのオハラ将軍も戸口から叩き出し、憲兵に逮捕させてしまうのだ。

こうした状況下で、これまでシルヴィアに心酔していたキャンピオン将軍は、彼女に対する考えも見直さざるを得なくなるが、まず一番にティージェンスの処遇に苦慮する。兵士たちの手前、私生活にスキャンダルを抱える士官を基地に留めおくことはできないし、ましてや自分の参謀に引き上げることは身内贔屓の誹りを免れないので考えられない。フランス軍との連絡将校にすることも、ティージェンスがフランスのスパイだという報告が、シルヴィアが生んだ子供の父親かもしれない諜報部のジェラルド・ドレイク少佐によって出されているため不可能である。最後に残ったティージェンスにとってこれ以上にはない選択肢、兄マークが希望するティージェンスを輸送業務に就ける選択肢も、その部門がバイチャン卿の息がかかったホチキス少尉の手に握られるので、意見の合わないティージェンスをそこに就けることはできない相談だった。

ティージェンスに残された道は不名誉除隊となってイギリスに戻るか、副司令官に昇進して前線に出ていくかしかない。結局、キャンピオン将軍はティージェンスに前線行きの命令を下す。

このように『ノー・モア・パレーズ』の筋をまとめることはさして難しい話ではないが、その表現法としては、客観的な描写の部分もあれば、各部の中心的人物たち、第一部のクリストファー・ティージェンス、第二部のシルヴィア・ティージェンス、第三部のエドワード・キャンピオン将軍の意識の流れで描出される場合もあり、人物間の会話が直接話法で続く場合もあり、さまざまな小説技法上の工夫が凝らされている。そもそも『パレーズ・エンド』全体が第一次大戦を主題とした作品なのか、モダニズムの手法を追究した作品なのか、どういった点で秀でた作品であるかは、読む人次第で変わるだろうし、さまざまな細部を取り上げることで、読みの複数性が際立つ作品だと言えるだろう。

本巻のこの「あとがき」を締めくくるのに当たってぜひ触れておきたいことは、原作の本文中に複数形を含めて四十三ヶ所出てくるparadeという単語についてである。ごく一般的な英和辞典として東京書籍の『アドバンストフェイバリット英和辞典』を引いてみると、その意味は、1 行列、パレード、行進 2 閲兵式、観閲式 3 誇示、見せびらかすこと 4 商店街 5 遊歩道、遊歩者の群れ 6 拡張（連続）的な展示 といった具合に名詞の意味だけでも6つに分類されている。そこで表題の *No More Parades* が何を意味しているか一番具体的な例を本文から引いてみよう。第一部I章からの引用だ。

「戦争が始まった頃」とティージェンスが言った。「陸軍省にちょっと立ち寄る必要があり、とある部屋である男を見つけた…その男が何をしていたと思う？…いったい何をしていたと？…その男は義勇軍の解散の式典を考えていた。少なくとも一つのことでは我々は準備怠りないってことだ。…それで、式典の最後はこうだ。副官が大隊に休めの姿勢をとらせる。楽団が『希望と栄光の国』を演奏し、それから副官が『これでパレードは終了』と言うんだ。何と象徴的な終わり方だと思わないか？ 楽団が『希望と栄光の国』を演奏し、それから副官が『これでパレードは終了』と言うだなんて。…だって、なくなるんだぞ。存在しなくなる。存在などするものか…希望も栄光も。君にとってもわたしにとっても、もうパレードはない。国にとっても…世界にとっても。あえて言おう…何もない…消えてしまい…もはやない、これでおしまい…ノー…モア…パレードだ！」（第一部I章二五頁）

一義的にはパレードは軍事演習の一環としての行進であり閲兵式、観閲式を指している。しかし、それはまた立派な姿を見せることであり、兵士としての誇りを示すことでもある。

それは栄誉を意味し、兵士たちは戦争が終われば市民から尊敬や賞賛をもって迎えられて良いはずだ。しかし、本国の政府はそれとは逆に帰還兵たちを貶める。

もちろんのこと一般市民は、兵士が愚かしく見え、騙されるようにできていることを望むのだ。一般市民は、兵士たちが最後に自尊心を傷つけられるか、あるいは死ぬかした上で、戦争が勝利に終わることを望む。あるいは兵士たちがその両方の立場におかれた上で。当然のこと、兵士たちの従兄弟や婚約者の親戚はそうは望まないだろうが。結論はこうなる。騎兵隊が戦争で名声を挙げるくらいなら戦争に負けたほうがましだと偉い紳士たちが言う真意も、結局それなのだ。（第三部Ⅱ章三三七頁）

プレーヤーよりもゲームのほうが大事だとして行われる近代戦ではパレードは必要なくなり、兵士は自尊心も矜持ももつことができない。実際の第一次大戦も皆が歓喜し義勇軍に加わろうとした初期の段階から、悲惨な塹壕戦で砲爆の餌食が増えていくなかで、人々の戦争に対する意識も変わっていった。『ノー・モア・パレーズ』は兵士たちがゲームの駒と化し、パレードが表わす自尊心も矜持も失っていく次第を映し出している。

先述のカーカネット版の序文でウィーゼンファースがこの作品の主題を「性と死、狂気とパレード」だと言うとき、引き合いに出されるのが先行のフォード研究、アンブローズ・ゴードンの『見えないテント』（Ambrose Gordon, *The Invisible Tent*, University of Texas Press, 1964）である。ゴードンのこの研究書は、フォードの書いたもっともすぐれた作品は彼の経験に基づく戦争を扱った作品であるとし、フォードの戦争関連の作品七点（『パレーズ・エンド』四作に加え、『マースデン事件』（*The Marsden Case*）、『敵にあらざれば』（*No Enemy*）、『立派な軍人』（*The Good Soldier*）について詳述したものである。読者がフォードを読み始めるべき地点は『ノー・モア・パレーズ』であると最初に断言したのが、実はこのゴードンなのである。

パレードはカッコの良さ、落ち着き、平衡、気品の原理であり、人々の動きを調和させるものであり、戦争に付き物のようにみえるが、ゴードンは戦争とパレードという二つの概念を対立させて考える。パレードは戦争の遂行を可能にするが、戦争はいつでもパレードを破壊する。「希望と栄光の国」の音楽が鳴るなかで義勇軍を解散させることを画策する本国の陸軍省、榴散弾を浴びて血塗れになりながら行進して小屋に入るや息絶える兵卒。いずれもが、パレードによって戦争が遂行され、戦争によってパレードが破壊される例である。

ゴードンがさらに強調するのはパレードが狂気と対立することである。戦場ではたくさんの正気を失う者が出る。そもそもある世代全体を戦争に駆り立てるものが集団的狂気であると言えるかもしれない。それでも戦争に駆り立てられた男たちは、それぞれに個別的な事情を抱えている。ティージェンスの相棒となるマッケクニーの狂気はすべて戦争が原因であるとは言えず、妻が他に男を作り、彼を裏切ったことに由来する。「女や家の思い出」が男たちを苦しめるのはそれぞれの個別的事情によるたった一人の戦争だが、戦場という閉ざされた空間のなかでその思い出がもっとも痛ましいものに変わるのは決して珍しいことではない。ティージェンスもその点では同様だ。乱心したマッケクニー大尉を取り扱う手段としてティージェンスが利用するのが、パレードである。ティージェンスには逃走する兵士に「回れ右」と呼びかけると、その兵士が逃走を止め、その号令に従った経験があった。その経験がまたマッケクニーを落ち着かせるのにも適用できたのである。

戦争を性欲との関係からみて、勇者が美女を獲得するに価するという価値観を是とするならば、戦闘に勝利することによって勇者が女たちを独り占めにすることも叶うはずだ。だが、国内で政治を司っている者たちは兵を無傷で帰還させることを許さず、自分たちが発明した武器や戦術が勝利を導いたことにしたいらしい。そこにはもはやパレードはない。そのことに対する怒りや悲しみ、抗議の声こそが「ノー・モア・パレード」なのだと言うこともできるだろう。

翻って、日本の「ノー・モア・ヒロシマ」、「ノー・モア・ナガサキ」は、原爆投下への怒りと悲しみ、その悲劇を二度と繰り返さない反戦の意志と祈りを示している。フォードのこの作品も広い意味では反戦小説ではあるが、それを貫いているのは、中世以来の騎士道精神が消えて行く近代戦への怒りと悲しみである。訳者としては“No More Parades”にもっと気の利いた日本語の表題をつけたいところだったが、妙案が浮かばなかったため、出版社と協議の上、『ノー・モア・パレーズ』の題名で出版することにした。

前回の第一巻『為さざる者あり』に引き続き、本巻においても丁寧な校正や出版に向けてのさまざまな手はずを整えってくださった松永裕衣子さんのご尽力に心より御礼申し上げます。

二〇一八年一月

訳者

（26）モン・ノワール

フランダース地方のベルキー国境付近にある山の名前。

（27）イープル

ベルギー西部、フランデレン地域のウェスト＝フランデレン州にある都市。

（28）ウィシャッテ

イープルの近くの、第一次大戦の激戦地。丘陵地。

（29）ベテューヌ

フランス、オー＝ド＝フランス地域圏、パ＝ド＝カレー県のコミューン。ラ・シテ・ド・ビュリダン（la Cité de Jean Buridan、ジャン・ビュリダンのまち）という別名をもつ。

（30）ポペリンゲ

フランダース西部の町。

（31）Magna est veritas et prev...

Prev…は prevalebit（shall prevail）か prevalet（prevails）と続く。「真理は偉大なり、そして広まるであろう」「…そして広まる」前者は『旧約聖書外典』のエスドラス書4章41節、『ラテン語ウルガタ聖書』の補遺では後者の表記になっている。

（32）サンドハースト

サンドハースト王立陸軍士官学校のこと。バークシャー州のサンドハーストにある上流階級の人間や著名人も数多く在籍してきた士官学校。

（33）ハウス賭博

英軍の俗語で、碁盤目のある特殊なトランプを用いるロット（数合わせゲーム）の類の賭博。

（34）クエッタ

第二部Ⅱ章の注（21）を参照。

(14) すべての臣民の肉体は王のもの。…だが、すべての臣民の魂は臣民個人のものだ。

William Shakespeare,『ヘンリー五世』*Henry* V, IV.i. 175-6 を踏まえている。

(15) どんな王も、もしその大義が正しければ…

William Shakespeare,『ヘンリー五世』*Henry* V, IV.i. 157-60 を踏まえている。

(16) だが、わたしの背後には常に聞こえている…

Andrew Marvell, 'To His Coy Mistress' (1681), lines 21-4.

(17) クラレンドンの『反乱史』

クラレンドン伯（Edward Hyde, 1st Earl of Clarendon）は 17 世紀イギリスの政治家、歴史家。『反乱史』はピューリタン革命を大反乱とみる国王派側からの革命叙述として、トーリー史観の原点となった書籍。

(18) 墓は見事に人目につかぬ場所だが、誰もそこで抱き合うことは考えない。

Andrew Marvell, 'To His Coy Mistress' (1681), line 31-2.

(19) ウィリアム四世

英国王。在位期間は 1830 年から 1837 年。

(20) マカッサル油

調髪油、当時は育毛剤としても用いられた。

(21) ポメリーエグレノ

フランスのシャンパン。

(22) ヴェルダン

フランス北東部、ロレーヌ地方ムーズ県の都市。ムーズ川（独：マース川）の沿岸にあって要塞都市を形成しており、長きにわたってドイツとの係争の対象となった。

(23) ドゥオモン

グラン・テスト地域圏、ムーズ県のコミューン。第一次大戦中、1916 年 3 月から 10 月まで激戦の場となり、戦死者納骨堂があることで有名。

(24) オオナマケモノ

アリクイやナマケモノ、アルマジロなどと同じ貧歯目に属する巨大な絶滅哺乳類のメガテリウムの和名。メガテリウムは体長約 6 メートル、190 万年前から 8 千年前まで南アメリカ大陸に生息していた。

(25) モン・デ・カ

フランダース地方の町の名。オランダ語では Katsberg。トラピスト修道会士の修道院がある。

の普墺戦争で実験的にこれを試し、軍隊内に鉄道部と電信部を創設して、来るべき普仏戦争に備えた。モルトケの戦法は、1．主戦場に可能な限り多数の軍を集中させるには、分散進撃方式が最善の方法である。2．大量の兵員を短期間に移動させるための鉄道や電信などの最先端技術を軍に導入する。3．各部隊の指揮能力の質的向上を図り、分散進撃のあと即包囲攻撃ができるようにする。ということであり、これによって普仏戦勝に勝利した。

（6）ウェストミンスターやダウニング街

ウェストミンスターはロンドンの中央部を構成する一区。ダウニング街はそのウェストミンスター区にある街路名。官庁街の一部をなし、10番地に首相官邸，11番地に蔵相官邸がある。首相官邸の所在は2世紀以上にわたり、ダウニング街は英国政府の代名詞として用いられる。

（7）ホワイトリーズ

ウィリアム・ホワイトリー（William Whiteley, 1831～1907）がクイーンズウェイに開いたロンドン初の百貨店。現在はショッピングセンターになっている。

（8）ブルーデールストロアーム

南アフリカ共和国の北西州。

（9）ブラー

レドヴァース・ブラー（General Sir Redvers Buller, 1839～1908）は、ボーア戦争中、軍司令官として指揮をとったが、第二次ボーア戦争で大敗を喫し、その名は軍事的愚行や旧弊な戦法と結び付けて語られることが多い。

（10）ガタカー

ウィリアム・フォーブス・ガタカー（Lieutenant General Sir William Forbes Gatacre, 1843～1906）は、第二次ボーア戦争のストームバーグの戦いで待ち伏せに遭い、135人の兵を殺され、696名の兵を捕虜にされた。

（11）スピオン・コップ

南アフリカ共和国のNatalの近くの丘；1900年1月24日ブラー指揮下の英軍がボーア軍に大敗した。

（12）バックブリーカー

仰向けになった状態の相手を膝に乗せ、上半身と下半身をそれぞれ片腕で押さえて背骨に負荷をかけるプロレス技。

（13）『脚という脚　手という手　頭という頭が最後の審判の日に』

William Shakespeare,『ヘンリー五世』*Henry* V, IV.i. 133-6に出てくる兵士Michael Williamsの台詞を踏まえている。

（2）メジディエ勲章
1851年にトルコ皇帝アブデュルメジト一世（Abdul-Medjid, 1823～1861）によって制定された勲章。

Ⅱ章
（1）GCB
Knight [Dame] Grand Cross（of the Order）of the Bathの略称。英国のバス勲章の最上位のもの。
（2）KCMG
聖マイケル・聖ジョージ二等勲章（Knight Commander of the Order of St Michael and St George)。聖マイケル・聖ジョージ勲章はグレートブリテン及び北アイルランド連合王国の騎士団勲章。一等はKnight Grand Cross。
（3）DSO
Distinguished Service Orderの略称。英軍で実戦における功績に対して、原則として少佐以上の軍人に与えられる勲章。
（4）開戦時のコンスタンティノープルの手前で行われた不幸な軍事行動
第一次世界大戦中、連合軍が同盟国側のオスマン帝国の首都コンスタンティノープル（現イスタンブール）占領を意図し、エーゲ海からマルマラ海への入り口にあたるダーダネルス海峡の西側のガリポリ半島（現トルコ領ゲリポル半島）に対して行った上陸作戦、ガリポリ作戦を指す。
（5）クセルクセスの軍事作戦…から…プロシア軍の作戦に至るまで
いわゆるペルシア戦争ではクセルクセス1世（Xerxes I, 紀元前519頃～紀元前465）が率いるペルシア軍がギリシャ連合軍に兵員の数の点では圧倒していたが、異民族の混成部隊であったために、ギリシャ側が陸上では重装歩兵密集部隊戦術によって、海上戦ではアテネ海軍の三段櫂船作戦によって優位を占めた。マールボロについては第二部Ⅱ章（18）の注参照のこと。陽動作戦、奇襲作戦に優れていたマールボロを賞賛した記録のあるナポレオン(Napoléon Bonaparte, 1769 ～ 1821)は、会戦を個々の攻城と戦闘の連続ではなく、全体として捉える能力に秀でていたと言われている。プロイセンの軍事学者モルトケ（Helmuth Karl Bernhard Graf von Moltke, 1800 ～ 1891）は、まだ兵隊と馬の輸送だけだった時代に鉄道の効用を悟り、軍需品の一切を鉄道で運ぶことを考え、鉄道網の整備を急がせた。モルトケは1858年から1888年にかけてプロイセン参謀総長を勤めたが、対仏戦争を1850年代から想定しつつ準備万端怠らなかった。1866年

〜1744）は、アン女王のお気に入りの一人で、戦場の司令部にいる夫と三度性行為に及んだことを王妃への手紙で自慢した。

（19）「塵よりも軽し…あなたの馬車の下の…」

Laurence Hope の詩集 *The Garden of Kama*（1901）に収められた 'Less Than the Dust' の一行目。この詩集に Amy Woodforde-Finden, née Ward が曲を付けたものが、1903 年に *Four Indian Love Lyrics* として出版され、ベストセラーになった。'Less Than the Dust' は第一次世界大戦中の 1916 年に Mary Pickford の主演で映画化された。

（20）「わたしが愛した淡い色の手…」

同じく Laurence Hope 作詞、Amy Woodforde-Finden, née Ward 作曲で、*Four Indian Love Lyrics*（1903）に収められている 'Kashmiri Song' の冒頭部分。

（21）クエッタ

現在は、パキスタンのバローチスターン州の州都。

（22）ヴェーヌスベルクの音楽

ヴェーヌスベルクはワグナー（Wilhelm Richard Wagner, 1813〜1883）のオペラ「タンホイザー」のなかの主要舞台。騎士で吟遊詩人のタンホイザーは許婚者のエリーザベトのもとを去り、この地で女神ウェヌスと愛欲の生活を送っている。それをあらわす序曲の中間部が官能的な〈ヴェーヌスベルクの音楽〉である。

（23）「マールボロは戦場に行った」

マールバラ公ジョン・チャーチル（John Churchill, 1st Duke of Marlborough, 1650〜1722）のスペイン継承戦争での軍事作戦を讃えた、フランスでよく知られた民謡。

（24）コロビウム・シンドニス

colobium sindonis

この世の虚栄を排することを誓う象徴として国王や王妃が戴冠式に着る半袖もしくは袖なしのチュニックやドレス。

第三部

Ⅰ章

（1）枢密院における国王

枢密院は国王の諮問機関。

てイギリス・オランダをはじめとする連合軍およびプロイセン軍と、フランス皇帝ナポレオン一世（ナポレオン・ボナパルト）率いるフランス軍との間で行われた一連の戦闘を指す名称である。フランス軍が敗北し、ナポレオン戦争最後の戦闘となった。

（11）ウルスラ女子修道会

1535年北イタリアのブレッシアで聖アンジェラ・メリチによって創立されたカトリックの修道会。シルヴィアが耐え難いというもう一つの修道院は、プレモントレ会修道院のこと。（第1巻『為さざる者あり』第一部Ⅱ章65頁を参照のこと）

（12）彼らをお許しください。彼らは何をしているか、わからずにいるのです

ルカによる福音書第23章34節。

（13）地獄の第七圏

ダンテ『神曲』「地獄編」では、その水が凍って反逆者たちの亡霊を閉じ込めるというコチートの沼があるのは、下部地獄の最奥にある第九圏である。

（14）××（これは禁句だ）

××には「弾丸（に）」といった言葉が入るものと思われる。原文はstopping one だが、stopping a bullet ということになろう。

（15）ランプを翳したディオゲネス

ディオゲネス（Diogenes、紀元前412年～紀元前323年）は古代ギリシャの哲学者。アンティステネスの弟子で、ソクラテスの孫弟子に当たる。昼間からランプを灯して、一人ひとりを照らして歩いた。人から「何をしているのか？」と問われると、「人間を探している」と答えたという。

（16）クックツアー

トーマス・クック（Thomas Cook, 1808～1892）が、出発から帰還までの交通手段から、旅先での宿泊施設や名所旧跡の見学コースやイベント参加のアレンジと予約まで、あらゆる手続きのすべてを請け負い、旅行参加者の手を一切煩わすことなく、安全な旅行が遂行できるように考案した団体旅行。今日のいわゆる“パック・ツアー”の先駆けとなった。

（17）糖蜜を塗ったトウモロコシを…

Coleman Goetz 作詞、Walter Donaldson 作曲の‘We'll Have A Jubilee In My Old Kentucky Home’（1915）の一節。

（18）「閣下は…軍靴を履いたまま、三度わたしに敬意を表してくださいました！」

第一代マールボロ公爵ジョン・チャーチル（1650～1722）の夫人セアラ（1660

（4）『彼は他の人たちを救った。自分自身を救わなかった』
『聖書』マタイによる福音書　第27章41-2節。
（5）英仏協商
1904年4月、イギリスとフランスとの間に結ばれた協約。両国の外交関係は多年にわたり世界各地で対立してきたが、ドイツの帝国主義的進出の前に共通の利害をもつようになり、日露戦争の勃発を契機に両国の勢力範囲の調整をはかるためこの協約が結ばれた。
（6）ナポレオン親派の新興貴族
1789年のフランス革命で正統な貴族が没落したため、祖先がナポレオンを支持した人々の有力で富裕な子孫が、その代用として貴族の肩書きを与えられた。
（7）ホガースの絵
William Hogarth（1697〜1764）は18世紀、ロココ時代の英国画壇を代表する国民的風刺画家。好んだ画風は、風刺的な物語が紙芝居のように進行する連作で、細部の小道具を観察すると、舞台を観ているように物語が読み取れる。6枚の絵からなる「当世風の結婚」がそうした連作の代表作の一つ。
（8）シャトーブリアン
François-René de Chateaubriand（1768〜1848）
フランスの作家、政治家。ロマン主義文学の先駆者といわれる。ブルターニュ半島北岸サン・マロの貴族出身。1791年、フランス革命の渦中にあった祖国を後にして、北米に渡り、新大陸の風土から強い印象を受けた。92年、帰国して反革命軍に投ずるが、負傷してロンドンに亡命。1800年、フランスに帰り、『アタラ』（1801）および『キリスト教精髄』（1802）を発表した。前者は、北米大陸の自然を背景にインディアンの悲恋を描き、後者は主として美的な立場からキリスト教を擁護したものである。
（9）ドレフュス
Alfred Dreyfus（1859 〜 1935）
フランスのユダヤ人将校で、いわゆるドレフュス事件の被疑者。ドレフュス事件は、1894年に軍法廷がドレフュスにドイツのスパイ容疑で終身刑を科したことをめぐり、軍の不正を弾劾する作家ゾラらの人権擁護派・共和派と軍部・右翼が激しく対立し、ユダヤ人問題を含め国論を二分し、フランス第三共和制を揺るがせた事件。1906年、ドレフュスに無罪判決が下る。
（10）ウォータールー（ワーテルロー）の戦い
1815年6月18日、ベルギー（当時はオランダ領）のワーテルロー近郊におい

（6）このことを言ったとき

第一巻『為さざる者あり』の第一部Ⅱ章におけるロップシャイトのホテルでのこと。1912年初夏の出来事。

Ⅱ章

（1）近衛歩兵第二連隊

ピューリタン革命時代の1650年にイングランド共和国の歩兵連隊として発足し、イングランド内戦では陸軍、第一次英蘭戦争では海軍の部隊として戦い、王制復古後はイングランド王国の近衛歩兵連隊となっている。イギリスでは18世紀から19世紀にかけて連隊は番号で呼ばれ、近衛歩兵第二連隊（2nd Regiment of Foot Guards）と呼ばれたが、第二と呼ばれることへの抵抗から、共和国時代から王政復古にかけて駐留していたスコットランドのコールドストリームの地名にちなんでもともと連隊の通称名であったコールドストリームガーズ（Coldstream Guards、Coldstream Regiment of Foot Guards）をその後公式名称とした。ちなみに第一連隊はグレナディアガーズ（Grenadier Guards）である。現在においてもイギリス陸軍の部隊として海外に派遣され、あるいは近衛兵としてロンドンでの衛兵や儀仗任務を行なっている。18世紀半ばから2007年までロンドン西部のチェルシーに兵舎があった。

（2）アルノー・ダニエル

12世紀末（1180～1200頃）に活躍したトルバドゥール。生没年不詳。13世紀の〈伝記 vida〉によれば、ペリグー地方リベラックの出身。極めて複雑な技法を駆使し、しばしば難解な〈芸術体 trobar ric〉を代表する。現存作品は18編、そのうち2編は楽譜つき。きわどい内容の1編を除けば、いずれも恋愛詩、なかでも〈われはアルノー、風をとらえ／牛を使って兎狩りをし／上げ潮に逆らって泳ぐ者なり〉で終わる詩が有名。ダンテは『神曲』「煉獄編」第26歌で、グイドの口を借りて、彼はトルバドゥールの詩人たちのなかでも比肩する者のない優れた詩人だと称えている。

（3）ソロモン王の問いに…

『聖書』箴言、第30章18-19節には、次のことが記されている。

…わたしには悟ることができない。
すなわち空を飛ぶはげたかの道、
岩の上を這うへびの道、
男の女にあう道がそれである。

学者。四分儀の発明などで航海の精度を上げるのに貢献したが、第二彗星との関わりについては不詳。

（8）ミクマックインディアン

北アメリカ大陸東部に住むインディアン部族。

（9）アラスカのロシア系住民

アラスカは1867年にアメリカ合衆国がロシア帝国から買収し、その後、1912年にアラスカ準州、1959年にアラスカ州となった。拠ってロシア帝国領の頃からこの地に住んでいたロシア系の人々で残留した者もいた。

（10）ゴア

1962年にインドに併合されるまでポルトガル領であったインド西海岸の州。

（11）几帳《パルダ》

インドなどで婦人の居室に掛けて男子や未知の人の目に触れないようにする幕やカーテン。またパルダはそうした幕で婦人を隔離する慣習も指す。

（12）ツェレ

現在はドイツ連邦共和国のニーダーザクセン州に属する都市。

第二部

I章

（1）イッサンジョー

フランス、オーヴェルニュ＝ローヌ＝アルプ地域圏、オート＝ロワール県のコミューン。

（2）バーン＝ジョーンズ

Edward Coley Burne Jones（1833〜1898）英国の画家。ラファエル前派に属し、夢幻的・装飾的な作品を描いた。

（3）バース・クラブ

当時ロンドンのドーヴァー・ストリートにあった会員制の社交場。水泳用プールを備えていた。

（4）コーディアル

ハーブなどをアルコールに漬けた強壮薬。

（5）ケースメント

アイルランドの人権活動家ロジャー・ケースメント（Roger Casement, 1864~1916）のこと。ケースメントは、反逆罪とサボタージュとスパイ活動の罪で逮捕され、1916年8月3日に銃殺刑に処された。

（2）ティージェンスは生ける神に誓った。

基になっているのは「マタイによる福音書」26章63節：しかし、イエスは黙っておられた。そこで大司祭は言った。「あなたは神の子キリストなのかどうか、生ける神に誓ってわれわれに答えよ」。

（3）ハーレックの男たち

1461年から1468年の7年間、難攻不落と言われたウェールズのハーレック城を攻めたイングランド軍に抵抗を続けたウェールズの男たちを讃えた、古いウェールズの行進曲。

Ⅳ章

（1）主は帰郷の許可を与え、主はこれを拒まれた。

踏まえているのは「ヨブ記」第1章21節。そして言った。「わたしは裸で母の胎を出た。また裸でかしこに帰ろう。主が与え、主が取られたのだ。主のみ名はほむべきかな」

（2）マルヌ

第一部Ⅱ章（8）の注を参照のこと。

（3）バニヤン

ジョン・バニヤン（John Bunyan, 1628～1688）は、イギリスの教役者、文学者。代表作 *The Pilgrim's Progress*（『天路歴程』）は宗教的寓意物語で、プロテスタント信徒の間で最も多く読まれた宗教書とされる。

（4）シャトーカ夏期文化教育集会

米国ニューヨーク州南西端の湖、シャトーカ湖に臨む村で、1874年に始まった夏期文化教育集会。公開講義、音楽会、演劇などが通例、野外施設で行われる。

（5）ノワールクール

フランス北西部の小さな村。

（6）権利の請願

1628年に当時のイングランドの議会から国王チャールズ一世に対して出された、議会の同意なしでは課税などをできないようにした請願のこと。大憲章・権利の章典とともにイギリスの憲法を構成する重要な基本法として位置づけられている。

（7）ガンター第二彗星

エドムンド・ガンター（Edmund Gunter, 1581～1626）は英国の数学者・天文

るアルスター連隊の兵はプロテスタント信徒から成り、当時アイルランド独立問題でカトリック教徒と激しく対立していたことが背景にある。

(20)「小さなウィリー君への愛」

第一次大戦でドイツ軍の最高司令官でもあったドイツ皇帝ヴィルヘルム二世(1859〜1941)に因んで名付けられたものであろう。しかし、「ウィリー」は英語ではペニスを指すスラングでもある。

(21) 燃える剣をもつ天使

神はアダムとエバを楽園から追い出し「いのちの木への道を守るために、エデンの園の東に、ケルビム(知識を司る天使)と輪を描いて回る炎の剣を置かれた」と『創世記』第3章24節にある。ここでは戦争・戦闘を比喩的に表していると思われる。

(22) チルクート

アラスカと境を接するカナダ北西部の地域。クロンダイクのゴールドラッシュの際、そこに渡るルートになった。

(23) ダービー計画で徴用された者

ダービー計画は1915年に17代ダービー伯エドワード・ジョージ・ビリアーズ・スタンリー(Edward George Villiers Stanley, 1865〜1948)が立案した志願兵募集制度。自発的に名前を登録したものは必要なときにだけ召集される。また既婚者は独身者の供給が不足したときにだけ召集されるとしたもの。入隊逃れの結婚ラッシュを引き起こしただけで徴兵制導入へとつながっていった。

(24)「地獄編」に出てくる男

ダンテの『神曲』「地獄編」第32歌に出てくるボッカ・デリ・アバティのこと。ギベリン党がフィレンツェから追放された後も同党員として踏み留まり、モンティベルティの戦いではグエルフィ党員としてフィレンツェの味方を装いながらも、フィレンツェ側の旗色悪しと見るや、フィレンツェ軍の旗手ヤコポ・デ・パッツィの片手を切り落として味方を大混乱に陥れ、グエルフィ党完敗の原因をつくった。

Ⅲ章

(1) 卵型手榴弾

発明者であるウィリアム・ミルズ(William Mills, 1856〜1932)に因んでミルズ型手榴弾とも言う。1915年に英国軍に正式採用された防御型手榴弾。

れた。これによってドイツ軍のフランス席巻計画は完全に失敗し、マルヌの奇跡と呼ばれた。

（9）アベリストウィス

ウェールズの西海岸沿いのタウンで、1974年までは旧カーディガン州の首都だった。

（10）バーウィック・セント・ジェームズ

ウィルトシャー州ティル川の畔、ソールズベリーの北西11kmのところにある村。

（11）参謀本部第二部将校

司令官の予定や任務を調整し、下部組織や各部門との連絡を担当する参謀本部内の部署の長。その権限は人事、諜報、作戦に及ぶ。

（12）V. A. D

Voluntary Aid Detachmentの略語。第一次大戦中の救急看護奉仕隊。その女性看護師。

（13）サイモン・ピュア

スザンナ・セントリヴレ（Susanna Centlivre, 1667 ～ 1723）作の風刺劇 *A Bold Stroke for a Wife*（1718）で、作中人物のColonel Fainwellがなりすます地獄の業火を思い出させる説教師。虚勢を張る偽善者の意味で使われる。

（14）安佐木、丹泉

架空の日本の地名。原書ではAsaki、Tan Sen。

（15）ラビ

ユダヤ教における宗教的指導者。

（16）ブラーマン

インドのバルナ（種姓）制度で最高位の司祭階級。

（17）イマーム

イスラム教の宗教的指導者。

（18）ファンティ族

アカン系ファンティ族は19世紀後半、西アフリカのゴールド・コースト（現、ガーナ）沿岸部にFanteの国家連合を形成した。当時この地域はイギリスの勢力圏下に置かれ、またファンティ族諸国は内陸部にあった同じアカン系のアシャンティ族が作ったアシャンティ王国と対立していた。

（19）アルスター兵はその司祭にリンチを加えて…

アルスターはアイルランド島北東部に位置する地方の名称。英国陸軍に所属す

Ⅱ章

（1）アーズブルック

フランス最北部ノール県の北半分を占める、かつてアーズブルック伯領に属していた村。

（2）エウリュディケ

ギリシャ神話中の人物でオルフェウスの妻。毒蛇にかまれて死んだ彼女を連れ戻そうとオルフェウスは冥府へと下っていき、そこの支配者ハデスに妻を返してもらえることになるが、約束を破って地上に着く前に妻を振り向いて見たために、エウリュディケは黄泉の国に吸い込まれるようにして消えてしまう。この話はその後さまざまな芸術のモティーフとして使われた。クリストフ・ヴィリバルト・グルック（Christoph Willibald（von）Gluck, 1714～1787）の歌劇《オルフェオとエウリディーチェ Orfeo ed Euridice》はそうした作品の一つで、ティージェンスが口ずさんでいるのは、その始まりの一節。

（3）バイユール

ベルギー国境近く、北フランスのフランドル地方にある小都市。

（4）バガテル

ビリヤードの類のテーブルゲーム。ピンボールゲームの先駆であると考えられている。

（5）第六イニスキリング竜騎兵連隊

1689年にSir Albert Cunninghamの竜騎兵隊として設立され、後1922年に第5（プリンセス・シャーロット・オブ・ウェールズ）近衛竜騎兵連隊（5th Dragoon Guards）と合併して第5イニスキリング近衛竜騎兵連隊（5th Royal Inniskilling Dragoon Guards）となった。

（6）イロコイ連邦

北アメリカ・ニューヨーク州北部のオンタリオ湖南岸とカナダにまたがって保留地を領有する、6つのインディアン部族（Mohawks, Oneidas, Onondagas, Cayugas, Senecas, Turcaroras）により構成される部族国家集団。

（7）マギル大学

ケベック州、モントリオールに本部を置くカナダの公立大学である。1829年に設置された。

（8）マルヌ

フランス北東部にある県の名。第一次大戦中の1914年9月、ベルギーを突破したドイツ軍を、フランス軍がマルヌ河畔でくい止めた第一次マルヌ会戦が行わ階級として用いられた。現在はこの階級は存在しない。

（10） アイズルワース

ロンドン西部のハウンズロー・ロンドン特別区内にある町。

（11） ブレントフォード

ロンドン・ハウンズロー地区にある近郊住宅地区。西部ロンドン、テムズ川とブレント川の合流するあたりに位置する。チャリング・クロスの南南西12.9キロメートル。

（12） ウェルシュレアビット

風味豊かなチーズソースをトーストに載せた、ウェールズの伝統料理。

（13） オルダーショット

イングランド南東部ハンプシャー州の町。英国陸軍の本拠地があり、ここではそれを指している。

（14） ペロンヌ

フランス、オー＝ド＝フランス地域圏、ソンム県のコミューン。

（15） 西の地方の大聖堂のある市

イングランドウェスト・ミッドランズ地方シュロップシャーの郡庁所在地であるシュルーズベリーのことと思われる。実際、この作品のタイプ原稿で、この部分はShrewsburyとなっている。

（16）『希望と栄光の国』

イギリスの音楽家エルガー（Edward William Elgar, 1857～1934）作曲による『威風堂々』第1番のメロディに歌詞をつけた楽曲。作詞はイギリスの詩人アーサー・クリストファー・ベンソン（Arthur Christopher Benson, 1862～1925）。1902年発表。

（17） あの詩人はユダヤ人だった。

ドイツの詩人ハインリッヒ・ハイネHeinrich Heine（1797～1856）のこと。Du bist wie eine Blume.（君は花のようだ）はハイネの『歌の本』*Buch der Lieder*（1825）の一行目。

（18） ポンターデュレー出身の伝令兵

原文のママ。後に続くティージェンスとの会話から、この兵士がワン・セブン・トマスだとすれば、「ロンザ出身の伝令兵」のはず。

（19） マーサー

ジョンス中尉の出身地名。マーサー・ティドビル（Merthyr Tydfil）はグラモーガン州内にあるタウンで、カーディフから37キロメートル北にある。

訳 注

第一部

I章

（1）ロンザ渓谷

南ウェールズにある二つの渓谷の総称。19世紀半ばから20世紀初めにかけて盛んに石炭が採掘された。炭鉱は1980年代まで存続し、ロンザ遺産公園で往時の姿を偲ぶことができる。

（2）ポンターデュレー

ウェールズの人口第2位の都市スウォンジーの中心部から北西16キロほどのところにある町。19世紀には無煙炭を運ぶための鉄道が敷かれ、また6つのブリキ工場ができた。

（3）サフォーク

北はノーフォーク州、西はケンブリッジシャー州、南はエセックス州に接し、東は北海に面するイングランドの州。州都はイプスウィッチ（Ipswich)。

（4）ケアフィリ

ウェールズ地方、グラモルガン地区にある町。13世紀から14世紀に建てられたケアフィリ城がある。

（5）オンタリオ

カナダの州の一つ。カナダ中東部に位置し、州都はトロント（Toronto)。

（6）マンブルズの丘

英国ウェールズ南部の都市スウォンジーの西郊にある丘で、オイスターマウス城の城跡がある。

（7）カステル・コッホ

カーディフの北部トングィンライス（Tongwynlais）の丘の中腹の13世紀の砦跡に、19世紀後半、三代目ビュート候と建築家ウィリアム・バージェスの手により建設された小さな城。名はウェールズ語で「赤い城」の意味。

（8）ゲールヴェルトの戦い

1914年10月のイーペルの戦いの一部。英軍は独軍の前進を阻み、仏軍が包囲され打ち負かされるのを防いだが、両陣営に多大な損失が生じた。

（9）准大尉

陸軍大尉より下位の士官でイギリス軍独自の階級。第二次大戦では女性士官の

†著者
フォード・マドックス・フォード（Ford Madox Ford）
1873年生まれ。父親はドイツ出身の音楽学者Francis Hueffer、母方の祖父は著名な画家Ford Madox Brown。名は、もともとはFord Hermann Huefferだったが、1919年にFord Madox Fordと改名。
多作家で、初期にはポーランド出身のJoseph Conradとも合作した。代表作に*The Good Soldier*（1915）、*Parade's End*として知られる第一次大戦とイギリスを取り扱った四部作（1924-8）、1929年の世界大恐慌を背景とした*The Rash Act*（1933）などがある。また、文芸雑誌English ReviewおよびTransatlantic Reviewの編集者として、D.H. LawrenceやJames Joyceを発掘し、モダニズムの中心的存在となった。晩年はフランスのプロヴァンス地方やアメリカ合衆国で暮らし、1939年フランスのDeauvilleで没した。

†訳者
高津　昌宏（たかつ・まさひろ）
1958年、千葉県生まれ。慶應義塾大学文学部卒業、早稲田大学大学院文学研究科前期課程修了、慶應義塾大学文学研究科博士課程満期退学。現在、北里大学一般教育部教授。訳書に、フォード・マドックス・フォード『為さざる者あり』（パレーズ・エンド①、論創社、2016）、『五番目の王妃　いかにして宮廷に来りしか』（同、2011）、『王璽尚書　最後の賭け』（同、2012）、『五番目の王妃　戴冠』（同、2013）、ジョン・ベイリー『愛のキャラクター』（監・訳、南雲堂フェニックス、2000）、ジョン・ベイリー『赤い帽子　フェルメールの絵をめぐるファンタジー』（南雲堂フェニックス、2007）、論文に「現代の吟遊詩人――フォード・マドックス・フォード『立派な軍人』の語りについて」（『二十世紀英文学再評価』、20世紀英文学研究会編、金星堂、2003）などがある。

パレーズ・エンド②　ノー・モア・パレーズ

2018年4月10日　初版第1刷印刷
2018年4月20日　初版第1刷発行

著　者　フォード・マドックス・フォード
訳　者　高津昌宏
発行者　森下紀夫
発行所　論創社
東京都千代田区神田神保町2-23　北井ビル
tel. 03（3264）5254　fax. 03（3264）5232
web. http://www.ronso.co.jp/
振替口座　00160-1-155266

装幀／奥定泰之
組版／フレックスアート
印刷・製本／中央精版印刷
ISBN978-4-8460-1683-8　